上册

川澜 著

青岛出版集团 | 青岛出版社

图书在版编目（CIP）数据

私有月光/川澜著. —青岛:青岛出版社, 2023.3
ISBN 978-7-5736-0112-4

Ⅰ.①私… Ⅱ.①川… Ⅲ.①长篇小说－中国－当代 Ⅳ.①I247.5

中国版本图书馆CIP数据核字（2022）第171799号

SIYOU YUEGUANG

书　　名　私有月光
作　　者　川　澜
出版发行　青岛出版社（青岛市崂山区海尔路182号）
本社网址　http://www.qdpub.com
邮购电话　18613853563
责任编辑　郭红霞
特约编辑　崔　悦
校　　对　李晓晓
装帧设计　蒋　晴
照　　排　梁　霞
印　　刷　三河市良远印务有限公司
出版日期　2023年3月第1版　2023年3月第1次印刷
开　　本　32开（880mm×1230mm）
印　　张　17.5
字　　数　538千
书　　号　ISBN 978-7-5736-0112-4
定　　价　65.00元(全2册)

编校印装质量、盗版监督服务电话 4006532017 0532-68068050

目录

上册

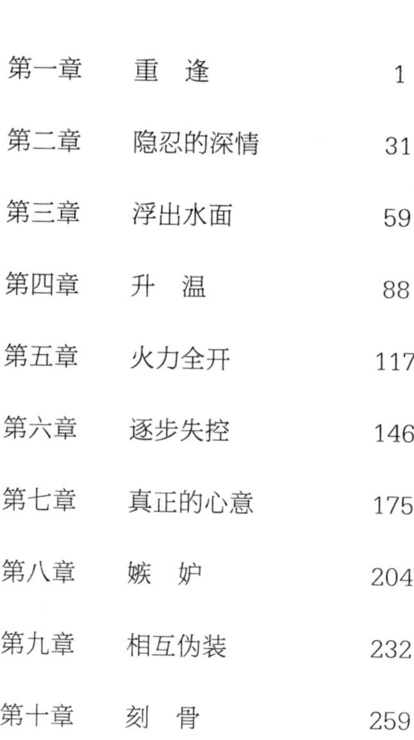

目录

下册

第一章　重　逢

明城国际机场。

航班高峰期已过，贵宾通道的洗手间里空阔安静，空气中充满让人放松的白茶香氛的气味。

许肆月站在镜子前，摘掉口罩和太阳镜，不满地打量着自己的素颜——苍白虚弱，温柔无害，使她看起来像个很好欺负的小白花。好在回国的这一路上她没遇到熟人，这副凄惨的病态娇弱样儿要是被谁看见，以后她还怎么混？

许肆月拉开化妆包，开始仔细地给自己上妆。妆面完成大半时，手机响起来，屏幕上显示着小姐妹梁嫣的名字。

“肆月，你真的要回国？”

许肆月翘翘嘴角，说：“我已经回国了，现在就在明城机场里。”

梁嫣震惊地吸了口气，问道：“我之前一直以为你在开玩笑。你怎么突然决定回来？你在英国不是挺好的吗？”

她连着问了几句，发现许大小姐完全没回答，忙惴惴不安又充满关心地问道：“肆月，你没事吧？”

以许肆月的脾气，要在从前，她不可能这么沉默，早就牙尖嘴利地嫌梁嫣啰唆了。

“嘘，先别闹，我正忙着变身。”

许肆月把手机开免提放到一边，拿起眼线笔熟练地勾画，三两下搞定之后，往后退了半步，抬起头。

镜面上映出一张过分夺目的脸。下巴尖，鼻子秀挺，一双桃花眼润而媚，眼尾天生略略垂低，本来显得天真无辜，她却刻意地画了上挑的眼线，冲淡了那股纯真。

许肆月又挑出一管儿口红，涂抹缺少血色的嘴唇，镜中的那张脸顿时无懈可击，而且变得极具攻击性，再看不出一丝病容。她盯着自己，挺直脊背，久违地笑出来。

四年前许家生意出现变故，父亲许丞紧急把她送到国外避风头。她独自一人在英国煎熬了一千多个日夜，好在终于撑过去了。这四年就当是场噩梦，从今天起，她又能扬眉吐气，做回以前那个无法无天的许肆月。

梁嫣的语气仍然没有放松，她又问："你还没出机场吧？等着，我这就去接你！"

许肆月的声调泛着懒，她回答："不用，我爸来接我，咱们明天再聚，你记得把杨瑜她们都叫上，我请。"

她边说边收拾东西，拎着包走出洗手间。

梁嫣听她这么说，反而更紧张地问："你爸去接？肆月，你回来之前，他真的没和你说什么吗？"

"说集团运营已经回到正轨，四年前那场危机被彻底解决了。我总算能回国继续安心地当个躺着数钱的漂亮小废物。"许肆月心情不错，半开玩笑，难得极具耐心，"不然呢？他当初就是怕我受影响，才专门把我送出去的，现在敢让我回国，当然是没事了。"

"但是最近，明城一直有不太好的传言。"

"什么传言？我们家又要倒了？还是我爸偷着给我娶了个后妈，或者他干脆准备把我卖了换钱？"

听筒里一阵安静。

许肆月轻哂，说："那些人是狗血电视剧看多了，我难道不信我爸而信这种传言吗？"

"你别生气，我就是随口一说。"梁嫣迟疑着，鼓起勇气对她提起另一个人，"除了这个，还有顾……"

"嗯？"

梁嫣咬咬牙说："顾雪沉。他也在明城。不过你在国外这几年不缺男朋友，应该……早就不在意他了吧？"

这个名字像一把突然降落的钝刀，毫无预兆地割在许肆月的神经上。

她不禁脚步一顿。灯光雪白明亮，照得她眼前发白，周围的一切像是随之蒙上一层潮湿的雾气，变得不清晰。

自从四年前她不辞而别，"顾雪沉"三个字就成了一道隐秘的伤疤，早已被她封进角落。如今提起，她只觉得心里发麻，还有种说不上来的不自在的感觉。

许肆月正失神，手机发出"嘟嘟"声，是许丞的电话打了进来。

她闭了闭眼睛，对梁嫣说："我当年也没在意过他，好吗？跟他不过就是个赌约。我跟他谈的那段儿纯属解闷儿，连恋爱都算不上。是朋友的话，你以后就别再提这个人。好了，我爸来了，等晚上再聊。"

许肆月切到和许丞的通话上。

低沉的中年男声传来："月月，我到了，你出来吧。"

许肆月听到自己想念的声音，眼眶一热，难得乖巧地说："好，这就来。"

机场外，夕阳已经落尽。许肆月刚到出口的玻璃门边，就看见迎面走向她的男人。她紧走几步扑过去，抱住他的肩膀喊："爸。"

许丞两鬓花白，潦草地拍了拍她的背，皱眉问："不是嘱咐你穿裙子和高跟鞋吗？怎么没穿？"

"十几个小时的航班啊，多不方便。"许肆月佯怒，"爸，咱们快两年没见了，你怎么净关心这种小事，也不问问我累不累？"

许丞牵动嘴角笑了笑，把她带回车里，示意司机出发，随即安慰道："是爸爸不好。为了哄小公主高兴，爸爸先陪你去逛街。"

车子驶出机场。路上，他又状似无意地问："对了，这次回来就不用走了，你在英国交往过的那些男朋友都处理好了吧？别留什么麻烦。"

许肆月不太自然地"嗯"了一声，转开头，望向窗外的夜景。

梁嫣在那通电话里也提了她在国外交了一堆男朋友的事。实际上她只是粉饰太平，假装自己过得很好。

许肆月也是想通过梁嫣把这个消息传回国内，让顾雪沉千万别再对她有任何留恋。他将她一直恨到底，将她当成仇人才好。

反正她这辈子也不会跟他有任何交集了，即使哪天倒霉碰见他，躲着他走还不行吗？要是实在躲不过，大不了她低头道个歉，承认当年她确实太坏，欺骗他的感情，是她做错了。

许肆月安慰着自己，心脏却没来由地紧缩。她烦闷地捏捏眉心。车窗外猛地闪进来一片刺眼的亮光，她抬起头才发现，司机竟然把车开进了大牌林立的商圈儿。

“爸。”

许丞笑得一脸从容，说道：“我刚答应陪你逛街，你忘了？”

他一贯溺爱她。许肆月表示无奈，说：“来真的吗？今天太晚了，我不想逛。咱们不是还要去看外婆吗？”

许肆月的妈妈早逝，从小外婆最疼她。后来老太太身体不好，长期住在市内一家高端的疗养中心里。出国这几年，虽然偶尔能和外婆视频，但许肆月还是放心不下，等不及亲自过去探望外婆。

许丞态度很坚决，说：“你换身衣服再去。你外婆最爱看你穿裙子了。”

花钱这事许肆月本来就最在行。她很轻易地被说服了，跟许丞进了商场，迅速选出来几条小裙子。

许丞对着吊牌上的标价暗暗拧眉，故意挑剔地指着其中一条裙子说：“就穿它吧，别的不配你。”

那是最凸显身材的一条裙子。她又换了一双高跟鞋。细细的带子绕过白皙纤细的脚踝，配上她的脸，整个人看起来就像被悉心娇养出来的骄傲孔雀，足够惹眼，应该能讨到那个人的欢心。

许丞想到接下来要发生的事，目光有些不自在。

“月月，走吧。”

许肆月毫无防备地回到车里，刚坐进后排，就被提前躲在车里的陌生男人一把控制住。

“你是谁？”许肆月浑身出了一层冷汗，马上反抗，慌忙地喊，“爸！什么情况？！”

坐在副驾驶座上的许丞没回头，低声说：“开车。”

许肆月怔了几秒，在车冲出去的那一刻，恍然意识到这人竟是许丞安排的。她紧绷的神经被无形的手拽断，脸颊上恢复不久的血色转瞬褪尽。

“干什么？！”她嗓子急速变哑，“爸，你要带我去哪儿？！”

许丞的语气生硬，和之前判若两人，他说：“听话，配合一点，爸爸不会害你，给你定下的是最好的人选。”

他到现在仍然不肯摘掉那副慈父的面具，但深层的意思已经不言而喻了。

许肆月根本顾不上挣脱，像从未认识过许丞一样，难以置信地盯了他许久，紧咬着牙关，一字一顿地问：“那些传言，是不是真的？”

许丞没说话，沉默就是给她的答案。

许肆月的脑中不断地轰响着，这一晚每一个被忽略的反常细节都如洪水般挤到眼前。她太迟钝了，也太不设防了，从在机场起，许丞的反应就不对劲儿！

她的身上冷得像冰。她控制不住地发抖，忽然又开始剧烈地挣扎，不管车是不是在高速行驶中，伸手就去开车门。

许丞厉声训斥道：“要是不想让你的外婆死在养老院里，就别折腾！”

许肆月突然僵住，慢慢地扭过头问他：“你说什么？”

“你还以为她住在以前的那个疗养中心里？我告诉你，许家早没那份儿闲钱了！你要是不配合，我连养老院的保底儿费用都不会缴，我就让她活活等死！”

许肆月将十指骨节攥得死白，说道：“你到底想怎么样？！”

许丞稳住气息，再次放软了语气，这种温和的态度却显得虚假又冰冷，他说：“月月，我实在没别的办法了。你乖乖地结婚，就当报答我这些年纵着你胡作非为的恩情，你的外婆我也会继续供养下去。否则……”

许肆月胸口胀疼得像要被撕裂一般。原来许丞让她回国就是一个彻头彻尾的骗局，许家真的倒了。被她当成一辈子的依靠的父亲，和传言里一样，为了利益把她“卖”了！

许丞话音落下，车恰好开进一个隐蔽的入口。

许肆月认出这是明城很受追捧的一家会员制私密餐厅，名字叫摘星苑。她曾经是这里的常客，总带着狐朋狗友来烧钱，但都是在三楼以下，没往高楼层去过。

许丞用力地攥着她的小臂，把她一路带到摘星苑顶层。绣着海棠暗纹的地毯在脚下蔓延，一直铺到一扇对开的黑色雕花木门外。

两个侍者躬身把这扇门安静地推开。

许肆月眼眶灼烧似的疼，她咬紧下唇，想最后一次阻止许丞，换来的却只有父亲的一句威胁："除了我，没人知道你的外婆在哪儿，你要是还想见她就别乱动！"

许丞拽着她走进房间，门在身后缓缓关闭。房间里的光线偏暗，温度很低，连木质香薰的气味也变得冷寂。

许肆月的眼前糊着一层泪。泪眼蒙胧间，她看见中央的沙发上坐着一个男人。

目光对上的那个瞬间，周围的一切犹如被突然按下了暂停键。她的呼吸停滞，耳中糟乱的嗡嗡声陡然放大，所有激烈的情绪都仿佛在这一刻被冻成坚冰。

怎么可能是他？是幻觉，做梦，还是多年不见她认错了？！

许丞堆着笑跟座上的人问好，暗地里把许肆月的手腕掐红，提醒她："愣着干什么，快叫顾总！"

顾总？！

许肆月心脏狂跳，一直忍着的泪不受控制地滑下来，视野也随之清晰。

男人坐在阴影里，身材修长，深色的正装将他包裹得恰到好处。他缓缓抬眼，内勾外翘的双眼弧度锋利，眼中蕴藏着不见底的黑，如同引人堕落的两汪寒潭，沁着透骨的冷意。

许丞生怕他不悦，讨好地把许肆月往前一推。

许肆月本来就没剩多少力气，又被近十厘米的鞋跟绊到，一下没站稳，跌到地上，额头险些撞上男人的膝盖。

男人冰冷的气息近在咫尺。她一时怔住，还没站起身，一只白皙的手就伸过来，男人不疾不徐地扣住她的脸颊。

许肆月被迫抬起头跟他对视，咬着牙念出自以为永远不会再提起的三个字："顾……雪……沉……"

顾雪沉的眼眸沉郁，浓黑的眼睛深处隐隐跳着火光。他居高临下地盯着她脸上的泪痕，清冷的声音里混着沙哑："肆月，四年了，你还记不记得你欠我的？"

他的手指很凉，冷意渗进许肆月的身体里，平静的一句问话冻得她止不住地打战。

耳朵里的声音震耳欲聋，她仰着头，极力地想把面前的男人和过去的那个干净的少年对上号。

四年的时间，许肆月以为自己早就记不清顾雪沉的样子，然而直到这一刻她才知道，不光他的身形轮廓，连他每次吻她时那种隐忍又动情的神色，她竟然都记得一清二楚。

然而现在的这位顾总，除了五官没怎么变，完全像换了一个人！

他嘴上虽然跟以前一样叫她"肆月"，可语气森然，说是对仇人讲话也不为过。而偏偏这些恨意……全是她亲手造成的。

回想起自己对顾雪沉做过的那些糟心事，许肆月额角沁出一层薄汗。她醒过神儿，急忙从他的手里挣脱开，慢慢地站起来，脸色苍白。

许丞谨慎地在两个人之间来回打量，也没空去扶女儿一把，笑呵呵地问："顾总，原来您跟月月认识？"

顾雪沉垂着眼，看着自己碰过许肆月的那只手，淡淡地说："看来许总健忘啊，已经想不起我是谁，也忘了当初在青大校门外说过什么。"

许丞愣住，眯起眼细看他，费了不少力气才找回一点印象，表情当即失控。

许肆月上大一那年，许家还没出事，生意正风生水起。许丞某次开着豪车高调地去学校看女儿，意外在校门外撞见她跟一个男生纠缠在一起。

男生穿着朴素的黑裤子、白衬衣，虽然衣物整齐干净，却也看得出来已经洗过了无数遍。他全身上下没一件值钱的东西，跟许丞平时常见的那些少爷精英有云泥之别。

许丞承认，男生确实长相英俊，但那又怎么样？相貌能值几个钱？家世门第的差距显而易见，跟他的女儿站在一起，这男生就是不配。

更让他接受不了的是，这么一个人，应该就算追着许肆月跑都不见得能被她瞧一眼，然而事实却完全相反！许丞亲眼看见许肆月主动缠着那男生，简直像受了什么蛊惑。许丞觉得他肯定耍了手段，处心积虑地妄想借着肆月攀上高枝儿，走捷径。

于是许丞硬把许肆月拽走，冷笑着说了那句话：“想利用她？你还不够格。”

许丞无论如何都想不到，如今许家落难，肯出大价钱“买”他女儿婚姻的人，就是当年那个他连正眼都懒得看的少年。

顾雪沉的语气毫无波澜，他说：“许总有印象了？既然记起我是谁，钱的事要不要重新考虑？”

许丞闻言脸色变了变，又挤出笑容来，弯着腰低声下气地说：“当然不用！过去我眼界狭窄，顾总别见怪。等您跟月月把婚结了，咱们就是一家人了。”

“一家人？”顾雪沉问，“也包括许总家里的那位太太和小女儿？”

房间里骤然死寂，许肆月困惑地看向许丞。

许丞眼神一闪，这件事根本没对外公开，顾雪沉居然暗中调查他！

“爸……”许肆月被逼到崩溃的极限了，声调完全失控，“我妈过世前，你答应过她不会另娶他人！”

许丞想要争辩。顾雪沉没给他机会，直视着许肆月说：“你的父亲两年前就迎娶了初恋，接回了只比你小三岁的私生女。半个月前，为给新的投资项目筹钱，他明码标价地出卖你的婚姻。”

许肆月起初觉得这一切无比荒谬，几秒钟后，她在许丞的默认里笑了出来。

他娶了初恋，私生女已经二十岁，再把她骗回国，“卖”掉她换来东山再起的钱，好让他们一家三口享受好生活。她蠢，过世的妈妈也成了笑话。这不仅仅是出轨，他根本就是把她们母女当成傻子！

顾雪沉的目光仿佛带着重量，凝在许肆月的脸上。透明的泪水从她通红的眼睛里流出，滑到鼻尖上，又落到微颤的嘴唇上。

他眉心略微收紧，忽然失去耐心，对许丞下逐客令，说：“许总可以去休息了。定金我已经打到你的账上，剩下的钱我会按约定的时间给你。”

许丞为了拿到钱只能憋着，避开许肆月，快步地往外走。

许肆月声嘶力竭地喊了声“爸”，还抱着最后一丝希望等他否认。

许丞没敢回头，临出去前低声说：“以顾总的条件，是我们家高攀了。往后没人惯着你，你懂事一点，别像以前那么作了。”

许肆月明白，他连句谎话都编不出来，这是直接承认了。

随着门缝合上，外面透进来的光也跟着熄灭。她的家、这四年的思念、对未来的所有期待，全都宣告毁灭。

许肆月眼前发黑，不顾一切地追过去，手压上门把手，却发现纹丝不动。

“谁在外面？给我开门！”

侍者客气的声音穿过门板：“抱歉许小姐，顾总交代的，还没到让您走的时间。”

许肆月想立刻离开的那股冲动被浇上一盆冰水，她脊背微麻，终于感觉到了身后那道冰冷的视线。这里不是只剩下她自己，还有一个讨债的“祖宗”。她可以崩溃，但是绝对不能在顾雪沉的面前失态。

许肆月深深吸气，抹掉泪转过身。顾雪沉仍然坐在阴影里，表情看不清楚，只有垂下的指尖被光照到，指尖素白。

她咬着牙不吭声。过了足足有几分钟，顾雪沉开口问道：“你没有话和我说？”

许肆月喉咙动了动，有点泛苦。

他嗓音有些哑，又问了一遍：“许肆月，你有没有话要和我说？”

许肆月被问得心虚，强撑着最后的骄矜，抬起下巴，挤出一句自己都嫌敷衍的话：“当初是我对不起你！我道歉行了吧！”

她虽然嘴硬，眼睛却闭起来，没底气直视他。那些不堪回首的往事止不住地从她的心底往外跳。

学生时代，她过得很荒唐，没心没肺，对什么事情都三分钟热度。感情这事在她这儿只是个消遣的东西，她从来没上过心。一直以来，对她示好的男生就没断过，各种类型的男生都有。

她觉得逗人玩儿挺有趣的，尤其是看着对方热血上头，她还心如止水。明明自己什么实际的事也没做，甚至连手都没有碰一下，就能让别人要死要活，撩人确实解闷儿。

上大学以后她更自由了，但更有挑战性的男生没有了，围过来的男生大同小异，所以当朋友提出那个赌约时，她没拒绝。

“隔壁青大的校草你知道吗？妥妥的高岭之花，极品冰山一座，好像还是你的中学同学。据说他是一张白纸，初恋还没有呢。怎么样，姐们儿有兴趣吗？要是你将他成功地推倒了，我送你两个限量包。要是你失败了……”

“失败？”许肆月不在乎什么包，但这两个字戳中了她。她当时笑得懒散，眼尾满是艳色，“别逗了。”

于是这件事在她的小圈子里飞快地传开。平常在一起玩儿的那群纨绔子弟，一听说这个赌约也来起哄。朋友索性将这个赌约搞得沸沸扬扬。

她当时答应赌约只是一时兴起，可现在闹得尽人皆知，就算为了面子，也必须把顾雪沉拿下。

两天后的早上，许肆月专门逃了课，穿上一条“人畜无害”的奶白色连衣裙去青大，见到了十九岁的顾雪沉。

那天晨光很好，薄纱似的落在他的身上。他很高，清瘦挺拔。风鼓动他的白衬衫，贴合着紧窄的腰线。他的侧脸沉静俊俏，墨色睫毛如羽翼一般低垂，更衬得他肤色极白。

许肆月早就知道顾雪沉。她初中跟他同校，高中跟他邻班。他是她觉得最没趣的那种乖学霸。从前她没仔细瞧过，那天面对面一见，才发现这个学霸居然长得这么好看。她被美色吸引，来了些实打实的兴致。

“同学……”

然而她一句招呼还没打完，顾雪沉就从她的身边经过，一个眼神也没给她，冷淡地说：“借过。”

可以啊，他有点意思。

许肆月偏不放行，用纤细的手指扯住他的袖口，侧头笑着说：“我倒是可以借，那这位同学用什么来还？”

自此，战役打响。

让这种纯白的冰山染上专属于她的颜色，让他为她哭、为她笑、为她疯，她想想就觉得刺激。

顾雪沉也没让她失望，果然够难搞，压根儿不理她。她软硬兼施，各种套路用了个遍，原本一个月的计划足足拖成三个多月。总算在一次欲擒故纵时，她抓到了他吃醋的反应。

他眼睛黑得吓人，呼吸沉重。当他失控地扣着她的下巴吻上来的时候，她甚至来不及躲。

她索性随他了，反正已经赢了。顾雪沉成了她到手的猎物，从此她就可以随便拿捏他了。

他所有的第一次都被她甜笑着骗走了。她心里打着小算盘，想的都是怎么去跟别人炫耀成果。

恋爱后的顾雪沉把她看得很严，她多跟其他人说笑几句，手就能被他攥疼。她不喜欢被管着，本打算哄骗他一阵子就赶紧找借口分手，没想到意外先一步到来。

那天她接到梁嫣的电话，梁嫣说有个男生跑到顾雪沉的面前说了赌约的事，顾雪沉全知道了。她心里冒出某种从未有过的慌乱之感。她再没心肝，这样骗别人的感情也觉得愧疚，对象还是顾雪沉，那么纯洁的山巅霜雪。

她正不知所措时，许家又出事了。许丞怕她受影响，十万火急地把她送出了国。

许肆月无法面对知道真相的顾雪沉，就算丢脸，也不得不承认有些害怕见到他。于是她说服自己，既然渣了，那不如渣到底，让他一辈子记恨她好了。反正都是分手，两人见面也是惨烈地分手，两人不见还能体面一些。

所以她没再联系顾雪沉，逃避似的直接飞去英国，换掉了所有的联系方式，屏蔽一切关于他的消息，直到今天，此时此刻。

许肆月不能想象，分开这四年顾雪沉到底经历了什么，能把身份、气质和性情都变得天翻地覆。

沙发上，顾雪沉对她的回答哂笑了一声。

许肆月听得头皮发麻，但又磨不开面子服软，依然态度生硬地说："我这么道歉你不满意？行，我承认我欠你的，你搞这么一出我不怪你。那现在你说，到底想要什么补偿？只要不是拿我自己赔，我都照办！"

顾雪沉抬了抬眼，带着一丝嘲讽说："许肆月，你除了自己，还剩什么？"

许肆月将指甲按进手心。

对，她已经没家了，失去了依靠。卡里的钱也少得可怜，顾雪沉哪怕随口要套房子要辆车，她都给不起。

顾雪沉站起身，灯光在他平直的肩上无声地切割，一半阴冷，一半锋利。

他睨着她，目光淡而凉，说道："许总跟我谈好，他会作为父亲促成这门婚事。

"他把你带过来见我，我付定金。等去民政局办完手续，我再付剩下的钱。"

"我的要求只有一个。"他语气平静，像在说天气，"结婚。"

结婚这个词，从许丞的嘴里说出来，和亲耳听见顾雪沉说，对许肆月的刺激完全不一样。她还没自恋到认为顾雪沉经过那样的欺骗还能对她余情未了，他根本就是恨透她了，要拿这种方式折磨报复她！

许肆月胡乱地猜测着，他就是想用结婚证限制住她的自由，接着婚内报复她，把她关在小黑屋里，命令她洗衣做饭。他自己出去风流，让所有人看尽她的笑话，彻底毁掉她的精神和尊严，把她变成一个生不如死的怨妇！

她的确可恶，也没良心，活该被他恨，但也罪不至此吧！

许肆月更加说不出软话来。她被激得提高音量，愤怒地说："你这是乘人之危！顾雪沉，你怎么变得这么不入流？！"

顾雪沉的睫毛在眼下遮出阴影，他冷笑着问："你对我做的事又有多入流？"

许肆月被质问到无话可说，手腕止不住地发抖。

顾雪沉朝她迈出一步。许肆月很想躲，却被他从骨子里透出的压迫感钉在原地。

他走到她的面前，彼此呼吸交缠。许肆月觉得体温莫名升高，仿佛无数细小的电流钻入她的血液，在身体里乱撞。

"你从来没和我正式说过分手。"顾雪沉低头看她，眼里的沉郁盖住汹涌的情绪，"我现在只不过是送完聘礼，来跟异地了四年的女朋友当面求婚。"

听他把强买强卖说成求婚，许肆月更加确定顾雪沉是真的变了。

她跟他正经谈恋爱的时间其实加起来也就三个月。那几十天里，顾雪沉也提过一次这个话题。

当时是个周末，顾大学霸难得挤出时间陪她逛街。而她那会儿猎物到手，心里已经萌生了抓紧时间分开的念头。

她没再假装朴素地去买快消品，而是故意把他拉到她平时常逛的商场里，那里的一把雨伞标价都是五位数。

顾雪沉在她的身边很安静，沉默地看着商品上那些高不可攀的标价。

她对这种反应不满意。正常来说，他应该意识到两个人之间的经济差距吧？下一步就是他觉得压力太大，主动提出分手。多完美，多省事，他怎么偏偏不上道儿？

达不到目的，她有点失望，也没心情逛了，结果走出商场的时候撞见了一场奢华的求婚现场，戒指尤其够分量，闪瞎眼的一枚“鸽子蛋”，晃得她不得不多扫了几眼。

一直没怎么说话的顾雪沉突然开口，低声问她：“你喜欢？”

“什么？”

“那个戒指。”

她顺口回答：“你还不如问问现场哪个女人不喜欢。”

周围很乱，到处是起哄尖叫声。巨大的气球在头顶炸开，散落下彩带和金箔片。

顾雪沉站在这场斑斓的“雨”里，薄薄的眼帘垂下。他郑重地问她：“如果我拿这样的戒指求婚，你答应吗？”

他掏了心问她，然而她在那一刻只觉得荒诞又好笑。不过就是一场短期恋爱而已，他未免认真得可怕。再说他过得那么清贫，别说“鸽子蛋”，买普通的一克拉钻戒都不知道要攒上多久的钱。

那时候的“求婚”，他在唇间说着，小心矜重，却被她轻慢地践踏。现在他真有这个能力了，“求婚”两个字就成了武器，像把刀子一样，能把她捅死。

她作孽，真是作孽。

顾雪沉这么执着地要娶她，必定是为了报仇，必定会狠狠地虐待她。

许肆月想象了自己婚后的各种惨状，忍不住打了个寒战，激烈地拒绝道：“你要真那么恨我，直接弄死我算了，反正也没人管我了！”

顾雪沉漠然地问："然后你外婆跟着你一起死，我再赔上一辈子去坐牢，你当鬼也要背两条人命债吗？"

许肆月被他噎得喘不上气来。他什么时候嘴这么厉害了？他竟然面无表情地讽刺她！

她深呼吸，决定改变策略。人一旦被逼到一定程度，面子就没那么重要了。

许肆月绾了绾微乱的长发，露出娇美的侧脸，泪眼蒙眬中低下头，总算是放软了语气，说："雪沉，我其实也不是没心没肺。这四年里我一直觉得很愧疚，觉得欠你太多了，所以……"

"所以，"顾雪沉冷声替她说，"你前前后后换了七个男朋友。"

许肆月立马闭嘴，暗骂一句脏话。这人是把嘲讽技能点满了吗？！

没错，她亲自编的假话，亲自将假话说给梁嫣并让梁嫣想办法将假话透露给顾雪沉！她的七个男朋友，国籍还不一样，冷酷、妖艳……类型齐全，连恋爱的细节都甜得各有特色。

她又有一堆劣迹在前，如果现在改口说那些全是假的，谁也不会相信。

许肆月恨不得穿越回去抽死胡编假话的自己。

这下她进退维谷，干脆破罐子破摔，表现得渣到极致来气他，说不定他一怒之下就放弃她了。

"对，七个怎么了？跟顾总有关系吗？

"我从最开始就是骗你的。你不是早就知道了吗？我对你根本没有过感情，用不着说分手，更不是出轨。四年里我还有点愧疚，已经算很有良心了。

"不瞒你说，我回国之前刚交了第八个男朋友，这次是纯情的小弟弟，目前感情非常好。顾总是准备横刀夺爱，硬把我们拆散？"

她话音落下，房间里的气氛像是陡然降到冰点。空调的冷气像尖锐的刀割着她裸露在外的皮肤。

顾雪沉的大半张脸被阴影笼罩着。许肆月搞不清他的反应，只能看见他在灯光下的嘴角收紧，下颌线紧绷。

隔了几秒，许肆月被气氛弄得胸口发疼了。顾雪沉终于用低哑的声音说："我给你一天的时间断干净。明天晚上八点，我去接你。"

说完，顾雪沉不再停留，跟她擦肩而过，径直走向大门。

手臂相碰时，许肆月好像瞥到他眼尾的一抹暗红色。她下意识地要拒绝他，手机突然振动，梁嫣打来了电话。

这通电话是许肆月的救命稻草，不然她跟顾雪沉继续吵，真要闹出流血事件了。

听筒里，梁嫣火急火燎地问："肆月，你在哪儿？"

许肆月难受地粉饰太平，说："我在摘星苑里吃饭。"

"你冷静点，听我说！我刚知道，明天晚上歌剧院里那场慈善拍卖会的拍品里，有你妈妈的一幅遗作，就是你十岁生日她给你画的那幅画！"

许肆月心猛地一跳，握紧手机问道："你说什么？你确定吗？"

"确定。我现在手里就拿着拍品介绍，截图给你发过去了，你快看看！"梁嫣急促地说，"到底什么情况，你不是说家里没事了吗？这么重要的遗作怎么会流到拍卖会上？"

许肆月立刻点开梁嫣发来的图片，图片里果然是那幅在她家里床头上挂了多年的画。

那年夏天的北方小镇，她梳着两条小辫子坐在满是树荫的院子里，妈妈笑着一笔一笔地描绘她。几个月后妈妈病倒，再也没有醒过来。

妈妈的画就这么被悄悄地处理掉，她甚至能想象，许丞是怎样在家里搜刮已故妻子的遗作拿出去售卖的。如今这幅遗作被人随意地拍卖！

许肆月气得头昏，跟梁嫣说："把具体的时间、地点和起拍价告诉我！"

"我打听过了，起拍价二十万，还好价格不高，画很容易拿下。"

许肆月只剩下卡里的三十几万元和一堆买时天价现在却什么用都没有的奢侈品。她把眉心捏出红印，忍着羞耻感说："我把随身带的两块表押给你，东西加在一起应该能折价五十万，你先借给我钱应急行吗？"

她必须把画抢回来，起拍价二十万元，一般不会有人恶意竞价，准备一百万元足够了。

梁嫣相当爽快，说道："你跟我见外什么？你需要钱尽管说，我给你。"

“好，明天我去找你。”

挂上电话，许肆月环顾四周，顾雪沉早离开了，只有鼻端还残存一点他身上的冷冽气息。

她扶着椅子坐下，刚无力地趴到桌上，侍者就敲门问：“许小姐，可以上菜了吗？”

许肆月一动不动，自言自语道：“人都走了。”

她在飞机上就没吃饭，现在饿得胃疼。她没钱了，以后再也不能挥金如土了，只配喝西北风。

侍者说：“菜是顾总事先点好的，账顾总提前结了。”

许肆月抬起头，半秒都没浪费，说：“上！现在就上！”

这家餐厅主打江浙菜和川菜。许肆月向来嗜辣如命，以前来挥霍的时候，川菜每样必点。最后一顿饱饭她能在这儿吃，也算是一种安慰了。

许肆月把脊背挺直，稳稳地端着娇气大小姐的范儿，绝不在别人面前露出半点柔弱的样子。然而等菜上齐后，她顶不住了，问道：“这都是什么？菜有糖醋的、白灼的、素炒的。辣菜一道没有？”

侍者微笑，说：“顾总特意安排的菜，厨师连盐都没放太多。”

许肆月当场摔筷子。

顾雪沉知道她的口味，分明就是故意恶心她！

许肆月起身就要走，迈出两步又停下，屈辱地低下头，看了看自己发出声音的肚子。

她真是干啥啥不行，喊饿第一名。她满腔怒火地坐回原位，端起手边的白粥，把菜胡乱地拨进去一点，愤愤地将粥喝下。温热清淡的粥滑入喉咙，不知不觉缓解了她的胃疼。

骂骂咧咧地吃完饭，许肆月从包里翻出一盒药，抠出两片，闭着眼睛将药咽下去，顺手抹掉睫毛上的水。

餐厅外，夜色深沉。

这里位置偏僻。天空中浓云遮住星月。两列路灯亮着，薄薄的光晕落下来，照着停在路边的一辆黑色的宾利车。

顾雪沉坐在驾驶座上，半合着眼，透过玻璃，沉默地注视着餐厅的大门。

孤寂的封闭空间里，顾雪沉和助理乔御连着语音，正听他尽职地汇报工作。

“顾总，明晚慈善拍卖会的主办方和我通电话了，感谢您愿意参加拍卖会，他们特意留了前排中间的位置，也会按您的要求保密行程。”

“您的猜测没错，那幅画确实有猫腻儿，是今天晚上突然被加进拍品单的。现在我们还不确定这一切到底是凑巧，还是对方有别的目的。”

这一切在顾雪沉的意料之中。

乔御觉得好奇，从这幅画从许家流出来开始，顾总就时刻紧盯着了。他又想起画上的漂亮小姑娘，按落款时间算下来，小姑娘也就比顾总小一岁，本来想壮着胆子八卦两句，顾雪沉这边正好有电话打进来。

他扫了眼号码，直接按下接通键。

餐厅的领班语气恭敬地说：“顾总，许小姐已经下楼了，拿走了许先生留下的行李。”

顾雪沉没说话。

接着领班事无巨细地说：“许小姐情绪很差，但喝了清粥，吃了菜，脸色稍好了一些。进餐之后，她又吃了两片药，我没看清具体是什么药。”

听到“药”字，顾雪沉低低地“嗯”了一声。

不久，餐厅的旋转门转动，许肆月拖着沉重的行李箱出来。她扎起了长发，露出雪白纤细的脖颈，一脸怒气地站在街边打车，红唇微微地开合，多半是在骂顾雪沉。

长街上风很大，她的裙子单薄，人也被吹得有些狼狈，却依然在黑夜里美得夺目。

顾雪沉盯着她，搭在方向盘上的手指不自觉地用力，凸起苍白清瘦的骨节。他身旁的副驾驶座上放着一个被打开的首饰盒，盒里有钻戒，“鸽子蛋”璀璨夺目。

当年的那个午后，他曾低下头问她：“如果我拿这样的戒指求婚，你答应吗？”

少女的眼里全是不以为意之色，她敷衍地笑着说：“你将戒指拿出来，我就答应啊！”

顾雪沉因为她的话，拼尽全力去挣买这枚戒指的钱，哪怕心里很清楚，她一直在骗他，她从来没有真正地喜欢过他。

许肆月迟迟等不来出租车，也不愿意回头找餐厅帮忙，固执地低头捣鼓从没用过的网约车软件，手机还总是连不上网。

她觉得又冷又气，贝齿狠狠地咬着唇肉，唇肉湿润丰盈，难言地美丽。

来摘星苑吃饭的人这会儿也差不多到了散场的时间，陆续有招摇的跑车开出来，经过她的人无一不停下车搭讪。

“小姐姐去哪儿啊？我送你。”

又一辆玛莎拉蒂刹车，从车里面探出一个“锡纸烫”的彩色脑袋。

许肆月嫌弃地审视他两眼，冷笑着说道：“毛都没长齐还学人出来撩，别碍你姑奶奶的眼。”

十几米外，顾雪沉双眼锋利似刀，默默地凝视着她。

“锡纸烫”挨了骂恼羞成怒，还没发作，后面马上就有其他车跟上来。车里的人开着敞篷，扬声笑着说：“行不行啊，兄弟？不行赶紧让地方，别把人家细皮嫩肉的小姑娘冻坏了。”

许肆月以前养尊处优，到哪里都是大小姐的待遇，真没受过这种轻薄，恶心得胃里上下翻腾，差点把好不容易吃下去的粥吐出来。

“锡纸烫”不甘示弱，居然要下车拖她的行李，许肆月吓得直接拨110。

她第三个数字还没按完，“锡纸烫”就上来抢手机。他的手指头正要触上许肆月的腕子时，一道厚重的汽车鸣笛声骤然响起，划破黑夜。

几个人面色一凛，不约而同地扭过头，看见一辆黑色的宾利停在对面，驾驶座的车窗缓缓地降下，露出男人一双锐利深沉的眼睛。

许肆月胸口猛地一缩。顾雪沉怎么还没走？他特意等在这儿看她的笑话，是吗？

她当机立断地踹了“锡纸烫”一脚，指着宾利大喊：“自己照照镜子，你有他帅吗？他这样的人姑奶奶都看不上！你赶紧滚，再敢说一句废话就派出所见！”

碍于对面男人的威压感，再加上如此盛气凌人的女人确实不像能随便上手的，跑车里的人不想惹麻烦，相继离开了。空荡荡的街上只剩下许肆月和车上表情冰冷的顾雪沉。

她不示弱，不道谢，甚至有点想捡个石头丢过去，来掩饰自己无助的心情。情绪正在剧烈地翻滚，她分不清是生气还是委屈。

顾雪沉没下车，更没有和她说话的意思。

许肆月挂不住面子，想吼他两句发泄，这时，又一辆扎眼的酒红色跑车冲过来，在她的跟前猛地停下。

顾雪沉忍耐到了极限，手背上隆起青筋。他已经将车门推开了一条缝儿。

街对面的跑车里却出来一个女人，女人扑向许肆月。

顾雪沉眉心微拧，眼尾下的一颗淡色的泪痣像是血滴。他缓缓地收回推车门的手，靠回椅背上，胸膛微微地起伏，自嘲地闭上眼。

“肆月，你果然还在这儿！”

许肆月被一把抱住，才反应过来这人是梁嫣。

梁嫣把许肆月从头到脚仔细地看了一遍，眼里浮出一丝微妙的神色，说道：“你在英国吃仙丹了吗？再美下去就要原地飞升了。”

许肆月没心情开玩笑，问她：“你怎么过来了？”

梁嫣嗔怪道：“我就觉得你这边状况不对劲，想着来碰碰运气，说不定能帮上忙。还好我来了，不然你宁可拖着行李站在路边打车也不找我！”

“走，”她拽着许肆月的手说，“去我那儿睡，有什么事慢慢说。”

梁嫣一下没拉动许肆月，发觉异样，顺着许肆月的目光看过去，表情一僵，说道：“顾雪沉。”

许肆月哼了一声：“别管他。”

她说完，朝宾利的方向努力地摆出穷凶极恶的表情，然后端庄地坐进梁嫣的车里，等彼此的距离拉开几十米，才卸了力气，略微侧过头，默默地扫了一眼渐远的黑色车影。

梁嫣一个人住在市中心的一套三百多平方米的观景公寓里。许肆月跟着她走进去，终于有了物是人非的感觉。过去梁嫣的家境不如她，梁嫣总跟在她的身后打转，要她罩着，现在梁嫣能反过来帮她了。

许肆月环顾四周，觉得挺欣慰的，但也有了更多的酸楚感。

人人都有家，而她的家没了。她必须忍耐，现在还不能杀回许家，质问许丞和他那个小老婆。她不怕与人当面互掐，而是怕闹出大事，错过拍卖会，弄丢妈妈的画。

梁嫣给她倒水，着急地问："肆月，到底怎么了？叔叔呢？还有顾雪沉，他为什么会在那里？他是不是还记恨你？他听说你回国了，要找你麻烦吗？"

也许是小姐妹的语气太关切，许肆月笑出了声。她疲惫地蹲下身抱住膝盖，把这一晚上的事都说了。

过了许久，她听见梁嫣有些走调儿的声音："你说，顾雪沉要娶你？"

许肆月拍拍地板，说："是，你没听错。他很变态，对吗？他就是想用婚姻折磨我。真要多了张结婚证，他不管怎么欺负我都有冠冕堂皇的借口了！

"我骗他的感情是我的错。但他也不至于这么绝，用这种方式报复我吧？

"我就算是死，从楼上跳下去，也不可能嫁给他！"

梁嫣又着魔似的说："他怎么可能要娶你？他就这么放不下……"

许肆月没听清梁嫣说什么，想起正事，抹了抹眼角的泪，打开行李箱把装手表的盒子取出来，说："表基本是全新的，我不会让你吃亏。"

梁嫣垂眸，浅笑，说道："我给你钱，不用这些东西，你自己留着吧。你真要出手的话，以后就很难再将表买回来了。"

许肆月抿了抿唇，指尖被盒子硌得发白。

梁嫣温柔地拍拍她，说："放心，这些钱肯定够你把画拍下来。"

许肆月把盒子硬塞给她，舒了一口气，扭头看向落地窗，小声地问："顾雪沉现在究竟在做什么？变化这么大，难道他是去抢银行了吗？"

梁嫣顿了顿，说："你知不知道深蓝科技？"

"知道一点，"许肆月皱着眉说，"做语音助手、人工智能的。去年我在英国看过一场国际性的机器人比赛，最后的赢家就是这家公司。"

梁嫣深吸一口气，说："深蓝科技就是顾雪沉一手创立的。"

当天晚上，许肆月习惯性地失眠，忍着头疼打开手机，搜索了深蓝科技相关的资料，跳出来的种种信息足够惊人，掌权人顾雪沉的词条后面还关联着一堆不太正经的八卦。路人们不是关注顾雪沉的私人感情，就是拿他仅有的几张被偷拍的照片去跟男明星们比美，他还场场不输。

许肆月看得有些烦躁，把注意力放回深蓝科技上。

公司创立于三年前，靠着老板兼首席工程师顾雪沉的个人能力，从零开始，在极短的时间内就占据了智能语音助手的市场，拿下与各大知名手机及电器厂商的合作，完全消除了过去同类产品的机械生硬感。

以此为基点，深蓝科技正式进入人工智能领域，如今主攻机器人开发，无论在硬实力还是软实力上，都达到业内的领军水平。目前深蓝科技的市值稳超百亿，仍在继续攀升，被媒体奉为“难以复制的神话”。

许肆月扣住手机，说不清心里是什么滋味儿。

三年前，顾雪沉大学还没毕业。她知道他是天才级别的学霸，专业方面厉害到不行，也极有商业头脑，但她没想过他能厉害到这种程度。

这一刻，许肆月才意识到，她对顾雪沉的了解实在太少了，只记得人家嘴唇什么触感，腰有多好抱，其他的一概不知。能这么拼命搞事业的男人，对糟蹋他感情的仇人当然不会手软。

许肆月用被子蒙住头，熬到快凌晨终于睡着了，结果梦见了少年时的顾雪沉。他相貌俊俏，眼眸深沉，红着眼眶问她：“许肆月，你有心吗？你知不知道什么是疼？”

惊醒过来，许肆月满身都是汗。她生无可恋地盯着屋顶，隐约有种不好的预感。她踢到铁板了，这次搞不好真完了。

梁嫣家是慈善拍卖会的受邀方之一，多弄一张邀请函轻而易举。

这种拍卖会向来是大小姐们的斗艳场。许肆月知道现场会有不少熟悉的面孔，特意提前三个小时准备，力求妆容完美。她穿着昨天那条刚买的连衣裙——就算心里再难接受，这也是她唯一一条拿得出手的当季新款的连衣裙了。

临出门前，她涂上了让自己有气场的口红，以免输了气势。

晚上七点，许肆月坐梁嫣的车到达歌剧院的门口。这里早被清了场，没有普通的观众，大厅的方向灯光璀璨，视野里尽是限量版的豪车和定制礼服。

许肆月下意识地攥紧手包，曾经最得心应手的场合，现在却觉得陌生和抗拒。

梁嫣柔声解释："今晚的排场大，还有不少女明星。她们往前凑，想向上攀。我还听说……"

她看着许肆月，继续说道："顾雪沉也在受邀的名单里。可惜他不爱这种热闹的场合，不会来。那些眼高于顶的大小姐听说他不来，就像见不着偶像的粉丝，为此哭天抢地。"

许肆月拧眉，说："你怎么又提他？"

梁嫣亲昵地抱住她的肩，安慰道："肆月，我是看你心乱想劝劝你。顾雪沉抢手着呢。我想过了，他昨晚说的那些多半就是故意吓唬你。他大概想发泄一下积怨。以他现在的位置，婚姻有多少价值？他怎么可能拿它来当报复的手段，对吧？"

许肆月听到"顾雪沉"三个字就头痛。她傲娇地抬抬下巴，说："最好是这样。"

梁嫣笑着说："那你先进去，杨瑜她们都到了。我跟长辈们打过招呼就去找你。"

她进入歌剧院。歌剧院一进去是圆形的会客厅，再往里才是拍卖会场地。许肆月握着包的手指一直很用力，指腹被包上的装饰品硌到发疼。她红唇绷紧，脊背挺得笔直，对周围打量的目光视而不见，心里却在不停地碎碎念：

"姑奶奶气场不倒，永远是顶级美女。

"姑奶奶当年叱咤风云的时候，尔等都是渣渣。"

会客厅符合慈善的特点，被布置得低调简单，但并不影响女人们争艳。许肆月远远地看见一对锃亮的钻石耳环，戴着它的人是她过去的小姐妹之一——杨瑜。

杨瑜的旁边三五成群的自然也是许肆月的熟人，当年经常跟她玩儿在一起。许肆月慷慨，家世又最好，自然是姐妹圈儿的中心人物。

许肆月见到熟悉的面孔，稍微放松了一点，径直朝她们走过去，然而还没到她们跟前，就听见杨瑜毫无遮掩的冷笑声。

"你们说，她到底回国干什么？自取其辱吗？该不会还指望着继续当作威作福的小公主吧？"

"小公主是肯定没指望了，丧家之犬倒差不多。大家不是说许丞彻底放弃她了吗？不知道她以后会落到谁的手里，过得有多惨？”

“我想起她以前趾高气扬的样子就觉得讨厌，她活该摔在泥里。”

杨瑜得到附和，满意地哼了哼，继续说：“她妈是个三流画画的，全靠死得早才有点虚名。当初我花钱买下那幅画，就是为了让她难堪。今天正好赶上了，只是不知道许大小姐包里剩下几块钱。她还敢不敢来？”

许肆月站在三米外，面无表情地盯着杨瑜。她缓缓地皱起眉，舒了一口气，从手包里捏出一个小盒子，打开盒盖儿，倒出一颗很小的糖，矜持地将糖放在唇间。柚子糖的酸甜味儿立刻填满口腔，冲淡了她嘴里原本浓重的苦涩感。

杨瑜说得兴起，脸上露出最得意的笑。许肆月舌尖勾了勾，刚好把糖咽下去。

很可惜，她尽力冷静了，但没用。

下一秒，许肆月果断地从旁边的桌上端起一杯白兰地，迈开双腿，高跟鞋敲在地面上的声音铿锵有力，几步就逼到杨瑜的身侧。

她利落地伸出手，扯过杨瑜的肩膀，把酒杯举高，照着杨瑜的脑袋直接将酒浇下去。

“我不光敢来，”许肆月翘着嘴角，倨傲地说，“我还敢当面收拾你。”

杨瑜精心做好的头发被浇湿。酒顺着额头往下流，冲花了她的眼影和腮红。杨瑜尖叫起来，气急败坏地去推许肆月。许肆月纤细的手指丝毫不放松。她反而硬把杨瑜拽到面前。

许肆月的长相本来就艳丽张扬，美得极具攻击性，此刻她带着火气，更显得咄咄逼人。她歪头打量杨瑜，不屑地说：“四年不见，你长本事了。”

杨瑜骨子里还是怕她，一时间不敢与她正面冲突，只能挣扎着大喊：“保安！看不见有疯子吗？！”

她的动静闹得太大，会客厅里陷入一片死寂，四面八方的视线集中过来，随之窃窃私语声响起。

“谁这么跋扈？今天这种场合人人都端着，生怕有不妥之处，她居然敢上来就泼酒！”

“还能是谁，许家的那位千金呗，几年不露面了，还是肆无忌惮的，也不看看现在是什么形势了。”

“许家？快破产要‘卖’女儿的那个许家？”

“对。她已经成了圈儿里的笑柄了。什么传言都有。对方不是上了年纪的老头儿，就是哪家花心滥情的‘二世祖’，不可能有人真娶她。她还硬气什么？”

“如果是我，我绝对没脸出来招摇。”

几个穿制服的保安匆忙地往这边跑。梁嫣及时地提着裙子赶过来。梁嫣抓住许肆月的手臂，心急地说：“肆月！别这样！先放开她！”

梁嫣又瞪杨瑜，质问道：“你们是不是乱说什么了？肆月好不容易才回来，你们就不能照顾她一下吗？”

许肆月的眼里仿佛烧着火，梁嫣赶紧贴近她的耳边劝道：“别冲动！保安都过来了，要是真不让你进场，画怎么办啊？”

最后一句话精准地戳到许肆月的痛点，她睫毛一颤，缓缓地松开手。

杨瑜的面子丢光了。她要气疯了，指着许肆月说：“许肆月，明城早就变天了。你以为你是谁，还能在我的面前趾高气扬？你等着，今天有你好看的！”

杨瑜说完这句话，会场里恰好有锤音一响，代表着拍卖会马上开始。梁嫣急忙推着许肆月往里面走，边走边说：“我们先进去办正事！今天我们的位置很好，在中间。”

许肆月将指甲深深地掐进手心里，看着梁嫣，哑声问道：“你之前知道画是杨瑜买走的吗？”

梁嫣一脸惊诧地说：“什么？！杨瑜买的？！那今天那幅画出现在拍品里，不会也是她故意针对你吧？！我平常跟她接触不多，真不知道她变成这样了！”

许肆月闭了闭眼，平复胸口的那股怒气。她不能草木皆兵，对谁都怀疑。梁嫣应该不知情，否则早和杨瑜一起欺负她了。

她咬着牙，没回应梁嫣，但心里很清楚，刚才自己没容忍杨瑜对妈妈不敬，当众让杨瑜出了丑，杨瑜肯定不会那么容易让她把画拍下。

还有时间，当务之急是想办法多准备点钱。

梁嫣拉着许肆月入座后，转头到处看，觉得奇怪，说：“几个主要的位置坐满了。怎么咱们前面的位置还空着？”

她们的前排是整个会场的中心，目前左右落座的都是身价斐然的大佬和太太，中间空出来的一个座位特别明显。

许肆月没心情关注这些，低头看着手机，晚上七点五十五分，拍卖会还有五分钟开始。

她的通讯录和微信好友里没剩下几个人，关系一般的早就删了，关系好的……经过杨瑜闹出的这件事，她也有了戒备心。

正当许肆月咬着唇犹豫该联系谁的时候，会场的灯光忽然聚向台上，主持人出场，高清的大屏幕亮起，装着拍品的推车也被送了上去。

“不是还差五分钟吗？！”

梁嫣示意许肆月看墙上的时间，正好晚上八点。她解释道：“可能是会场的钟快了一点。”

台上的主持人说完开场词，很快就亮出今晚的第一件拍品。

许肆月蓦地坐直，双手指节绷得泛白。

拍品就是那幅画！画上是十岁生日那天的她，她穿着米白色的碎花小裙子，天真稚嫩。

主持人的声音通过扩音器在整个会场上盘旋，主持人介绍道：“程幻女士生前最珍爱的一幅作品，落款标注是‘送给女儿小月亮的生日礼物’，此前一直被独家珍藏。”

许肆月眼眶发烫，死死地握着竞价牌，准备第一时间将竞价牌举起。但在主持人宣布起拍价二十万元以及相应的规则后，有人比她更快，张口就直接叫到了四十万元。会场里微微哗然。

许肆月举牌的同时，冷眼望过去，叫价的果然是杨瑜那群人。那群人正得意地看着她。

不过几十秒，在恶意竞争下，画的价格涨到了八十万元，马上要到许肆月预算的极限了。她的声音有点不稳，低声问身旁的梁嫣：“我把所有的东西都给你。你如果嫌麻烦，我就出手之后再给你现金。你现在先借给我钱，行吗？”

这场拍卖会的规则是买家当场付款，当场带走拍品，没有等的时间。

梁嫣无措地摇头，说道：“对不起啊肆月，我没想到会这样。我的手头上也没更多的钱了，帮不了你了。”

杨瑜那群人继续慢悠悠地叫价：“一百万。”

几个人甚至像对许肆月显摆“有钱任性”一样，一唱一和，把价格抬到了一百六十万元。许肆月无论如何也付不起这些钱，这些人在羞辱她。

许肆月全身的血液仿佛在结冰，手指几乎被竞价牌的边儿磨破。

明显异样的气氛加上她们之前的冲突，让会场里的众人窃窃私语起来。

“原来画上的人是她。”

“自己的画像、妈妈的遗作她都拍不起。她到底来干什么？”

“一百多万她拿不出来？那她还不如别出现，躲起来不好吗？免得被公开羞辱。”

“看来许家用女儿换回来的结果不怎么样，连给别人当玩物也当得没分量。”

杨瑜处理好了身上被泼的酒，这会儿恢复了傲慢的神情，有意音量不低地跟旁边的人说：“其实钱多钱少都无所谓，我主要是为了热闹，等一下把画拿过来，现场撕了让大家乐和乐和。”

许肆月的骄傲被踩到地上。众目睽睽之下，她仿佛赤脚站在刀尖上，割肉见骨，疼得五脏六腑都在翻搅，耳中不断地嗡鸣着，周围的一切交织成让人窒息的网。

“一百六十万第一次。”

许肆月猛地站起身，却什么也说不出，眼底的红似要滴落。

“一百六十万第二次。”

许肆月的舌尖尝到血腥味，会场上议论声更甚。

主持人的嘴就要张开第三次，会场后方紧闭着的浮雕大门骤然被推开。现场顿时静下来，男男女女不约而同地回过头。

四面八方的灯光过分明亮，反而把男人出众的脸照得有些模糊。

许肆月完全僵住了，定定地盯着那道意外出现的身影。

男人并未急着入座，沉静地站在门口，嗓音低而冷，犹如极寒的冰在碰撞，他说：“三百万。”

许肆月有些呼吸困难，眼神不知怎么就飘到了会场的钟上，八点零五分，那么现在的正确时间就是晚上八点整。

昨天在摘星苑里，顾雪沉临走前的那句话回到她的耳边：“明晚八点，我去接你。”

八点，一分不差。

在座的人如梦初醒，纷纷站起身。主办方的负责人一路小跑到顾雪沉的身边，弯着腰指了指许肆月前排的那个空位，要给他引路。

顾雪沉没动，也没看许肆月一眼，只是淡淡地重复道：“三百万。”

差不多是之前价格的两倍。这样的价格压下来，众人都明白顾总的意思了。他要这幅画，即便真有人敢争，他也会立即叫出更高的价。

主持人感觉到顾雪沉的目光落到自己的身上，精神了，忙继续走流程。杨瑜那群人要傻了，不光对顾雪沉到场这件事感到惊讶，也没有那么多闲钱，更没勇气敢在他的面前继续抬价。

片刻后，锤音响起，主持人说：“三百万，成交。”

许肆月的心脏被无形的手狠狠地捏住。

顾雪沉眉眼冷峻，始终目光平静，按照拍卖流程走上台，垂眸签单，手在木质的画框上轻轻地抚过。

许肆月什么也来不及想，只有剧烈的心跳声在疯狂地响着。

梁嫣脸色发白，冰凉的手不停地拽许肆月的裙摆，说：“肆月，他来干什么？他怎么可能参加这种场合？他平常……”

不等梁嫣说完，主持人就遵循惯例，拿起话筒对着身旁的人采访：“我相信今晚在座的各位都非常好奇——顾总怎么会破例来这场拍卖会，而且目标明确地以高价拍下这幅画？这幅画是不是有什么特殊的意义？”

她边问，边借机眼含春光地注视着顾雪沉。

她主持过的大小拍卖会无数，各种出色的男人她见过太多，但顾雪沉这种气质的还真是独一份儿，无人可以替代。脚下明明是浮华的名利场，但他站在这里，偏就疏冷淡漠，沾染不上凡尘的烟火气，像泛黄古画里匠人细心描绘出的那种貌美神像。

他也没故意与众不同，只是穿着很简单的黑色正装，衬衫领口一直系到最上端，但是跟别人一比，就是气质出众，随意一抬眼也让人心里忐忑，唯恐亵渎他。

会场上没人说话，安静得落针可闻。

顾雪沉拒绝工作人员帮他装画。他单手抬起那幅画，视线从画里青涩的小姑娘的脸上扫过，缓缓地落在台下还僵硬地站着的许肆月身上。他开口，字字清晰地淡淡说道："这幅画是我送给我新婚妻子的礼物。"

会场里一阵安静，随即又一阵骚动。许肆月心跳如擂鼓，提前感知到了灭顶之灾。

顾雪沉这话是什么意思……他是不是要当众干什么？！

梁嫣拽着她的手停住。四处是不可置信的吸气声和失控的叹气声。

顾雪沉即便没有家世根基，单凭自己，也是今天现场很多人惦念的如意郎君和理想女婿。这句话一说，相当于平地惊雷。

主持人惊得措手不及，呆滞地问："顾……太太……喜欢程幻女士的画？"

顾雪沉没再回答，把画框扣在身侧，平静地迈下台阶。

许肆月不敢眨眼，屏息盯着顾雪沉一步步地走向自己。他的脚步稳定有力，每一步都像在给她敲响丧钟。

他过来了……他真的明目张胆地过来了！

到了她这一排座位的入口时，顾雪沉停下，侧过头，墨色的眼睛里映出许肆月的影子，眼尾下那颗浅色的泪痣在灯影中十分夺魂摄魄。

他直直地盯着她，淡淡地说："顾太太，玩够了吗？回家。"

许肆月的世界发生了八级地震，地动山摇。她想象力再丰富，也没想到今晚的事情会是这个走向。

她就像在坠落悬崖的关头被硬生生地拉住，然而拉她的那只手沾满了毒，拉她的人对她来说是更大的威胁。

现在许肆月完全确定了，梁嫣分析的结果完全错误。顾雪沉是铁了心，宁可牺牲自己的婚姻也要把她娶回去。哪怕这桩报复性的婚姻再离谱，在他将话说出口的那一刻也成了事实。而且不久，明城大小圈子里的众人会将这件事情传得沸沸扬扬。

许肆月本想反驳他，如果现在撇清关系，可能还有救！

但话都到了嘴边，许肆月看见顾雪沉手中的画框，嗓子一堵，不自觉地将话咽了回去，余光又恰巧瞥到杨瑜那张被气到狰狞的脸。

许肆月下意识地转了转头，望向周围。

不只是杨瑜，之前讽刺她的那些人，说她“小情人”“丧家之犬”的她熟悉的太太、小姐或者陌生人，表情都足够精彩。她们看顾雪沉的时候痛心疾首，简直恨不得扑上去当场与他结婚，转过头来看许肆月，就是一副不甘心、嫉妒到牙痒痒的样子。

许肆月抿了抿唇，觉得自己可能是被她们气得太狠了，居然有种离谱的冲动涌上来。哪怕她付出任何代价，今天也想虐虐她们。

她再次望向顾雪沉，他冷冷地立在那儿，卓尔不群，乌黑的双眼似乎透不进光。他就那么沉默冷静地等她做出反应，而且是以新婚老公的身份。

许肆月觉得血液越来越上头了，开始控制不住自己。

如果她反驳，画肯定要被他直接带走，她拿不到画，也打不了这些妖魔鬼怪的脸，还要受加倍的羞辱。可如果反过来……

顾雪沉眉心微微收拢。

许肆月发现他的耐心有用完的迹象，不禁头脑一热，干脆豁出去了，英勇地把竞价牌往座位上一扔，拨了拨长发，挺胸抬头地走向他。

全场的视线不约而同地扎在她的身上。她深吸一口气，按照记忆里曾经跟顾雪沉约会的样子，朝他皱了皱鼻尖，声音稍稍放嗲，略带娇气地埋怨道：“雪沉，你怎么来晚了？”

顾雪沉的眸中一瞬间有颤动的迹象，随即他将其掩埋进深处，低低地“嗯”了一声，声音富有磁性。

许肆月被这一个气音磨得耳朵微麻，心神莫名晃了一下，又迅速稳住心神。

她特别自觉地把戏演全套，伸出瓷白的手臂，半点不含糊地挽住男人的手臂。她往他的肩上小靠了一下，仰起俏脸，说：“还好画没丢，勉强原谅你。后面的拍品我都没兴趣，咱们走吧。”

两个人往会场门口走。顾雪沉看了一眼黑色西装上那只细腻无瑕的手，没有挣脱她，也不与她拉近，但悄悄放缓了脚步，适应她那双强撑气场的细跟“恨天高”。

“肆月……肆月！”梁嫣在后面叫她，脸色白得像纸。

顾雪沉偏了下头，目光冷淡地扫过去。他的目光淡淡的，却让梁嫣脊背一寒。她将想说的话生生卡在喉咙里，要哭似的愣愣地看着他们。

许肆月已经抱着爽一把就死的念头了，当然要充分利用这个机会。她转过头，朝梁嫣笑了笑，脸精准地卡在最美的角度，顺便微抬下巴，高傲地将目光扫过全场，让那些看她笑话的男女尽情“享受”此刻不忿的感受。

不过几秒钟，仇恨值就要爆发了，许肆月这才桃花眼一弯，说道：“我跟雪沉回家而已，大家不用担心。”

她深深地看了梁嫣一眼，自认为带足了十二万分的心如死灰的情绪，希望姐们儿别为她哭泣，姐们儿以后初一、十五给她烧点纸她就感激不尽了。

会场不算大，路也并不长，但许肆月挽着顾雪沉的胳膊，感觉像是走了三天三夜。

他们走到歌剧院的门廊处，顾雪沉的车早已等在那里。许肆月忙不迭地收回那只挽着他的胳膊的手，磨蹭手臂上冒出的细小的鸡皮疙瘩。她倒不是讨厌挽着他的胳膊，而是他的气场太冷冽了。

顾雪沉看见她的动作，手指慢慢地收紧，低声说：“上车。”

第二章　隐忍的深情

助理乔御今天兼职司机。自从车门打开的那一刻起，他就屏住呼吸，大气都没敢喘。

黑色的宾利平稳地驶出歌剧院大门，本来应该提速奔向目的地，但乔御福至心灵，很懂事地悄悄放慢了车速，尽可能把路上的时间拉长一点。后视镜里，后排的两个人一人一边，中间简直隔开一个大峡谷，顾总闭着眼，绝美的许小姐则紧靠车门。

乔御觉得这位许小姐莫名眼熟，忍不住多看了两眼，脑袋猛地一热，这是画里的那个漂亮的小姑娘！

车里的空气似乎凝固了，许肆月忍了许久，还是没忍住先开口。她绷着脸，生硬地问："顾雪沉，你比我更早知道拍卖的事，对吧？不然不会说晚上八点这个时间。"

顾雪沉睁开眼睛。不等他回答，许肆月自顾自地笑出了声，说："我为什么要问你？你知道或者不知道都是你的事，没义务告诉我。今天我的难堪处境，我怪谁也怪不到你的头上。你没在那些人面前落井下石，我就应该磕头谢恩了。"

她尽量不让自己失态，保持着冷静，又说："可我真的特别想知道，你这几年就没遇到个真心喜欢的女人吗？也没有个能正经联姻、好好地搞事业的对象？我亏欠你，你恨我是应该的，但你非要拿结婚这种方式虐我不可吗？你连当众宣布，赶鸭子上架这种手段都用上了！”

乔御的脊背一阵阵发冷，紧张地瞄着顾雪沉的脸色。

顾雪沉还是很安静，整个人像被困在永远化不开的坚冰里，沉郁冷漠，拒人于千里之外，谁也走不近他。他的睫毛长，睫毛稍一垂下就能遮住眼里所有的情绪。他终于开口，不疾不徐地说：“你如果还要拒绝，除了这个，我还有更多的手段。”

“不过刚才在会场里，你不是很享受吗？”他侧过脸看她，微微启唇说道，“顾太太。”

许肆月要被他气死了，那点死要面子的心思也被他无情地揭穿，眸里不禁被激出水光，恨不得脱下高跟鞋打他。

车在路口转弯，驶向前方不远处的一片院落。夜逐渐深了，街上的车不多。异常的状况出现的那一刻，乔御迅速地做出了反应。

长街上，一辆越野车有些失控，歪歪扭扭地从对面猛冲过来，车头顶破路中央的护栏，马上就要撞上黑色的宾利。

“顾总小心！”

乔御将方向盘打到底，及时扭开车头，车身也随之猛烈一晃。

许肆月没有准备，失控地倒向旁边，连顾雪沉的手臂都没来得及抓住，直接摔进他的怀里。她的耳朵里一片噪声。她听见外面刺耳的轮胎摩擦声，但更多的是男人胸膛里沉稳有力的心跳声。

他身上有些凉，掌心却是滚烫的。在她跌过来的一瞬间，他就本能地揽住她的肩背，力道重到几乎把她弄伤。此刻他的体温隔着她薄薄的裙子，像要渗进她的骨头深处。

许肆月恍惚片刻，竟然有点分不清现在是哪一年的哪一个晚上。为什么时隔四年，在两个人这么针锋相对的情况下，顾雪沉的怀抱还能让她感到留恋？

乔御没胆子回头看后排的情况，匆忙地说：“顾总，疗养中心到了。您先带许小姐过去，我留下处理这边的事情。”

许肆月猝然抬起头，说：“疗养中心？”

顾雪沉的手早就松开了。他垂眸看她，仿佛在看一个无关之人，说道：“你不想见见外婆吗？”

许肆月呼吸一顿，急忙坐好，呢喃道：“我外婆……”

她想到顾雪沉之前说的那句话，眼眶有些红了，哑着嗓子凶他："你把我外婆从许丞那儿带出来了吗？顾雪沉你别乱来，是我欠了你，你别把手段用到老太太的身上！"

顾雪沉不置可否地攥住她的手腕下车，说："不想让她伤心的话，你最好换个表情。"

一行人见到车灯，自疗养中心里出来迎接，为首的中年女人对着顾雪沉连连点头。她笑容可掬地说："顾总您来了。老人家已经被安顿好，您现在就可以过去看她。"

许肆月被带着往里走，看到这家疗养中心的占地面积不小，视野里有几栋米白色的欧式小楼，还有一片单层带院子的联排小别墅。她心里想：这家疗养中心肯定价格不菲。

几分钟后，顾雪沉把她带到别墅区中间的一个小院子前，客厅的窗帘没有被拉好，缝隙间露出暖色的灯光，头发银白的老太太坐在窗前，低头捏着钩针在织东西。

许肆月愣了，眼泪一下子涌出来。她咬住牙关，不愿意让顾雪沉发现自己的失态，匆忙地擦了擦脸，才放轻脚步进去。

老太太闻声抬头，手里的钩针掉了。她颤巍巍地起身，小心翼翼地喊了声："月月呀。"

许肆月用尽力气忍着泪。老太太以为自己眼花了，紧走几步奔向她，瘦巴巴的手握住她冰凉的小臂，才确认眼前的人确实是自己心里最惦念的许肆月。老太太激动地说："真是月月回来了，不哭啊，外婆在这儿。"

许肆月弯腰抱住她，无声地泪流满面，又装作没事般抹掉泪水，笑着说："我才没哭，就是想你了。"

外婆来回抚摸她的发尾，牵着她的手坐下，努力地往外看，问道："小顾呢？小顾没来？"

许肆月听到这个称呼不禁一怔，不自在地抿嘴，然后说："问他干什么呀？"

外婆拍着她的手背，说："新婚小夫妻当然要如胶似漆的。小顾长得这么好，不就是你喜欢的类型？我乐意看你们亲近。"

许肆月头要炸了，顾雪沉只用一个晚上就把关系宣传到外婆这儿来了。他还让外婆这么买账！

“是小顾去接我的，他亲自把我从那地方带出来，快八点了才到这边，又急匆匆地去什么拍卖会了。”老太太叹了一口气，愤怒地捶了一下桌子，“许丞那个白眼狼，当初靠着咱们家，靠着你妈妈才爬到高处，结果狼心狗肺，连我身边的东西都搜刮得一干二净，也不让我和你联系！”

老太太摆了摆手，浑浊的眼睛有些湿润，继续说道：“还好……还好我的小月亮有了好的归宿。外婆什么都没了，就剩个不值钱的镯子给你当嫁妆。”

老太太把带着体温的镯子摘下来，将镯子套在许肆月纤细的手腕上，脸颊贴了贴她的额头。

许肆月想说外婆你误会了。小顾不是她的好归宿，是她欠了债，人家只是讨债来了。他对你好，是他的教养。但他做这些事，件件都有同一个目的，并不带感情。

外婆想到什么，思绪飘远。她笑着感慨道：“我喜欢小顾，他有点像……像阿十。”

她把手边的毛衣展示给许肆月看。毛衣是女款的，胸前的图案是个小机器人。老太太颇为骄傲地说：“以前你送给阿十的就是这样一个小机器人。外婆织的这件毛衣除了图案，版型可是一比一仿的爱马仕。你不许嫌弃，等我织好了你要穿啊！”

许肆月无奈地点头。外婆可时尚了，什么奢侈品牌都知道，还会照着画报做手工，只是年纪大了有时候犯糊涂，总把过去的事记错，就比如这个“阿十”——外婆口中她小时候的玩伴儿。虽然外婆念叨过好多次了，可许肆月根本不记得有过这么一个人。

她觉得无所谓了，反正外婆无论说什么她都应着，只要老太太平安，有人能护老太太周全就好。

许肆月看着灯下外婆的脸，又转头看看室内奢华的装修和日用品，心脏下坠，坠到空荡荡的谷底。

“外婆，”她轻声问，“你说小顾……到底在想什么？”

外婆用手指点了点她的额头，说：“想你呗。他得多在意你，才能管我这个老太婆。”

许肆月摇了摇头。刚才她真有那么一刹那，怀疑是不是自己猜错了，也许……顾雪沉真是对她余情未了才要结婚的。

但只是短短的几秒，她就彻底否定了这个念头。

她跟顾雪沉的恋爱时间只有三个月而已，要说一个男人能因为三个月就对恋人念念不忘，甚至在经历那么恶劣的戏弄、背叛和伤害之后，还能爱得刻骨铭心，甚至跨越四年，见面就要娶她，这怎么可能？

如果换成她是顾雪沉，那早就恨透了这个恋人，怎么报复都嫌不够，感情是一丝丝也不会残存的。更何况现在顾雪沉拥有一切，而她呢？她只剩下一张脸还能看。问题是当初她追了顾雪沉那么久才追到手，显然他根本不是看脸的人，因此她这点优势等于不存在。

那么只剩下最惨也最合理的理由，顾雪沉娶她，就是为了折磨她。而经过今晚，她已经完全失去了抵抗的力气，画和亲人都在他的掌控里，她没法选了。

许肆月跟外婆告别，答应过两天再来看她，心如死灰地走出小院子。

院外的路灯很亮，雾白色的光落下来，覆盖了男人满身。

他站在路边，微微垂着头，脊背依然笔挺，窄腰宽肩，双腿修长，领口上的喉结弧度利落，一张脸充满古典韵味儿，像被细描出的工笔名画，气质清冷，却勾得人热血沸腾。

他这是专门盯着她呢，可能怕她跑了！

狗男人。

花心女狗男，他们倒也很配。

许肆月自嘲地想着，吸了吸气，鼻尖通红。她害怕自己会退缩，干脆快步走到顾雪沉的面前，声音沙哑地要求："顾雪沉，结婚！"

男人眸光动了动。他眼睛微抬，说："称呼是不是该换了？"

会场里，她温柔地喊他"雪沉"。

"换什么？你不会是想让我叫……"许肆月要崩溃了，一时有点反应不过来，直接脱口而出两个字，"老公？"

初春的夜微凉，天气也变化莫测。许肆月刚出来的时候还朗月清风，不过说几句话的时间，风就骤然变大，厚重的云压下来，闷闷的雷声隐隐响起。

许肆月的尾音全被杂音盖过去。她的头发也被吹乱，挡住了眼睛，她没能看见顾雪沉听到她说这两个字时的反应。

眼看着就要下雨，许肆月的脸色变了。经过这一天，她选择对顾雪沉妥协，本来情绪就已经低到谷底，老天又来雪上加霜。

许肆月原本还想硬撑着跟顾雪沉吵两句，但现在顾不上这些了，下意识地用右手攥紧左手的手腕。雨点很快往下掉，零星地砸在她的头发和肩膀上。她像被针刺到，控制不住地轻抖了一下，手攥得更用力了。

许肆月尽力保持表情不变，看向顾雪沉，硬声问："既然要结婚了，我借你的西装披披，行吗？"

她不能淋雨，淋雨会……

然后她就听见顾雪沉冷冰冰地问："我们结婚是为了让你舒服吗？"

许肆月"噢"了一声。没错，她病急乱投医了，结婚是为了让她不舒服的。

乔御早就处理好了车的问题，一直躲着没敢靠近，这会儿发现下雨，急忙把车开到两个人的跟前，撑着伞跑过来，还贴心地给顾雪沉带了一条小薄毯。顾总不用小薄毯，乔御是想让顾总将小薄毯给许小姐。毕竟顾总洁癖严重，不可能把衣服给人家披。

乔御刚要把毯子递过去，就看见顾雪沉脱下西装。他一手拉开车门，一手把西装罩在许肆月的头上，把她推进去，动作绝对称不上温柔。但乔御看愣了，莫名觉得顾总眼里压着更深更重的情绪，除了他自己，无人能懂。

"开车，回瑾园。"

才过了几分钟，暴雨就倾盆而下。许肆月半个身子裹在顾雪沉的西装里。她倚靠着车门，耳朵里全是纷乱的雨声。

她还行，还顶得住。

手机忽然"叮"的一声，许肆月收到一条微信消息。她想快点转移注意力，顺手点开微信消息，图片接连往外跳，图上的人物挺清晰的——许丞姿态亲密地拥着一个陌生的女人，旁边还有一个二十岁上下的女孩子。

许肆月笑了一声，有些反胃，删了一堆人，怎么就没早点把杨瑜这个"整容怪"删掉，居然还让她躺在自己的好友列表里。

杨瑜这是被她的婚事气成什么样了啊？！脸都被打肿了，她还敢出来找存在感。

许肆月手指隐隐发抖，回了一句“你别犯贱，当心我老公让你家破产”，接着把杨瑜拉黑。

她好像要完了……这根恶心人的稻草马上要把她压垮了。

许肆月吃力地把西装拽下来，打开手包，偷偷地摸出药片握住，歪头瞄了瞄顾雪沉，问道：“能不能再借点水喝？”

顾雪沉将目光从她的手机屏幕上移开，拿给她水杯。

许肆月侧过身，躲在阴影里把药吞下去，又从小盒子里倒出两颗柚子糖放进嘴里，含着糖低下头，一句也没问顾雪沉要带她去哪儿。

宾利在大雨里疾驰，二十分钟后抵达城南的瑾园，穿过几条曲折的林荫路，径直开入十二号别墅的地下车库。

车停稳后，许肆月艰难地打量了一眼环境，撑着力气扬扬眉，声音哑了，问：“房子不错，以后我也住这儿？”

顾雪沉没说话，直接上楼，余光扫过许肆月。她无趣地抿抿唇，动作缓慢地跟在他的后面。

乔御开车离开后，偌大的房子里只剩下两个人。许肆月走了两步就不走了，没骨头似的靠在旁边的墙上，长发扫过胸口，唇一勾，骨子里慵懒的妩媚感就溢出来了。

她嗓子沙哑地问：“今晚不做行吗？”

顾雪沉停下，侧过身，神色冰冷，问道：“你说什么？”

“成年人顾先生，别当听不懂了。我说，”她认真地跟他对视，红唇开合说得毫不避讳，“你就是再急着虐我，今晚我们不上床，行吗？”

许肆月迎上他的目光，拖着长音说：“只要你把画给我，把我外婆保护好，我答应结婚了就不会反悔。我随你怎么折腾我，不过今天太累了，状态差，影响到你的舒适度就不好了。我们改天再做，可以吗？”

她把这个话题说得轻松、无所谓，就像这件事情是家常便饭。

顾雪沉的下颌绷紧。他走下台阶回到她的跟前，扯住她的小臂一直带她到二楼，拧开一扇房门把人押进去，说：“想多了，你自己睡。”

许肆月没空去看这间房具体怎么样，却一眼就盯上了房间里的大浴室，点点头，跟他挥着手说：“领证的时候记得通知我啊！”

说完，她立刻用后背关上房门，脸上的表情渐渐凝固，眉心拧得酸疼。她安静地滑坐到地板上，缓了许久，才勉强直起身，踢掉鞋，赤着脚一步一步地挪去浴室。

浴室没有窗，也没开灯，许肆月孤身走进一片完全能将人淹没的黑暗里。所有的声音消失，没有光，漆黑的小空间里只剩下她一个人。

对……这才是常态，她在英国时每天每夜的常态。

令人不适的天气，她因为时间紧张而被迫选择的不入流的大学，对家里的担忧，生活上的巨大落差，跟朋友们空间和时间上的距离，欺骗顾雪沉的罪恶感，还有被遗弃一般的寂寞感、惶恐感，与周围的人和环境格格不入的感觉，都把她困在英国那间小小的公寓里。

她从小就害怕打雷，英国多雨，不记得究竟从哪天起，每一次听到的雨声都成了折磨。她无法平静，紧抱住自己才能硬撑。如果她不慎淋了雨，情况只会变得更糟。

她不知道自己出了什么问题，无论怎么挣扎都不行，直到患上习惯性失眠，还厌食、爱哭。她敏感脆弱到仿佛把神经悬在钢丝上，抗拒社交，不肯跟人接触。她像困在一个令人窒息的囚笼里，挣脱不开，唯一的求生希望就是等到某一天自己能回家，回到她原本熟悉的世界里。

自从接到许丞让她回国的那通电话起，她终于重新活过来了，短暂地忘掉了那个狼狈不堪的许肆月，把自己清洗干净，装进许家大小姐四年前的光鲜外壳里。

她让自己精神焕发，骄傲地踏上故土，化上凌厉的妆容，以为终于能结束梦魇，做回一个正常人，原来……只是堕进更无望的深渊。

从昨天到今天，二十四个小时而已，“许家大小姐”这个保护壳被人七手八脚地砸到粉碎，她亲爱的爸爸、亲近的姐妹、她的家、她的骄傲，都以最惨烈的方式毁灭在眼前。

身体里所剩不多的力气仿佛被抽干，她撑着那点可笑的气场，模仿过去张扬又桀骜不驯的自己，不肯被人侮辱，不肯忍气吞声，就像一切都没有改变。因为她清楚，最后一次了，从今天开始，骄傲的许肆月就永远死了。

她唯一能为自己做的就是让许肆月死在别人的嫉妒和艳羡里。她跟顾雪沉说的“结婚”，是她的穷途末路。现在……她终于失去外壳，只剩任人宰割的灵魂。她要抱着妈妈的画，为了外婆，去成为活该被虐的顾太太，还她欠下的这笔情债。

许肆月没开灯，颤抖着摸索到浴缸里，把自己蜷缩起来，胡乱地打开花洒，让过烫的水喷溅到她的身上。她茫然地愣住，往被烫红的手上吹了吹气。

真疼……眼泪突然就滴下来，她到底扛不住这排山倒海般袭来的痛苦，呜咽出声。哭声越来越大，漆黑的浴室里，她缩成一团，发泄似的咬住自己的手指，尝到血腥味儿也不知道松口。

外面大雨如注。顾雪沉仍旧站在房门口，面对着紧闭的门板，一动也没有动过。雨点密集地拍打着玻璃，明明很吵，但这些噪声里，又清晰地夹杂着女孩子沉闷痛苦的哭泣声。

顾雪沉眼角带着两抹暗红，握着门把的手青筋隆起，最终还是将手放了下去。他在墙边的装饰柜里拿出一个小型终端，按亮开关。

同一时间，许肆月房间里的床头旁，一个看起来平平无奇的空气净化器似的机器亮起浅蓝色的灯。在轻微的电子音里，它徐徐伸展，打开蜷起的短胖四肢，圆滚滚的头上竖起两个蠢萌的耳朵，耳尖上还有两束小亮光。

它前后挪动了两下，迅速扫描到人体所在，小圆脚无声地前进，谨慎地贴在浴室的门旁，顺便适应黑暗，把自己耳朵的光调亮，柔和地照亮了浴室里的一小片空间。

它开启语音功能，发出高仿人声的温柔少年音，呼唤道："主人。"

许肆月趴在浴缸边上，睁开肿痛的眼睛，定定地看了它一会儿，哭得更大声了："鬼……闹鬼啊！"

顾雪沉握着终端，在门外听到许肆月尖叫的声音，立刻切换到人工控制模式，随即输入指令。

小机器人按照指令做出反应，说："主人，我不是鬼，我可可爱了。"

它又问："我给你开灯好吗？三秒钟你不反对，我就开灯啦。"

小机器人的耳朵上直接显示倒计时，许肆月看呆了，想拒绝的时候它已经数完了，浴室里的气氛灯随即亮起，把黑暗驱逐。

许肆月借着昏黄的光，眯起眼怔怔地跟机器人对视。这是个什么东西？它通体奶白色，手短，脚短，眼睛挺大，耳朵尖尖的，还发光，像个基因突变的皮卡丘，偏偏声音是动听的少年音。

“你……是谁？”

它超级老实地回答：“我是深蓝科技人工智能零号线上的试验品十号，需要主人为我取名。”

深蓝科技……顾雪沉做出来的东西。

许肆月缩着身体，本能地拒绝道：“你出去，我不是你的主人。”

它早已被预设了应对的办法，白色的耳朵突然折下来，盖住眼睛，蔫蔫地说：“‘大魔王’说了，谁住进这个房间，谁就是主人。如果主人不要我，我明天就会被带走销毁。”

“‘大魔王’？”

它竟然还带着点诚恳的语气，说道：“零号线上的所有机器人都知道，顾雪沉是‘大魔王’，最喜欢破坏和销毁东西。”

“主人，”它自动播放哄人的轻音乐，把自己衬托得极度可怜，“求你救我。”

许肆月头痛欲裂，无力地苦笑：“我连自己都救不了，什么都做不到，怎么救你？”

“给我取个名字，我有名字，就代表主人要我了。”

许肆月迷茫地盯着它。它在转圈，把耳朵变成各种颜色给她看，幼稚傻气，哄小孩儿一样。她鬼使神差地说：“你是十号，那就叫……阿十。”

机器人在接收到“阿十”两个字后，立即触发深层设置，启动另一个通道的语音接收系统，自动将获取到的声音识别成文字，同步传输给门外的终端。

顾雪沉低着头，目不转睛地看着屏幕上出现的“阿十”。他慢慢地将终端抬起，手腕有些不稳，对着收音口低声说：“主人，阿十终生为您效劳。”

浴室里的机器人面对着许肆月，用少年电子音一字一顿地认真复述道：“主人，阿十终生为您效劳。”

机器人阿十伸出机械臂，掀开金属的小肚子，里面有一套微型过滤水系统和一个卡通杯，杯子里的水已经满了，温度适宜。

它移动过去，说："主人，喝水，很甜，不喝我会被销毁。"

许肆月呛咳了一下，什么啊……被赖上了。她没力气跟机器人吵架，抖着手端起杯子来喝了两口水，几分钟后，在适量安神药的作用下睡过去了。

阿十接收不到新的指令，于是乖乖地退到墙边，耳朵的光变暗。

卧室的门轻声一响，男人走进来。

顾雪沉打开浴室的顶灯。

许肆月侧身躺在浴缸里，把自己缩成很小的一团，身下还泡着水，鼻尖和眼尾都红着，看起来脆弱无助。

顾雪沉把许肆月从水里抱起来，她湿漉漉的身体滚烫。她本能地依靠着他，把他的白衬衫弄得又湿又皱，还在他的白衬衫上擦上了一道旖旎的口红印儿。

许肆月无意识地喃喃道："疼。"

男人声音低沉，呼吸轻颤，俯身在她的耳边说："别怕，我在。"

许肆月在药物的作用下睡得并不安稳，泪还在顺着眼角往外流。她的身上湿透了。她冻得发抖，本能地往热源上贴，紧紧地缩在顾雪沉的臂弯里取暖。

顾雪沉把她揽在怀里，嗓子哑了几分。

"阿十。"

他叫出这两个字后停顿了两秒，平息那种酸涩的错位感。

机器人阿十超敏感地亮起小蓝灯，殷勤地回应道："'大魔王'。"

顾雪沉皱眉，说道："这是技术部预设的称呼？"

阿十弯了弯耳朵，乖巧地说："是的，技术部为了表示对您的敬畏，给零号线上的每个机器人都保存了您的名字和音色，只要被提及或者对话，就叫您'大魔王'。"

顾雪沉轻哂："该炒了。"

阿十委屈地说："果然是'大魔王'。"

这种微不足道的细节他随时可以修改。但顾雪沉看了阿十一眼，并没有计较这些。他想，它这么叫他也好，或许许肆月会觉得机器人跟她同仇敌忾，一样不喜欢他，她反而可以快点信任阿十。

"空调 28 摄氏度，开壁灯。"

他随口交代完，阿十耳朵尖儿一闪，房间内的电器同时启动，卧室里亮起晕黄的灯光，照亮满屋色调清冷的装饰。

顾雪沉换单手抱住许肆月，让她伏在自己的肩上，另一只手去掀被子。俯身时，他脸色苍白了些许，嘴角微微敛起。

阿十敬业地提醒道："'大魔王'，阿十检测到您的身上有伤，需要处理。"

顾雪沉没理它，轻柔地把许肆月放下，然后在右肩上按了一下。刺骨的痛意顿时袭来，是晚上躲避越野车的时候，他护住许肆月，肩膀撞上了车门。

他像是对自己的痛意毫不在意，继续把许肆月潮湿的头发顺到耳后，手指触上她的连衣裙，裙子还在滴水，而她的身上烫得吓人，要是放任不管，她会病得更重。

顾雪沉的眼里藏着复杂的情绪，停顿些许后，他解开她的第一枚纽扣。泛着潮红的雪色皮肤露出一寸，有很淡的香气。他没停，控制着力度，解开第二枚纽扣。更多细腻的白闯入他的视线，还有蕾丝内衣的花边。

顾雪沉闭上眼，仍然没停，加快速度把扣子全部解开，扯下湿漉漉的裙子，直接拉过毛毯包住她，又将她裹进被子里。

寂静的房间里，只剩下压抑的呼吸声，有什么东西在一下一下地捶打着顾雪沉的胸腔。

顾雪沉坐在床边上，沾着水的双手轻微颤抖，直到手机突然响起，才睁开眼。他第一时间接通电话，没让它响太多声。

"沉哥，太刺激了吧？！"听筒里的男人似乎在拍桌子，"拍卖会上亲口承认？！把老婆直接领走？！这一晚上我微信要炸了，全是来打听事情真假的人！"

顾雪沉低声说："告诉他们，是真的。没别的事，我挂了。"

"别别别，还有事。"男人急忙加快了语速，"我哥说你不接他的电话，催我来问你，到底什么时候去医……"

"江宴。"

顾雪沉的语气之前只是平淡，现在陡然之间冷下来，让江宴脑门一凉。

江宴不敢多问了，沉默了几秒，情绪还是有点控制不住，说："行，先不谈这件事情。但是沉哥，你真要跟她结婚吗？这四年我可是看着你怎么过来的。许肆月那是爱你吗？她根本就是'杀'你！她当初一声不响地出国，在外头得了抑郁症。现在许家完蛋了，她被'卖'了。在我看来她活该，这是报应……"

顾雪沉打断他的话，说道："你以后不用再给我打电话了。"

江宴蓦地神色一凛，意识到自己言语过激了。

他是顾雪沉的大学室友，亲眼见证了那些往事，每次提起来都觉得窝火，偏偏顾雪沉还不让人说。他叹了一口气，赶紧喊："沉哥，沉哥！我错了！我错了还不行吗？！"

"许肆月是我的好嫂子。"他立马见风使舵，贱兮兮地说，"她是仙女下凡、人间富贵花，跟我沉哥无敌相配！所以……"他话锋一转，又问道，"你确定准备按计划进行，娶她，给她治病，是吗？"

顾雪沉低下眼睫，暖色的光勾勒出他的侧脸，柔光仿佛在他的唇上洒了一层金。

"嗯。"

江宴说："其实我一直没搞懂你到底为什么，许丞本来要把她卖给段家那个猥琐老三，你出高价拦下来，打算明媒正娶。你有空就往医院跑，不是为自己，全在研究她的抑郁症。算来算去，你做的这些都是为了她，结果呢？"

江宴深吸一口气，又说："你居然一件事也不准备告诉她，将事情全藏着，暗地里替她做了这么多，面上还对她冷冰冰的。她什么都不知道，怎么能爱你呢？"

顾雪沉平静地说："她不会爱我，我也不想让她爱我。"

江宴愣了，说："不想？那你付出这么多到底图什么？你打算和她没感情地过一辈子？再说了，结婚以后她天天在你的眼前晃，那么一个活色生香的大美人，你确定你忍得住吗？"

顾雪沉转过头，目光落在许肆月的脸上，无法移开。他的声音很轻，更像是自言自语："忍得住。何况对她来说，这段婚姻很短，没有一辈子那么长。"

江宴那边忽然没了声音，沉默片刻后，音量猛地加大。他吼道：

“这话什么意思？！你的情况我哥一句也不告诉我！你是不是……”

顾雪沉不想多说，关掉手机。漆黑的头发沾了许肆月身上的水略微垂下来，半遮住双眼。

他起身去浴室，拿来吹风机，把许肆月的头抬起放在他的腿上。潮湿的感觉透过布料试图侵袭进他的四肢百骸。他把吹风机调到最低挡位，慢慢地给她吹头发。他的五指穿插在她的发间，头发转眼就干了，他没理由再在她的身边。

“肆月。”

许肆月昏睡着，什么都听不到。

顾雪沉把她的头放回枕头上。许肆月像是做了什么噩梦，难受地动了两下，手胡乱抓握间碰到了他。他一把抓住她的手，扣在掌心里，跟她的手紧密贴合，才察觉到触感有些不正常。

他将她的手翻过来一看，许肆月的手指上有几道被咬出来的伤口，还在往外渗血。

四下静谧，落地窗隔绝了外面的倾盆大雨。

顾雪沉压抑着呼吸，把她受伤的手抬起来，垂下头，轻轻地去吻她的手。很快他再也无法克制自己的感情，略微张开嘴含住她的手指，用温热的舌尖抚慰她的伤口。

江宴总问他值吗。

他觉得值。

这段感情是许肆月不走心的几个月，却是他跌跌撞撞的十三年。

从前，他日夜想着把月亮据为己有，将月亮困住、藏起来，哪怕束缚住她的手脚，也不想让她将光芒分给任何觊觎者。他想掠夺她所有的温暖，独占和她有关的一切，发疯地想把她融入骨血，至死两个人都不分开。但是现在，他只想亲手把心爱的月亮重新挂回天上。

第二天早上，许肆月是被吵醒的，枕边的手机隔几秒响一下，声音不连贯，但非常烦人。她费力地睁开眼，卧室里的光线很暗。几乎在她去摸手机的同时，床头灯自动亮起。

阿十勤快地挪过来，软声说：“主人，你醒啦。等你适应了光线，阿十再替你拉开窗帘。”

许肆月看了它几秒，用手盖住眼睛，说：“不是做梦啊？”

真有一个机器人，真取了名叫阿十，她还以为是自己病入膏肓，提前梦到下辈子要去的科幻世界了。

阿十耳朵抖动，翻出两道开心的小波浪。按“大魔王”设定的话，它把功劳往自己的身上揽：“阿十给你吃了退烧药，还帮你包扎手指，求主人夸奖！”

许肆月刚醒，思维还有点迟缓，顺着它说：“嗯，阿十真棒。”

说最后一个字的时候，她正好一翻身，被子滑落，除了内衣还挡着关键的部位，其他的地方光溜溜的，一览无余。

顾雪沉……他给她脱衣服了？！

许肆月还没做出什么反应，阿十微蓝的眼睛里就闪过一道细长的光。它利用她亲口叫出的“阿十”作为口令，成功地打开了直通“大魔王”的专属语音通道。

“我的衣服呢？”

两三秒之后，阿十不着痕迹地换了口吻，冷静地说：“衣服是你自己脱的。”

许肆月这才放松下来，刚撑起的身体重重地跌回床上，隐约觉得有丝异常感。怎么阿十最后说这句话时，和之前的语气差别那么大？她来不及多想，手机再次“叮”的一声，是好友申请。她再往下翻，已经有足足五十条留言，全是来自同一个人。

许肆月犹豫了一下，点了“通过”，接受了好友申请，对方立即发过来一个语音通话邀请。接通的第一秒，对方就放声大哭，哭声惊天动地。

许肆月迟疑了半天，问道：“程熙？”

程熙哭着说：“是我是我！我早上刚知道你回国了，在公司群里知道了昨晚发生的事，立马来跟老板娘请安！肆月你真是太争气了！你四年前干了那么糟心的事后逃跑，还能一回来就把‘大魔王’拿下！”

许肆月一脸迷茫。程熙就是当年提出赌约，让她去青大推倒顾雪沉的那个损友。她出国以后，出于别扭的心理就没怎么联系过程熙。为什么现在程熙突然出现，还说什么公司群、老板娘？

“程熙，你在哪儿？”

程熙说：“我在深蓝科技打工啊！姐姐！顾雪沉是我的顶头上司。

你能想象我每天有多惊恐吗？我就怕他随便指使个机器人暗杀我！”

许肆月一激动连病痛都顾不上了，直接问道：“你为什么给他打工？”

“因为我家破产了啊。”程熙哭诉道，“肆月，以后咱俩就是货真价实的‘破产姐妹’了！你不要抛下我啊，当年的罪可是咱俩一起犯的！”

许肆月悲从中来，抱着手机流泪，太惨了，真是太惨了。顾雪沉像是有神仙护体，戏弄他、伤害他的人都没有好下场。果然人作孽了就要付出代价。

她正想着自暴自弃，房门突然被敲响，男人冷淡的声音传来：“起床，半小时后去民政局，行李在门口了。”

许肆月用被子蒙住头，哽咽着跟程熙说：“不聊了，不聊了，我得去领证了。”

程熙忙说好，难舍地挂断语音。

她听出肆月的状态不对，但不能随便哄，要听顾总的安排。她身负着重要的任务——在肆月最脆弱的时候及时出现，真心当好永不背叛肆月的小姐妹。说起来也是讽刺，程熙家破产以后，是顾雪沉主动把她招聘到深蓝科技，给了她一条活路，但直到很久之后她才弄清楚原因。

原来顾雪沉……并不是恨她。那么高冷的一个人竟是在感谢她。他谢她当年提出那个赌约。肆月去到他的身边，从追求他到离开他，给了他整整六个月的时间。

许肆月从床上起来，才觉得全身剧痛，像被车轮碾压过。她生无可恋地挪进浴室，撑着洗手台看镜子里的自己，纤纤弱质，一脸受虐相。

反正以后两个人也就凑合着过了。她不想化妆，简单地收拾一下就出了门。顾雪沉站在一楼的客厅里，听到声音，抬起头，锐利的目光和她的相撞。

许肆月有气无力地想：臭男人倒是好看，打扮得跟男刊封面上的模特似的。既然这样，她偏要素面朝天。

她慢吞吞地走下楼，有气无力地问：“早餐呢？”

每次心理问题爆发之后她都会很饿，又饿又挑食，吃完饭可能还会吐。

顾雪沉扫过她的脸和手指，确定她没有大碍，才把真实的那个自己锁进内心深处，冷声回答："早餐时间是七点到八点，过时不候。你想吃早饭以后就别赖床。"

"你这儿是学校吗？！还搞食堂那一套！"

顾雪沉听着她声音沙哑地控诉，漠然点头，说："你可以这么想。"

他又抬起腕表，说："时间到了，走吧。"

看到顾雪沉这副态度，许肆月更不想为他浪费半点化妆品，随便裹了一件长风衣就跟他出发了。既然要面子的许肆月已经死了，她现在的身份就只是顾太太，那只要顾雪沉不挑刺儿，她又何必在乎形象呢？

工作日的上午，民政局里里外外人群熙攘。车停在路旁，顾雪沉先一步下车，站在门边没动，左侧手臂微微弯起一个弧度，看向许肆月。

许肆月皱着鼻尖，下了车，不情愿地挽上去，觉得自己此刻真像被拔了毛的落魄鸡崽儿，跟人家芝兰玉树的顾总站在一块儿，显得特别不搭。这么下去，应该用不了多久她就该被他嫌弃，然后可以离婚了。

大厅里人很多，许肆月挽着顾雪沉一进门，四面八方的目光就投过来。

过去许肆月只要出门，必定妆容精致、衣裙讲究，墨镜一戴，眼皮都懒得抬，面对别人打量的目光从来没惧过。但今天，这里并不是什么奢华的场合，她只是过来办手续，却觉得如芒在背。

她总觉得有人在笑她的素颜憔悴，议论她跟身旁的男人如何不般配。

许肆月暗暗咬牙，抿紧微白的唇。她怎么会把自己变成这样？

她的手不自觉地松开少许，却被顾雪沉摁住。他低声说："既然来了，就好好配合。"

许肆月想象了他不耐烦的心理，有些委屈，说："我哪里不……"

她话还没说完，顾雪沉就把她拽进拍合照的小隔间里，那些好奇的目光被隔在外面。他默默地拿过她随身带的小包，轻车熟路地从里面取出一支口红。

许肆月怔住，他竟然还记得她的每个包里都会装着备用口红。

她确实有点后悔了，也想在脸上补点颜色，但问题是……

“你……你嫌我太素了是吧，想让我补妆？这儿可没镜子！我怎么补？！”

顾雪沉微微蹙眉，张开手，拇指和食指不轻不重地固定住她的下巴，说：“别说话。”

他单手拧开口红的盖子，旋出膏体，捏着她下巴的手略一施力，逼迫她张开双唇。

许肆月的唇很美，饱满柔润，两角微微地上翘。即便不化妆，她也美好明丽，但……今天是她跟他的新婚之日，他不求别的，只想要一点喜色。

顾雪沉垂下眼眸，凝视着她的嘴唇，将她的脸稍稍抬起，把膏体点在嘴唇上面，轻擦出美丽的红。他离她太近，身上干净冷冽的气息干扰性极强，指尖的凉意渗进她的皮肤里。

许肆月盯着他，不由自主地放慢呼吸，心跳似乎停了一瞬。

一直到坐在镜头前，她还有点不自在。拍照的阿姨笑眯眯地提醒：“小姑娘，老公那么帅，你躲他干什么？离得太远了。”

许肆月勉强地挪近他两厘米。

“还是太远。”

许肆月刚准备再动一点点，就被一只手扯过去，两个人中间的距离转眼消失。两个人身体相贴，温度交缠。

“许肆月，你知不知道我是谁？”

“顾雪沉，”她微微咬牙，“顾总、顾先生、顾‘大魔王’！”

“知不知道你在做什么？”

许肆月闷声说：“和你结婚！”

顾雪沉看了她片刻，扶着她的头转向相机。他面对着镜头，终于卸下一丝伪装，唇边露出极浅的笑意。

“那从现在开始，你记清楚，我跟你已结为夫妻。无论你多不情愿，都是我一生的合法妻子。”

许肆月被迫“营业”，一眼都没看那两个小红本，也没关心合照到底被拍成了什么样子，虚伪地陪他宣誓，实际上连嘴都不想张开。

她不太明白顾总到底是哪儿来的心情。他虐她就虐她呗，仪式感还挺强，程序搞全套，什么都没落下，也不怕浪费时间。

在回去的车上，许肆月生无可恋地感伤了一下自己的人妻身份，随即想起正事，转头问顾雪沉："领完证，你还要给许丞多少钱？你能不能不给？"

她凭什么便宜许丞，让他拿"卖"女儿的钱去养别人？如果许丞真靠这笔钱东山再起，人家初恋是夫人，私生女是大小姐，她许肆月只是个笑柄，是个被人戳着脊梁骨的可怜鬼。

顾雪沉手里仍握着结婚证，封皮上有他浅浅的指痕。他淡声说："婚才结了几分钟，你就想支配我的财产了。"

许肆月气不过，说："你有良心吗？我不想让你花这份儿钱还错了？你是不是不识好歹？！"

"好歹？"他看也没看她，"你对我会有'好'吗？"

许肆月一时语塞，胸口堵得酸涩，又无言以对。

真行，顾雪沉这四年不光搞事业了，还把嘲讽、挤对人的技能练得炉火纯青，专门用来对付她，句句让她哑口无言。

许肆月用指甲按着手心，说："所以你坚持要给？"

顾雪沉总算赏了她一个余光，慢条斯理地"嗯"了一声。

他这边情绪毫无波澜，可把许肆月气个半死。她懂了，这就开始了是吧？！顾雪沉要虐她，不只是感情折磨、身体摧残，还包括随时让她窝火！

顾雪沉早已不是当初那个俊朗的纯情少年了，跟许丞根本就是一丘之貉！

许肆月的心里沮丧又愤怒，她小声地骂他半天，忽然听见顾雪沉说："留着力气吧，三天之后的婚礼，你好好准备。"

许肆月一惊，说："你还要办婚礼？！"

男人望向她，漆黑的眼睛里莫名有光，仿佛淋了水的珠玉，说："许肆月，我结婚，不配拥有一场婚礼吗？"

车内气氛压抑，让许肆月有几秒钟呼吸困难，她的心里涌出一丝难言的涩意。她索性放弃跟他对视，挪开眼，说道："配！配配配！反正现在你是刀，我是鱼，要杀要剐，随你高兴。"

许肆月以为她在心理方面被虐一次，下一次大概就轮到身体了。她心神不宁了一路，有些害怕回去就要面对的夫妻义务。然而顾雪沉连车都没下，把她扔回瑾园别墅就直接去了公司。

别墅里并不冷清，一群人等着她。程熙算是领队，飞奔过来把她抱住，说："呜呜呜，肆月，我又见到你了。"

许肆月丧气地捶她，说："当初你闲着没事提什么赌约？干吗让我去追他？现在好了吧！"

程熙抹着泪说："你得换个角度想啊。要是没那个赌约，没'大魔王'这份儿恨，你这次回来可惨了，不得让那帮捧高踩低的小妖精折腾死？！"

许肆月不得不承认这话也有点道理，鼻子一酸，跟破产小姐妹抱头痛哭。

程熙见她把憋着的情绪发泄出来了，放心了一些，说："肆月，婚礼上我给你当伴娘吧。不过光我一个人还不够，你要再找伴娘。"

话音刚落，许肆月的手机一振。

梁嫣在微信里问道："肆月你还好吗？顾雪沉有没有为难你？我刚听说他三天后就要办婚礼，这么急，也太敷衍了。我去当伴娘陪你吧，你也许能好受点。"

许肆月根本无所谓谁来当伴娘，这本来也不是她心甘情愿的婚礼，只是走个过场，于是回复："好，你找程熙，她负责。"

梁嫣回复："程熙？你又跟她联系上了？她不是在顾雪沉的公司里吗？肆月，你当心点。她作为你的朋友，却跑去顾雪沉的手下工作。你别怪我多嘴，就算我家破产了，这种事我也做不出来。"

许肆月看完就把屏幕关了。

人不在绝境里，总能轻描淡写地去替别人假设。她刚回国的那晚，还信誓旦旦地说就算跳楼也不会嫁给顾雪沉，结果呢，没办法罢了。她掉下了悬崖，那再嶙峋的石头也得抓住，哪怕知道会头破血流。但她也没闲心去责怪梁嫣，毕竟自己一直给梁嫣灌输的是她对顾雪沉的负面情绪，梁嫣会这样想，她也不意外。

许肆月跟程熙说："另一个伴娘我找到了。婚礼在哪儿办？"

"明水镇。"

许肆月怔住了。

明水镇是她十岁那年夏天陪着外婆和妈妈去度假的地方，妈妈在明水镇里给她画了那幅画，她则在那里度过了一整个夏天。

顾雪沉不选那些热门的小岛或古堡也就算了，明城的酒店他随手挑一个总行吧，去明水镇是什么意思？他专门挑对她有意义的地方刺激她？

许肆月不满，但没有反驳的勇气和斗志，任由顾雪沉安排的团队摆弄，累到没精力多想其他的事。第二天晚上，她累到精疲力竭，破天荒地在夜里十二点前就入睡了。

昏暗的房间里，许肆月的呼吸难得平缓。贴在墙边的阿十忽然竖起耳朵，给门口的“大魔王”亮起一盏照明的小灯。

阿十把自己的音量调到最低，轻声地批判道：“‘大魔王’两天没有回家，让新婚妻子独守空房。”

顾雪沉一身寒气，站在门口处许久，等寒气散尽，才走到床边。他单膝跪下去，弯起手指，轻轻地蹭过许肆月熟睡的脸。

他在公司里两天，不敢回来，回来就要跟她时时在一个屋檐下，那些骨骼和血液里一刻不停地疯狂冲撞着的情感会露出端倪。

他刚刚拥有她，还没有完全学会怎么跟她为“敌”。只有在这种没人知道的深夜，他才能出现，屏住呼吸，压着心跳，碰一碰她的脸。

婚礼当天，许肆月起得太早，化妆时几次困得头点来点去，还好顾雪沉没有安排什么清晨接亲之类的烦琐流程，他只安排了一场户外典礼。

程熙和梁嫣在化妆室里陪着她，也早就换上了伴娘服。但相比程熙简洁的伴娘服，梁嫣头上多戴了一个白纱的装饰，一晃眼仿佛梁嫣是新娘子。

“肆月，想什么呢？”程熙小声问，“快开始啦。”

许肆月拧眉，低头再次看了看自己身上坠着银饰的婚纱。她本以为婚纱是三天内被赶工赶出来的，肯定是敷衍了事，没想到婚纱十分合身，如果不去深究，这种场面倒真像一场承载着期待与爱意的真正婚礼。

恍惚间，她无法不想起许丞。

许肆月暗暗攥紧裙摆，说：“等婚礼结束，我还是要回一次许家。顾雪沉跟许丞是一丘之貉也无所谓。这件事顾雪沉不能干涉，我想拿回的东西，我必须拿回来。”

她自己的东西无所谓，就当喂了狗，但外婆身边好几件当宝贝珍藏的首饰都被许丞抢走了，就算不为自己，也得为外婆把东西夺回来。

程熙晃晃她的手，说："大婚当头，你别为那些人不开心。我跟你说个高兴的事，杨瑜那个'整容怪'估计要完蛋了。她爸的公司马上要落定的一个大项目毫无预兆地黄了，资金链全断了。她这两天到处哭诉求助，那个落魄相就别提了。"

许肆月手一紧，不由得想起自己微信里回复的那句"当心我老公让你家破产"。怎么这么巧？她刚想细问，化妆室外就隐约响起骚动声，有道熟悉的声音刺进许肆月的耳朵。她脸色一白，猛地站起来，快步往外走。

"肆月，怎么了？！头纱还没戴呢！外面人多，太乱了。"

许肆月充耳不闻，自动地竖起身体里所剩不多的棱角，直奔户外场地。

婚礼地点是在明水镇的一处河边，河边不远处有被修缮好的长廊楼阁。她在此处换衣化妆，从此处出来，走不远就是婚礼现场。

典礼会场入口处，许丞穿了一身价格不菲的西装，不悦地说道："我女儿的婚礼，她怎么可能不让我进去？我是顾雪沉的岳父，你到底搞清楚没有？！"

他的身后跟着两个女人，一个人到中年，但保养得很好，女人一脸娇弱、没主见的乖顺模样，另一个年轻，是小家碧玉的长相，她正紧张地四处张望着。

特意被派来负责安保工作的乔御仍旧伸着手臂阻拦，说："不好意思，小型的私人婚礼，请的都是顾总和太太最亲近的人，没有请柬，恕不招待。"

中年女人闻言，扯了扯许丞的衣袖，说："算了吧。月月没给我们请柬，看来是还没消气。你给她挑了这么优秀的丈夫，她也没理解你这个父亲的良苦用心。"

她伤心地摇摇头，又说："还是怪我和许樱不讨人喜欢。月月心气太高了，根本看不上我们。"

许丞本来还有一丝心虚，听她这么说，马上握紧她的手，说道："别胡说，跟你们没关系，是我把她惯坏了。"

无论许肆月高兴不高兴，他都不能错过这场婚礼。他跟顾雪沉结下姻亲，不仅仅是为了那些钱，还为了深蓝科技能够提供的人脉和资源，今天的场合有无数的机会。他作为新娘的父亲，不能低声下气地让人嘲笑，必须挺直了脊背，展现出长辈的威严，反正婚姻已经是事实了，顾雪沉总不会不给他这个岳父一个面子。

许丞不知道乔御就是顾雪沉的贴身助理，还要对他发难，后面忽然有人碰他一下。他回头，看见一张熟悉的脸。

“许叔叔，您还记得我吧？”梁嫣微笑，接着转向乔御：“乔御哥，你别管了。我认识他们，帮着劝劝。”

许丞认出来这是许肆月以前的朋友、小跟班儿。没等他说什么，一直没吭声的许樱突然开了口：“你是不是能带我们进去？我不捣乱，只想见见姐姐。”

梁嫣红着眼眶，叹气说道：“肆月只是性格别扭，虽然嘴硬，心里还是需要亲情的。我也不希望她的婚礼上没有亲人，你们既然来了，我就破例帮你们一次。但是拜托，你们千万别把我供出去，她会生气的。”

许丞虽然觉得不满，但更怕耽误时间，皱眉催促道：“那就快点。”

梁嫣把他们带到场地的另一边，这里有个没有被搭建完的缺口，有通道直通典礼现场的花道和座席。

这里本来也不是供宾客行走用的，通道两侧的围栏自然有些粗糙。中年女人被围栏划伤了手背。她伤感地含着泪说：“虽然我是继母，可对月月是一样关心的，想和她处好关系，没想到出席她的婚礼，却连正门都不能走……”

许樱直接打断她妈妈的话，说：“妈，你别忘了你是个小三儿，还是少说话为好。”

女人被噎得倒吸了一口气。许丞也面露尴尬，斥了许樱一声。三个人这时候已经走到了来宾座席，就站在第一排直系亲属的椅子边上，说话声突兀，当时就引起了其他人的注意。

许肆月在化妆室里，听见的就是许丞斥责许樱的这一声。她跑出来站在二楼上，居高临下地看着许丞身边的那个女人，以及女人的脖子、耳朵、手腕、手指上属于她外婆的一套天价的红宝石首饰。

外婆以前说过，这些都是给她家小月亮准备的嫁妆。然而许肆月真的要结婚时，外婆却颤巍巍地伸出手，只能拿出来一个朴素的银镯。

顾雪沉为什么要让他们进来？即使她的婚姻像一桩买卖，他们也没资格出现！许肆月的心底剧痛，几天来所有强压着的怒火和失望感一下子冲至顶峰。她摔落得再低，再不堪，也受不了这样。顾雪沉让她忍，不如让她死。

许肆月抿紧红唇，提起裙摆，大步地冲下楼梯，鞋跟儿把铺好花瓣的木质地板踩得噔噔作响。

下面有人看到她，发出惊呼声。

许丞敏感地扭过头，就见一道纤瘦美丽的人影身披拖尾婚纱，径直朝这边走过来。她一眼也没看他，直接抬起手，猛地扯下他妻子的耳环。

女人疼得大叫，本能地推搡许肆月。许肆月撑着一口气，继续去扯她的另一只耳环。许肆月下手太狠，宝石边缘把女人割出了血。女人哭叫着，死死地护住耳环不放，顾不上再装柔弱，竟也去扯许肆月的耳饰，恨不得要把她的耳洞硬生生地拽烂。

然而女人刚刚碰到许肆月的耳垂，小臂就突然被人攥住。攥住她的小臂的这只手骨节分明，修长消瘦，皓白的皮肤显出隆起的青筋。

许肆月抓着两只红宝石耳环，身体一僵，缓缓地抬起头。

顾雪沉不知道是什么时候过来的，站在她的身侧，身上的白色西装跟她的婚纱完美相配。他的双眼仿佛罩着一层冰，黑漆漆的，没有一丝活气。

许肆月不自觉地鼻酸。这下好了，她把婚礼搞砸了。谁都知道，这种圈子里的婚礼现场是绝佳的交际场，很多和顾雪沉有关系的人在场。她从二楼冲下来的时候甚至没来得及看周围有多少人。可顾雪沉明知道许丞怎么对她，为什么还让他们出现？

顾雪沉隔着衣袖把女人的手腕攥得没了知觉，女人的哭声完全变了调，她求助许丞。许丞脸色极度难看，说："顾总……雪沉，这毕竟是你的岳母，你怎么……"

"乔御。"

乔御要吓疯了，满头大汗地小跑过来。

顾雪沉冷冷地说："项链、手镯、戒指，都摘下来。"

乔御急忙应声，半点没留情面，粗鲁地把女人的首饰全撸到手里。

许肆月眨了眨疼痛的眼睛，诧异地望向一身盛装的男人。他背光站立，轮廓被镀上一层金，有如神殿里庄严貌美的神明。

许丞勃然大怒，说道："顾总这是什么意思？！你娶了我的女儿，转眼就翻脸吗？！我如今身家单薄，不怕丢人，但顾总的圈子可在这儿，你就不怕被人看笑话？！"

他指向第一排的新人父母席，说："我倒想当面问问你，那个位置我们不该坐吗？！"

顾雪沉垂眸看他，很淡地笑了一声，说："我从小父母双亡，没有亲人。肆月的母亲早逝。父亲？在你用她跟我做交易的时候，你就已经没有这个资格了。"

顾雪沉看似不经意地走到许肆月的身前，如一道保护她的屏障，目光森冷，第一次没有收敛骨子里的狂戾。

"我娶的是许肆月，不是你们许家。父母席上有三个位置，是亡者的灵位，至于第四个位置，许总还没亡故，敢坐上去吗？"

顾雪沉即便说这种直戳人心的话，语调也始终平静，仿佛面前的人与他毫无关系。他越是这样，许丞越难堪。

许丞震惊地瞪着顾雪沉，终于意识到自己居然看走了眼。他之前以为顾雪沉这个靠自己的专业能力白手起家的年轻人寡言少语，没那么张狂，应该比较好拿捏。许丞成了顾雪沉的老丈人，就能坐享福利了。他没想到，现在他眼前的这个人像在某一瞬间撕掉了沉静内敛的表象，露出与表象截然相反的危险内在。

许丞不由自主地看了一眼父母席，好像亡妻真的坐在那儿盯着他，哆嗦了一下，不甘心地把矛头转向许肆月。

"肆月，你也对爸爸这个态度吗？！你从小到大我都没亏待过你吧？！你想怎么胡作非为我都纵容了你。现在你嫁得好，就想与我断绝关系？！你陈阿姨好歹是你的继母，特意从明城赶过来，你这是什么态度？！"

许肆月在婚礼前刚做了美甲，边缘有几颗钻石，此刻钻石都被她深深地按进皮肉里。撑住，她对自己说，绝对不能当着许丞和这个女人的面表现出病况。

许肆月感觉手心有轻微的刺痛感，像是破皮了。她刚想再用力按一按，好让自己更清醒点，手腕就被顾雪沉抓住。他自然而然地挽着她的手臂放进自己的臂弯里。

许肆月立马就从单打独斗的落魄大小姐摇身变成了挽着矜贵老公的骄傲小娇妻。

要在以前，她绝对看不上这种狐假虎威的做派，但今时不同往日，她竟然找到一丝底气。反正现在这种状况，顾雪沉没打算给许丞脸面，正好跟她站在一边。

许肆月理了理自己价值七位数的流苏耳坠，冷笑道："特意赶过来？来干什么？是戴着我外婆的珠宝跟我炫耀，还是想宣示主权，告诉我整个许家都归她了？"

许肆月将尖尖的下巴矜持地抬起，看起来明艳照人。她说："不用折腾了。属于我外婆的东西，你将东西咽进肚子里也没用。我会将东西都拿回来。还有那个许家，我妈妈从来都觉得不屑，我更觉得恶心。你喜欢抱着垃圾场，那就别满身恶臭地跑来扫我的兴！"

"至于你，许丞，"她一字一顿地念出这个名字，"钱货两清。你见过哪个被'卖'出去的女儿还能朝'卖'她的人叫爸爸？"

许丞气得嘴唇发白。女人倒在许丞的身上，不堪受辱似的痛哭，没想到一动之下，又露出衣领里一枚翡翠坠子。她慌乱地去捂坠子，许肆月一把拽住绳结将它狠狠地扯下来。

顾雪沉目光扫过乔御，说道："够了，让他们出去。"

乔御早就带了一些人来，在一旁做好了准备，听到顾总发话，立刻把人往外推。许丞气急败坏地喊叫，但没人理他。身影错乱的时候，突然有个绸缎小包飞向许肆月。她下意识地接住小包，包口敞开了。

小包里面是几个她熟悉的首饰盒。许肆月打开首饰盒一看，竟是外婆的另一套祖母绿首饰，里面还有一张字条，写着："周六下午三点，闽江路梧桐咖啡馆。"

许肆月抬头，不远处被赶出去的三个人里，一直被她刻意忽略的那个女孩子回过头。女孩子目光灼灼地看了她一眼。

"肆月！"梁嫣拎着裙子跑过来，眼角湿红，"对不起啊，是我的错。我已经劝他们走了，没想到他们还是找到别的入口进来了。"

"这是什么？"她转开话题，去碰那个绸缎小包，"婚礼快开始了，别耽误进度。我帮你拿包吧。"

程熙也在这个时候赶过来，生怕头纱落地，高高地举着头纱，说：

“快快快，来不及啦，老板娘头纱还没戴！”

顾雪沉在梁嫣碰到绸缎小包之前，先一步拿起小包，将小包转手交给程熙，说：“保管好。婚礼结束后还给太太。”

然后他接过头纱，手腕微扬。许肆月只觉得眼前一花，这片朦胧细腻的“雾”像是从天而降，落在她的头上，遮住她一切的不适反应，也挡住了外面的男人。

她不禁仰起脸，看向顾雪沉。隔着一层纱，他仍然夺目。他的薄唇抿着，上面有淡淡的血色。

现场的钢琴在响，许肆月的心跳空了一拍。她继续盯着他的唇。

婚礼迫在眉睫，流程里肯定有两个人交换戒指之后的拥吻环节，所以等一下，她就要……时隔四年再次跟他接吻了。

“别走神。”顾雪沉低声说，“让外婆带你走花道。”

许肆月这才知道外婆被他接来了。刚才太乱，老太太被拦着一直没露面，这会儿正站在旁边愤怒地拿拐杖狠狠地敲地面。

“外婆，时间到了。”顾雪沉声音里少了些冷意，多了喑哑感，“您把肆月牵给我。”

外婆知道事情的轻重缓急，忙点头说道：“好，好。我们小月亮和沉沉结婚最重要。外婆领着她，把她交到你的手上。”

许肆月站在花道的一端，手被外婆攥着，前方视野的尽头里，男人挺拔地站在风中。她深吸气，心情复杂，当年在青大见到顾雪沉的时候，他也是这样。他穿着一尘不染的白衬衫，干干净净地迎着风站着，是不可亵渎的山巅霜雪。她去撩拨他、伤害他，把他玩弄于股掌之中，没想到最后她成了输家。

花道的一小段路，许肆月很快走完，手被放到顾雪沉微凉的掌心里。

两个人重逢这么多天，他第一次实实在在地握住她的手。

许肆月觉得心口像被轻轻地挠了一下，挥开这点异样感，小声地跟他说：“刚刚发生的闹剧，你想怪我就怪我吧。不过我倒是很意外，你竟然会帮我。我原本还以为人是你放进来的。”

“帮？”顾雪沉说，手在变烫，语气却极其冷淡，“你是顾太太。婚礼现场上我不会让自己的妻子落下风。”

许肆月真后悔说刚才的那些话，是她自作多情了。人家顾总维护的是“顾太太”，不管“顾太太”是她许肆月，还是别人，他的态度都是一样的，说白了就是这件事情和她没关系。

刚好牧师在问她愿意吗，许肆月停顿两秒。她绷着嘴角，硬邦邦地回答道：“愿意！”

她回答得没好气，倒不是怪顾雪沉，而是怪自己没事自取其辱。

牧师继续问顾雪沉：“无论她疾病或是健康，贫穷或是富有，你都愿意一生爱护她，直到走完你在人世的所有路程。你愿意吗？”

许肆月这次把誓词听清了，觉得誓词特别虚伪，这些理想化的宣誓词一个字也不符合顾雪沉。他只是要让她受虐知错，让她忏悔而已。然而她的耳边却响起男人低沉喑哑的声音，带着难以言说的孤苦和决绝感，他说：“我愿意。”

许肆月莫名心动，还没多想，就看到顾雪沉在朝她靠近。

接吻的环节到了！

她紧闭上眼睛，呼吸不由得加速，双手藏在裙摆里悄悄地握住。她要躲开吗？不行！她闹了一场了，要是再拒吻，顾雪沉还不得气死？那她把嘴抿起来？这种做法也不靠谱。上次她理直气壮地说了上床，现下因为一个吻就这么扭捏，太虚伪了。

许肆月竭力地想着怎么反抗，但心底真正涌上来的却是她曾经一次次跟他接吻的触感。他的嘴唇总是很凉，很软，舌尖滚烫。他压迫过来的时候会低声地喘，痴迷地咬她，让她有一点痛感之后，又温柔地抚慰她。

那些回忆在此刻突然清晰，许肆月的脸逐渐涨红，唇有些颤。她心一横，等待那熟悉的吻降临。可惜几秒之后，顾雪沉靠近她，清爽的气息铺天盖地笼罩下来，最终仅仅是靠借位表示吻了她。

他的唇轻飘飘地落在她的脸颊上，蜻蜓点水的一小下，还隔着一层头纱。

许肆月的脸更红了，她恼羞成怒，默默地咬紧牙关。

这算什么吻？！狗男人羞辱她！

第三章　浮出水面

接吻没接成，许肆月死也不承认她心中那点诡异的失落感。加上许丞闹了那么一场，她受到影响，婚礼后只能靠吃药维持状态。她没有力气搭理顾雪沉，只能在休息室里寻清静。

偏偏程熙还像打了鸡血似的来追问："怎么样老板娘？你们四年不见，'大魔王'的吻你是不是更招架不住了？"

许肆月面无表情地说："也就一般。"

程熙笑了，说："别谦虚了，你以前可没少偷偷地跟我描述青大校草的嘴唇有多……"

许肆月用手捂住了程熙的嘴，程熙的话还是从她的指缝里"顽强"地冲出来："今天可是洞房花烛日。等会儿我们就回明城了，你们俩留下。我听说新房布置得超精致，某种用品管够，你自求多福吧。对了，你俩以前到底有没有发生过那种关系？"

"程熙，我要把你拉黑了！"

程熙立马闭嘴，又不死心地悄悄推了她一下，问："到底有过没？虽然当时的赌约咱们对外的说法是你追到他，但咱俩私下定的赌约可是你推倒他才算数。推倒什么意思你懂吧？你该不会骗我吧？白瞎我两个限量版的包！"

许肆月毫不露怯，严肃地看着她说："我当然把他推倒了。"

她对外表现出的是爱玩，没良心，没耐性，追求新鲜感，身边总有男生围着，导致朋友们都默认她是一个花心的人。大家都觉得她不光感情经历丰富，身体上也绝不会亏待自己。

但只有她自己知道，唯一跟她有过身体接触的就只有顾雪沉，而且还没做到最后一步就分手了。

程熙兴奋地乱晃，问道："真的？"

许肆月装作一副漫不经心的样子，说："这种事还能骗你？我跟顾雪沉早就上过……"

休息室紧闭的门骤然一响，被人从外面推开，"床"字卡在她的喉咙间，支支吾吾地变了调。

许肆月瞪着顾雪沉那双冷静无波的眼，差点把舌头咬破。血液轰地蹿上来，她的耳垂、锁骨红成一片。

程熙赶紧站起来，拍拍许肆月，悄无声息地退出去合上门。

"上过什么？"安静的小房间里，顾雪沉冷幽幽地问。

许肆月觉得她已经尴尬了，只好辩解说："船！你没陪我去西湖上过船吗？"

顾雪沉没说话，把她拽起来带上车。车开了不到十分钟，就到了一处僻静的小楼，三层的仿古建筑，飞檐翘瓦，门口贴着喜字。

进楼前，许肆月看了看天色，傍晚了，夕阳低垂，已经可以算作是洞房花烛夜，也是他跟她的第一夜。

许肆月反复给自己做了心理建设，没拖拉，进了卧室就主动换衣服，准备一鼓作气干到底，早点开虐，她也好早点解脱。

睡衣是提前挂好的，一排七八件。她选了一条墨绿色的蚕丝睡裙，吊带儿深V领，裙摆堪堪盖到大腿，衬得她肤色莹白。

即便是受虐，她也不想再乱穿了，多少为自己保留一点尊严。

许肆月揉揉脸，尽力掩饰住病容，鼓起勇气迈出衣帽间，意外发现浴室的门关着，里面有灯光，哗哗的水声刚巧停下。

顾雪沉在洗澡……

要来了，最大的挑战真的要来了！

许肆月压着呼吸走向浴室，才迈出两步，门就从里面被打开，水蒸气和素淡的木质香一起溢出，把她包围。

许肆月脚步一顿。

顾雪沉脱掉了一丝不苟的正装，穿着简单的家居服，他的发梢有些柔软，还在微微地滴水。水滴顺着他的脸颊滑至苍白的锁骨，随着喉结滚动，滑入领口的边缘。

隔着三四米的距离，许肆月跟他目光相撞。他的睫毛是潮湿的，很长，黑得像墨。

许肆月攥了攥手，顾雪沉一直这样，又纯又冷，动情的时候却会滚烫灼人。

顾雪沉好看是真的好看，许肆月要是这么把他摆到外面去，不知道有多少人蠢蠢欲动。

许肆月的嗓子有点哑，她尽量平静地说道："洗好了？我尽量快点，你先去床上等一下。"

她走过去，跟顾雪沉擦肩而过，正要推浴室的门，手臂却忽然被他握住。他略一施力，把她拽到面前。

顾雪沉垂眸看她。她只穿了一条轻薄的睡裙，美好的曲线一览无余，纤秀瓷白的身体就这样摆在他的眼前，一如过去。她娇俏地拦住他的路，对他说，要跟他认识，要陪他一起上课，说她喜欢他，对他一见钟情。

她用了很多办法，把自己诱人的、可爱的一面全部给他看。她甜笑着弯起眼，喂给他最致命的毒药。

他一直都知道，假的，玩玩而已，许肆月不是来爱他，是来"杀"他，因为早在她招惹他之前，他就已经是她身后匍匐的影子、脚下踩碎的烟尘。

所以，他必须用尽全力，把自己的心思掰断碾碎，藏进深处，不敢泄露丝毫。哪怕心脏被那些疯狂的渴望和爱意撞得鲜血淋漓，他也必须忍住，不能让她知道。

她追他一天，他就多拥有她一天。一旦她得到他，马上就会抛弃。

现在只不过是重复一遍四年前的过程。上一次他失败了，三个月就控制不住自己，掉入她的掌心里。可这一次，他没有未来，没有退路，只能成功。

他能为她折断灵魂，燃烧一切，但不会让她察觉到半分。

顾雪沉盯着许肆月泛红的脸，缓缓地低下头。在她紧张地闭上眼时，他将唇贴着她的耳朵，冷声问：“顾太太，你就这么迫不及待？”

男人的呼吸扑过来，混着湿润的热度和独特的木质香。许肆月的耳朵温度飙升，皮肤泛起微微的麻。她不停地默念，生理反应，纯粹的生理反应，和感情无关！

下一秒，她就听清了顾雪沉说的什么，堪比一盆冰水迎头泼下来。

很好，她的生理反应没了。

许肆月想，她在因为心理疾病死掉之前，多半会被她的合法丈夫给气死。

她推开顾雪沉，说：“我迫不及待？我主动给你提供方便还不对了？顾总，你搞清楚，是你非要娶我的。新婚之夜我敞开了给你虐，你还不满意？或者说你就喜欢用强的？”

真没看出来，顾雪沉清清冷冷的一个人，心理还挺扭曲。

浴室的灯不算亮，光芒裹在琉璃制成的灯罩里，只有很浅的一层溢出来，照在顾雪沉的脸上。

他的眼窝微深，鼻梁高且挺直，唇色很浅，本来显得冷淡薄情，但此刻沾着水珠，添了某种鲜活的欲色。这张足够诱惑人的脸又笼罩在纱一样的柔光里，太容易让人动容了。

许肆月越看越火，心想真白瞎他这副皮囊。

顾雪沉的手垂在阴影里，暗暗握紧，直到泛白的骨节绷到极限，他才渐渐松开，彻底克制住了情绪。他平淡地看着她，反问：“谁告诉你我要用这种方法报复你？”

许肆月一顿，他之前确实没说过。关于夫妻之实这事，一直是她在自说自话。

顾雪沉翘了一下唇角，说：“婚礼上，你是不是还期待我吻你？你最好早点弄清楚，我对你的身体没兴趣，拥抱、亲吻，还有其他的，都不可能。”

这对于“塑料”婚姻来说，应该算是好事，但许肆月只觉得狗男人在变本加厉地羞辱她。

她低头看看自己，身材匀称纤细，皮肤白润，腰细得两手能掐住，领口底下的沟壑露出来一些，不说波光荡漾，那也是活色生香！

以前他抱着她亲的时候不是挺来劲儿的？现在娶回家了，他就冷冰冰地来一句“没兴趣”，是在变相地嘲讽她没吸引力吗？

许肆月抬手把领子拽紧，怒视着他说道：“既然不上床，你到底想让我干什么？！”

顾雪沉不留情面地说：“有时间整天想这些，你还不如先考虑好，怎么样才能把钱还给我。”

“还……钱？”

室内空调的温度偏低，许肆月穿得少，瓷白的皮肤上冻出了细细的小疙瘩。

顾雪沉注意到了，眉心蹙起，不再浪费时间，直奔主题，说道：“其他的钱不需要你付，但那幅画三百万，你是不是想要？外婆在疗养院居住，每个月基础费用三万五，我已经预付了两年，你应不应该承担？”

许肆月怔在原地。

“我当初答应结婚，主要就是因为画和外婆。”她的声音不由得高了些，“结果今天你告诉我，这些钱都要我来出？”

顾雪沉注视着她，说道：“许肆月，你这种娇养出来的大小姐心态该收收了。你要的东西，不应该通过婚姻或者别人就心安理得地拿到。你想得到什么，必须自己支付对应的价钱。我的要求合情合理。”

许肆月习惯性地想针对他、驳斥他，但很多话到了嘴边，又缺少了底气，只能保持安静。

顾雪沉冷冷地说：“我在拍卖会现场给你解围，保全了你的面子。我从许丞的手里接回外婆，给她安排合适的住处。这些，不够你有一点点的感激吗？只是因为我让你付钱，你就觉得你受了天大的委屈？”

许肆月的脸色微白，她往后退了半步。

她……没想过这些。她原本以为，只要嫁给顾雪沉，那他花天价买画、照顾外婆，甚至以后她吃他的、用他的，都是应该应分。即便明知这场婚姻有多么虚假，她也忽略了——她是个健全的成年人，的确应该去赚钱。

心理疾病不算理由，婚姻也从来不是她的保护伞——她嫁给他，是因为曾经那么恶劣地伤害过他，他没有义务为她做任何事。

也许这才是顾雪沉报复她的方式，让她知道自己有多消极、多差劲。

许肆月这一刻的羞耻感，比顾雪沉无视她身体的时候更加强烈。

她的眼圈有点红，她扬起下巴说："我……我又没说不给！但我刚回国，什么都不熟悉，你总得……总得让我有一点赚钱的时间吧！"

顾雪沉点点头，说："可以，算你欠我的，按月还。"

许肆月愤愤地走进浴室锁上门，拿水流冲洗身上残留的大小姐恶习。许丞不是她的爸爸了，过去那个豪门也与她无关，她得变成一个独立的人，才能照顾外婆。

等许肆月别扭地从浴室出来，顾雪沉已经躺在房间里唯一的一张大床上，还算有良心，给她留了半边，没打算让她睡地上。

她瞄了半天，确定狗男人睡了，才慢吞吞地挪去床边，小鱼崽儿似的滑进被子，背对着他蒙住头。

不哭一场，实在不足以祭奠她从前放肆挥霍的青春。

许肆月哭了一小会儿就累了，嗓子又干又痒，探出头找了找，发现床头桌上有一杯水。她喝了两口，几分钟后成功入睡。

又过了许久，她的气息彻底安稳，顾雪沉才睁开眼，关掉整屋灯源的开关。

他的世界陷入黑暗，房间里很静，静到只有许肆月浅浅的呼吸声。

顾雪沉沙哑地开口："许肆月。"

她没反应。

"肆月……"

她依然熟睡。

片刻后，他低声呼唤："小月亮。"

小月亮睡得很沉，鼻尖偶尔轻轻地抽气。

顾雪沉转过去，手肘撑起身体，借着窗帘缝隙透进的月光，目不转睛地看着她。她卸了妆，抹掉了强撑起来的攻击性。她的脸很小巧，处处明丽精致，唇是柔软的浅红色，有些脆弱地抿起来，很乖。

今晚的许肆月不再是他患得患失的那个梦，她是他的妻子，就睡在他的身侧。

压抑着的那些岩浆失控地宣泄，流过顾雪沉的骨骼血肉，几乎把他灼烧成灰。

许肆月不知道梦到什么，忽然皱眉，唇间咕哝了几句，含糊地骂了一声“大魔王”，眼角流出来一点残存的泪。

这几滴眼泪，对顾雪沉而言像是利器。他难以忍受，手握成拳，在寂静的夜里低下头，唇微微颤着，去吻她的眼角。

他的嘴唇很冰，她的泪却是热的，碰在一起，几乎把他烫伤。

“别哭，”他声音极低，沙哑地喃喃道，“是我说话过分，小月亮一点也不坏……你心软、干净，只是嘴硬而已，也没有心安理得地接受别人的奉承和钱，之前那些小姐妹跟着你，你都在背后给她们提供了资源。你找别人借钱，还知道先把更高价的东西塞过去……”

如果他还有一辈子的时间，才不会苛求她。他会惯着她、哄着她，随便她骄纵也好，跋扈也好，都视她为珍宝。

但他的时间太短了……

他没办法慢慢来，肆月必须要尽快长大。要学会明辨人心，知道人生疾苦，找到她擅长的事业，重新捡起对这个世界的兴趣，她才能真正好转，从病痛的折磨里解脱出来，去面对以后没有他的漫长人生。

顾雪沉的唇停在她的脸颊上，小心翼翼地向下轻碰，战栗着触到她的嘴唇。他探过身，把她半揽进怀里，狂热又隐忍地浅浅亲吻。

许肆月第二天醒来，发现身边的男人早没了影子。她蒙着眼睛静了一会儿，回想昨晚，竟然睡得很安稳，今天难得精神不错，于是决定起床准备赚钱。

回明城的路程开车要两个小时。许肆月还闹心该怎么跟狗男人相处，没想到顾雪沉直接坐在副驾驶座上。她正好一个人独享后排。

快下车的时候，许肆月打开她仅剩的一个爱马仕铂金包，想拿柚子糖来吃，意外地摸到了那个绸缎小包，才想起里面的字条来。

“周六下午三点，闽江路梧桐咖啡馆。”

她知道那家店，环境还行，位置隐蔽，适合暗中接头，也适合吵架，省得太多人围观。

许樱是吧？她把祖母绿首饰还回来到底是什么意思？她示好？没必要。如果许樱是炫耀、宣战，那她还真得去见见，而且不能把她惨淡的婚姻现状暴露。

许肆月含了一颗糖，冲淡口中的药味儿，清清嗓子，跟前排的某人说：“哎，我后天下午要出去，你借我一辆车，等我赚了钱给你付租金。”

顾雪沉冷冷地问：“跟谁借？”

“你啊。”

顾雪沉不说话了，转头扫了她一眼。

许肆月懂了，咬咬牙放低姿态，又说：“我，许肆月，跟我的合法老公，顾雪沉先生，借一辆车，行吗？我给钱！”

她说了一堆，只换来对方一个矜持清淡的“嗯”。

许肆月捂着额头，让自己冷静，劝自己千万别和他动气，把手机拎起来，不情不愿地打开微信，说：“那麻烦老公，留个电话，加个微信可以吗？否则我真怕哪天不小心死在外面，都没人来收尸。”

顾雪沉突然回头看她，目光锋利。

许肆月没见过他这样，被吓得一愣，说：“你凶什么？！不给算了。”

顾雪沉气息沉郁，闭了一下眼，纾解掉听见她说“死”时的心悸。他朝她伸出手，说：“手机给我。”

许肆月有些用力地把手机丢给他。

结婚第二天才交换联系方式的夫妻，真新鲜，看在他愿意借车的分上，她先不计较了。

直到周六下午接她的车来了，许肆月才明白她太天真了。

她专门给自己化了气势逼人的妆，打扮好站在瑾园别墅的门前，死死地盯着院子里那辆来接她的朴素的奥迪轿车。

“就……这？”

司机殷勤地下来开车门，说：“顾总让我来接您。”

许肆月的手有点不稳，她给奥迪拍了一张照片，直接发给顾雪沉：“就这？”

她今天的人设可是豪门太太！坐小几十万的奥迪算怎么回事？！气场呢？排面呢？顾太太的地位呢？

顾“大魔王”回复：“为你好。太贵的车，我怕你付不起那个价钱。”

朴实接地气的奥迪载着许肆月往闽江路驶去。还剩两条街时，她就酝酿着让司机停远点，剩下的路宁愿步行。

她倒不是真那么虚荣地嫌弃车不好，只是不想让许樱看她的笑话，嚼她的舌根，谁知道许樱约她见面到底是安的什么心？

许肆月刚要出声，司机憋不住话了，突然出声替顾雪沉解释："太太，您千万别因为这辆车跟顾总闹不愉快。实话跟您说，车虽然不贵，比不了那些大几百万的车，但是意义不一样啊。"

"意义？"一辆车还能有什么意义？

司机掏心掏肺地说："我跟顾总三年了。这奥迪是他买的第一辆车，他特别在乎，一直到现在都会过问它的情况，平常也不开。他不是嫌档次低，是舍不得。"

许肆月差点脱口而出"一辆奥迪有什么舍不得"，但猛地想起某段过往，硬生生地把话咽了回去。

她跟顾雪沉恋爱的那段时间，他在经济方面没有任何家庭辅助，纯粹靠各种奖学金和兼职，但在她的身上从来不省，但凡他能买得起的，都会给她。

有一次两个人去江边轧马路，不知不觉就走出很远。返程的时候她累了，一步也不想再走。那年还不流行叫车软件，两个人只能在路边等出租车，然而位置偏僻，根本等不到。她忍不住大小姐脾气，直接给他摆了脸色。

"你既然没车，为什么要带我来这儿啊？不知道我走多了脚会疼吗？"

她那时想分手，已经不怎么顾及他的感受了，讲话戳心戳肺。

顾雪沉漆黑的眉眼在路灯下显得俊丽又寂寥，他沉默地看着她。

她被看得有点心虚，顺手指向路上经过的一辆白色奥迪，说："我也不指望你买什么贵的车，这个总行吧？"

十八岁的她真是被惯得无可救药，不知人间疾苦，天真地认为谁家里都有些供子女挥霍的余钱，只是他要面子，没跟父母开口而已，结果就害得她到处吹风受累。

她气鼓鼓地要给狐朋狗友打电话，让他们来接她。顾雪沉突然走到她的前面蹲下，低声说："上来。"

记忆里的两个字仿佛响在耳边，许肆月怔怔地看着车窗外，心口不由自主地抽缩了一下。

她总忘不掉那天后来的场景，顾雪沉的背清瘦挺拔，而她鬼使神差地爬上去，双臂钩住他的肩膀，头埋在他的颈边，闻着他身上清爽的皂角香，没了脾气。

顾雪沉背着她，从江边到闹市，沿途经过无数或明或暗的路灯，足足走了三四公里。

“太太？您在听吗？您要是实在不喜欢，我可以把车停远一点。”

许肆月回过神，说：“不用了，停在门口就行。”

她尽力挥散满腔的涩意，硬着心肠想，顾雪沉特意安排这辆奥迪车果然有目的，提醒她过去有多渣，现在就得受多少气。

梧桐咖啡馆在闽江路的尽头。许肆月下车前，司机说：“太太，要是需要动手的话您叫我！”

许肆月淡淡地嗤笑一声，戴上宽大的太阳镜，说：“这种水平的我还打得过。”

咖啡馆里音乐声舒缓，许肆月站在门厅巡视一周，并没有发现许樱的影子。她正打算上二楼，服务员殷勤地迎过来，问道：“您是许肆月小姐吧？”

许肆月停住脚步，说：“是，许樱在几号桌？”

服务员把她往吧台迎，说：“她不在，给您留下一个行李箱，说务必交到您本人的手上。”

许肆月皱着眉看过去，服务员果然推出来一个34寸的大箱子，虽然外表看起来平平无奇，但……

她淡声问：“你们什么都敢收？不怕是违禁品或者定时炸弹？”

服务员吓了一跳。许肆月没心情吓唬人，耐着性子拉开行李箱，里面的东西横七竖八，竟然胡乱地塞满了她从前买的名牌包和首饰，还有一张机打卡片，上面写着：“跟上次的祖母绿首饰一样，都是用过的旧东西，家里没地方放，还给你，爸会给我买新的。”

司机本来在车里等得犯困，手机猛然间炸响。下车时还高冷精致的太太此刻气急败坏地仿佛要把人就地手撕，直接命令道：“进来帮忙搬东西！”

梧桐咖啡馆外有个观景的小庭院，种了不少葱郁的绿植。楼角的一棵矮松后面，有个娇小的身影正蹲在地上，小心地扒着缝隙往外看。

“姐姐来了！不知道她会有什么反应，我好紧张！”

“还没出来……还没出来……啊啊啊，出来了！为什么？她好像在生气。”

“我……我还是去当面问问！”

她刚要站起来，后面有一只手马上按住她。那人柔声地说：“肆月就是这个脾气啊，很难哄的。我早跟你说过了，你还不相信。”

许樱回过头，自责地看向梁嫣：“是不是我把包和首饰装得不够好？我每一件都套了防尘袋，把它们整整齐齐地放在里面的。也许是没有带盒子她不高兴？还是我在卡片里写的内容太生硬了？……‘姐，我不会占用你的东西。我把它们物归原主’，这样太直白了是不是？”

梁嫣眼睛里光芒微闪，耐心地安慰她：“不是你的问题。就像我跟你说的，今天你如果直接跟她见面说这些，她会更生气，觉得你在侮辱她。现在的结果已经很好了，来日方长嘛。”

许樱丧气地抱住膝盖，说：“我的身份是原罪，我本来就没资格接近她……”

梁嫣问：“许樱，现在你才是许叔叔的女儿，为什么一定要跟肆月联系，还把东西还给她，不怕她骂你？”

“那是我爸眼瞎！”许樱眼眶微红，“我怎么能跟她比？！我凭什么用我姐的东西？！连她以前睡过的房间我都不敢随便进去，怕弄脏了。姐骂我是应该的，谁让我是小三儿生出来的女儿？我活该被她恨。”

梁嫣的脸上有不解的怒意一闪而过，她软下嗓音说：“我是她最好的朋友，你听我的没错。肆月最不吃的就是示弱这一套了，你太殷勤，她反而会认定你不怀好意。”

许樱忍不住哽咽了一声，说：“我懂……梁嫣姐，今天幸好你路过看到我了，还特意替我把箱子送进去，不然她会更烦我。”

“应该的，我也是为肆月好。”梁嫣拍拍她，“其实如果你真想跟她拉近关系，还不如帮她解决点实际的问题。”

许樱抬起头，问：“她有麻烦？”

梁嫣叹了一口气，眼里流露出心疼，说：“这还看不出来吗？肆月最大的麻烦就是顾雪沉。他娶你姐姐不是因为爱，只是为了报复她而已。别看表面光鲜，实际上她吃了不少苦的。何况她另有所爱，回国前刚交了新的男朋友，结果……”

见许樱很久没说话，梁嫣吸了吸发红的鼻子，难过地问：“许樱，肆月这么可怜，你肯定愿意替她出份力吧？”

许肆月一路冷着脸，到瑾园了也没缓解。她把行李箱丢在门口，踢掉高跟鞋进了一楼大厅，隐约感觉有视线落下来，凝在她的身上。

她仰头，顾雪沉果然站在二楼。他沉静无波地看着她说：“市场价，租金二百。”

许肆月一瞬间冒出来的骂人狠话简直能出一本书，但狗男人根本没多停留，安安静静地进了书房，一看就没打算和她多说话。

顾雪沉开口闭口都是钱，是深蓝科技要破产了吗？！

许肆月怒视着行李箱，决定丢出去以泄怒火。然而手碰上拉杆时，她顿住了，咬着唇让自己静下来。

半分钟后，她拨通程熙的电话：“姐妹，在哪儿能卖二手奢侈品？”

程熙哇哇叫，问道：“你要卖几件？”

“一整箱。”

生气算什么本事，赚钱才是真格的。

许肆月拖着行李箱艰难地上楼，累得要死也没喊顾雪沉帮忙。她到房间门口时已经累得腿软，阿十飞快地亮起灯移动过来，伸出机械臂帮她推箱子。

“这个家，也就阿十还像点人样。”

阿十一边悄悄地打开程序里的“大魔王”通道，一边超甜地回答：“为主人服务是我生存的意义。”

相隔不远的书房里，顾雪沉握着终端，低眸输入，通过阿十的嘴说：“主人，你想做什么？我可以帮你。”

于是许肆月的双手解放。她打开程熙刚发来的二手奢侈品买卖程序，让阿十给满箱子的东西拍照。她定了没比原价低多少的价格，将这些照片依次上传。

价格虽然高，但在二手市场已经很良心了，毕竟都是非常少见的限量款，很多现在已经绝版，买不到。一旦上架，有些专门寻求绝版的富婆一定不会放过，要不是被许樱这么挑衅，她还真舍不得处理。

顾雪沉坐在书房的电脑前，食指轻点鼠标，以APP（手机应用程序）最高管理权限，把许肆月上架的包和首饰挨个儿圈定，限制私信，限制查看，限制购买。

肆月喜欢的东西，不能卖。

许肆月心神不宁地等了一整天，震惊地发现，她在这个APP里的"人气"居然是零。她不信邪，咬牙调低价格，又等了一天，依然无人问津。

许肆月痛心地点开"破产姐妹"小群，这群还是以前她混得风生水起的时候建的。程熙后来把里面的成员一个一个地踢掉了，就剩下她们俩，没舍得解散，干脆把它当成姐妹俩的私人小群用，还特意改了个很应景的群名。

她打字说："我完了。我完全没有做生意的天赋，一件东西都卖不出去。哭瞎。"

程熙秒回："卖不掉就先放着嘛，反正是没人买，又不是你自己想留下的。"

许肆月被安慰了，起身把东西都仔细地收进衣柜。许樱丢来的，和她卖不掉剩下的，完全是两个概念，她突然就没那么恶心了，甚至越看越舍不得。

她继续打字："但我也得赚钱啊，特别急。不用出门可以做什么？美妆博主？"

程熙试图阻止她："当心你家'大魔王'……"

许肆月冷笑："就是他逼我的。"

她迅速行动，在卧室里选出一块高格调的背景，准备好一众用品、工具，但把手机调整了几个角度画面都不合适，最后她盯上阿十。

"阿十，你有录像功能吗？"

阿十眼睛闪了闪，说："确定开启录像？"

"开！"

阿十乖巧听话，一脸纯善地打开摄像头，然后就把眼前拍摄到的画面实时传输到了"大魔王"的终端上。

顾雪沉摘下金丝平光镜，皱着眉盯着终端的高清屏幕。许肆月刚洗过脸，素颜清纯，戴了一个小兔子的毛绒发箍，把长发拢到了耳后。她正在探身研究阿十，没防备地靠近，脸颊几乎贴上镜头。

纤长的睫毛，小巧的鼻尖，浅红的饱满的唇，近在咫尺。

顾雪沉凝视着她，喉结微微滚动。他把整段视频加密保存，继而眸光冰冷地盯着电脑，在许肆月手忙脚乱地拍摄完成，准备上传的那一刻，切断了她的网络。

许肆月试了几次后忍无可忍地说："阿十，网断了！"

阿十用机械臂捂住圆滚滚的脑袋，说："接口都在'大魔王'的书房里，阿十不敢去。"

许肆月指望不上它，抿了抿唇，起身走出卧室。

天色早已经暗了，一楼的客厅和走廊里还亮着整夜不灭的灯。她深呼吸了几下，暗自祷告顾雪沉千万不要在书房里。

许肆月尽量轻手轻脚，手搭在书房的门把上，轻轻压下。

还好，门没锁。

她屏住呼吸，将门推开少许，见工作台上并无灯光，电脑也关着，只有墙角的落地灯亮着，房里没有声音，不像有人的样子。

许肆月总算放下心，站直身体，把门全部打开。然而下一秒，她犹如掉进冰窟一样，凝固在原地。

落地灯照亮的范围里，男人只穿了一条黑色长裤，上半身赤裸，手中正提着刚脱下来的白色衬衫。他淡漠地转过头，迎上许肆月着火一般的视线。

许肆月的心跳声在胸腔里无限加重。她又自欺欺人：是生理反应！纯粹的生理反应！但……

顾雪沉站在灯光下，上身所有的风光全在她的眼前——浅白色的皮肤仿若玉质，腰线紧窄漂亮，有浅浅凹陷的腰窝，脊背向上是流畅利落的弧度，肩胛骨微微突出，上面隐约印着浅淡的陈年伤痕。

许肆月张了张口，喉咙有些干涩。

顾雪沉面无表情，立刻把衬衫披上，但来不及系好扣子。偏偏这样半遮半掩，反倒把他胸腹的肌肉突显出来，他的锁骨向两侧略略斜飞，线条如刀刃一般。

许肆月最后看向他那张脸，他露成这样，却还一副冷然禁欲的样子，堪比不染凡尘的大天使雕像。

“看够了吗？”

许肆月感觉嗓子有点哑，说：“还行。我就是来告诉你一声，网断了，记得修。”

她扶着墙出去，某一瞬间有那么一点后悔——回明城以后，她一直跟顾雪沉分房睡，倒是错过了很多风景。

许肆月回到卧室，网已经连上，再看自己的美妆视频，不禁觉得索然无味，跟刚才见过的真景致相比，她这个明显不够看，肯定没热度，赚不来钱。

手机忽然响起，“破产姐妹”群里，程熙做贼似的给她分享了一个链接。

许肆月感觉不对劲，点开，扑面而来一张让人血脉偾张的漫画图。

说实在的，这部作品画风烂，主角还丑，身材差到不忍直视，就这居然还好意思拿来卖钱，跟书房里半裸的顾雪沉相比简直……

许肆月滑动屏幕的手指蓦地停住，过了半晌，她突然跳下床，从自己的箱子深处翻出一个年代久远的手绘板，火速将其连接电脑，安装上相关软件。她拿起笔的那一刻，手腕在微微发抖，有一种久违的兴奋感。

许肆月抿紧唇，手指带着笔在手绘板上勾画，起初手感生涩，但很快就找到了感觉。等到午夜时，她完成了一张上好色的全稿。

画上的男人略微偏头，浴巾松松地围在腰间，露出的上身与书房里那位不可亵渎的英俊大天使如出一辙。

阿十双眼扫描完，震惊地说：“主人！你！”

“阿十，有‘大魔王’做原型，我这套要是继续画下去，再加上点刺激的动作情节，肯定比那些都火。”许肆月双眼明亮地看着它，“你说，我取个什么笔名好？”

此刻，顾雪沉站在许肆月的房门外，黑瞳盯着终端屏幕上阿十传输来的图片，手指隐隐发紧，白皙的额角跳起青筋。然后，许肆月终于发出带着笑意的声音，声音顺着门缝传出，转换过来的文字同时显示在他的面前。

“不如就叫，一条黄花鱼。”

顾雪沉忍耐着，让阿十问：“为什么？”

许肆月极有自知之明，又丧又萌地回答它：“因为我真的……又黄，又花心，还多余。”

听完许肆月对她自己的这句评价，顾雪沉有几分钟没动。

一门之隔，许肆月找到了手感，急不可耐地打开第二张空白的画纸。

她高考的时候是美术生，大学选的设计专业，成绩一直是全系榜首。但家里发生变故后，许丞为了以最快的速度把她送走，根本没时间给她在英国选一个合适的学校和专业。

在英国的四年，太多的东西无力改变，她孤独焦虑，对新的专业毫无兴趣，不仅病情严重，也荒废了原来的能力。没想到现在重新拾起来，她还能画得出。

许肆月轻吐出一口气，手随心动，按照自己不久前亲眼所见的画面，成功想象出了顾雪沉洗澡的画面，并画了下来。

热气氤氲，男人站在花洒下仰着头，将湿透的黑发向后抓，皮肤被蒸腾出少许诱人的淡红色，唇在滴水，流过滚动的喉结和胸腹……

许肆月的血液有点升温，她勾出一个轮廓之后，想对阿十炫耀一下自己的画技，才发现自从她说完“黄花鱼”，阿十就再也没开过口。她随口问：“怎么不出声了，机器人也有心事吗？”

门外的顾雪沉动了动眼睫，掩住眸底的晦暗，把意识从过去那么多年堆积的酸涩、嫉妒、苦痛里挣脱出来。

当初他孤身离开明水镇，来到明城，按照她留下的地址去找她。他站在她的面前说：“肆月，我是阿十。我遵守约定来找你了。”

十来岁的少女打扮时髦，穿着紧身的小衬衫和短裙，正忙着跟人打电话，笑声动听，却没空停下来多看他一眼。她敷衍地说：“什么阿十？不认识，没听说过。”

到那一刻他终于知道，原来把自己折磨至死的企盼，到头来只是一场一厢情愿的幻想。她从来不是他的小月亮，而是人群中明媚夺目的骄傲大小姐。她跟他有云泥之别。

于是从初中到大学，他无数次远远地看着她。她总是热情张扬，被一群人簇拥，身边有各种各样的男生献殷勤。她哪怕懒洋洋地对人勾一下唇，就有人狂热地献殷勤。

他离得很远，默默地看她被旁人众星捧月般簇拥着。跟男男女女出去疯、出去野，她会与人勾肩搭背，肆意欢笑。那些四面八方的爱慕视线里，绞烂的是他只为许肆月跳动的心脏。

顾雪沉用手抵着门板，低头笑了一下，缓缓地输入几个字。

房间里，机器人阿十很乖地眨了眨眼睛，对许肆月复述："是很黄，还特别花心，但不多余。"

许肆月微怔，最后三个字犹如羽毛轻飘飘地扫过她的耳朵，有点麻有点痒。

她好像……被抚慰了。

许肆月好不容易找到一个合适的方向，于是白天努力钻研网站里各类漫画的卖点，晚上趁着月黑风高，拿顾"大魔王"当原型，灵感爆发，图一张接一张地被创作出来，居然还连成一段完整的小剧情。

于是最关键的时刻到来了，漫画还缺一个女主角。

许肆月坐在电脑前煎熬了两个多小时，最后烦躁地把笔一扔，感叹赚钱真难，刚开始就遇到瓶颈。她画到女主角竟然卡住了。虽说这是虚构的以顾雪沉为男主角的漫画，但要给他安排一个身材火辣的女人在他的怀里，她总觉得自己像被婚内出轨了。

尤其想到顾雪沉那句冷冰冰的"对你的身体没兴趣"，许肆月更不想便宜他。

为了尽快有收入，许肆月果断放弃画女主角，先把顾"大魔王"的单人图整理好，认认真真地在漫画网站上注册了"一条黄花鱼"的账号，把图上传。

许肆月紧张得一夜没睡，第二天早上就收到了网站编辑极其激动的回复。编辑说："黄花鱼老师！签约吧！我们太需要您这样高水平的画手了！"

刚嫁人一个星期的顾太太凭借过硬的画功和老公的绝色相貌，终于拥有了一份"不太正经"的工作。

编辑确实很看好她，直接把刚更新了第一章的漫画《我的老公爱受虐》放上网站的首页，半天过去点击量就过万了。

许肆月有点小激动，说："阿十！我说什么来着？画'大魔王'真的能火！"

临近午夜，顾雪沉正在书房里翻下一季度的策划书，左手指尖按着太阳穴，按到太阳穴几乎凹陷进去，右手仍在不停地标批注。忽然终端一响，目光略显吃力地转过去，他被顾太太的这句话激得眉心一跳。

他借阿十的嘴问："主人，画发在哪儿了？"

一句话顺利地诱骗许肆月把漫画网站的名字供了出来。

顾雪沉放下策划书，登录网站，首页大广告图上就是他满是水珠的上半身和侧脸，在一众漫画里"鹤立鸡群"。他微抿嘴唇，双眼漆黑，点开漫画，把画拉到底。

可以，许肆月一直就是这么铁石心肠。

她要发美妆视频到网上。他实在控制不住心底作祟的独占欲，断了网引她到书房来，用自己吸引她的注意力。她倒好，直接就地取材，把他画出来供人看，"卖"他换钱。

骄傲的许肆月没有心，永远不会为他吃醋，更不会有独占他和在乎他的想法。

顾雪沉前一秒让阿十夸她："主人画得超好！"

下一秒，他毫不留情地把《我的老公爱受虐》作为不良信息举报了。

第二天晚上，许肆月收到了编辑痛心疾首的通知，漫画网站被要求整改，大家暂时不能查看作品，作品后续上架赚钱更是遥遥无期了。

许肆月哽住，正好"破产姐妹"群里跳出新的消息，程熙说："肆月，漫画怎么样？"

她懒得打字，给程熙打电话，说："刺激过头了，我的工作丢了！"

听筒里除了程熙在说话，还有低沉的鼓声和吟唱声，以及酒杯碰在一起的清脆响声。许肆月问："你在哪儿？"

"公司附近的酒吧，精英们私下聚头的好地方。我下班了，过来看帅哥养养眼。"程熙一顿，试探地问，"肆月，你既然情绪不好，要不然……过来找我？"

许肆月看看窗外，天色已经黑了，不知道顾"大魔王"去哪儿了还没回来。阿姨做好了饭，她又吃不下。她轻轻地吸气，点了一下头，说："行，发我地址。"

酒吧的名字叫原野，和深蓝科技基地大楼只隔了一条街，离瑾园不太远。许肆月换上一条有银闪的裹身裙，选了一个爱马仕的限量版皮包，还在包里塞了一双细高跟鞋备用，穿上软皮的平底鞋出了门。为了省钱她没叫车，英勇地走着过去。

程熙撩小弟弟撩得正起劲儿，突然发现弟弟的眼睛直了，他呆滞地往她的身后看。程熙转过头。许肆月双手环胸站在灯光底下，真正的人间尤物、甜辣荷尔蒙。她不过是冷着脸刚出现，已经有不少人将视线扫过来。

"你真来啦。"程熙连忙拉她，"我看你这么久没到，以为你变卦了。"

许肆月抿抿嘴，说："我走来的。先说好啊，我可没闲钱请你喝酒。"

程熙哭笑不得，还有点小慌张，"大魔王"要是知道他的老婆被她拐来酒吧，还不知道他是什么反应。她也顾不上那么多了，心疼地揽着许肆月去卡座，大方地说："我请我请。弟弟别看了啊，这位姐姐光是一张脸你就高攀不起。"

程熙给许肆月点了一杯酒精含量低的饮品。许肆月抿了一小口，评价道："还凑合。"

"是你的口味高，饮品已经很不错啦。"程熙笑着说，"你看周围，还有二楼那些不透光的小房间里，有不少有名的大佬，他们私下都喜欢来这儿聚。"

许肆月心思动了动，抬眸看她，问道："顾雪沉也会来？"

想到顾雪沉那冷若冰霜的高贵模样，许肆月难以想象他坐在这样的地方喝酒的画面。

"'大魔王'他……"

程熙刚说了几个字，就有熟人来打招呼，对方句句想把话题往许肆月的身上引，许肆月被烦得面无表情。程熙怕会触发她的病，急忙把人拉走了，说："肆月，你等我一下啊，我很快回来。"

许肆月懒洋洋地应了一声，继续百无聊赖地喝着酒。片刻之后，卡座前面的光线骤然被人挡住，全世界像是跟着暗了几分。她抬起眼，看清来人是谁的那一刻，眉心反射性地拧紧，脸仿佛瞬间结冰。

“许肆月，还真是你。”男人身材高瘦，端着酒，上下打量着她，“怎么，顾雪沉花了大价钱把你买回家，你不好好地伺候他，还有空出来勾搭别人？”

许肆月冷笑，指甲暗中压进肉里。她说：“段吏，追我几年都追不到，我结了婚你还有脸来说酸话？你们段家的人没有家教吗？！”

段吏被刺到痛点，借着酒劲儿放声大嚷道：“追？你这样的人还用老子追？！当年看许家还凑合，老子才找你玩儿。如今许家完蛋了，许丞那老东西在圈子里公开传话，不管是谁，对方只要愿意出钱，他就把女儿直接打包送去！”

许肆月像被利刃刺中，猛地站起身。

“一个破落户，一个不知道找过多少男人的破产千金，谁乐意花钱要啊？老子算是看得起你，才想出点小钱儿‘买’你回来泄愤。”段吏表情狰狞地说，“你不是高冷吗？我不是追不上你吗？这回让你尝尝被羞辱的滋味儿！如果不是姓顾的突然横插进来，他居然还神经病一样八抬大轿娶你，我早就把你……”

许肆月把酒杯一摔，气愤地说：“闭嘴！”

“我闭嘴？”段吏眼里都是血丝，上前拉许肆月裸露的手臂，“你怎么不管你爸把你当个东西给‘卖’了？！你怎么不问问顾雪沉是不是有病，和你这种女人结婚？！”

许肆月发了狠，重重地甩开他，胸口剧烈地起伏，脑中犹如洪钟在响。

当初在摘星苑的包间里，顾雪沉清清楚楚地说：“许丞明码标价地出卖你的婚姻。”

婚姻。她一直认为，许丞是让她联姻换钱。顾雪沉乘人之危，抓住这个机会来报复她。他恨她入骨，才不惜搭上自己的婚姻。现在，这个人嘴里说的和拍卖会现场的那些流言如出一辙——“不管对方是谁”“当个东西‘卖’了”……

许丞从来没有主动把“婚姻”作为必需条件“卖”她，甚至跟这些人一样，认定了根本不会有人娶她！这也就代表，顾雪沉完全可以不娶她，用更恶劣、更让她尊严扫地的方式羞辱她，但他没有。他到底为什么……会固执地选择结婚？

顾雪沉该不会对她……

“雪沉，你究竟能不能听我一次？”

原野酒吧的二楼，最靠里的隔间里，一身黑衣的男人坐在沙发上，皱着眉盯着对面一言不发的顾雪沉。

他安排了几天，才想办法让江宴把顾雪沉骗来这里，两个人面对面谈一次。

“听什么？”顾雪沉声音冷淡，好像在说最无关紧要的小事，“做手术，接受不到百分之二十的成功率？”

“江离，我说过，”他抬眸，一双眼深沉明亮，“剩下的这些时间，我还有太多的事要做。”

江离忍不住加重语气，说：“我是你的主治医生！你至少要定期去复查，让我掌握你的情况！你当初就是为了她，恨不得把一天当一个月用，精力和心血全都耗空了，还嫌不够？！你心里到底有没有装过你自己？！”

顾雪沉没有看他，干净无波的黑色眼睛盯着杯子里的酒。

他自己吗？他又不爱他自己。仅剩的时间里，他只想捧起他的月亮，把所有能给她的一切都给她，用沉默的方式。

等到他离开的那天，他的月亮能挣脱枷锁，洗清尘埃，重新回到夜空，不必为他心痛，最好恨他、怪他，每每想起这个曾经存在过的人，都觉得他冷血、苛刻，觉得他没有任何值得她留恋的地方。

他不能放纵自己，不能露出任何情绪，在拥有她的短暂日子里，要把心锁上，至死不能向她打开心扉。

顾雪沉看向江离，问道：“别的我不想说，你告诉我，不手术的情况下，我还有多长时间？”

江离作为一个头衔无数的权威脑外科医生，从没碰到过这么棘手的病人。他反复地深呼吸，端起酒杯将酒一饮而尽，咬着牙关不出声。

顾雪沉淡色的唇弯了弯。他也把杯里的酒喝尽，说：“你可以不说，这杯酒我敬你。”

说完，他起身朝外走。风风火火地跑进来的江宴差点和他迎面撞上。

“你能不能稳重点？！”江离正难受，朝弟弟发火道，“也不怕撞了他！”

江宴一脸不自然的惊慌神情，他说道：“许……许肆月……”

走到门口的顾雪沉听到这个名字蓦地站住，看向江宴，因酒精而染上淡淡红色的眼睛锋利如刀。

江宴不敢隐瞒他，直接说道：“我刚出去放水，听到一楼动静不对，在楼梯上看见……看见许肆月在楼下。段家那个老三在纠缠她，好像……”

他根本来不及说完，顾雪沉已经转身出去。

江离一个抱枕直接扔在弟弟的脸上，教训道：“你还傻站着干什么？赶紧跟过去！你别把顾雪沉当成文静的小白兔！”

一楼的卡座边，段吏把动静闹大，话是越来越难听。许肆月丝毫没让步，真实的反应全部被掩盖在精致的妆容下。没人知道她的心里卷起多大的风浪，人们只看见她咬着唇，甩包去打段吏。

程熙尖叫着往人群里挤，被撞得东倒西歪时，忽然感觉人群潮水般散开，一踉跄，惊觉周围人的反应不对，迟缓地扭过头，刚好看见从楼梯上下来的男人。

他上身穿一件白色的衬衫，五官被阴影覆盖，只有冰冷紧闭的唇足够清晰。他没有情绪，就算有，别人也看不出他的情绪，像永远不会露出悲喜神情的神像。

这里离深蓝科技的总部很近，很多来原野酒吧的人认识他，见他走过来，在场的人纷纷让路，低声叫着“顾总”。

许肆月听到这两个字，条件反射性地转头，正对上顾雪沉冷透的一双眼睛。

段吏已经刹不住车了，嘴里仍在骂：“你当你是谁？你以为你是什么货色？顾雪沉娶你，你也是烂人一个。”

许肆月眼里的情绪突然汹涌。她拎起酒瓶指向顾雪沉，说：“我知道你看不惯我跟人动手，但是你今天不能管！你就当没看见，等我打完他再说。”

顾雪沉直接走近卡座，始终没说话，干脆地解开袖扣，把袖口上翻，露出一双修长的小臂，然后一把揪住段吏的衣领，粗暴地将他拽到面前，皓白修长的手指收拢成拳，骨子里的狠戾彻底爆发，照着段吏那张扭曲的脸用力打下去。

段吏惨叫一声，满口鲜血。

顾雪沉仿佛毫无感觉，扭他的脖颈，内勾外翘的双眼却看向许肆月，说："顾太太，站在我的后面，这里脏。"

段吏在神志不清地呕血，红色的血喷溅到了顾雪沉的手和衬衫上面，如同在纯白的雪山上泼了污渍，让人触目惊心。

许肆月的手中还提着酒瓶，她被顾雪沉挡到身后。拉她的时候，他还特意换了没有血的那只手。

现场这么多人，没人想到向来矜持冷静的顾总会动手打人，而且顾总是以完全压倒性的强势要把人挫骨扬灰。

酒吧的一楼彻底乱了。许肆月缓慢地呼吸，耳朵里静得可怕。她知道周围全是人，充斥着各种声音，估计很嘈杂。但她什么也听不到，整个视野里只剩下那道身影。

她从没想过顾雪沉会打架。在看到他过来的那一刻，她考虑的是顾雪沉别阻止她就很好了，自己一定要亲手把姓段的收拾了，但现在……

顾雪沉白净的拳头已经红了，往下淌着血。他看起来冷酷又悍戾，有一种极度刺激眼球的美感。

许肆月感觉自己的脉搏跳得快撞破皮肉。她习惯了顾雪沉疏离冷静的样子，此刻的画面实在冲击力太大，完全颠覆她的印象，她的情绪甚至有些激动。

许肆月猛然醒过神儿。她都这么震惊，别人肯定更震惊啊！不熟的人可以看热闹，但她不行，眼前这位是与她领了证的老公！事情再发展下去，他真要出点什么意外就麻烦了，何况她还有更重要的事必须亲口问他！

她立刻扔开酒瓶，冲上去拽住顾雪沉，说："别打了！狗东西快不行了！"

顾雪沉似乎冷冷地笑了一声，嗓音低沉地说："死不了。"

许肆月急得不行，瞧这话，一个从小规规矩矩的优等生好像多有打架经验似的。眼看着顾雪沉不太配合，她没办法了，干脆抱住他的手臂，求他："真的够了！再打下去你会有麻烦的！"

她这句不自觉地带着关切意味的话让顾雪沉的动作僵住。他缓缓地松开手，漆黑的睫毛颤了颤，血顺着手臂滴到地上，没有弄脏她分毫。

许肆月柔软的身体就这么紧紧地贴着他，她像他真正的爱人一样抱着他、维护他。顾雪沉停在原地，低低地喘息，希望时间能停止。

江宴快吓疯了，赶紧带着人扑上来维护场面，说："看什么看？都别看了！今晚的事我们会处理。哪位要是憋不住往外乱说，那可别怪我们江家找麻烦！"

放完狠话，江离也挤到前面，想抓顾雪沉的手看看。顾雪沉躲开江离，除了眼底还红着，声音已经恢复如常，说："没事。"

许肆月却捏住他的手腕，硬是没让他将手放下去，问道："没事？那这道口子算什么？"

她语气不算好，说："帅完了还要逞强？顾总，我真怀疑我是第一天认识你，以前怎么不知道你这样？！"

段吏的脖子上戴着项链，项链上有突起的装饰，顾雪沉揍他的时候右手的手背被划伤了，伤口血肉模糊。

江宴在旁边正激动着，听见这话，冷笑着说："许大小姐，你不知道的事情可太多了！你不辞而别四年，我沉哥受了多少……"

顾雪沉的眼睫微抬，眸光里还有戾气没散尽。江宴顿时清醒过来，脖子一缩，不敢说话了。

顾雪沉踢了哀号的段吏一脚，淡声说："去医院吧。段家有什么不满，让他们来找我。"

交代完，他慢慢地把手臂从许肆月的怀里抽出来。许肆月也不知道哪儿来的火气，又一把将他的手臂按了回去，说："狗东西的破项链上得有多少细菌？！划伤了就完事了吗？！你也必须去医院！我要是结婚一周就丧偶，那要让人笑死了。"

他们赶到中心医院的时候，将近晚上十点，急诊大厅里依然人来人往。医护人员忙前忙后，把一脸血的段吏推了进去。

许肆月跟着顾雪沉往外科诊室走去。顾雪沉手背上的血迹干了，脸上一直没什么表情。他微垂着眼迈上台阶，忽然说："许肆月，你不需要过来，我不是为你出手。"

许肆月对他的说法一点也不感到意外。上次婚礼，他赶走许丞一家，也说过类似的话——不是为了她，是为了顾太太，为了他顾雪沉自己的面子和名声。要是以前，她肯定对他的话深信不疑，说不定还会恶劣地骂他一句活该，但今天不一样了。

她知道了，顾雪沉原本可以不娶她。“顾太太”这个头衔他可以给任何一个女人，光在那天拍卖会现场的各家千金中，就有很多适合当他的老婆。她们比许肆月温柔懂事，也许还能容忍他在外面包养没良心的前女友。

顾雪沉想要虐她，有太多更残忍的方式，偏偏选了这个对他来说最无用，甚至最吃亏的方式。

许肆月点点头，说：“我也不是为你，是为了顾太太的风评。老公伤成这样了，我如果不管你，别人怎么看我？”

她嘴上这么说，暗中却握紧了手。怀疑的种子一旦被种下，问题就越来越多，曾经某些她认定的事实也跟着变了味道。

顾雪沉出高价阻止段吏侮辱她，及时出面拍下妈妈的画，安顿外婆，和她结婚，在许丞面前为她撑腰，以及最让她吃惊的，今晚堂堂顾总竟然亲自动手打架，把她护在身后。

如果所有这些事情的原因是……顾雪沉并不是真恨她，而是……依旧喜欢她呢？但毕竟曾经被她玩弄、抛弃，他磨不开面子，所以才嘴硬地说那些狠话来打压她。虽然这猜想不合常理，曾经也被她否定过，但现在，可能性竟然最大。

许肆月望着顾雪沉的背影，桃花眼里闪出自己都没发现的光芒。她无比想知道真相，迫不及待地想挖出顾雪沉的心来看看里面到底藏了什么秘密。

普外科诊室里，值班医生给顾雪沉处理伤口，许肆月在旁边看得心惊肉跳。

医生隔一会儿问他一次：“疼吗？能忍吗？”

顾雪沉的反应都很平静。他回答道：“不疼。”

许肆月别过脸不敢看了，一道那么长而狰狞的伤口。血迹被擦掉之后伤口显得更刺眼，他不疼才怪了，顾雪沉果然擅长口是心非。

出了诊室以后，许肆月瞄了瞄顾雪沉的伤，想让他坐下来歇会儿，顺便问他点实际的问题。

"顾雪沉，"她扶着墙拖长了音，挑了一个看起来最干净的椅子坐下，找借口说，"我鞋跟太高，走累了。你能不能等等我？"

顾雪沉不为所动地说："让司机留下等你。"

许肆月气不过，不禁仰头瞪他。他站在医院的走廊里，衬衫的领口被解开，衣袖翻起，被血污弄脏了不少，头发也没有平常那么整齐，手上还缠着绷带，竟然显出诱人的落拓感。

这副美貌让许肆月有了更多的耐心，她也不委婉了，直截了当地说："你想走可以，但是先告诉我你到底为什么和我结婚。姓段的狗东西说了，许丞只要钱。他根本不管我是给人当老婆还是当情人。"

普外科诊室这里是个拐角，位置比较隐蔽，晚上病人很少，此刻周围空无一人。混着消毒水味道的空气因为她问话而凝住。许肆月盯着顾雪沉的侧脸，有些紧张地扶住椅子把手，心脏猛跳着等他的回答。

完了，她是不是有点冲动？万一顾雪沉直接承认对她有感情，她要怎么反应？

她不喜欢他啊！从以前到现在，她对顾雪沉只能算是贪恋美色、色迷心窍，外加伤害过他的愧疚感和罪恶感，除此之外没别的感情。如果他真的……

"是不是我今天动手，让你有了不该有的错觉？"顾雪沉突然开口，眼睛罩着一层霜，冰凉地望下来，"打他完全是我出于个人原因，和你没关系。至于娶你，只是我刚好需要一个妻子，懒得花时间找别人。这个身份也更方便我折磨你。"

"你还想问为什么我不让你当情人？"他明确地回答道，"很简单，我对你没欲望，养着没有名分的你，浪费钱。"

许肆月先是气得想骂人，但转念就冷静下来，松了一口气的同时，还有丝难以言说的心痛感。她也意识到，顾雪沉的这些话其实有漏洞。他知道她的脾气，很可能是在故意激她；就算他说的是真话，也存在着骗她的概率吧。

顾雪沉的话她并不全信。她要赌那个微乎其微的概率。她的确不喜欢顾雪沉，可也不愿意永远这么浑浑噩噩下去。她想知道真相，这件事关系到她的余生。她有权去探究一个答案。她绝不承认心底最不见光的角落里，她忽略不了也斩不断的莫名的不甘和失落感。

趁她沉默，顾雪沉管住自己的目光，不再看她，径直往外走。

许肆月不想这么轻易地放过他，站起身追上去，十厘米的高跟鞋在地面上来回摩擦。一把椅子下面有一块地砖凸起来，那块地砖正好卡住她的鞋跟儿。她的力气一下子收不住，感觉鞋子的小细跟儿活动了几分。

八千块的鞋子，这是什么质量？她好长时间没穿这双鞋，鞋子老化了？她试着踩住地面扭了扭脚，鞋跟儿还真在晃。

许肆月突然冒出灵光，抿起红唇，又专门把鞋跟儿卡回那个位置，猛地一用力，一声轻响，左脚上的高跟鞋彻底废了。她没空感伤自己的八千块钱，扶着墙，两只脚一高一低地站着。她喊道："顾雪沉！我的鞋子坏了，你管不管？"

许肆月眼看着顾雪沉要从转角处消失。但他听见她说的话，不由得顿了顿。她一见有戏，连忙乘胜追击，说："我本来就很累了，现在鞋跟儿又断了，连从这儿走到外面都做不到。你这个当老公的是不是应该想想办法？"

顾雪沉明显在忍耐，过了片刻终于侧过头，皱着眉看了她一眼。

许肆月抓着那一点可能性，为了逼他露出端倪，把对他的别扭劲儿和敌意收了。她缩了一下头发，露出一点可怜的神色，鼻尖也微微红了，带着颤音说："你觉得无所谓是吗？那我将鞋脱掉好了。"

她委屈地俯下身，当着他的面，放慢动作，把两只鞋子脱下来，雪白的脚踩在地面上。地很凉，又是在医院里，脚一落地她就不舒服地缩了缩，连泛着粉色的脚尖都跟着缩了一下。

许肆月只想看顾雪沉对她表现出在乎的神情，他要是过来扶她就更好了，他每一个在意的举动都是他说谎的证明。她继续加码，眨了眨桃花眼，挤出两滴眼泪，低头去摸手机，说："你真不管我啊？那好，我只能自己找人来救场了，找谁好呢？"

她翻着通讯录，继续说："叫司机来扶我吗？还是通过程熙找找以前玩儿在一起的那些人呢？男生才行，力气得够大。"

许肆月垂着头，惊觉整个走廊里的温度似乎在降低，有一道锋利的目光像刀割在她的身上，目光混着忍无可忍的情绪。

男人的脚步转了方向，在向她逼近。

许肆月瞄着他的鞋子已经到了跟前，刚想接着来一段诉苦的戏，她的手臂就突然被抓住。顾雪沉用包着绷带的手，直接把她从地上拎起来，打横抱住。猝不及防的，她的头靠在他的胸口上，光裸的膝盖搭在他的小臂上，她完全被他的气息和心跳声包围。

这是什么发展？！许肆月最大的期望也就是顾雪沉屈尊扶一下自己而已，结果他直接将她抱起来了！他不要手了吗？！但这是不是可以证明……她的猜测是对的？

她仰起脸，怔怔地盯着他锋利的下颌线，心跳无法不混乱，片刻后深吸一口气，轻声说："顾雪沉，我现在特别怀疑一件事。"

顾雪沉的手臂坚硬，隔着衣服，他没直接碰触到她，抿着唇，眉眼如冰，极力地遮住眼里那些汹涌的情绪。这么多年了，他毫无长进，看到她示弱，意识到她要用甜腻的语气向别人求助，想象她被人搀扶、揽着或抱着的画面，他的神经就像被无形的手折磨。

不只是刚才，很久以前他就试过放手，不看她，不管她，不再被她那么轻易地控制悲喜的情绪。但他看到她的一举一动，心脏就像被无数条丝线捆绑。他稍一试图不管她，就痛得撕心裂肺。

顾雪沉压抑着呼吸，问她："什么事？"

许肆月躺在他的臂弯里，流露出一抹从前那种一切尽在掌握中的得意小情绪。她很无辜地笑了笑，说："我怀疑你在骗我。"

她用指尖点了一下他的心口，决定不要脸了，直接问："你说实话。真正的顾雪沉是不是还在偷偷地爱我？"

她的话音刚落，她紧靠着的那个胸膛一刹那僵住，他似乎没有了心跳。

许肆月说这话的时候心里也没底，纯属策略性试探。她难免发慌，紧张之中，手里的爱马仕包一下子没提稳，包失控地掉在地上，包里的东西稀里哗啦地掉出来，散了一地，其中一样东西精准地"啪啪"两声落在他的脚边。

许肆月的呼吸一顿，她脸色涨红地说："不是，等会儿。我真忘了，不是故意的……"

等看清东西是什么，顾雪沉冷笑了一声，果断地把她从怀里扔出去，她正好被扔在这双掉出来的平底鞋上。

许肆月悔得险些哭出来。她怎么就把自己带了备用鞋的事忘得一干二净了？还偏偏这个时候被发现，她差一点就能知道他的反应了！

顾雪沉像甩掉烫手山芋似的把她扔在一边后，走出几步，见她还不肯动，才说道："我抱你是不想让你乱作。现在你有鞋穿了，还不走？你是打算自己步行回去吗？"

许肆月揉了一下鼻尖，想到从医院回瑾园的路程和如果打车花费的钱数，把没用的骨气一收，换上平底鞋慢吞吞地跟了上去。男人的影子投在走廊的青色地面上，她走一步踩一脚他的影子。

她太丢人了！她刚刚还以为占了上风，说他爱她，结果分分钟就自取其辱。

他们走到医院大门时，乔御迎上来说："顾总，手还好吗？段家的人刚走，我没让他们打扰您。他们打算息事宁人，承认段吏有错在先。他们家老爷子说等段吏出院以后，让段吏上门去给您和太太道歉。"

"告诉他们不必了。"顾雪沉上车，坐在副驾驶座上，"他如果再出现，我也许还会动手。"

第四章　升　温

许肆月只能坐在后排，贼心不死地瞄着顾雪沉的侧脸。

车窗外街灯灿烂，灯光流水般地在他的脸上滑过。他一贯冷淡，拒人于千里之外，仿佛把自己囚禁在一个狭小的牢笼里，没有悲喜，别人也猜不透他的心，遥远得仿佛在天边。

许肆月想起当初刚去撩顾雪沉时，他也是这样油盐不进。时光荏苒，这一切倒像是一场轮回。毕竟是终身大事，她不想一直糊涂。既然已经撬开了一道缝隙，她就非要看一看顾雪沉到底藏着什么不可告人的秘密。

许肆月拿起手机，给顾雪沉发微信。

“手还疼吗？”她配了一个星星眼的表情。

前排“嗡”地一响，顾雪沉解锁屏幕看了一眼，直接将手机锁屏。

许肆月不气馁，接着发微信：“你来之前，我好害怕。我虽然表现得很凶，但其实是在硬撑。你如果不出现，我肯定要受伤了。”她又配了一个可怜兮兮、泪汪汪的表情。

前排又“嗡”的一声，顾雪沉闭着眼睛，过了好几秒，才施舍似的又按亮屏幕，这次选择直接把对话框删掉。许肆月没生气，后视镜里，她的妆容精致，眼睛含着慵懒的笑意。

顾雪沉用余光扫过，发现乔御对着后视镜一时看愣了。他眸子阴冷，低声说：“开快点。”

乔御醒神儿，吓出一头冷汗。他纯粹是被美貌晃到了眼，绝没有任何的歪念，但也不好解释，急忙加快车速。

回到瑾园，顾雪沉直接上楼。许肆月则慢悠悠地回到自己的卧室，继续给他发微信。这次没外人了，她干脆换成语音信息，并没有刻意发嗲，就像以前撩他的时候一样，轻轻地慢慢地说话，尾音带一点勾人的意味。

“你是不是要洗澡？小心伤口碰水。

“脱衣服的时候也多注意。衣服上有血，别把你弄脏了。

“你如果需要帮忙，我可以过去呀，毕竟我们是夫妻。”

她说“妻”字时声音很甜。

许肆月靠着床，不厌其烦地一直给他发语音，终于，对话框上方显示“大魔王”正在输入。她精神一振，三秒钟后，一行字跳出来。

顾“大魔王”：“你太吵了，我宁愿你去画漫画。”

空气仿佛瞬间凝住，许肆月当时就震惊了。搞什么，他竟然知道她画漫画？！

“你怎么知道的？！是不是阿十泄密？！”

顾雪沉的回复姗姗来迟：“那晚你跟机器人炫耀的时候，我就站在你的门外，亲耳听见的。”

许肆月把手机丢出老远，扯过被子蒙住头，简直是丢脸丢到马里亚纳海沟了！这日子她还能过下去吗？！原来她在顾雪沉的眼里已经不是正常的女人了，而是一个用老公作为模特画漫画的变态画手！

许肆月的心态崩了，她又不想这一局输得这么惨，撩是暂时撩不动他了，干脆破罐子破摔，忍着羞耻爬起来，打开电脑和手绘板，咬着牙快速地勾勒线条，画出来一张新图。

以她为原型的长发女主角拿着小皮鞭。以顾雪沉为原型的英俊男主角被肆意欺凌。画面刺激又养眼，还很解气。

许肆月的胜负欲被激起，脸面也彻底不要了。她用微信把图给顾雪沉发过去，说：“黄花鱼老师给你的独家福利，你好好看看。之前的作品只能算写真，这个才勉强能叫‘黄图’。”

顾雪沉在浴室里撑着洗手台，把手机上的图片放大。

肆月画得很好，人物很像她和他。

顾雪沉的睫毛还在滴水，水顺着脸颊润湿颈窝。他的唇微白，向上翘了翘唇角。他把图片小心翼翼地存进最私密的文件夹里，除了结婚证上的照片，她跟他还没有新的合照，这样……也算是一张。

顾雪沉用力按了按太阳穴，压住里面丝丝缕缕的痛感。他今天差一点失控。肆月那么聪明，可能已经察觉了。她在试探他，像四年前一样，用那些他根本无法招架的亲密手段，想要撕开他的心。那时他拼命地忍耐，唯恐自己的爱意流露，转眼就会失去她，但还是在她的刺激下崩溃了。

她从春天追他，追到夏天快要结束。夏末的那个午后，她跑过来找他，脸上没了笑意，懒洋洋地说："既然你这么不喜欢我，我也不想继续自讨没趣。三个月够久了，到此为止吧。你应该知道我不缺男朋友。"

他愣住。寒气从他的心脏迸发，凶猛地撞向四肢百骸。

肆月朝身后招手，有一个高大的男生殷勤地跑过来。男生也像他一样穿着白衬衫、黑长裤。那个男生抬起手自然地揽住她，姿态亲密。

他在那一刻败得溃不成军，喉咙像被扼住，所有的空气仿佛被抽走，那么多沉重隐忍的情感要把他淹没。他只想多拥有她几天，她却轻描淡写地找来一个代替品。

他拽住她的肩膀，把她死死地抱住，扣着她的后颈重重地吻上去，情感翻江倒海。那一天他得到她，也从那一天起，他开始失去她，明知她是漫不经心的，依然选择跳下她的陷阱粉身碎骨。现在……她又想来一次了。

顾雪沉闭上眼，张开干涩的唇，给发漫画的许肆月回了一句比以往更可恶的话，希望把她对他的兴趣值拽回到负数。

许肆月在卧室里来回踱步，捧着手机等顾"大魔王"的回复。对话框终于一亮，最新的消息跳出来，是一条语音信息。她屏息，点开语音消息，然后听到男人充满嘲讽的话，她的耳朵仿佛被无情地贯穿。男人说："你还是改名吧，叫一盘黄花鸡。"

许肆月愣住，过了几分钟，后知后觉地反应过来。

"什么意思？

"他说我又黄又花心，还是不会赚钱、没吸引力、干啥啥不行的小垃圾吗？"

许肆月因为“一盘黄花鸡”气得要死，觉得房间里的空气都稀薄了。她用手掌扇着风，喊阿十：“快开空调，你的主人要喘不过气了。”

阿十乖乖地把空调打开，贴心地问：“主人，谁让你生气了？”

许肆月不满地把手机丢到一边，眼不见为净，说：“还能是谁？你家的‘大魔王’！”

阿十马上把耳朵上的光换成了荧光少女粉色，还用机械手在胸前比了一个心形，诚恳地说：“是你家的‘大魔王’。”

许肆月恨恨地指指它，泄气地走进浴室洗澡。她晚上被段吏纠缠，恶心得全身不舒服。水淋下来的时候，她有些失神。段吏是段家孙辈的老三，长得人模狗样儿，但人品极其恶劣，做事经常为达目的不择手段。

段吏从高二那年开始追她，死缠烂打。她被烦得不行，某天突然听朋友说，段吏被人揍了，肋骨断了三根。他不知道对方的身份，吃了哑巴亏。当天晚自习时，她的书桌里就多了一张打印的字条和一盒柚子糖，字条上面写道：“他不会再缠着你了，别害怕。”

她问了不少人，没人知道字条是谁放的。时间久了她也就忘了这件事情，只是没想到今天段吏又来招惹她，他还是得到了一样的下场——他伤得应该比那次更重，希望这狗东西得到教训后别再出现。

许肆月洗好澡，往半空中喷了两下助眠的淡香水，钻进香气中旋转一圈，又吃了两片药，才躺下准备入睡。然而闭上眼，她的脑海里一帧帧闪现的画面全是顾雪沉拳头滴血的样子。他叫她“顾太太”，嗓音富有磁性又有些沙哑，就好像响在她的耳边。

许肆月翻滚了半个小时，实在忍不下去，扯下眼罩，在“破产姐妹”群里问程熙：“我走后这几年……顾雪沉到底过得怎么样？”

她没忘记江宴脱口而出的那些话。江宴明摆着是要说他沉哥为情受了很多苦。她以前没兴趣，也害怕听那些话，但现在还真的有点想知道。这也是顾雪沉在骗她的证明。

程熙回复：“怎么想起问这个了？最清楚的人应该是梁嫣。”

许肆月说：“我不想找她。这四年我跟她说的全是姑奶奶的英雄事迹，根本不把顾雪沉当回事。要是现在去问她，好像我在意他，处于弱势似的。”

程熙叹了一口气，打字："我知道得不多，但是你走后的那段时间，顾雪沉基本没上过课。他去各种你可能出现的地方找你、等你。还有一个特缺德的人骗他，说你临时出国了，两天后就回来，结果……他去机场等了两天两夜。后来我听人闲聊，你出国的那天正好是他的生日。"

许肆月看着最后的两个字，胸口像被无形的重锤砸了一下。她追他三个月，竟然不记得他的生日，如果早知道……

她如果早知道这件事情，结果也是一样的，不会有什么改变。

许肆月往被子里缩了缩，很久后才小声地发了一条语音："对于这么一个可恨的前女友，他可能还有感情吗？"

程熙没回复，估计睡着了。许肆月却睡不着，看着屋顶，每每情绪要失控时，又被对顾雪沉的好奇心拉扯回来。

凌晨，她终于下定决心。不管顾雪沉怎么冷漠地抗拒她，她还是认为真相没那么简单。这场婚姻的背后肯定有他咬死了不说的内情，他越是掩饰，越让她觉得内情重要。

她并不是一个很较真的人，她的病也让她对大多数人失去了兴趣，但在这件事上，她却没办法说服自己装傻。她想扯掉顾雪沉可能戴着的面具，想知道他的真正目的，这个念头犹如火苗把她点燃。

许肆月坐起来，揉揉脸颊，给自己定了一个期限，上次追他是三个月成功，这次显然难度升级，那就……定为半年吧。要是半年过去，她还撩不动他，不能让他表露内心的想法，那也基本证明这事真是她想象过度了。那他们还互相憎恨干什么？她等他报复够了，就赶紧与他离婚。

第二天，许肆月振作精神下床，先找乔御询问了顾总今天的行程，然后给顾总本人发了条很不要脸的早安消息，光明正大地把称呼升级了。

"亲爱的老公，你想喝黄花鸡汤吗？"她就当昨晚的漫画事件没有发生过。

过了几秒，手机一响，许肆月以为顾雪沉给她回消息了，兴奋地一看，却发现是程熙回复了她："我昨晚太困睡着了，你还好吗？你没胡思乱想吧？"

"好得很。"

许肆月打字的同时，“破产姐妹”群里恰好跳出来一条通知：您的好友“梁嫣”加入群聊。

许肆月的下一句回复“我今天中午要去深蓝科技送鸡汤”也卡着梁嫣进来的那一刻被发了出去。

许肆月问：“梁嫣？”

梁嫣秒回了好几条。

“啊啊啊！抱歉！我是无意中进来的！

“我本来给程熙发微信消息问公事，但好像她的手机在她的小侄女手里。我就陪她的小侄女聊了几句，没想到小侄女给我误发来一个加群的信息！

“我就加群试试……不好意思啊，如果是只有你们两个人的小群，那我现在就退了。”

程熙想着梁嫣好歹是肆月的小姐妹，赶紧说：“没关系啦，普通闲聊的群而已。”

回复完了，程熙又迅速地和许肆月私聊：“肆月，她进来没事吧？确实是我小侄女误发了信息。我刚才在洗脸。她玩儿我的手机，一通乱操作，把置顶的群给梁嫣分享过去了，我忘了开验证……”

程熙边聊边皱眉，梁嫣跟小侄女的对话框里有一大堆梁嫣已撤回的消息，小侄女也说不清楚是什么内容。她去问梁嫣。梁嫣说这些撤回的消息是逗孩子的表情包，觉得太幼稚了，所以才撤回。程熙想，梁嫣不至于专门引导孩子帮她加入群吧？

程熙虽然觉得有些别扭，但也没深究什么。当初顾雪沉收留她，就是为了让她以后能陪伴肆月，让她给肆月解闷儿，好让肆月不孤独，其他的事情顾总并不干涉。关于梁嫣，顾总也没特意交代过，这件事情应该没问题。

许肆月回消息：“她进来就进来吧，退不退随她，反正群名不吉利，她要是不怕破产就留在群里。”

一上午的时间，许肆月没见到顾雪沉的人影。她也不急，进厨房专心地向做饭的阿姨求教，亲手做了一份货真价实的黄花鸡。她坚持自己来，一手剁鸡一手叉腰，累得眼泪汪汪，边剁鸡边骂骂咧咧道：

“顾雪沉你这狗男人！今天不把汤喝光，你就对不起我辛勤的汗水！

“刀多重你知道吗？鸡骨多硬你知道吗？

“姑奶奶从来没下过厨，上来就搞这么高难度的鸡汤，你得领情知不知道？

“你说我是黄花鸡，我这就做一锅黄花鸡喂到你的嘴里！”

临近中午，许肆月好不容易把鸡端出锅。虽说鸡闻起来有些奇怪，但为了让鸡完整，她也没尝味道，直接将鸡塞进保温盒，赶赴深蓝科技大楼。她想好了，今天先去摸清路线，以后才方便做更多的“坏事”。

深蓝科技大楼不是寻常的写字楼，而是独栋基地，一楼挑空的大堂与其他公司类似，三楼往上是各种实验场和制作间，十楼及以上才是正常的办公场所，顾雪沉的办公室在十六楼。

许肆月下车前特意照了照镜子，确定妆容完美无瑕后才迈进深蓝科技大楼，原以为要费一点口舌解释才能进去，万万没想到，门口的两个机器人扫描了她的脸之后自动弯腰，整齐地说：“太太。”

排面来了，许肆月藏起嘴角不自觉的笑意，轻咳了一声，准备去找电梯，刚绕过一根圆柱，小臂就猛地被人拉住，对方惊讶地说：“肆月，你真的来啦！”

面前的人长发及腰，身上的裙子是高奢品牌的初夏新款，眼线尾端微微下垂，显得格外清纯无辜。

许肆月意外地问：“梁嫣，你怎么在这儿？”

“我爸跟深蓝科技有合作项目，我偶尔会替他过来看看进展。”梁嫣捏了捏小手包，皱着眉看她，“我倒想问你，你不会真是来送饭的吧？早上我看到群里你发的那句话，还以为你在开玩笑，没想到真会遇见你。”

梁嫣关切地问：“你明知道这桩婚姻是报复性的，该不会是认命了吧？或者说，你真喜欢上顾雪沉了？”

说话时，她很自然地把许肆月带到了大厅僻静无人的角落里。

许肆月的耳郭发烫，她攥紧了保温盒的提手。她不得不承认，对于这种问题，自己实在挂不住脸面。

许肆月可以对程熙说实话，甚至也不惧对其他人说实话，但梁嫣不一样。从四年前到现在，梁嫣听到的都是她对顾雪沉不在乎的言论。许肆月讲不出自己要去撩他这种话，甚至愧疚、歉意这些词都羞于说出口，好像只要说了，就等于亲手拿把刀杀了过去的自己。

许肆月的指甲往手心里压着。她掩饰住心事，摆出从前惯有的倨傲神情，刻意把语气放得轻慢，说：

“我认命？开什么玩笑？！我怎么可能喜欢他？

“别说喜欢，每天面对他，我都够煎熬了好吧？！”

“他娶我是不怀好意。”许肆月装作咬牙切齿地说，说了几句话后才意识到，攻击顾雪沉的话自己竟然没什么可说的，为了不对梁嫣露怯，头脑一热，来不及细想就说道，“我……我巴不得他快点死了！省得我还要离婚！”

“我来送饭，只不过是想假意服软骗他，也让我的日子过得舒服一点。你当我真想给他送饭吗？我将饭摔在他的身上还差不多。”

许肆月竭尽所能地搜罗出这么多狠话，额角不自觉地出了一层不舒服的冷汗，没注意到周围长时间的让人窒息的死寂。

梁嫣悄悄地往后瞄了一眼，挑挑眉梢。

躲在暗处的许樱正捂着嘴，强忍着眼泪。姐姐太惨了！她想为姐姐赴汤蹈火！之前她担心梁嫣不可信，一直犹豫。梁嫣今天专门把她带过来，说难得碰上了机会，让她亲耳听听肆月的说法。原来一切都是真的，姐姐确实过得不好，这场婚姻是姐姐的监牢！她就算再胆小，再怕姐夫，也得拼命去拯救姐姐！

不远的拐角处，有一个地下车库直通上来的通道，通道口被装饰物挡住，外人很难发现它。有一道身影就在装饰物的后面，那人微低着头，略略失神的眼睛里浮着一层无光的灰色，一动不动地听着许肆月的那些话。

乔御在旁边两腿发软，心脏怦怦直跳，不时瞄着顾雪沉的神色。

顾总得知太太来公司，特意赶回来，结果亲耳听到了这些话，得是什么感觉？他觉得万箭穿心也不为过。

许肆月说完轻喘了两下，心里不自在地发堵，更不想跟梁嫣继续聊下去，说：“我先上楼了。”

梁嫣点头说好，等许肆月走后，走到许樱的身边，轻声说：“这下你彻底信我了吧。负责这栋楼的电梯的人是我爸公司的旧人，他答应会帮我这次。”

梁嫣认真地交代：“一会儿顾总回来，按习惯会乘一号电梯。你提前进电梯。电梯半路会停电，到时候你就趁机抱住他，越亲密越好。等电梯门一开，整个深蓝科技的人都会知道顾总有了别的女人。你姐性格那么刚烈，肯定趁机闹大，自然就有理由跟他提离婚了。”

许樱要英勇就义似的点点头。

车库的入口处，乔御终于喘上气来，难受地小声说：“顾总，太太过分了，要不是梁小姐问她，您还听不到这些……”

顾雪沉缓缓地松开微僵的十指，说：“太太怎么样是我的事。至于我留着多余的人没处理，只不过是为了设关卡，为了帮她长大。”

说完，他绕过转角，走向电梯间。余光里有些人影在动，他没去看，也不关心。他不知道心在哪儿。心原本飘浮在半空中，又因为许肆月的话坠入谷底。没关系，他习惯了，早就习惯了，唯一欣慰的事情是用不了太久，她刚才的愿望就能够实现了。

许肆月在去电梯间的路上接了一通电话，竟然是漫画网站的编辑邀请她去旗下的正规网站继续画画。编辑保她首页推荐，坐稳金榜，誓要将她打造成明日爆红的漫画家。

耽搁了一会儿，许肆月找到电梯间，正好赶上了一个空档期，周围基本没人，离她最远的一号电梯快到了。但她懒，不爱动，为了方便，就近等待五号电梯下来。

转眼的时间里，一道纤细的人影飞一般地猛冲过来，火速地挤进了刚刚开门的一号电梯里。

许肆月连对方是人是鬼都没看清，这时五号电梯也“叮”的一声到达。她直接走进电梯，刚按了关门键，一只包着绷带的手突然伸过来，手挡住了电梯门。

门再次打开，男人的身影完全显露出来，顾雪沉穿着黑色的正装，不像昨晚那么随意，一身冷寂感。

许肆月一振作，脸上惊讶的神情立马转换成绝美的甜甜笑容，喊：“老公。”

这称呼她叫得特顺口。她进入状态无敌快，不光叫得乖，手还顺，非常自然地拉住顾雪沉的手腕，把他拉近，说：“我没骗人，真给你炖黄花鸡了。你上去吃。”

狭小的空间缓慢上行，两个人的手臂相靠，体温透过衣料渗入彼此的皮肤。

地下室的电梯运行控制室里，穿制服的男人收到了梁嫣的信息，说顾总已经走向电梯间了。她没敢跟太紧，说再过半分钟就可以操作。

男人愁得抓头发，梁家对他有恩，就算明知道这是会被开除的大错，也得照做。他摸向控制盘，控制盘上一号和五号电梯的按钮上下排列，控制光源和控制整体电源的两个按钮分别排列着。他按住一号电梯的“光源”钮时太慌张了，手不禁一颤，意外按下了下面五号电梯的“电源”钮。

五号电梯里，许肆月有点小紧张，仰头看向顾雪沉，说：“对于我这么善解人意的送饭行为，你就没有点评价吗？”

顾雪沉不看她，淡色的唇微启：“虚伪。”

许肆月心虚了，果然被他看透了，但面上还是尽力保持平静，顺便抬起自己美丽的脸，两根手指捏住他的衣袖轻轻一拽，说：“顾先生。”

话音刚落，明亮的灯光骤然间熄灭，密闭空间里一片漆黑。电梯发出沉闷的机器故障声，随即停住，犹如从人间被拉入地狱。

许肆月的头皮一麻，她下意识地发出惊叫声，但一只手在黑暗降临的那一刻本能地死死抓住了她。他的手上还有绷带，温热的感觉无比真实，磨得她的手心微疼。

她忍不住颤巍巍地问：“老公？”

这个她叫了不止一次的称呼，终于在此时此刻，她等到了熟悉的声音在回应她。声音很低很沉，但在黑暗里，又难以言说地哑，他说：“嗯，我在。”

许肆月不知自己怎么了，鼻子一酸，无声地对自己强调：别有所触动，别想哭，别多想，一个可遇不可求的绝佳机会而已，要抓住这个机会。于是她什么都不管了，凭着对温度的感知往旁边一转身，张开手臂，踮起脚，搂住顾雪沉的脖颈，把吓到发凉的额头不管不顾地埋在他的颈窝里，贴近他的耳畔，委屈地小声说：“我怕黑，老公抱抱我。”

四周一点光也没有，人像身处于浓墨里，像失去了视觉，但其他的感官就变得格外敏感。许肆月搂着顾雪沉，脸颊不自觉地蹭了蹭他，那种微凉的感觉让她的皮肤产生了一丝酥麻感，一瞬间像是回到了四年前跟他恋爱的时候。顾雪沉好摸、好抱、好亲，虽然她不喜欢他这个人，身体却贪恋着跟他接触的感觉。

电梯出故障惊吓到了她，她的手脚是真的发软，于是她顺势赖着他不下来，带着鼻音问："电梯会不会掉下去？"

顾雪沉的双手垂在身侧，逐渐加重的呼吸一下下地刺着胸腔。他心爱的月亮扑在他的怀里，亲昵地跟他拥抱，叫着最甜蜜的称呼，还有点撒娇地等他哄她。

她确实被吓到了，身上都是冷的，但顾雪沉太明白了，这种亲密不过是场短暂的梦。

顾雪沉扣住许肆月的肩膀，要把她推开，在手指碰到她的那一刻，电梯突然一动，重新恢复运行，灯也跟着亮了。

许肆月的眼睛被刺得一花，她下意识地把头埋进顾雪沉的怀里，还没等她做出别的反应，电梯就在下一个楼层正常停下了，门"哗"的一声打开。

六楼，机器人实验场，工程师和技术人员人数最多的一层楼。男男女女足有二十人，都聚在电梯外，目瞪口呆地盯着里面的情景。

"顾总。"

"真是顾总！"

眼前的画面让这群人肾上腺素飙升，一直高冷到让人畏惧的深蓝科技老大，现在居然被一个女人抱着。

许肆月已经僵了，一下都不敢动，这种社会性死亡事件未免也太尴尬了！凭顾雪沉对她这冷冰冰的态度，她现在要是站直了跟大家打招呼，说她是顾太太，那岂不是马上就得有传言说，她在电梯里主动与顾雪沉亲热，结果顾总却一脸嫌弃？那可太羞耻了！

许肆月正骑虎难下，忽然感觉顾雪沉动了，原本按在她肩上的手慢慢地移到她的后颈上，他甚至温柔地揽了一下她的头。他很轻地抚了抚她的头，平静地说："我太太被吓到了，不方便见生人。你们等下一趟电梯吧。"

说完，他略微倾身，将电梯门关闭。

电梯迅速上行，许肆月隐约还能听见六楼那群人反应过来之后的大叫声。她的脸原本被吓得发凉，此刻却升起怪异的热度，有些烫。

“还不放开？等我推你？”

男人再次张口，声音直接冷了八摄氏度。

许肆月慢吞吞地从他的身上下来，扭过头遮掩自己不自在的神情。电梯终于抵达十六楼，两个助理面如白纸地等在外面，见他们出来，急忙问：“顾总，没事吧？我们一知道出问题就马上安排人去检修电梯了，楼下负责电梯运行的那个人我也……”

“不用检修。”顾雪沉低声说，“让负责人上来。”

“好。”助理说，“除了五号电梯，几乎同一时间一号电梯的光源也断了，有个小姑娘被困在里面，可能吓呆了，老半天没摸到开门按钮，正哭呢。她不是咱们公司的人。我们门口的机器人检测的结果，她是梁嫣小姐带过来的人。”

顾雪沉看了许肆月一眼。

他之前可以忍，等着肆月自己去认清一个人的真面目，但今天的这件事触到了他的底线。最近他让肆月忙碌起来，调动她的情绪，她的情绪在朝好的方向转变。如果她因为这个意外受到惊吓，情绪不好了，那把梁嫣千刀万剐也不够。

他与其养着毒瘤等待其破裂，不如早点去除它。

在顾雪沉开口之前，许肆月皱着眉问：“梁嫣？她找我说话的时候，我没见到她带别人来。”

今天的事过分巧合了。她早上发了要来送饭的消息，梁嫣进群看到消息。中午她就在深蓝科技一楼大厅遇到梁嫣。她寻常地乘电梯，就能碰到意外的故障，按理说深蓝科技这种公司发生机械故障之类的情况应该很少见，更别说恰好还有梁嫣带来的其他人被困在电梯里。

顾雪沉放慢语速，问道：“那人叫什么？”

助理朗声回答：“许樱。”

许肆月猝然抬起头。

深蓝科技的一楼大厅，梁嫣坐在休息区里，心神不宁地刷着手机。她混进了深蓝科技的一个八卦群里，如果许樱真的做到了，绝对会有人偷着拍照后将照片往群里发。她把手机捏到发热，总算等来了手机急促地振动，新消息爆炸般火速刷新。

梁嫣来不及细看，先快速翻到最上面，果然看到一张照片，是有人趁电梯门快关闭时拍的，照片虽然模糊，但足以看清是顾雪沉侧身站在里面，他略微低头，他的臂弯里搂着的是……许肆月！

梁嫣脸色一白，下面的消息在疯狂地增多，撞进她的眼睛。

“我没看错吧？！‘大魔王’搂着谁？”

“谢谢邀请，‘大魔王’亲口说是咱们的顾太太！”

“我也听见了！‘大魔王’还说太太受惊吓了，不让我们乘同一个电梯，怕她难受！”

梁嫣的嘴唇咬得越来越紧，她猛地站起来，快步往外走。玻璃门边，两个高大的机器人同时转过身，伸出机械臂拦住她的去路。

乔御的声音响起：“不好意思，梁小姐。你暂时不能走，顾总要见你。”

许肆月坐在顾雪沉办公室的沙发上，根本无暇去看环境，她的双手扣在一起，骨节隐约发白。

乔御敲门，说：“顾总，太太，梁小姐来了。”

梁嫣焦急地冲进来，眼圈微红，先看了看顾雪沉，然后跑到许肆月的身边，问道：“肆月，我在楼下听说电梯出故障了。你突然喊我上来，是不是你受伤了？”

许肆月抬了抬下巴，盯着梁嫣这副关心的样子，一言不发，过了几秒才勾勾嘴角，说：“我是受伤了，找你来帮我看看。”

梁嫣立马伸手去碰许肆月。

许肆月一把攥住梁嫣的小臂，缓缓地说：“看看我真心相待的小姐妹到底想对我做什么。”

话音落下，办公室的门又打开，穿制服的电梯管理员灰头土脸地被推进来，他主动鞠躬，连声道歉：“顾总，您辞退我吧。我没脸干下去。”

顾雪沉将目光移向脸色突然涨红的梁嫣，淡淡地说：“梁小姐，回答我太太的问题，或者我也可以让许樱来替你解释几句。”

梁嫣的脸上再也摆不出虚伪的温柔表情，她极力挣脱许肆月的钳制，紧张地站起来走向办公桌，脱口而出道：“雪沉……我……”

许肆月被这个称呼刺得一阵胃痛，不用梁嫣说别的话，也不用什么证据，“雪沉”这两个字就已经把她的心思表达得清清楚楚。

许肆月当年跟梁嫣关系亲近，能帮的忙，能给的资源都不遗余力，出国四年把梁嫣当成仅有的朋友，关于顾雪沉的一切都是这个看起来乖巧羞涩的姑娘在传递信息。但梁嫣从来没有说过，她对顾雪沉存着其他的念头。

许肆月下意识地掐住自己的手腕，逐渐用力。顾雪沉冰凉的声音适时传来：“这两个字不是你叫的。如果你不想回答，我帮你回忆。”

男人的目光很平静，眼睛寒潭一般让梁嫣浑身冰冷。她有多迷恋他，在某些对视的时刻，就有多害怕他。

“你利用许樱，让她在断电的电梯里接近我，当着全公司的面让肆月难堪。

“把许樱送去咖啡馆的行李箱弄乱，让肆月和她结仇。

“婚礼上，你把不该出现的许丞一家带进现场，想在所有人的面前让冲突爆发，让肆月情绪崩溃。

“你把肆月回国的消息传出去。杨瑜那些人才来得及利用拍卖会出售我岳母的遗作，给肆月造成打击。

“肆月在国外的四年里，你每一次给我转述时，都是在说她的私生活有多混乱。”

“别说了……”妆容也盖不住梁嫣惨白的脸色，她失控地尖叫，“别说了！你话里话外全是肆月！肆月！你知不知道她向来都是连名带姓地叫你？她从来没把你放在心上过。”

梁嫣像一个被拔光了毛扔在大街上的动物，发着抖说：“就在今天，我刚刚问过她，她亲口说不可能喜欢你。她对你好是在骗你，还盼着你死！我呢？！我做错什么了？！我只不过是想帮你们早点结束这种虚伪的关系！”

许肆月将手腕掐得更用力，骨头往外溢着寒气。她中午说过的那些狠话被梁嫣原封不动地带到了顾雪沉的面前。她忽然就不关注梁嫣了，而是将目光转到顾雪沉的脸上，凝视着他的反应，血液似要凝结成冰。

任谁听到那样的话都会动怒，顾雪沉他……

顾雪沉迎上她的目光，眼睛黯淡而深沉，只是很轻地问了一句：

“肆月，你说了吗？”

许肆月抿紧唇。梁嫣一扫以往柔弱的样子，狠狠地瞪着她，要把那些话重复一遍。顾雪沉淡色的唇微微张开，他说：“我只听我太太的回答。”

梁嫣瞪大眼睛，犹如被狠狠地扇了一耳光。许肆月只觉得血液一下子冲上了头顶，自己也说不清哪儿来的激动情绪，果断地起身，斩钉截铁地说：“我没说！”

本来那些话就是她应付梁嫣的违心的话。她胆小、怯懦、没担当，这些她都认了。但她死也不要当着顾雪沉的面承认自己说了那些话。

梁嫣被无赖的她气到站不稳，惊怒之下，又把矛头掉转，说：“许肆月，你也傻了？你以为顾雪沉帮你解围，叫你几声肆月，就真的不恨你了？我虽然算计你，但也是在帮你！我逼你们离婚有什么不好？！”

许肆月松开被掐出红痕的手腕，走到梁嫣的面前。

梁嫣真可以，两边都不放过，就这么想把她取代了？

如果顾雪沉喜欢梁嫣，四年里她早就得手了。她还至于等到现在要这么多心机吗？

她不就是假装善良无辜吗？许肆月不是这种人，但看过不少这种人，现学现卖气死人有什么难？！至少她确定，无论顾雪沉因为什么娶她，有多少内幕，到此时此刻他都是跟她站在一边的。

许肆月深吸一口气，也根本没做多余的动作，就简简单单地朝顾雪沉歪了歪头，软绵绵地说：“老公，你看她。”

顾雪沉了然地点点头，说：“乔御。”

乔御迅速进来。

顾雪沉眼都未抬，冷声说：“电梯控制室换人，还有梁家暗中安排进公司的另外三个人一起处理掉。至于梁小姐，赶出去，拉进系统黑名单。”

顾雪沉竟然什么都知晓。梁嫣流着泪说：“原来你知道我做的那些事情，可你一直没挑明，一直宽容我。”

“不是宽容，”顾雪沉冷淡地说，“是嫌脏。”

梁嫣被拽出去后，许肆月收起了表情，重重地呼吸。她盯着门口，终究还是压不下心里的火，选择追出去。

“梁嫣！”许肆月稳住情绪，注视着她，“你到底从什么时候开始的？”

梁嫣挣脱乔御的手，看了许肆月半晌，失神地笑，喃喃地说道：“什么时候……比你去找他还要早。你知道那时候多少女生喜欢他吗？他那么好，干净又出色，因为性格冷，大家只敢远远地看他，唯独你……”

“你为了一个随便的赌约去撩他！”梁嫣含着泪死死地瞪她，“其实那时候我也认了，因为你的确比我配得上他。我只是你身边一个不起眼的小角色。你追他，我不敢嫉妒你。可你为什么要那么伤他？！”

许肆月的一双桃花眼微微眯起来。

梁嫣看她这副样子，更加不能忍，继续说：“你让他爱上你，又丢下他。许肆月你知不知道，你走了以后，他把自己折磨成什么样子？他吃不下东西，三天两头进医院，手已经瘦得只剩骨头，上面全是针孔！”

“你跟他最后一次见面时，是不是约他下次要去寒光路？”梁嫣哭着说，“他每天都去寒光路，一个人站在风里。深夜的时候人都走光了，他还在那儿！后来他好不容易回学校了，开始拼命地修学分。你呢？你远在英国，给我打电话，说你交了什么样的男朋友，对方比顾雪沉好几万倍。”

许肆月的心脏被掐着，不能跳动，她不能喘息，被窒息感撕咬。

梁嫣又笑了出来，说：“你让我去告诉他那些话，那你猜猜他当时是什么反应。你敢听吗？所以凭什么你在外面花天酒地了四年，回来还能站在他的身边？我在电话里听说你回国的时候，心都颤了，结果我最怕的事还是发生了！”

“许肆月，你样样比我好。我跟在你身后的时候，你什么都愿意施舍给我，我没资格嫉妒你！所以我已经很收敛了。我可以做得更直接，更伤你，但我没有！我宁可伪装，等机会，想方设法地挤进你和程熙的小群，搞电梯故障这种低级的麻烦，我已经对你仁至义尽了！

“我就只想要顾雪沉。如果你不回来，我就快打动他了！”

走廊被控诉声和粗喘声贯穿。许肆月不记得过了多久，逐渐松开满是指甲印的手。她挺直脊背，直视着梁嫣，问道：“按照你的意思，我应该感谢你？你做的那些事就成了善事吗？”

许肆月一字一顿地说：“你喜欢顾雪沉，没人拦着，连我也不能。如果你在最开始就告诉我，我根本不会去青大招他！梁嫣，你完全可以光明正大地去争取，而不是用几年的时间自怜，表面对我唯命是从，背地里搞小动作！”

梁嫣的眼神闪躲了一下，她张口想要反驳。

“不敢？没勇气？害怕？不自信？”许肆月冷笑道，“所以你追不到他，到头来怪我吗？！”

梁嫣面如土色。许肆月弯起红唇，继续说：“我伤他，这是我的事。我犯过错，要受多少惩罚去偿还，这也是我的事。你没有资格替天行道！”

“还有，作为顾太太，我必须提醒你，”她拨开垂落的长发，眼中的光芒灼人，“你追他的机会已经彻底被浪费掉了，顾雪沉现在是有妇之夫。你碰我一下，是伤他的老婆；你惹他一下，就是人人喊打的小三儿。”

梁嫣被她的话狠狠戳中了死穴，没了之前理直气壮的样子。她背弯下去，还想痛斥些什么，许肆月已经转过身。她警告梁嫣：“我失去很多了，不差你一个，毕竟姐妹一场，还是多谢你收留过我一晚，给了我五十万，但现在顾雪沉是我的合法丈夫。你以后再敢盯着别人的老公，就别怪眼睛被抠出来。”

直到走廊里恢复空寂，静了许久，许肆月才动了动酸疼的脚踝，往顾雪沉的办公室走。快到门口时，她发现有个细瘦的人缩在墙角偷偷地看她。

“姐。”

“闭嘴！谁是你姐？”

许樱眼眶通红地说：“姐，原来你对姐夫这么坏啊。”

许肆月想把她打包从窗口扔出去。

许樱小心翼翼地拽了她的裙角一下，说：“但是，我永远坚定不移地站在你这边。”

许肆月头也没回，说：“被梁嫣骗成这样，你蠢死了。”

办公室的门关着，许肆月吸了一口气，重重呼出，终于倾泻了满腔的内疚感和负罪感。她没亲眼见到顾雪沉当年低落的样子，但是通过梁嫣的描述，也能想象出来。

许肆月抹掉眼尾的潮气，推门进去。顾雪沉侧头望着落地窗外，下颌的线条锋利。她忍住鼻酸，轻声说："我也想问你，梁嫣做那些事你一直没挑明。你为什么选今天挑明？"

顾雪沉轻轻地嗤笑一声，嘲讽道："因为你要蠢死了。"

许肆月把眼泪憋了回去，原来跟她嫌许樱一样，顾雪沉是在嫌她蠢？她这么久了还没察觉到异常，一直把人家当姐妹，结果今天梁嫣的手伸到了深蓝科技。梁嫣制造电梯故障，他才忍无可忍了，这一切合理到她无法反驳。

许肆月抿抿唇，不再追问，把被遗忘的保温盒提了起来，放在他的工作台上，又一层层地掀开盖子，端出精心炖的黄花鸡，说："尝尝，我亲手做的。"

顾雪沉看了一眼黄花鸡棕黄的色泽，没动。

许肆月拿出勺子，舀了汤，将汤亲手送到他的唇边，说："你这么嫌弃它干什么？你怕我下毒？那我先喝总行了吧。"

看她转头要送进自己的嘴里，顾雪沉按住她的手，略一低头，张口含住勺子，汤汁润湿了他的唇。家里的阿姨给他打过预防针了，说太太辛苦一上午炖了一只鸡，但是凭阿姨的经验来看，可能味道不太对，但没忍心直说。

许肆月见他喝了，这才有了点笑意，又弯着腰贴心地把鸡肉分成小块，将汤倒进米饭里，一起端给他，还不忘给自己也盛了一小碗。

顾雪沉咽下鸡汤，手疾眼快地抢过她的碗，直接拨了内线电话，说："订份素餐，尽快送来。"

许肆月刚被梁嫣当面说了一些往事，不太好意思叫他老公了，就连名带姓地质问道："顾雪沉，你什么意思啊？你是要扔了我做的鸡肉，还是不想让我和你一起吃？！"

顾雪沉抬眸，没有表情，淡淡地说："油腻，你怕胖。"

许肆月发觉她竟然气不起来。

素餐不到十分钟就被送来了。她坐在他的对面闷闷地吃完，看了一眼顾雪沉慢条斯理地吃鸡肉的样子，压下心里不断上涌的难过感，保持着一点小脾气，说："那我回去了，今天给顾总添麻烦真是对不起。"

等太太坐上车离开，乔御才敢回办公室，看到那么大的一只鸡，颜色还挺诱人，手欠地撕了一小条放进嘴里，没想到当时就受不了了。

"喀喀……顾总，这啥啊？"乔御眼冒泪花，"放错调料了吧？味道完全不对。我给您倒了，重新订一份鸡肉。"

他还没摸到保温盒，就见顾雪沉伸手将保温盒揽过去，白皙的手指按着保温盒的边缘。顾雪沉嗓音冰凉地说："我的。"

乔御一呆。顾雪沉盯着他说："你将吃的那一口鸡肉吐出来。"

肆月亲手做的东西，除了他，别人不能染指。

许肆月在回瑾园的路上，状态就有些不好。她往椅背上窝了窝，吞下药片，又吃了一小把柚子糖，让甜味儿缓解苦味儿。到了家里，她撑着力气上楼，进门后，阿十热烈地欢迎她。

阿十将圆滚滚的身体变成乳黄色，还加上小花斑，奶声奶气地问："主人主人，你喜欢小猫咪吗？我能变成小猫咪。"

许肆月没精力说话，倒在卧室墙边的小沙发上，扯过一个抱枕，虚脱地把头埋在上面。

阿十不知疲倦地哄她："主人主人，你喜欢小脑斧（小老虎）吗？我也能变。"

许肆月疲惫地抬眼，哑声问："阿十，你喜欢我吗？"

阿十停了，许肆月苦笑着说："你说我这样的人……值得被喜欢吗？"

顾雪沉坐在赶回瑾园的车里，手紧握着终端，声音比她更哑，用语音支配阿十回答："喜欢，值得。"

许肆月笑了一下，说："你只是个机器人，都不知道什么是喜欢。"

车窗外街景飞逝，犹如时光轮转。顾雪沉垂下眼睫，回答她："喜欢……是被迎面捅了几千几万刀，就算刀柄还在你的手里，我依然去抱你。"

许肆月扔开抱枕，搂住阿十说："谁给你植入这么复杂的回答？这种感情我哪里配拥有？我只会拿着刀捅他。"

她捅得他遍体鳞伤，还在要求他原谅她。早上她仅仅想探究他可能隐瞒的真相，带着那么点极度自私的目的。可经过今天，她应该对他更认真。

如果有一天顾雪沉真的肯卸下伪装，亲口说对她还有旧情，那她就再也不折腾了。她会尽量试着去喜欢他。但是在他承认之前，她只撩他，绝不能动心。她不能……在他已经被耗空爱、只剩仇恨的情况下，对他动心，那比死还不如。

顾雪沉在许肆月的房门外坐了很久，直到里面的动静消失，确定她睡着，才悄无声息地起身，压下门把手。

许肆月还搂着阿十，长发凌乱，蜷缩在小沙发上。窗帘被拉得很紧，房间里很暗。顾雪沉半跪在地上，把阿十关闭，推开它，两条胳膊穿过她的头发和膝弯，把她抱起来，将她轻轻地放到床上。她的身上很香，眼尾有一点泪痕，鼻尖上沁出了微微的汗。

他的喉结上下滚动，指腹珍爱地摩挲着她的脸颊，漆黑的长睫在他的眼下遮出阴影。他难以克制地略低下头，想趁这偷来的一刻亲吻她。他的唇带着热度，慢慢地向她靠近。在气息即将交缠的那一刻，许肆月突然睁开眼，抬手钩住顾雪沉的后颈，略微迷蒙的桃花眼盯着近在咫尺的男人，沙哑地问："雪沉，你是想亲我吗？"

许肆月睡着的时候做了一个梦。她梦到四年前她出国的那天，她临时反悔，良心发现，跑回去找顾雪沉。瘦弱的少年孤零零地站在路灯下，扑上来把她抱住，冰凉的身体发着抖，低下头，像是要吻她。

她确实有点期待这个吻，但等了半天也不见他有实际行动，干脆主动伸出手搂住他，还诱哄地问："雪沉，你是想亲我吗？"

说完这句话后的几秒钟，许肆月有种诡异的错位感，好像哪里不太对。她眨了一下眼睛，涣散的眼神渐渐恢复清明，才猛然意识到这根本不是梦，是梦照进现实！

她躺在床上，成年版的顾雪沉真的在她的面前。他的双眼微垂，形状优美的唇压下来，离她也就一拳远。这完全是亲吻的前兆。结果她做了什么？！她为什么要睁开眼和他说话？！如果这真是偷吻，她要是安静地闭嘴，这会儿顾雪沉已经暴露了！

顾雪沉并没有她想象中那样慌乱。他根本没动，脸上也看不出任何被抓包的尴尬，仍然蹙着眉静静地看她，眸底那些极致滚烫的东西被生生地压了下去。

许肆月的心神晃荡了一下，她又把眼睛闭上，诚恳地说："你就当我没醒，想亲就亲吧。"

然后她就听见顾雪沉冷冷地笑了一声。

"许肆月，你的妆花了。"

许肆月一僵。

"我只不过想看看，你到底能狼狈成什么样子。"

她闭着眼等被亲，男人却说她的妆花了。他的潜台词就是：你以为自己很美，其实有碍观赏、影响食欲。这简直是奇耻大辱。她因为他的两句话想象出一篇三千字的小作文，自然注意不到他撑在自己身体两侧的双手已然骨节绷紧，把床单揉出深深的褶皱。

许肆月愤恨地撇了一下嘴，闷声问道："那你到底进来干什么？我明明躺在沙发上的，是不是你抱我上床的？"

顾雪沉终于抬起身，掌心藏着薄薄的汗，淡然地说谎："阿十通知楼下的管家机器人，说你痛哭、昏睡，体温在降低，有重病的征兆，我才不得不回来。"

许肆月听明白了，他这意思很清楚，背叛她的人都那么多了，还差一个梁嫣吗？她至于像受了多大的伤吗？！她还把自己搞成一副要死不活的样子！

她想了想，既然他们已经是夫妻了，有些事总瞒着他也不好，于是从被子里爬出来，盯着顾雪沉说："我确实有病。"

顾雪沉点点头说："嗯。"

许肆月有点错愕，以为他将她的话当笑话听了，忍不住详细地解释："我真的有病，两年前在英国时确诊了抑郁症，以前是轻度的抑郁症，后来病情越来越严重，情绪很容易失控，还怕打雷，怕淋雨，需要每天吃药控制病情。"

顾雪沉眉眼沉着，声音比刚才更淡，说："嗯。"

许肆月就有点接受不了了。无论谁，听见前女友兼老婆病痛缠身，总该有点反应吧。他怎么毫无感觉？！

她情不自禁地把一直死死埋在心里的事也讲出来："我去年在英国时，受过一次很大的打击。我病情发作，承受不住的时候还……吞过安眠药，幸亏被人及时发现，送进了医院。”

顾雪沉将手藏在被子里，把丝绵攥得扭曲成团，但面上仍旧平静。他问：“生病而已，去治不就行了？你告诉我这些，是打算让我同情你，不让你还钱了吗？”

许肆月感到既吃惊又气愤，倒是没憋住，笑了出来，心口始终堵着的某团郁气，仿佛无形间被他不在乎的态度化解了。她也和别人提过自己的病。但无论亲疏，大家不外乎那么几种反应，要么把她当成脆弱的玻璃，要么怪她抗压能力差、小题大做。唯独顾雪沉，像是把她不敢面对的这场病，当成了一次微不足道的普通感冒，将它轻描淡写地揭过去。

许肆月有些生气，但更放松了，甚至自己也有了“好像确实不算什么大病”的错觉，精神不自觉地好了一些。她推开他说：“你放心。我不赖账，也不会在人前发病丢你的脸。我算看出来了，顾总人前人后两副面孔。你当着外人就要顾全脸面，体贴地照顾我，关上门后就对我冷若冰霜。但我不一样，不管在哪儿都是顾总明媒正娶的小娇妻。”

她懒洋洋地朝他靠过去，唇角妩媚地一翘，说：“对吧，老公？”

顾雪沉看着她说：“别折腾。”

“如果不折腾，”她笑着说，“怎么能知道你到底在想什么？万一顾总对我旧情未了，一切冷漠的态度都是伪装，我这不是正好帮你找台阶下吗？”

顾雪沉站起身。许肆月自然地仰脸看他，眸子在昏暗的屋子里如星如月。他抬手，不轻不重地扣住她的脸颊，不让她更近一步，说：“我想的都是怎么让你为当初的事付出代价。”

等顾雪沉转身出去，许肆月舒了一口气，揉着脸躺回床上。

也是奇怪，他再怎么否认，她都能感觉到他的情感。她不管是不是自己想得太多，反正已经决定的事她就不会改变，攻略这个口是心非的男人迫在眉睫。

他说她的妆花了，嫌她狼狈，对她亲近的举动视而不见。她偏要硬撞上去，看他能忍到哪一天。只要他对她还有一点余情在，她就不信他能永远做事滴水不漏。

顾雪沉走出卧室，关门，而后凝视着门板，久久没动。

两年前的冬天，他第一次去英国，凭借一个不算清晰的地址去找她，走了很长的路，问过无数人，最后隔着街道，远远地看见她裹着长大衣，细瘦苍白的脚踝露在寒风里。他不知道自己是怎么忍住没有追上去的，只是一直安静地跟着她。他的眼睛又热又痛，像要淌出血。

她孤独地走了两条街，直到拐进一家心理诊所。

他那时能拿出钱了，就包下了一个更好的医生，请医生留在诊所里，让医生专门照看肆月。

他不能在肆月的面前出现，更不能留下。

国内的许家已经倾覆在即。她以后只要回国，就必定会面临暴风雨，没人能再给她提供屏障，除了他。所以他没有时间。他必须尽全力去撑起一把伞，一把足够保护她、为她遮风挡雨的伞。

但一年前，医生突然联系他，说肆月的病情在加重，病情可能出现大的波动，她会有危险。他扔下工作赶过去，见到的是吞了安眠药后昏迷不醒的小姑娘。

邻居先发现了她，很多人在尖叫，救护车迟迟不来。他已经要疯了，抱起她冲出去。他的手是僵的，心脏冻成冰，碎得四分五裂。他全身的血液要溢出皮肤，聚成血海淹没她，好给她温暖。

抢救的时候，她极度痛苦，一直在流泪，手脚挣扎，医生要人按着她。他跪在她的背后，死死地抱着她。滚烫的泪水从他的眼眶里滑出来，跟她的汗水混在一起。

他守了她一夜，贪婪痛苦地珍惜着偷来的时光，在她醒来之前，安排好合适的人护理和疏导她，确保她接下来安全无事，然后默默地离开。

他想占有她，想把这个人强硬地抢回来，让她在自己的身边哪儿也不能去，就算捆着她，造出一个囚禁她的牢笼，只求她不走，可惜那时已经来不及了。他这一生注定狼狈又短暂。从他被确诊的那一刻起，就永远失去了拥有她的可能性。

他知道被抛弃有多痛，所以不会让肆月去尝痛苦的滋味。她恨他也好，厌烦他也好，撩他取乐也好，只要不牵挂他、不喜欢他、不爱他，她都可以潇洒甚至庆幸地面对他的死亡。以后，她还有很长很好的人生。

许肆月下午又接到编辑的电话，编辑催她快点构思、下笔，来他们正规的网站当个堂堂正正的职业画手。编辑跟她保证，只要她还能保留之前的男主角形象，一定能一炮而红，版税千万。

那意思就是还得继续画顾雪沉，许肆月挺乐意的。何况她正缺钱，于是爽快地答应了。

编辑说："你先定漫画名，我好做前期的准备工作。"

许肆月志气满满地说："就叫《攻略对象暗恋我》。"

漫画名多么符合现实主题，紧扣漫画的核心和她的目的，横跨二次元和三次元，短短的七个字，是她接下来一切努力的意义。

许肆月对什么事情产生兴趣的时候，是个实打实的行动派。她算算卡里少得可怜的余额，分出一点钱来，上网团购了一家美容中心的套餐，雷厉风行地赶过去。接待她的造型师对她的颜值一通狂吹，殷勤地问："您要继续保持大波浪发型，还是来个清纯的黑长直发型？"

许肆月对着镜子看了看自己。当年她去青大追顾雪沉，就是装扮成清纯的模样，留着黑长直的头发，穿着让人觉得无害的小裙子。她那种造型多半已经成了他的心理阴影，他能再喜欢才怪。至于大波浪……难道她还嫌自己的花心女形象不够深入人心？她要撩顾雪沉，就必须先从改变形象开始，让他彻底忘了以前那个只会捅刀子的许肆月。

许肆月拨了拨长发，淡定地说："来个不良公主切的发型。"

头发做造型加化妆，三个多小时才结束，许肆月又去隔壁的商场里挑了一条样式简单的牛仔长裤，换了一双短皮靴，换上从家里自带的性感吊带儿和铆钉小羊皮外衣，袖子撸到手肘上，露出一双纤细瓷白的小臂。

接下来她去了一家租车行，挑了其中最扎眼的那辆重型大摩托车，熟练地跨坐上去，俯身对着后视镜补上一层口红，戴好眼镜。这一幕让车行里的一群肌肉男看得眼睛发直。

下一秒，车轰轰作响，许肆月用手腕微拧油门，流畅地冲出去。

撩人嘛，尤其撩那座骄傲纯洁的大冰山，她是动真格的。

许肆月的长发被风吹起来，额边公主切的两片穗穗有点打脸，她忍着疼暗骂了一路，在太阳彻底落山前，成功地到达深蓝科技基地大楼的门前。她仰头看向楼上，灯全亮着，公司的员工都还没下班。

许肆月掏出手机，给顾雪沉打电话："还有多久结束工作？提醒一下，你的老婆在等你。"

听筒里的声音低沉且有磁性，他说："不用等。"

"你就告诉我得等多久。"许肆月无赖地要求着，"你要是不说，我就一直打电话。你不接电话，我就打乔御的电话，乔御不接电话，我就打前台的电话。我说上午还公开秀恩爱的顾总，到了晚上就对老婆始乱终弃。"

隔了片刻，电话那边的人回答："一个小时。"

许肆月在春夜的寒风里揉了揉鼻尖，行吧，等。

五楼的实验场里，顾雪沉皱着眉面对着一屋子的工程师，加快速度处理目前零号线上的新型机器人的技术故障。站在最边上的女孩子挨着落地窗，无意中目光往下一扫，不禁"哎"了一小声。

满屋寂静，她的声音格外突兀，"大魔王"冰雕似的黑色眼睛看了过来。

女孩子吓得赶忙解释："对不起顾总，我是看见楼下有一个好漂亮、好飒的美女，一时没忍住……"

乔御在旁边皱眉，五层楼也不算低了，天色还黑，她能看清啥？那个美女得多美、多飒才能让人产生这个反应？他不信邪地走过去，探头往下一看，脸色渐渐变了，说："顾总，好像是……太太。"

顾雪沉蓦地抬头，转身走过去，望向窗外。夜色昏暗，但许肆月刚好在深蓝科技门前的灯光下，单单一个剪影就已经足够夺目。他的喉结微微滚动，打电话的时候她就已经来了吗？他说等一个小时，她就这么等……

他合了合眼，低声交代："今天就到这里，明天再继续。"

顾雪沉在窗前站了十分钟，双手握紧又松开，最终还是选择下楼。他快步走到大门外，看见许肆月，不由得呼吸一顿，心跳无法自控地变了速度。

许肆月站累了，已经回到她的重型机车上，纤长的双腿洒脱地伸直，虚踏着地面，小皮衣很短，露出一截雪白纤细的腰，大框眼镜懒懒地架在挺翘的鼻尖上。她唇角微挑，正含笑望着他。

两个人对视了三秒。许肆月轰地启动了机车，车头笔直地冲向他，在快碰到他时又猛地掉转方向，机车利落地横在他的面前。她拉下眼镜框，桃花眼明媚，朝后面拍了一下座位，细白的手指朝他一勾，说："顾总忙完啦。你的老婆大人亲自来接你回家。"

许肆月觉得自己的动作、眼神、妆容、时髦值以及美貌度，都绝对没有问题，足够洗刷顾雪沉嫌她狼狈的耻辱。何况高冷冰山学霸，外表清冷禁欲，内心热血沸腾，应该最会对她这款离经叛道的不良少女产生兴趣。

然而许肆月保持最佳角度盯了顾雪沉足足一分钟，也没从他薄情的眼睛里看出什么喜欢的情绪，倒是春天的晚风很凉，风刮过她露在外面的皮肤，有那么点不合时宜的冷意。

许肆月维持笑容不变，委婉地催促道："我车技很好，有驾照，请顾总赏个光嘛！"

顾雪沉把她从头看到脚，目光最终又回到她的头发上。原本的栗色微卷长发被染黑，脸颊两侧的头发跟小巧的下巴齐平，风吹过，偶尔飘起来，半遮住红润的嘴唇，更显得肤色白到泛光。不只是脸这么白净可爱，她的手臂也白净，露出的那一小截细腰更是白净迷人。

时间并不晚，深蓝科技又位于闹市，门前经过的人不少。从他下楼看见她开始，过路的男男女女都在扭头打量他的老婆。

顾雪沉毫不留情地说："我给你的压力太小了是吗？让你这么闲。"

许肆月挑眉，不在乎他的冷言冷语，说："不管闲不闲，来接老公都是天经地义的事。你不用害羞，我给你准备了头盔，戴上头盔之后别人认不出你，不会丢脸。"

"我不光接你回家，"她的语气中带着诱惑的意味，"还顺便载你去江边兜风。"

顾雪沉扫了一眼她的摩托车把手上挂着的黑色男款头盔，睫毛微微地颤了一下。

那三个月里，她追他，有时候会保持不住假装的乖且纯的形象，看到重型摩托车，流露出喜欢的神色，还朝他扬言道："我把摩托车的驾照考下来后，带你去江边兜风！我们每晚都去！"

她追到他以后，真的把摩托车的驾照考下来了，却再也没有提过要带他去江边兜风的承诺。他知道，她说的那些话只是她让他沦陷的谎言。她不再说那些话，是因为猎物到手，失去了兴致，怕他缠着她不放，故意疏远他。可是他永远没有长进。肆月诱惑他，他就很向往那一切。他想去看看有她在的江景到底是什么样子的。

顾雪沉忍着，完美地隐藏好情绪，不为所动地抬眸，说："许肆月，你这些套路我早已经看腻了。我不可能重蹈覆辙，你真想玩儿就换个新鲜的套路。"

他说完话，正好车声逼近。乔御按照他交代的话，把宾利从地下车库开到了他的跟前。

顾雪沉果断地迈下台阶，说："摩托车停在这儿，我找人处理它，你上车。"

许肆月小倔脾气一上来，誓死不从。她要是听话地上车，把摩托车扔下，就意味着否定了自己今晚一切的努力，好像这个套路连她自己都看不上似的。可是她明明觉得很好！狗男人段位变高了，怎么能怪她？！不过无所谓，她还可以比现在更帅！

许肆月坚守尊严，固执地把眼镜往上一扣，大度地摆着手说："我不，你自己坐吧。我在宾利的后面跟着总行吧？给亲亲老公保驾护航。"

顾雪沉唇角紧绷，控制住要去强迫她的冲动。他从车里拿出一件备用的外衣，略显粗暴地将外衣系在她的腰上，把那一截裸露的雪白的腰全挡住。

"你想跟就跟。但我娶你回家，不是为了让你在街上露腰给所有人看的。"

许肆月看着扬长而去的宾利，再低头瞄了瞄腰间的衣服，红唇一翘。某人坏就坏在这儿，说烦她恨她吧，管得倒挺宽，总让她有那么点被在意着的错觉。

她拧动油门，"嗡"的一声冲出去，迎着风追上宾利的车尾气。

顾雪沉坐在副驾驶座上，隔三秒看一次车窗外的后视镜，第一次嫌弃车窗玻璃的透光度不好，看小镜子里那道明丽飒爽的身影不够清晰。

主路上的车流量很大，她敏捷地控制着重型摩托车，穿梭在行进的车海中。等红灯的几十秒里，就有几辆车降下车窗，里面的人偷偷地朝她拍照。

顾雪沉放在阴影中的手收紧。手机偏巧亮起，一条微信消息跳出来——无敌小月亮："老公，我帅不帅？"

顾雪沉反扣手机，眼不见为净。

红灯结束，乔御按既定路线继续往前开，转入一条稍显狭窄的路，正碰上一群男孩组团骑机车。他们嗡嗡地冲过来，为首的男孩险些蹭到宾利的车头。乔御不满地避开他们，总觉得身旁的"大魔王"气场不对，狭小的车里空气越发稀薄，又熬过两分钟，忽然听见"大魔王"冷声说："停车。"

乔御忙把车靠边停下。顾雪沉起初坐着没动，目不转睛地盯着后视镜，确定许肆月是真的没有跟上来后，立即推门下车，沿着人行道往回走，心脏蜷缩收紧。

许肆月刚过路口就被一群机车少年前后围堵住，被夹在中间，无论将车头往哪边转，都有人笑嘻嘻地去拦她。这群人的脸上挂着戏谑的表情。

"小姐姐好飒啊，我们能加个微信吗？"

"我们没别的意思，咱们都是一个圈子的，正巧碰上了就认识认识呗。那边有个熟人开的酒吧，想请你过去喝杯酒。"

许肆月拨开黑发，慢慢地吐了一口气，掏出柚子糖含住两颗，简单地活动了一下手腕。她迈开长腿，利落地跨下车身，双脚落到平地上，又拎起那个没人用的头盔，抬手就要照着为首的男孩甩过去。她一句"叫谁小姐姐，姑奶奶已婚"的话已经到了嘴边，肩膀就突然被一只手揽过。

手掌很热，有极薄的汗，温度熟悉且灼人。许肆月愣了一下，蓦地转头，本应该在两条街之外的车里的顾雪沉就站在路灯下。他没说话，但小小的包围圈已经彻底静下来。

"你怎么过来了？保护我吗？"

顾雪沉冷笑道："凑巧而已。车被这群人碰了。"

许肆月顿时嗅到了机会的味道，收起一身凌厉，目光分分钟软下来，顺便眼睛红了一圈。她特别自然地往顾雪沉的手臂上一靠，紧紧钩住，委屈地说："我本来好好地骑车跟着你，谁知道他们上来就堵人，还要约我去酒吧喝酒，一看就不怀好意。老公你帮帮我。"

为首的男生立马慌了，吓得冷汗直流。他记得刚才险些蹭上一辆黑色宾利，一打眼就知道是大几百万的价格，结果人家车主找上来不说，连半路撩个妹都是人家车主的老婆？！

他不敢招惹顾雪沉，车要是真碰坏了更赔不起，慌得赶紧掏出所有现金塞给后面追上来的乔御，生怕再被追究，然后迅速招呼一群人，争分夺秒地逃离了现场。

许肆月还贴着顾雪沉，尾音慢悠悠地拖长："怎么办啊？他们跑了。"

顾雪沉把她推开，说："既然知道跑了，还继续演？许肆月你戏演过了。"

许肆月看着他说："你怎么好像在生气啊？该不会是怪我招蜂引蝶，被那群人围堵吧？拜托顾总，长得好看是我的错吗？！"

她理直气壮地说完，还想继续骑车，但再一抬腿，腰间一阵钝痛，才惊觉似乎是之前下车的时候为了追求动作炫酷，不小心把腰给扭了。

许肆月的脸色变了变，这下眼窝是真的红了，她带着哭腔说："老公啊！我腰断了！"

第五章　火力全开

从医院出来，许肆月完全不敢走，拽着顾雪沉的衣袖说："医生说我的扭伤特别严重，走路也会加重，你能不能抱我上车？"

顾雪沉拂开她的手，抓住她的肩膀，防止她乱动，说："说谎之前弄清楚，医生给你检查的时候，我就在外面，听见诊断了，轻度扭伤，可以走，按时用药，休养几天就好。"

许肆月控诉着："你果然不喜欢我了！"

他淡淡嗤笑，说："你刚知道？"

许肆月硬是被他捏着胳膊，自己走路挪到车上，还亲手提着用小塑料袋装的两瓶药酒。她本来倍感凄凉，但顾雪沉的手从她身上撤走的那一刻，她注意到了他手背上那道刺眼的伤口，绷带虽然摘掉了，可割伤的口子并未愈合，还凝着暗红的血。

许肆月这才想起来，上次医生给顾雪沉开的药膏还在她那里。她竟忘得一干二净，根本没有给他，更别说提醒他按时涂。这次她又没良心了。

许肆月的嗓子哽住，她默默地在后排趴到回家，忽然觉得腰其实也没那么疼。到瑾园后，她自己扶着墙上楼，进卧室找到了顾雪沉的药膏盒子，放在手里攥了攥，眼睛逐渐亮起来。她忍着疼换下衣服，洗澡洒香水，撑在洗手台边化了一个心机淡妆，换上轻薄的分体睡衣，然后拿起药膏和她自己的药酒，慢吞吞地挪到顾雪沉的房门外。

许肆月轻轻地敲响房门，隔了片刻里面才传出冷冷的声音："什么事？"

她用纯良无害的声音说："腰疼得动不了，有件事需要你帮忙。"

顾雪沉克制着情绪拉开门，有一瞬间呼吸微停。

许肆月的发梢还带着湿漉漉的水珠，她的眼神纯净，黑色睡衣的领口很低，有一寸沟壑的边缘若隐若现。她举着药，桃花眼闪动，说："我给你的手抹药膏，换你帮我涂药酒。"

顾雪沉冷淡地说："我的伤已经好了，不需要。"

许肆月早有准备，仰头一笑，说："看来是不想抹药啊？那你也得帮我涂药酒。"

反正她横竖就是要他帮忙涂药酒。

顾雪沉对她忍无可忍，说："许肆月，够了，你收收吧。"

许肆月随即换上另一副表情，眼尾垂下来，在灯光的照映下似乎有泪光。她无辜地说："顾雪沉，你也行行好。阿姨晚上不在，家里又没别人，我疼得厉害，只是想涂一点药酒缓解，除了找你还能找谁？让阿十的机械臂帮我吗？"

顾雪沉额边的神经在跳，她的身上很香，但清爽柔和，并不甜腻，恰到好处地侵袭着他的感官。她嚣张硬气的时候他可以自控，却受不了她示弱。他把金属门把手握到滚烫，低声说："去楼下客厅，或者你的房间。"

许肆月拒绝道："我真的走不动了，就在你这里。"

开玩笑，她过来的终极目的，除了用身体接触撩拨他，就是要把香味留在他的被子里。

她直接越过顾雪沉，走向他铺了深灰色床单的大床，特别自觉地爬上去，翻过身，后背朝上，把睡衣的衣摆掀起一点，露出白皙的腰，然后扭过头，用视线勾向他，说："老公帮帮我。"

许肆月多少有点紧张，但并不是怕顾雪沉对她做出什么过激的行为。他真要有那个心思，早在新婚夜就动手了。

顾雪沉在门口站着不动。她看不太清他的表情，但也觉得这男人此刻的气势压人。她把语调再减弱两分，说："腰好疼啊……"

他终于走向床边，许肆月暗暗攥住被子，小声要求："你帮我多涂一点药酒，揉一揉，不然不管用。”

几秒钟后，在如鼓的心跳声中，她听见男人冷声说：“现在知道腰疼了？以后能不能别折腾？”

“不能……啊！”

许肆月背后的衣摆被推起更多，温热干燥的双手沾着微凉的药酒，覆在她的腰上，彼此接触的那一刻，像打通了某个开关，电流入侵进她的每一寸肌肤，急冲向四肢百骸。她抿住唇，脸颊在不受控制地升温。她没办法回头，所以看不见顾雪沉的脸，只能艰难地分辨着他的呼吸，腰感觉不到疼了，却止不住地发热，要在他的掌中熔化。

许肆月紧咬的齿间不自觉地溢出来一丝颤抖的气音，她腰上按着的那双手猛然间停住。

顾雪沉语气严厉地说：“安静点，别出声。”

这么凶！狗男人！

顾雪沉不肯再继续了，拧上瓶盖，把药酒塞到她的手里，冷声驱逐她道：“回自己的房间，我要睡了。”

许肆月委屈巴巴地爬起来，瞄了一眼他的脸色，冰冷得有点难以接近。这狗脾气……行，走就走呗，反正她也不差这一时半刻的。

等许肆月挪出去，顾雪沉盯着她进了自己的房间，才牢牢地关上门，合上眼沉重地呼吸。他张开手，失神地凝视着掌心残存的药酒，虚虚地握了一下，又陡然松开，把手垂在身侧。

顾雪沉走进浴室，把水温拧到最凉，站在花洒下冲了许久。他一直低着头，任冷水淋向身体，直到煎熬的炙热逐渐被压下去，才略略擦干，回到床上，仰躺着用手臂盖住眼睛。然而许肆月在床上留下的香气经久不散，丝丝缕缕钻入他的身体，轻而易举地把他重新点燃。

顾雪沉关了灯，黑暗里只有一点月色透过窗帘的缝隙，照着他的侧脸。他漆黑的眼睫低垂，额上有些擦不干的汗，薄唇难得多了一些血色，犹如鲜活的红抹在无瑕的白玉上，异常靡丽。

顾雪沉微微咬牙。他很烫，没办法不去回想……恋爱的那三个月里，有一次在无人打扰的教室，他吻她时失控，力气很大，恨不能把她拆吞入腹。她不安地乱动，无意间发现了他不能宣之于口的渴求。她好奇地碰了碰，那是他跟她最亲密的接触。

此时，顾雪沉把半张脸埋在枕头里。他紧闭着眼，意识被许肆月占据，紧抿的唇间沙哑地念出她的名字。隔了几秒，卧室的门骤然被敲响，许肆月的声音在寂静里破空传来："老公，我直接推门了。还有件事，我刚才忘了帮你。"

许肆月站在顾雪沉的卧室外，一只手把玩着药膏，另一只手又敲了一次门。她回房间之后才想起来，光顾着借涂药酒撩他，把替他抹药膏的事给忘记了。她就算再没心肝，也应该在乎他的伤。眼看着那道口子横在男人白皙干净的手背上，她不管怎么行？所以明知道他不欢迎，她还是折了回来。

"你怎么不说话？还不到十一点，不可能睡着了吧？"许肆月小声地念叨两句，"既然不反对，那我真进去了啊。"

顾雪沉还在床上，呼吸略显吃力。他撑起上半身，借着月光，眼看着门把手被压了下去，微红的瞳孔不禁一缩。他没有锁门，再躺下去装睡也来不及了。

许肆月做贼一样探进脑袋，摸着黑往床上瞄，一见他坐着，唇角立刻弯了弯，说："还真打算睡了？涂药酒消耗你这么多体力吗？"

她挤进来，绸缎睡衣泛着光，在月色下自带仙气，不良公主切也变成了纯良的少女漫画的女主角。

"别进来，出去！"顾雪沉嗓音哑得厉害，威胁度自然打了折扣。

许肆月听出他的不对劲，反而走得更近，大大方方地往床沿一坐。顾雪沉压抑着过快的心跳，立即跟她拉开距离。

"你怎么了？"许肆月问着，手去摸床头的开关，"啪"的一声，把灯按亮。

她将视线停在顾雪沉的脸上，在光照下来的那一刻，下意识地怔住。顾雪沉冷白的皮肤染着一层薄红，双唇水润，额头、鼻梁都带着一层汗。他的睫毛长而密，平常总是冷淡地遮掩眸光，现在居然是濡湿的，透着某种难言的……脆弱？

许肆月不由自主地咽了一下口水。他不只是脆弱，还有种隐忍的性感。明明他穿得整齐，神色冰冷，一副凛然不可侵犯的样子，但就是莫名勾着人心思乱飘，无法纯洁。

她舔了一下有点干涩的嘴唇，又伸手去摸他的额头，问道："你没事吧？别是发烧了。”

顾雪沉抓住她的手腕扔开，说：“许肆月，你适可而止！”

许肆月更确定了，他的手心烫得过分，体温应该超过38摄氏度。她不管顾雪沉同不同意，直接把手按在他的脸颊上，皱着眉说：“这么热还不吭声？你是想半夜高烧进医院吗？！”

她也不给顾雪沉继续撂狠话的机会，留下一句“不许锁门，给我等着”，就起身飞奔回自己的房间。

顾雪沉重重地揉捏着眉骨，听着她手忙脚乱地找东西，又火速往回赶，他就算想去锁门也无法下床，让他浑身滚烫的根本原因此刻还藏在被子底下，因为她刚才的触碰越来越难熬，他的脊背都在发抖。

许肆月扶着腰回来，拿了一杯水和退烧药，倒出一粒，不由分说地喂进顾雪沉的嘴里。她把水杯放在他的唇边，轻声催促着：“快点喝，不然苦。”

顾雪沉不想配合，宁愿那种苦在口中化开。

许肆月的脾气上来了，她盯着他说：“不喝？那我喝了，嘴对嘴喂你。你不是不乐意亲我吗？怕不怕？”

顾雪沉的眉目一僵，他凝视她片刻，不得不听话地喝水。

许肆月既得意又有点生气，管用归管用，问题是狗男人不放过任何机会羞辱她！这些年不少人觊觎她，连她的手都碰不到，他可好，她主动献吻还被嫌弃！

“现在能走了吗？”

他的语气冷得能冻死人。许肆月都听惯了，淡定地把杯子一放，又坐下来，说：“还差一件事。”

她拽过顾雪沉的手，拉到眼前，仔细地看那道伤口。他忍无可忍地把手抽走。她又用力往回扯，手指不小心从口子上摩擦过去，明显听到他闷哼了一声。

许肆月心一颤，忙说：“你别乱动！等上完药，我马上走还不行吗？！”

她把他的手托起来，跟他掌心相贴，拧开药膏挤上去，用指尖小心地晕开。她怕自己力气大了弄疼他，不时低下头，轻轻地、很温柔地吹气。

顾雪沉的目光凝在许肆月的唇上，他如同被火烤油烹，烧着那些堆积了十几年的情感，灼得全身又痛又麻。他口中泛滥的苦味儿过去之后，却又有丝不敢细尝的酸甜漫上来。她抬起眼的一瞬间，他转开头，装作一副对她厌恶、不耐烦的样子。

“好了。”她的声音比平常软了不少，“你病了就早点睡，明天如果还不好转，我再陪你去医院。”

等她走后，卧室里只剩下寂静。顾雪沉终于睁开眼睛，眸底一片纠缠的血丝。

许肆月回到自己的床上，心满意足地戴上眼罩。这好感度刷的，她绝对能加上几分！她不指望冰山融化，好歹也得掉一个小角角以资鼓励吧！

她第二天醒得早，着急去看顾雪沉的情况，却发现已经人去屋空，再扒着楼梯往下一看，人家顾总完全没有病容，矜贵儒雅地坐在餐厅里，普通早餐也吃出了米其林的格调。

“太太，早餐好了，有您爱吃的虾饺。”阿姨仰头笑着说。

许肆月揉揉脸，馋兮兮地走下楼。

自从她住进瑾园，顾雪沉严格规定了吃早餐的时间。她最开始烦得想死，到现在居然习惯了。需要早起，她就不得不早睡，加上赚钱的压力、阿姨做饭确实好吃，还有药物的作用，她的病和精神状态似乎都在好转。

许肆月按着腰挪进餐厅，特自然地坐在顾雪沉的旁边，想碰碰他的额头试体温。

顾雪沉避开，放下勺子，慢条斯理地起身，说：“别碰我。”

许肆月抿嘴，干吗在家里对着自己的老婆一副贞洁样啊？！她不甘示弱地说：“你这样看我干什么？我的腰还疼呢！今天的药酒……”

顾雪沉拾起西装，又淡又凉的眼神扫过她，比以往更寡情了几个度。

“凭你昨晚跑的速度，说明腰已经没事了。但为了让你少抱怨，我还是给你找了一个理疗师。从今天开始，她上门给你涂药按摩。费用我可以替你付，但你要还。

“另外，我每天很忙，你别随便打扰我，更别再做去接我下班那种事。我没时间应付，手机也别再打。如果有重要的事，你拨办公室的电话，有空了我会回。”

他抽出一张纸，几笔写了一个尾号044的固定电话号码推给她。

许肆月的腰本来快好了，这下又气得疼了起来。她拾起餐椅上的小靠枕丢在他的身上，说：“我昨晚跑得快不是为了给你拿药吗？！你个没良心的！”

顾雪沉淡淡地点头，说：“要比没良心，我不如你。”

许肆月当时就闭嘴了，好好地吵着架，为什么要翻旧账啊？！谈起渣，她永远站在珠穆朗玛峰上，这可太闹心了，还嘴都没的还，不过瞧他这么牙尖嘴利的，烧倒是肯定退了。

顾雪沉不再看她，直接走出餐厅，推开大门，进到车里，但仍然感觉那道他企盼渴求的视线黏在身上，带着烈烈的火气。

他的唇角翘了翘。以前江宴问他，婚后朝夕相处，活色生香的大美人近在眼前，他忍得住吗？他还斩钉截铁地说忍得住。但经过昨晚，他怕了，只能躲着她。好在以肆月的性格，越是气她、为难她，越能让她不服输，对她的病情也有益处。

乔御一路上观察着顾雪沉的神色，没太敢说话。临近深蓝科技基地大楼时，他终于试探着说：“顾总，零号线上新的机器人样品今早出来了，需要您亲自检测。很多媒体最近都在打探消息。”

顾雪沉很浅地“嗯”了一声。

零号线上的项目，是深蓝科技今年最重要的陪伴型机器人。这种机器人不仅仅能对儿童、老人起到陪伴的作用，更对被陪伴者有心理干预效果和医疗价值——对心理疾病起到真正有效的缓解作用。它无时无刻不懂得陪伴、理解、关爱、保护以及关键时刻的拯救，只是为了能让有自杀倾向的患者得到救赎。

阿十是目前最优秀的试验品，陪在肆月的身边。但它还不够，不足以让他放心地离开。

电梯到达十六楼。顾雪沉进办公室前，侧头交代乔御：“把044的内线号码设成专用，优先等级最高。无论我在做什么，只要打进来，马上转到我这里。”

许肆月吃完早饭，顺手给044的号码拨了电话。那边接听，声音冷得结冰："什么事？"

"没什么大事。"她坐在电脑前跷着脚，说，"老公上班半个小时了，我有点想你。"

一句话换来顾总的无情挂断。许肆月愤慨地抱怨着："阿十你看！'大魔王'坏不坏？！老婆说想他，他就这种反应！"

阿十乖巧地挪到她的腿边，耳朵尖体贴地蹭蹭她，又带着甜甜的声音说："因为主人漂亮、聪明、可爱、身材好，'大魔王'知道自己配不上主人。"

许肆月笑出来，满意地揉了揉阿十，挑着眉把手机扔在一边，用软枕垫好腰，做好了准备工作，打开电脑里的画图软件。想让狗男人看得起她，不拿还钱压她，首先还是得去赚钱，何况是用他本人的美色和身体来赚，想想还是爽的。

许肆月保持着一个小时打一次044的频率。终于在下午时，狗男人看透她"狼来了"的伎俩，干脆不接了。她也不停，继续按照固定的时间间隔打。傍晚时分，她的手机一亮，改了名字的两人小群"富贵姐妹"跳到列表的最上方。

程熙说："姐妹，我刚才跟主管去'大魔王'的办公室汇报工作，正好赶上他的内线电话响，他没接就那么放着。能直接打进他的手边，还让他扫一眼不接的头铁勇士……是不是你？！"

许肆月飞快地回复："除了我还能有谁？要是有别的小妖精骚扰他，你赶紧告诉我。"

程熙说："干什么？喜欢他了啊？"

许肆月发了一个撇嘴的表情，说："我才没！单纯守护顾太太的尊严而已。"

程熙说："那他不接，你就一直打下去？"

许肆月微微眯起桃花眼，懒洋洋地回答："等他习惯了，我自然就不打了呀。"

隔了片刻，程熙发来一个"还是你牛"的表情包，又说："我看'大魔王'早晚要被你玩儿死。"

许肆月连着这样打了三天电话，顾雪沉接起来的次数不超过五次。

她还总不正经，次次拿话撩他。等到第四天早上，她知道折腾时刻差不多到了，改变策略，连早饭都忍着没下去吃。

顾雪沉在楼下客厅等到近八点，许肆月依然没下来。他不记得自己看了多少次楼梯，最终在查看过阿十的数据后，确定许肆月健康无恙，他才忍住了上去敲门的冲动，拧眉出门。

上午八点半，是许肆月每天打第一通电话的时间。

顾雪沉这个时间应该去六楼实验场的，硬是熬着时间，沉默地等待着这通电话，哪怕不接，仅是看着她的手机号出现在显示屏上，也会尝到甜味。然而今天超时了五分钟，电话还是没有响起。

“顾总，走吗？”

顾雪沉把目光从电话上收回来，垂了垂眼帘，说：“如果044有电话进来，转到我的手机上。”

六楼的一众工程师和技术员整个上午都提心吊胆，生怕惹到“大魔王”。平常“大魔王”也冷淡不说话，但今天显然加了一层冰封的外壳，离他近点也要冻死。

上午的工作持续到近十一点，原本应该有三通电话进来，但竟然一个也没有。前几天吵闹不断的044，今天安静得仿佛没有人记得。她不是不记得这个电话，是不记得他。

顾雪沉把手机握到发热，到底还是给家里的阿姨打了过去，问：“太太怎么样？”

阿姨如实说：“很好呀。早上您走了之后，她就下来吃饭，状态不错。上午做理疗、追剧、画画。我还给她做了一道甜点。”

顾雪沉眼里那抹微弱的光无声地暗了下去，她没事，只是玩腻了，不打了。

许肆月在电脑前手速飞快，画完了第二期连载的线稿。中午编辑找她，在电话里忧心忡忡地说：“公司这两天刚签了一个新人，背景好像挺硬。我看画稿的质量一般，但上来就抢首页推荐位置，就是你准备要上的那个位置。”

“影响很大吗？”许肆月没什么危机感。

编辑拍桌，说：“再过几期就要上架收费了，你要赚钱了，如果错过这个位置，保守估计一天也要损失上千。”

“多少？”许肆月也拍桌，“一天上千？”

编辑义愤填膺地说：“所以，你加把劲儿，新一期多来点刺激的画面，男主角的身材那么好，多露点，只要不太过分就行。”

“还有啊，”编辑又提醒，“不知道你有没有看上期连载的评论。好多读者在关注主角的衣服和包包，说你画得特别，不是其他画手画得那种仿大牌的烂俗款。这也是个卖点啊，你继续保持，争取人物每次出场的着装都是不同风格。”

许肆月靠在椅背上，头有点疼。衣服包包这种手到擒来的事儿，她倒不觉得难，但画顾雪沉的“色气”镜头就不容易了。她看顾雪沉的身子也就看了那么一回，还是远距离、朦朦胧胧的，根本没有太深入的体会，时隔多天都有点记不清了。

要是她照着千篇一律的人体模特画，就会缺少那种专属于顾雪沉的禁欲感，读者也不会买账的。可能她需要再多看看他，最好能上手摸一摸。

还是用涂药酒的理由接近他？许肆月按了按腰，遗憾地皱眉，真不争气，腰已经好得差不多了，再说同样的理由，实在难以骗他第二次，但比起其他的，示弱又最容易有效果。她点开“富贵姐妹”群，说：“江湖救急，有没有什么容易受伤又不疼的办法？”

程熙很快回复：“正好手头上就有一个。”

她发来一张图，图中小女孩的腿上有一道血淋淋的伤口。

程熙说：“我小侄女，吓人吧？你猜怎么弄的？”

不等许肆月回答，她就主动说：“贴纸贴的！超逼真！校门口居然卖这种鬼东西！”

许肆月顿时心动，问来小侄女的学校地址，不惜花钱打了车赶过去，在路边的小摊前挑得专心致志。最终她选出两个比较真实又不会过分夸张的伤痕贴纸，买完回家。

顾雪沉中午跟合作商有一场私宴。对方请客，主动选了一家昂贵的日料店，食物生冷，还频频为他添菜。他的杯子里总是满着清酒，酒的度数不高，但喝下去也会加重胃痛。他吃得很慢，喝得也少，一直没什么表情，也无人看出他的不适。他在人前总是冷静自持的，说话不多却句句精准到位。合作过的人都已经习惯他的性子，仍旧热情。

吃饭期间，顾雪沉的手机振动了几次，他都忍着没有看，心里一点一点堆着期许。等从日料店出来，他垂眸翻开手机，逐条看过去，却没有来自许肆月的消息。那些振动，哪个也不是来自她。

他紧了紧手指，低声问乔御：“中午 044 来过电话吗？”

“没有。”

顾雪沉感觉胃里有些不舒服，握着左手无名指上的婚戒，自嘲地笑了一下，明知她只是撩他取乐，只是胜负欲作祟，只是对真相有一点好奇而已，他到底在难过什么？

乔御担心地问：“顾总，我看您的脸色不好。要不我直接送您回瑾园休息，最近您加班实在太多了。”

顾雪沉摇头，望着车窗外，低声说：“我没时间浪费了。”

回到办公室，顾雪沉为了心静，吩咐乔御把 044 切断。等真的切断了，眼看钟表要跳到下一个来电话的节点，他捏着眉心，又哑声要求道：“把 044 接回来。”

他忍着情绪，用超负荷地工作转移注意力。但下午五点半，044 专用电话突然响起的时候，他还是眼睫一颤，第一时间接起。

听筒里，消失了一天的许肆月哽咽着说：“老公，你什么时候回来？我受伤了……”

顾雪沉的喉咙像被扼住，他克制着回答了一句“现在”，扔下电话就往瑾园赶。

同一时间，许肆月照着镜子，在身上精挑细选了几个地方，比画来比画去，最后定下胸口。

锁骨以下，沟壑以上，皮肤细腻白润，弄上一道伤肯定特别触目惊心。而且这种敏感部位，顾雪沉多半不会细看，容易骗过去，之后她再穿件高领衫挡住，万事大吉。

许肆月认认真真地把伤疤贴贴好。别说，还真的挺像那么回事，一眼看上去犹如利器割出来的一样，残忍可怜，她自己都要心疼了。

楼下门庭传来响动，许肆月知道是顾雪沉回来了，赶紧把低领睡裙往下扯了扯，眼尾再用小刷子添两抹红色，滴上眼药水，她立马梨花带雨。

男人踩上楼梯，直奔她的房间。

许肆月主动推门出去，看见顾雪沉的那一刻，正好眼药水流出来。她滴的眼药水有点多，正顺着脸颊哗哗往下淌。

顾雪沉死死地盯着她胸口的那道伤疤，心被攥住，冷着脸走到她的面前。

许肆月半遮半掩地捂着，泪眼蒙眬地说："不小心划到的，疼死了……"

边诉苦，她边靠过去，一气呵成地往他的怀里钻。只要抱上了，她不但能摸一把胸口、腹肌、宽肩、窄腰，找找那些离家出走的灵感，还能顺带撩他一下，绝对不亏。她是这么打算的，但万万没想到，脸颊刚贴上顾雪沉的肩，一点肉还没摸到，就被他毫不留情地拽起来。

"你……"她泪眼汪汪地刚要示弱，就对上了顾雪沉阴郁的双眼。

男人冰冷的视线刀一般地刮着她胸前的"伤疤"，他低声说出两个字："解释。"

许肆月惊觉不对，缓缓低下头一看，当场眼前发黑。她的眼药水顺着脸颊滴到锁骨，又滑至胸口，不偏不倚，正巧从她贴好的伤疤贴上经过。此时此刻，那道价值十块钱的"伤疤"正在矜持优美地往下流着一道道淡红色的颜料，仿佛淌着血泪在对顾雪沉说：不好意思，我是你老婆买来骗你的。

颜料润湿了睡裙领口，晕成一片诡异的污迹。假伤口经过眼药水无情的冲洗，只剩下可怜的轮廓还留在那里，像是一个耻辱的犯罪证明。

许肆月羞愤得快窒息了。老天是真的要亡她吧？！她总共才撩了顾雪沉几回？！为什么次次受挫？！她以为把腰扭伤已经够社会性死亡了，然而跟现在的尴尬场面相比，那根本都不算事儿。

花心女的几大要素是什么？首先要美吧？她现在这惨状完全美不起来。其次要有范儿吧？别说范儿，她基本的尊严都快没了，最后还得坏吧？结果呢，她今天就用了那么一丝丝小心机，马上就来了现世报！顾雪沉要是再敢说她渣，她绝对不同意。她许肆月已经没资格当花心女，脸都丢到姥姥家了！

"许肆月，我让你解释。"

许肆月用手挡着胸口，被迫抬头面对他。视线一相碰，她才发觉顾雪沉的眼角发红，目光也格外冷，就差把她生吞活剥，看起来像是在压抑某种痛楚，但也像在宣泄被打扰工作却发现受骗之后的怒火。

许肆月默默地权衡了一下，认定前者纯属自己想象，还是后者比较写实，硬着头皮说：“还有什么可解释的，你不是都看到了？”

顾雪沉抓住她的手腕，强迫她把挡着的那片红露出来，说：“四年过去，你的招数已经退步到这么幼稚了吗？！拿这种小学生玩儿的东西来骗我？！”

假伤口一暴露，效果堪比被扒光了扔在大街上，许肆月羞耻到极点，反而想开了，甩开顾雪沉的钳制，抬着脸，剩余的眼药水兢兢业业地继续流，还真搞出了我见犹怜的效果。

“我愿意这样吗？”她调整出最委屈的语气，反过来质问，“你天天躲着我，手机不让打，说是有事叫我拨内线，结果你呢？三天加起来就接了不到五次。我要是不用点特殊手段，你都忘了你还娶了老婆吧？”

顾雪沉的胸腔起伏，被他掩盖在衬衫下。

许肆月又在委屈的诉苦里加入小威胁，说：“就算你结婚是为了虐我，那也得见面了才能虐吧？总回避算什么意思？！我不是多健康的人，你气我我还好，但是你晾着我、无视我，搞不好我哪天就要崩溃到给你惹事了！”

她说多了，渐渐带出真情实感，不由自主地继续为自己解释：“而且你明知道我现在靠画画赚钱，男主角还是照你画的。你每天不让我多看几眼，我哪儿来的灵感？怎么还你钱？”

“所以说，”她眼尾轻垂，抽了抽气，继续说，“我都是被逼，说实话，今天我不光买贴纸骗你，还故意一整天不给你打电话。你到底有没有……”

顾雪沉没法不看她，心脏在狠狠地跳动。

许肆月的一双桃花眼十分诱人，潮湿的媚色不经意地溢出长睫。她深吸一口气，重新抬眸望向顾雪沉，问：“有没有一点想我？”

顾雪沉敛着唇角，眼底的红更浓了，她说她今天不打电话是故意的，为了让他想她。“想”字就哽在喉咙里，挣扎着想跳出来，他忍住，挪开眼，喉结涩然地滚动着，说：“不想。以后也别打，清静。”

他说得薄情，却叫阿十送了湿巾来，抽出几张塞给许肆月。

这个动作让许肆月的嘴角一弯，之前的羞耻感不自觉地散了，她重燃斗志，接湿巾的时候握了一下他的手指，交换了几秒体温，才磨蹭着慢慢松开。

顾雪沉的指尖像被烈火灼过，他收起，握住，转身准备下楼，又说：“我还有事，不用等我吃饭。”

然而他尚未迈出一步，衣摆就被许肆月轻轻扯住。

“我为了晚上这出戏，特意让阿姨提前回家了。”她用弱弱的声音说，“晚饭没人管……你虐我的方式，应该不是让我饿死在家吧？”

顾雪沉的忍耐力在红线边缘，他蹙眉问：“你到底想怎么样？”

许肆月抿唇笑，说：“想跟老公一起吃晚饭，吃什么都行。不然我饿坏了，可能还会折腾。”

顾雪沉感觉太阳穴隐隐胀痛，拉他的那只手力气并不大，很容易甩开，能刺她的话更多，随便几句就可以让她生气，即便真把她扔在家里，她也不可能饿到。他什么都清楚，但偏偏什么也做不出来。

顾雪沉垂了垂眼帘，胃还在疼，中午的生冷食物和整天心神不宁导致的后果，没那么容易好转。他想说些什么，许肆月竟然先一步松开手，快步走下楼梯，进了厨房，开冰箱找东西。

顾雪沉等了片刻，定定地看着厨房那片暖黄色的灯光，有些受不住诱惑，慢慢地跟上去。他走到厨房外，里面恰好“叮”一声响。

许肆月打开微波炉，端出热好的牛奶，回身递给顾雪沉，两眼像弯月。她说：“我看你刚才好像按了一下胃，应该是不舒服，喝点热的。”

顾雪沉的脸色微变，他向后退了半步。不要对他好，不要再试探他的感情，他习惯冷了，别给他任何温暖。

顾雪沉不接，手暗暗攥紧。许肆月硬是托起他的手抚平，把杯子放上去，说：“快喝，不然我就喂你了。”她又把自己刚用牛奶杯焐热的手张开，覆盖在他的胃部。

她的明眸闪动。她关切地问：“这样会舒服一点吗？”

“如果有效果，”许肆月歪头，一张昳丽的脸如画，“可不可以换老公陪我吃一顿晚饭？”

顾雪沉端着牛奶的手收紧，理智在说拒绝，他蜷缩褶皱的心却被杯子烫得战栗，贪婪地想占有她一小会儿。

他咬了咬牙关，合眼把牛奶喝下去，那双温柔的手仍在给他暖胃，他下咽的速度在尽可能地放慢，他想把这一刻拉长，等到再也没有理由拖延，才把杯子放下。他看着许肆月，冷冷地说：“就吃一次，下不为例。”

许肆月这一晚给自己点了一百个赞，全靠她机智，才把这个尴尬的惨烈局面扭转成了烛光晚餐。虽说没有烛光，晚餐也只是一碗素面而已，但不得不说，顾雪沉的厨艺真不错。他随便下的一碗面也是色香味俱全，连她这样对面食无感的人也能吃到意犹未尽。

饭后，顾雪沉把碗丢给她洗，自己又去加班。临走前，许肆月随口问了一句：“深蓝科技是有多少工作要忙啊？你这个做老大的怎么天天加班？”

顾雪沉顿了一下，没回答，她也就没追着问。

许肆月对目前的战果已经非常满意了，不想逼他太紧。她乖乖地洗完碗，回到楼上，亢奋的情绪无处发泄，于是在“富贵姐妹”群里疯狂输出。

程熙看着满屏的捷报，忍不住再一次问：“肆月宝贝，你确定不是喜欢他？”

许肆月失笑，说：“我说了不喜欢啊，你怎么还问？”

程熙分析道：“你四年前撩他的时候，可没这么好的脾气。‘大魔王’那年还不是‘大魔王’，拒绝你顶多就是冷淡，不像现在这么狠，那你还总被他气到不行。怎么他现在对你的态度恶劣，你反而还耐心地哄他？”

许肆月有一瞬间失神，说：“能一样吗？那时候我们的关系只是因为赌约。我撩不上他就甩了他。但现在他是我的老公，等我哪天试出他对我真有感情，我还是打算勉为其难地跟他好好过下去的。”

程熙不知道怎么回复了。她该说什么呢？她说其实“大魔王”的心里全是许肆月吗？几年来他在为她拼命，为她筹谋。他不恨她，反而是爱得不知道如何是好。

程熙抱着手机叹气。她不敢说啊，“大魔王”下了命令是原因一。原因二，肆月看似身经百战，实际上感情根本就没开窍儿，光会撩，不知道什么是真的喜欢。程熙觉得要是贸然讲出事实，可能对两个人的关系起到反作用。

更何况……她至今不清楚“大魔王”隐瞒内心情感的真实原因，总在担忧他有什么极端的理由。他不顾一切地工作，尽可能地积累资产，却什么也不对肆月说。

许肆月见程熙半天没回复，正想发个问号，手机突然跳出一条信息，是明城市艺术馆官方发来的一条通知，在艺术馆参展的程幻老师的三幅画作，展期即将到了，画作可以由家人取回。通知的后面有联系电话。

许肆月神色一凛。事关妈妈的画作，她没心思闲聊了，立刻和艺术馆取得联系，谈好三天后的下午，双方在艺术馆里见面。

三天里，许肆月依然无法接近顾雪沉，想扒掉他的衣服欣赏好身材的美梦也没成真，别说美梦成真，连擦边儿都困难，只能全凭想象。好在有“色气”画面的新连载内容人气暴增，作品得到了首页推荐位，评论数也快速增多。在充满溢美之词的评论中，有些评论内容让许肆月不得不在意。

“黄花鱼老师是神仙吧？！为什么能把人物画得这么美，把人物互动画得这么撩，还能把主角的包包画得这么好看？！我要不是手残，真想动手做一个一样的包！”

“老师可不可以考虑出周边商品？第一话女主角刚出场时拿的那个小挎包，不管多贵我都要买它！”

“你们只喜欢包吗？明明礼服更惊艳！每次女主角穿上各种小礼服，我都盼着男主角亲手撕开它！”

许肆月随手一翻，十条评论里有四五条这样的评论，再加上那天编辑的话，确实有很大一部分读者在关注她笔下人物的衣服、配饰。她不自觉地低下头，凝视自己的双手。

原本她应该成为一个设计师。她大学学了设计，热爱设计，把天赋、能力、执着和热情都放在了这件事上。哪怕在英国受折磨的四年里，她也潦草地画过很多设计图。

去明城艺术馆的下午，许肆月特意精心地打扮，想足够体面地接回妈妈的画。她临出门前，电脑一响，漫画网站后台弹出一条新的私信：“黄花鱼老师！求您给我一个授权！我想手工制作女主角的两款包包，保证绝不商用，就是自己背，跪下磕一万个响头！”

许肆月顺手想回“可以”，但发送消息的前一刻，她的手停住了，脑中有什么东西带着火星滑过。那是她的画、她的原创设计，为什么她不可以自己做成实物？

许肆月没有回复对方，关上电脑准备下楼，手机却在她推门时响起，屏幕上显示一个明城本地的陌生号码。她以为是艺术馆的人打来的，马上接听，然而听筒里传出来的声音让她的目光一冷。

“姐，你在瑾园里吗？我……我在瑾园外面试了各种办法都进不去，只好给你打电话了。”许樱轻软又急促地说着话，唯恐许肆月挂断电话，“你的号码是我以前从梁嫣那里知道的，不是什么不良的渠道，你放心！

“我是想说，程幻阿姨有三幅画在明城艺术馆里展出，今天到了时限，你可以取回……”

许肆月冷声打断她：“你怎么知道？这件事和你有什么关系？！”

许樱立刻解释道：“爸中午就去过艺术馆了！他把那三幅画都带回家了！我也是看见了才知道。他还在跟我妈商量将画出手，好像已经找到了买主！我急得没办法，才来瑾园找你。”

许肆月的脑中“轰”的一声，血液几乎要把她淹没。

她挂断许樱的电话，立即给艺术馆的联系人打电话。对方核实情况以后，抱歉地说：“不好意思许小姐，因为当初画被送来艺术馆的时候，我们的同事把你和许丞先生都登记为家属联系人，可能分工有误，就分别联系了。许丞先生今天来得很早，并且强调你太忙没有时间，让我们不要打扰你，他作为程幻老师的丈夫和你的父亲有权领取画。我们依照规定，就将画交给他了。”

许肆月的情绪到了爆发的临界点，但又被她生生地压下来。她发再大的脾气，说许丞已经另娶别人，说他已经不是她妈妈的丈夫，再把这些不严谨的工作人员告到被辞退，又有什么用？许丞把画拿走了，也许怕夜长梦多，今天就会卖画换钱。他什么都能做出来。

许肆月稳住气到发抖的手，给许樱打电话过去，问：“你开车没有？”

许樱大声地说：“开了！姐！我就在瑾园的大门外！”

“进来接我。”

许肆月把长发扎起来，快步出门，来不及叫车或者等负责接送她的司机，必须争分夺秒地去许家，不只要拿回这三幅画，还要将她留在那里的记忆和属于她的东西一并取回来。

外面的天色阴沉，暗灰色的浓云层层叠叠地覆盖在天际，压得人窒息。深蓝科技基地大楼的十六层办公室里，顾雪沉捏了捏眉心，手随着目光快速地移动，检验数量庞大又复杂的代码。

乔御进来打开灯，试探着说：“顾总，瑾园那边的管家机器人有消息传过来。太太刚才出门了，坐一辆陌生的宝马车，驾驶人是……许樱。我查过了，应该是因为艺术馆里太太母亲的三幅画被许丞领走了，太太去抢画。”

顾雪沉猛然抬眸，眼前却毫无预兆地在一刹那间一片昏黑。他发不出声音，所有想说的话全部挤压在喉咙里，像带着尖刺的武器，一路割着血肉让他坠入深渊。他条件反射性地按住桌子，短短的几秒钟，骨节就已经绷成了青白色。

乔御似乎在惊恐地叫他。顾雪沉隐约听得见，又被不知从何处传来的巨大的钟鸣声侵袭，一声一声，犹如丧钟砸在他的耳朵里，一阵嗡鸣，翻搅着五脏六腑。

顾雪沉凭着本能去摸抽屉，胡乱地翻找熟悉的药瓶。手指被金属划出口子，但他毫无感觉，机械地倒出几粒药，将药吞下。药粒很大，他没有时间喝水，只能强行往下咽，无比强烈的恶心感成倍地上涌后堵住他的咽喉。

“给肆月……”顾雪沉觉得头犹如被刀劈开，短暂的失明让他的眼前一片漆黑。他慢慢地站起身，用尽力气说：“最好的……车……去许家接她……”

剧烈的疼痛能把人折磨到疯狂。仿佛无数尖锐的利器捅进他的太阳穴，视野里的一切光芒消失，他只能被残酷地蹂躏。

顾雪沉撑不住了，跌撞着找到卫生间，甩上门。他没怎么吃东西，根本吐不出来。脑中的疼痛感丝毫不肯放过他，要把他打落进地狱。

乔御追进去，吓得跪到他的身边去扶他，马上要打救护车电话的时候，听见顾雪沉微弱嘶哑的声音：“找……江离，别让……别人看见我这样。”

昏迷前的最后一刻，顾雪沉终于用仅剩的力气，讲出和自己有关的话。

华仁医院的救护车没有鸣笛，悄悄地开进深蓝科技的地下车库里，江离身穿白大褂，带人进入顾雪沉的专用电梯，一路赶到十六楼，狂奔进办公室，看见顾雪沉的第一眼就骂了人。

顾雪沉的衣服凌乱，头发湿透了，一张脸白得像纸，嘴唇被咬出破口，还在流血。江离大骂着“活该，找死，你不疼谁疼”，却等不及别人，直接把顾雪沉从沙发上背起来。

顾雪沉一动也不动，已经陷入昏迷。

华仁医院距离深蓝科技不算远，救护车争分夺秒地开出大楼，一路鸣笛。顾雪沉被推进抢救室之前，清醒了片刻，但双眼还是涣散，静静地看了一眼江离，断断续续地说：“别……告诉……她。”

江离怒目而视，说：“你再敢说一句话，我现在就要了你的命，剩下她自生自灭！”

许樱把车开进许家之前，许肆月犹豫了许久，还是给顾雪沉打了电话。

内线无人接听，微信语音无人接听，文字顾雪沉也不回，最后她拨他的手机号码，很久后自动挂断了。

许肆月抿了抿唇，不愿意承认自己心里有失落和不安的感觉，攥住手里的包，狠心地想，他不理就不理，自己又不是非要依靠他。

许家败落后，许丞已经卖了其他的房产，为了最后的颜面，唯独一直住的这套别墅还留着。

许樱刚把车开进庭院里熄了火，许肆月就推门下车。一楼客厅的窗户是落地窗，屋里人影晃动，她恍惚看到熟悉的身影。男人揽着几个画框，像是准备外出。

她站在院子里，看着这栋生活了多年的房子，与记忆里并没有多大差别。花园里有她荡过的秋千，有她养过的兔子，外墙攀爬的花由她亲手种下，角落里断掉的瓦片是她恶作剧弄坏的。房子里的人，她的父亲和母亲也曾经很恩爱，相互扶持，把她当成掌上明珠。

许樱跑上来，紧张地叮嘱道："姐，无论吵架的时候爸怎么说你，你都不要往心里去。你只要记着，你最好、最漂亮、最骄傲。你是公主！"

许肆月轻轻地冷笑，说："我本来就是公主。"

即使没人捧着她，没人爱护她，她也是公主。

许肆月绾起垂落的鬓发，闯进许家的客厅，在目瞪口呆的许丞夫妻的注视下，甚至笑了一下，冷静地说："要去卖画，先等等，十分钟。"

她绕过两人直接上二楼，踹开自己原来的那间卧室门。房间里值钱的东西早就没了，有的被卖掉，有的许樱还给了她。她轻车熟路地找出一个大号的旅行袋，把那些在许丞眼里一文不值的物品——妈妈的遗物、她画过的厚厚的设计图，还有从前顾雪沉送给她的礼物，全部收进旅行袋里，一件不剩。

许丞大步追上来，瞪着她问："你想怎么样？婚礼上闹得那么难看，一点脸面都不给我留，现在还跑回来拿东西。"

许肆月扯开袋子给他看，说："拿东西怎么了？！哪件东西不属于我？！许丞，不是我的东西我嫌脏，你求我我都不会要！但是我的东西，谁也别想染指！"

那个女人在楼下大哭，边哭边说："月月你这是干什么？我们都是一家人。我戴你外婆的首饰，也是为了在婚礼上给你长脸，你怎么能不分青红皂白呢？你误会我，还误会了许樱。"

许樱气急败坏地低吼："妈，你烦不烦？！"

许肆月半句都懒得听，撞开拦路的许丞，拖着袋子下楼。三幅画被端端正正地摆在客厅的茶几上，每一幅的边角都被贴了标签，标注着价格。

许肆月伸手去拿画。女人扑上来护着画，想掐她的手。许肆月干脆利落地把巴掌甩在女人的脸上，"啪"的一声脆响。她居高临下地挑眉，说："滚。"

许樱在哭，帮着许肆月拿画，怒视她的母亲，说："妈，你能不能自觉一点？！不要沾程阿姨的东西！你是破坏人家婚姻的第三者，你凭什么？！"

许肆月死死地扣着画框，画框又大又重，她的手臂几乎负担不了画框的重量，但撑着一口气硬是托稳了画框。

许丞气急败坏地来拦她，不要脸地说："许肆月，我真后悔生了你，把你养这么大！我不如养条狗！狗还知道感恩，你呢？！嫁了人就想和我一刀两断？！你以为顾雪沉把你当什么东西？！人家一时兴起花钱'买'了你，腻了后你就什么都不是！你还是要回来求我养你！

"我跟你妈是商业联姻，本来就没有感情。你知不知道我这些年为什么宠着你？！"许丞指着她说，"就是因为樱樱。因为樱樱不能光明正大地进许家的门，得不到她应有的东西，我才把愧疚感转移到你的身上！"

许肆月静静地看着他，忽然想笑。原来一切都是假的，从来没有什么真正属于过她。她以为最坚不可摧的父爱，竟然从最开始就是父亲将对别人的感情寄托在她的身上。

许肆月想用最难听的话反击，许樱却先一步大哭出来。许樱呜咽着大骂："你是不是有病？！你们是不是都有病？！商业联姻也是婚姻！婚姻里找别的女人就是出轨。你们不但出轨，还生了我！有谁问过我的想法？！"

客厅陷入死寂。

许樱冲着许丞怒喊："我应该得到什么？我就应该被掐死！我姐是你明媒正娶的妻子生下的。她聪明、漂亮、优秀，我连她的一根头发丝都比不上。你凭什么骂她？！凭什么'卖'她？！她就应该和你这样的父亲断绝关系！"

她又瞪向亲生母亲，流着泪说："你凭什么动程阿姨的东西？！你是最有心机的第三者，利用初恋当幌子，自己无耻，还要利用女儿，扮可怜上位！让我的血也变脏！如果能选择，我根本不想被你生下来！我姐做错什么了？！你们谁也不配说她一句！"

许肆月之前有多气，现在就觉得有多荒唐。她第一次认真地看了看许樱。许樱很瘦，像营养不良，丑丑的，还笨，话也说不好。

许肆月摇摇头，最后环视了一眼别墅。她看着许丞说："从今以后，我和你没有关系。这些画是我的，你碰一下它们都没资格。别忘了，你已经再婚。我妈妈的遗产继承人只有外婆和我。你的脏手再敢伸过来，我会告你非法冒领巨额财物，送你进监狱。"

许丞面如土色，气急败坏地厉声训斥道：“你不就是仗着顾雪沉才敢这么硬气？！抛开他，你算个什么东西？！你从小到大不学无术，只会挥霍！顾雪沉早晚对你生厌！”

别墅院子的门没关。阴暗的天色下，一辆黑色的劳斯莱斯平稳地停在大门前，常接送许肆月的司机匆匆下车，站在客厅半开的门外，恭敬地鞠躬，说：“太太，您忙完了吗？顾总让我来接您。不管您是需要吵架或者动手，我都能效劳。”

许丞夫妻俩顿时面如土色。许肆月一滴眼泪也没掉。她嗤笑了一声，说：“你不必打架了，浪费时间，就是我搬东西手酸。”

司机连忙推门进来，半弯着腰把许肆月手中的东西接了过去，用身体挡住许丞，说：“太太，回家吧。”

许肆月慢条斯理地戴上墨镜，挺直脊背，出了门。许樱哭哭啼啼地追上来，不太敢碰她，小心翼翼地说：“姐……”

许肆月侧着头说：“你别叫许樱了，应该叫许嘤嘤嘤。”

许樱纠结地问：“嘤嘤嘤字有点多。姐，我叫许嘤嘤行吗？”

许肆月没理她，坐进劳斯莱斯。司机把车门关上的那一刻，车子把外面的一切都隔绝。她终于没了力气，窝在车门边颤抖着深深地吸气。

“太太，”司机轻声问，“回瑾园吗？”

许肆月没回答，问：“顾雪沉在哪儿？”

司机顿了一下，说：“我不清楚，顾总只是交代我过来接您。”

许肆月用力地掐着手腕，掐到手腕通红。她又给顾雪沉打了一遍电话，也不知道自己为什么要打，明明猜到他不会有好语气，他甚至会冷嘲热讽，但就是想跟他说她把画抢回来了。

仍旧无人接听，许肆月抹了抹眼角。无所谓啊，不接就不接呗，她也没指望他。她才不孤独，才不难受，许肆月永远不要服输。

她保持平静，说：“我不回去，你送我去城郊的陵园。”

司机迟疑地问：“太太，天气不好，要下雨了。到城郊的陵园估计要很长的时间，您确定去吗？”

许肆月吞下药，吃了一把柚子糖，指甲掐进手腕的皮肤里，笃定地说：“去。”

她有点冷，想见妈妈。除了妈妈，她没有人可以去找。

华仁医院的特护病房里，江离摘掉口罩，眼神复杂地看着病床上的人。他认识太多朋友了，青年才俊数不胜数，但从没有任何一个人像顾雪沉。

江离作为医生，始终觉得命最重要，其他是空谈，所以至今无法理解，为什么一个无比出色的人在明知道自己生病的情况下还能亲手毁灭生的可能性。他义无反顾地选择了另一个人。

病房里很静，仪器的声音清晰地响着，输液管里的药已经下去了大半。几分钟后，顾雪沉湿漉漉的睫毛颤了两下，他艰难地睁开眼，露出一点灰暗的眼珠。他看了江离一会儿，干涩的唇微弯，说："我没事。"

江离之前一直忍着，听到这句话，忽然间失控地吼："没事？！顾雪沉，你知道发作的时候你的颅内压飙到多少吗？！你还吐得那么厉害，根本吃不进药！要不是我及时过去，可能抢救不过来你！你懂不懂什么意思？！"

顾雪沉的眼角上还有一些泪水，苍白的脸上添了两抹扎眼的红色。他说："不会，还没到时候。"

江离被他的这一句话堵得胸口疼。

顾雪沉不出声了，盯着输液管里剩余的药液。滴完药液，他熟练地自己拔针，抹掉冒出的血珠。

眼看着他像对待一个试验品一样对待他自己，江离忍无可忍地说："我跟你说还有一年，你就把我的话当圣旨了？！你上次发作根本没有这次严重，间隔时间也在变短，这些意味着什么你比谁都清楚！顾雪沉，我明明白白地跟你讲过，你可以做手术，虽然成功率很低，但不做手术只有死！"

顾雪沉费力地撑起身，靠在病床上，衣服来不及换，衬衫已经皱了，领口被扯开，露出清瘦苍白的锁骨。他的视力恢复了，虽然眼前还有些黑，但他已经能看清东西。

"百分之二十的成功率是你高估了。"顾雪沉冷静地说，"我不手术还有一年的时间，能赚更多的钱，留给她更多的东西，还能陪她，让她长大，帮她找到想过的那种生活。但如果手术失败……她现在还太虚弱，只有钱不行，撑不起她的未来。"

他声音很淡很温柔："我不想拿一点点成功的可能性去赌她的一辈子。何况也许我死了对她来说更好。如果我继续活着，就算她再不喜欢我，也不可能放手。"

江离瞪着他，呼吸沉重，却又无话可说。

顾雪沉摘掉身上各种熟悉的仪器。江离要阻拦他，他抬眸说："没关系，已经过去了，数据都回到平稳值。我可以撑住，现在没有不舒服的感觉，在医院里、在家里、在实验场里都是一样的。"

江离怒吼道："它变大了，离主血管越来越近，在压迫你的神经，你不想看看吗？！"

"不想。"顾雪沉站起来，摇晃了一下，但很快稳住自己，身体依然挺拔，"我想见的不是它。"

顾雪沉找到被调成静音模式的手机，看到上面的未接电话，低声说："她今天给我打电话了。"

他很浅地笑，说："她今天需要我。"

天色昏暗，陵园里凄凉寂静。密密麻麻的层叠墓碑间，只有一个细瘦的身影。

许肆月起初站在母亲的墓前，后来累得受不了，就蹲下去靠着冰冷的石碑。她不敢什么都说，怕惹妈妈伤心，专拣些好的话来重复。

"妈，你别担心，我嫁的人特别好，明城很多女人为我老公哭天抢地。

"婚礼是在明水镇举行的，他还帮我把闹事的许丞赶走了。外婆牵我的手走花道，说我能一辈子幸福。

"我当初那么坏，他还要娶我，他肯定是喜欢我。他现在凶巴巴的，就是嘴硬，你信吗？

"今天我差点顶不住。他安排车去接我了，又把我送来你这儿。他其实特别关心我，是不是？"

浓云压到最低，大颗的雨点坠下来，砸在许肆月的头上。墓碑湿了，她的衣裙也沾了水。冷意渗进皮肤，钻入骨骼。

许肆月怔了一下，终于不用死咬着嘴唇忍着了，憋着的泪似乎找到了名正言顺的理由，泪水瞬间混着雨水滚落。下雨了，就没有人知道她哭了。

许肆月蜷缩在雨里，头埋进膝盖，独自在空无一人的陵园里呜咽着：“可是他不接我的电话。他与我吵吵架、气我也好啊，为什么留我一个人……”

雨势在雷声里迅速变大，冲洗着她孤单的世界。

许肆月紧靠着湿冷的墓碑，冻得浑身发抖也不愿意起身，直到哗哗的雨声里传来脚步声。她以为是幻听，没有抬头，把自己抱得更紧，直到砸疼她的雨滴忽然消失。

许肆月缓缓地睁开眼，周围像是多出一个无形的结界，结界刚好能把她圈入其中，四面的雨还在下，雨连成水幕，唯有她的身边一片安宁。她揉了一下眼睛，面前有一双瘦长笔直的腿，整洁的裤脚被微微打湿。

许肆月抽噎了几下，一点一点地抬起头，昏暗的天光里，男人穿着一丝不苟的正装，撑着伞站在大雨里，那片遮住大雨的伞面就稳稳地停在她的头上。

她艰难地筑起的堡垒在这一刻坍塌。许肆月松开被掐满指甲印的手，再也忍不住，哭着跟他说：“顾雪沉，我冷。”

顾雪沉朝她伸出手，他的手骨节清晰、干净修长。他把掌心给她，遮掩住手背后的针孔。

许肆月死死地攥住他的手，哑着嗓子问：“你……你别嫌我的身上湿好不好？”

“好。”

许肆月动了动麻木的双腿，吃力地站起来。她走一寸，那柄伞就跟着她动一寸。她离他更近了一点，双手颤巍巍地解开他西装的纽扣，将衣襟向两侧拉开，如同冻僵濒死的小动物一样渴求着温暖，把手伸进去，环上他的腰，发着抖挤进他的怀里，紧紧地抱住他。

“你别推开我。”她呜咽着说，“我就抱一下，你不许推开我！”

顾雪沉为了给她撑伞，半边身体被淋湿了。他抬起手，将手覆盖在她的头上，把她缓缓地按向自己的胸口，那里他的心在跳。

全世界被大雨冲刷着。伞面撑出的狭小空间里，顾雪沉低下头，将唇靠近她的耳边，轻声说：“别哭，我来了。”

许肆月没想到顾雪沉会对她说软话，鼻子一酸，最后的防线也崩溃了，在滂沱的大雨里放声痛哭。她已经淋了很久的雨，全身早就湿透，淌着水的手臂用力地抱紧顾雪沉，泪水把他昂贵的衬衫弄湿了。

雨越来越大，到处都是微腥的泥土味。但许肆月埋头在他的怀里，只能闻到独属于他的味道——那气味干净冷冽，像被清水洗刷过无数遍，让人觉得微凉沁骨，永远不染尘埃。

四年前她也是这样，喜欢抱他，贪恋内敛温柔的他。一千多个日夜过去，什么都改变了，她的光环消失了，从前以为的坚不可摧的父爱也在一夕之间成为笑话，她的全世界都倾塌了。为什么……顾雪沉还在这里？在被她伤害得千疮百孔之后，他还愿意冒着大雨，撑伞来接她。

许肆月思绪混乱，抬起头看着顾雪沉紧绷的下颌，恍惚觉得他还是当初的样子，埋在她心底的歉疚感突然泛滥。她轻声问："我出国那天也下了雨，是不是？"

顾雪沉不说话，唇色很淡，淡到有些苍白。

许肆月继续说："我听程熙说，那天是你的生日。对不起，我连这个都不知道，你很生气吗？发现我一直在欺骗你的感情，你是不是恨不得从来没认识过我？"

"其实我……"她磕磕巴巴地说，"在飞机上一直想，等落地了，我就给你打电话、发信息，把事情说清楚，别让你不明不白地被分手。不是你不好，是我太坏了，从最开始我就没用真心，追你是因为一个赌约。"

顾雪沉扣着她的后颈，不让她看到自己的表情。

许肆月抽噎了一下，继续说："但是我死要面子，不愿意承认自己做错了事，只会逃避，装得毫无愧疚之心，连回国以后，也只想躲着你，拉不下脸跟你说声对不起。"

"对不起……"她语无伦次地反复说这三个字，"是我伤了你。"

她手臂已经酸了，仍然不肯放松，紧紧地搂着他，索求他的温度。

顾雪沉的眼睛里泛着血色，他几次张口，又干涩地抿住唇，最后望着伞沿儿的水线，低声说："现在道歉，你不觉得太晚了吗？"

许肆月点点头，扯着他的西装衣襟，往他的怀抱深处埋。

顾雪沉深吸一口气，把她拉扯起来，冷声问："你到底要抱到什么时候？"

许肆月没指望三言两语就能消除他的怨恨，只是单纯地想把心里话说出来。她拽着他不松手，说："我淋了雨就会比较脆弱，而且很冷，冷就想抱着你。看在我都不要面子地承认错误的分上，你不能让我多抱一会儿吗？你来都来了，还那么小气干什么？”

顾雪沉怕自己眼里的泪被她看见，抓着她的肩膀，让她转过去，让她面对墓碑，说：“冷就回家，抱有什么用？快点跟妈妈道别。”

许肆月自有办法，顾雪沉不让她抱他，那她就用脊背靠着他，总之千方百计要贴近他的身体。

她朝墓碑的方向哭诉，其实是专门将话讲给顾雪沉听：“妈，我错了。我之前还跟你说我老公特别好，现在一看全是假的。你瞧他，我碰他一下他都不让，我要冷死了他都无动于衷。”

说完了，许肆月偷瞄他，又委屈地念叨：“反正这世上没人在乎我，我不如早点去陪妈妈算了。”

这句话触到了顾雪沉的底线，他终于有了反应，在许肆月的头上惩罚地轻拍一下，像是无奈般，对着墓碑说：“妈，别听她胡说。”

他把伞柄塞到许肆月的手里，脱下西装，将西装罩在她的身上，冷淡地催促道：“快走。”

许肆月以前抑郁症发作，总是自己蜷在角落里，沉默到半死，但最近两次，尤其今天，却本能地想赖着顾雪沉，跟他撒娇，就像在孤立无援的绝境里抓到了她的那根浮木。浮木虽然冷硬，但抱起来觉得很暖，所以她骨子里渴望亲近他。

许肆月抗议道：“走不动，想让老公背。”

病痛还在作祟，顾雪沉是强撑着来墓园的，随时可能跌跪到地上。他今天背不动她。

于是他假装薄情，说：“少做点梦。”

许肆月不怕他，钩住他的手腕，自动降低条件，说：“那回家以后你给我煮面。我可能淋雨太久，感冒了，想吃热面。”

顾雪沉不为所动，扯着她走下台阶，说：“忙，没时间。”

她又乖乖地妥协，拖长了音说：“不背、不做饭也行，但是你今天必须照顾我，我都这么惨了。”

司机见两个人的身影靠近，忙小跑着迎上去撑伞，殷勤地打开车门。

眼看顾雪沉要坐在副驾驶座上，许肆月把他拉到后排，推他进去，然后特自然地坐在他的旁边，身子一歪，软绵绵地靠在他的手臂上，找到了莫名的安全感，对着司机说："开车吧，回家。"

许肆月在回瑾园的路上就开始不停地打喷嚏，犯困。她迷糊时稳不住自己，要从顾雪沉的身上滑下去。顾雪沉假装不经意地扶了她两次，手指触到她的额头，她的额头有点烫。他拧眉，说道："开快点。"

司机得令，尽可能地提高车速。

许肆月感觉自己实在坐不稳了，在某次刹车时一晃，贴着顾雪沉往下倒，混混沌沌的脑袋忽然灵光一闪，腿急忙往旁边挪了挪，抓住机会，正好把头压在他的腿上。

布料下的肌肉线条流畅、质感十足，比她用过的任何枕头都要舒适。她再一转头，就能面对他紧窄的腰。他的衬衫就有点湿，离近了看，隐隐约约能看见衣服里线条漂亮的腹肌。

许肆月默默地捂住鼻子。她可真是个占便宜的小天才。于是她摆出病弱的姿态，无力地说："你让我枕一下，我的头好晕。"

顾雪沉正要推开她的手停在半空中，微微地握成拳。他忍了一会儿，手掌落下去，把她那双不老实的眼睛盖住，自己则扭头看向窗外，尽量忽略紧贴着他的人。

"再快点。"

司机自知任务艰巨，凝重地点头，说："顾总您放心。"

然后为了能延长顾总跟太太这么亲密温馨的相处时间，他还是鼓起勇气，不着痕迹地故意放慢了一点速度。

回到瑾园，顾雪沉本以为煎熬总算结束。他拉着病恹恹的许肆月上楼，让阿十调高空调的温度，把她推到浴室里。然而他还是低估了许肆月——她想要的东西，想做的事情，向来不会轻易罢手，从前追他时是这样，现在撩他也是这样。

许肆月歪头看他，伸手摸了一下他的发梢，说："你也淋湿了，头发还没干，也会感冒的。"

她略微踮起脚，帮他把西装扯掉，又去碰他紧系的衬衫领口。

顾雪沉攥住她的手，说："没完了？"

"为了你的健康，我当然没完啊。"许肆月直勾勾地看着他，眼窝还是红的，美艳又惹人怜爱，杀伤力十足，"我帮你脱掉湿衣服，让你洗个热水澡。请问老公，我做错了吗？"

她的手指细长，白玉般细腻，若即若离地戳着他的喉结，仿佛带着电。

他却神色冷淡地说："许肆月，我说过了，我对你没兴趣，尤其在你这么狼狈的情况下。"

顾雪沉淡然地打量她，趁她窘迫时，把她丢进浴室里，顺便拧上门，吩咐阿十照看她，监测她的各项体征指标，又下楼让阿姨给她做饭、煮姜汤。

阿姨担忧地问："我看您脸色比太太还差，是不是生病了？我先煮点热的，您吃了再休息。"

顾雪沉摇摇头，转身上楼，扶着楼梯的手筋络突起，脸颊上残存的血色也彻底褪净。他之前吐得太厉害，现在根本吃不下东西，头疼还在一点一点地折磨他。

许肆月在浴室里照着镜子。她确实挺狼狈的，但比起以前，要好上太多，至少眼里还有光，还有欲求和希望，不像被抽走灵魂的活死人。她洗了热水澡，换上衣服出来。阿姨刚好敲门，给她送来热气腾腾的姜汤和虾仁小馄饨。

许肆月问："他吃了吗？"

阿姨叹气，说："没有。他直接回房间了，状态不好。"

许肆月点头，说："你别担心，我来照顾他。"

她抬头看了看空调的温度，室温已经很高了，但依然觉得冷，墓园里侵入身体的寒气无法被驱赶出来，也就只有抱住顾雪沉的片刻，才能感觉到暖意。

许肆月的眼帘垂下，她必须承认，自己迷恋跟他亲密无间的触感。拥抱像是打开了一个隐秘的门，她渴望寻求更多亲密接触的感觉。

她找出小被子，包着枕头将小被子卷成一个团，将被卷好的小被子抱起来抵在腰间，另一只手拎起带提手的餐盘，下定决心后，往顾雪沉的卧室移动。她敲了一下门意思意思，紧接着就用手肘按下门把手，横冲直撞地走进去。

第六章　逐步失控

顾雪沉侧躺在床上，听到声音后想坐起来，但力不从心，只能喑哑地问：“你又要干什么？”

许肆月有点紧张了，忙把东西放下，跑过去看他。他换了睡衣，看得出来很想表现得严厉，可显然心不在焉，上衣的扣子扣得乱七八糟，裤子倒还算整齐，勉强睁开的眼里都是血丝。

许肆月心里一惊，狗男人！真够能忍的！一路上她也没觉出异常，结果现在看起来，他的状况比她更糟。

她缓声说：“阿姨做的姜汤和小馄饨太多了，我吃不下，找你帮我吃。”

顾雪沉冰冷地拒绝道：“不吃，你回去。”

许肆月提条件，说：“你先坐起来，坐起来我就回去。”

顾雪沉无力和她抗争，只想藏住自己的病态，吃力地照做。结果他坐起来了，许肆月却一脸得意，把馄饨的热汤舀起来，喂到他的唇边。

“雪沉，你喝一口，”她软着嗓子，带着央求，“喝一口我就走。”

顾雪沉本想抵死不从，但勺子里热汤的温度很诱人，她关切的眼睛更让人堕落。

他不得不张开嘴，喝了下去。

许肆月得到鼓励，一边哄着他，一边给他喂了小半碗汤，接着如法炮制，让他吃了几个小馄饨。

看到他的嘴唇红润了一些，她才舒了一口气，趁机用手指给他擦了一下唇角，又软又热。

顾雪沉蹙眉，说：“我吃完了，你还不走？”

许肆月笑眯眯地说：“我把你照顾好了，作为回报，你是不是也应该照顾照顾我？”

她按着他的肩膀，把他压回床上，替他盖好被子，然后甩掉拖鞋，摊开自己的小铺盖卷儿，躺在了他身旁的被子外面。

顾雪沉眉目一凛，说：“许肆月！”

“老婆在呢，不用这么大声。”许肆月拍拍枕头，转过来面对他，把纤细的手臂搭在他的身上，桃花眼清澈柔媚，“我一个人睡好冷，想在你的旁边睡。我保证不进你的被子里，就借你半张床。别赶我走。”

她恰到好处地示弱，说：“我要是自己睡，今晚肯定哭得很惨。你行行好，体谅一下可怜的病人，反正抱都抱了，也不差睡一晚。”

顾雪沉的额角在跳，清瘦的手指抓着床沿，他想把她丢出去，却连碰她一下也舍不得。

许肆月的长发娇柔地散开，她双手合十朝他笑，慧黠地说：“雪沉，你让让我好不好？别丢下我一个人。”

顾雪沉的心里被酸涩浸满，又溢出携着刀片的甜。

他也曾求过她。

他用眼神，用行动，用每一天从早到晚的时间，哀求她，她既然招惹了他，就不要丢下他一个人。除了她，他什么也没有。

但她从来不在乎，转头就走，不管背后的他如何。他或者消失，或者死了，她都不会多看一眼。

现在她却躺在他的床上，把这句话当成哄他的玩笑。

顾雪沉的睫毛垂下，他沉默地翻过身背对着她，低声说：“随便你。”

被丢下有多心痛，他自己知道就够了。她对他再坏，也是他如珍似宝的小月亮。

许肆月的心跳很快，她跟他不是第一次同床共枕了，但跟新婚夜那晚又很不一样。她很有耐心地等着，一直等到顾雪沉熟睡，她不自觉地转过身来，向他靠近了一点。

她屏住呼吸，仔细地看他的脸。他的眉心拧着，乌黑的长睫铺成扇形，遮着雅致的眼睑，眼下有一颗浅色的泪痣，给无欲神明的漂亮面容添了一抹鲜活的“色气”。

许肆月试探着伸出手，轻碰了一下他的唇，上面有一块儿伤口，像是他自己咬出来的。

如果……如果她也咬一下，不知道是什么滋味儿。

许肆月的脸颊渐渐升温，她又把目光移至他的喉结、锁骨，以及松散的衣领下，紧实的胸口。

四年了，她还是逃不过顾雪沉的美色。

许肆月不敢摸得太过分，稍微过了过手瘾就静悄悄地躺回自己的小铺盖里，咬着手指，眸光湿润。

完了……她是绝对不要比他先动情的。

但她的身体远比理智来得更加直接和诚实，她似乎对他，动了色心了。

许肆月毕竟折腾了一场，又为了美色熬到深夜，第二天快到中午才醒过来。身旁的男人早就消失了，她伸手去摸，连床单都是凉的。

她哀怨地拱了拱被子，再一看时间，连早餐的时间都过了，没饭可以吃，惨到不能言说。

许肆月慢吞吞地爬起来，为了弥补自己，干脆钻进顾雪沉睡过的被子里滚了一圈儿，埋进枕头里，闻他留下的清冽味道。门突然一响，阿姨试探着露出头，一见她的样子，忍不住抿嘴笑。

许肆月红着脸坐直，试图掩盖“罪行”。

阿姨小声地笑着说：“太太，我是偷着上来的，顾总还没走，在楼下厨房给你煮面。他不让我说，你别露馅儿啊。”

许肆月分分钟爬下床，生怕错过现场，简单地梳洗一下就冲到一楼，临近厨房的时候又假装悠然地放慢速度，悄悄往厨房里打量。

男人的衣袖挽到手肘，露出修长的小臂。他低着头站在料理台前，慢条斯理地切着蔬菜。从背后看过去，她只觉得他的腰线被皮带束得极为养眼，勾得她心思不纯。

许肆月拍拍胸口顺气，放轻脚步走近，张开双臂，一把揽住他的腰，脸贴着他的后背。

顾雪沉一僵，空气凝固了几秒之后，手中的菜刀“砰”的一声剁在菜板上。他扯开她的手，转过身，居高临下地说：“许肆月，我是不是太纵容你了？”

许肆月仰脸看着他，男人长成这样，真是秀色可餐，不餐则浪费。

她眨了一下眼，单手挽住他的后颈压下来，柔软的唇直接送上去，在他的脸颊上烙下一吻。

“顾雪沉，”她声音酥软，尽情地蛊惑他，“你不如试试，对我更纵容一点。”

许肆月以前没主动亲过顾雪沉，这还是第一次。

恋爱的那段时间，她只要跟顾雪沉在一起，这些亲密的事就不需要她来操心。他看似清冷自持，却总爱拽着她，在没人的走廊、礼堂、图书馆，捧着她的脸一下一下地吻，似乎永远厮磨不够。

现在当然不能跟那时候比，但许肆月亲过之后才发现，主动引诱他也别有滋味儿。

她耳根微红，轻舔了一下唇。

顾雪沉的触感比想象中更好，他的脸颊有些凉，像品相极佳的冰润玉石，她忍不住想用自己的体温把他点燃熔化。

许肆月的心口被无形的羽毛来回挑逗，酸酸痒痒得根本静不下来。她很想再亲他一下。

她趁着顾雪沉还没反应过来，又踮起脚，得寸进尺地打算去亲他的唇角试试，但还没等贴上去，下颌就被男人的手指用力地扣住。

许肆月也不反抗，无辜地问：“凶什么？我说真的，你对我纵容，只有福利不会吃亏。”

顾雪沉的眸底被激出一层薄红，跳着暗火。他凝视着许肆月微张的唇，胸中被冲动撞得泛疼，只想咬下去让她快点安分。

他的喉结上下滑动，口中也逐渐干涩。他想把她拽过来，掐着她不许她乱动，蒙上她那双总是不走心的眼睛，不顾一切地吻她，把她拆吞入腹。

他想到发疯，但不能这么做。

顾雪沉扣着她下颌的手更紧了些，骨节绷得嶙峋。见她疼了，他才稍稍松开，说：“你还以为是四年前？省省力气吧。”

许肆月任他控制着，歪了歪头，说：“那你为什么快中午了还不去上班，还在亲手给我煮面？”

顾雪沉冷冷地嗤笑一声，说：“我煮给自己吃，剩下的才有你的份。”

许肆月的红唇一扬，她问道：“嘴硬不累吗？”

“没有你硬撩累。”他淡漠地嘲讽道，“我不过是去墓园帮你撑个伞，就让你把持不住又亲又抱？许肆月，你的脸面矜持都不要了？”

要放在过去，许肆月听见这话早炸了，但现在全部免疫。她慢悠悠地跟他说：“对呀，我就是这么肤浅。撑个伞就让我主动亲近你，你赚大了好吧。”

她故意惹他，小巧的下巴在他的掌心里动了动，头一偏，特别方便地在他的手指上又亲了一下，意味深长地说：“我老公的味道是真的不错，连手都很好亲。”

顾雪沉的手腕一颤，他赶紧把她推开。

许肆月捏了捏自己被他弄酸的脸，委屈巴巴地诉苦：“你看，肯定被你掐红了！你知不知道明城多少千金花巨款想整成我这张脸？你到手了还不珍惜。”

顾雪沉压着呼吸，不掩眼中的厉色，威胁道：“你再敢有下次，就不只是脸被掐红。”

她偏偏像有了抵抗力，既不生气也不羞耻，桃花眼水汪汪的，长睫上挂着一点招人怜惜的潮气，五官又极艳丽，美到放肆。

顾雪沉强迫自己移开目光，转身把配色用的蔬菜扔进锅里，关了火，一言不发地走出去。

许肆月上前，拾起筷子搅了搅面，刚刚好能吃，味道很香。她扬声说：“你要是不吃，面可就都归我啦。”

回答她的是重重的关门声。

许肆月这才慢慢舒了一口气，唇间有点热，还残存着他的温度。她伸手摸了摸，有点意犹未尽。亲密竟然会让人上瘾，她倒是很想再吻一次他冷冰冰的嘴唇试试。

顾雪沉连续三天早出晚归，尽量不和许肆月碰面。在深蓝科技坚持到深夜，他确定她不会醒着，才安静地回来，在她的门外站上片刻，第二天再早早离开。

碰了面，就会考验他的忍耐力。

许肆月也没闲着，漫画上了网站首页以后人气暴增，每天都要被催更的消息淹没。何况多画多赚钱，她自然不会怠慢。

除了赶漫画的更新，她又分出来一部分精力，放在了人物衣饰的设计图上。

编辑也来找她，说："老师，网站考虑到粉丝的呼声高，打算和你商量一下，联合出几款周边产品。衣服比较复杂就算了，暂时不适合做。主要是包包，想按图制作出两款，收入按比例跟你分成，你看可以吗？"

许肆月考虑了几分钟，回复她："不好意思，我只画画，不开放这种授权。"

漫画是意外，设计才是她的本职。

在英国的时候她没有条件，一切的灵感和精力都被耗费，堵上了她对这条路的希望。但现在，她又看见了一线光。

读者看图就可以仿制，漫画网站也抓到了这个潜在的商机，那为什么她不能自己来？

不基于漫画，不需要噱头，就单单是许肆月，用亲手设计的图版，做跟主流不一样的东西。她不想做许丞口中不学无术、靠人吃饭的废物，也不愿意总是因为缺钱被顾雪沉低看。

许肆月在已有的设计图里翻找，最终挑出一款男女通用的手包，精巧利落，不脂粉气也不生硬，特别适合画里的男主角，也特别适合她老公。

她决定自己动手试试。出国前在大学学设计时，手工也是她的必修课，她次次得高分，成品几乎可以直接售卖。

在购物网站下单适合的皮料之前，许肆月熟练地拨了一个号码，去骚扰天天不回家的狗男人。

044 的内线第一遍打没人接，她打第二遍时，乔御如履薄冰地接了，说："太太，顾总不在办公室，有会议。"

“什么时候散会？”

乔御紧张地斟酌，说道：“不太确定。”

许肆月也不为难他，说：“那我给他发微信。”

乔御挂断电话，忧心地叹了一口气，鼻子有点酸。自从亲身经历了顾总突然头痛昏迷的惨烈状况，他到现在还没缓过来，也无法接受。

顾雪沉在他的眼里是无坚不摧的存在，凭个人能力在人工智能领域独占鳌头。别人或许不清楚，但乔御知道，现在举足轻重的深蓝科技，全是靠顾雪沉这几年一分一秒熬出来的，付出的是心血，也是健康。

上次病情发作之后，顾总给了他一笔封口费。他当场就哭了出来，一分也不要，就求顾总快去治疗，让太太知道，好有人照顾。

顾总反应平淡，只是让他保守秘密，什么都不要提。今天也一样，顾总根本不是去开会，是被江医生强行接走的。

华仁医院神经外科的主任医师诊室里，江离把满满一袋子药，外加X光片的诊断结果丢到顾雪沉的面前，说：“你还是亲眼看看为好，肿瘤的尺寸和位置，下面的文字都写得很清楚，不需要我帮顾总解释吧？”

顾雪沉安静地垂眸，视线落在诊断结果上面。

肿瘤比上一次检查时大了些，离颅内主血管非常近，将逐步压迫到他的视神经，发作时疼痛会更剧烈，会导致严重的耳鸣、呕吐，直至昏迷。

他用微凉的声音问：“我又要换药了？”

从发现这个肿瘤至今，他换过好几次药了，每种都很难吃。

江离尽可能不发火，说：“这是最后一次给你换药，明白我的意思吗？你的病发展到今天，已经不存在更有效的药可以换了。”

“何况药物的作用仅仅是维持你的颅内压在正常值，”他加重语气说道，“不能让肿瘤消失，也不能让你好起来，连让你后续不发作都做不到。”

“你说过很多遍了，不用重复。”顾雪沉点头，屋顶的光照在他的脸上，却刺不透他眼底的浓墨，“江离，你真的想给我做手术吗？你真的想让我死在你的手上？”

江离的脸色顿时变了，双手下意识地握成拳，他激动地说：“刚发现的时候明明可以治，没有这么严重！非要拖！那时候我让你拿出半年的时间来治疗，你说什么也不答应！半年换一辈子，不值吗？”

顾雪沉没说话，盯着自己无名指上的婚戒，很简单的一个素圈儿，是婚礼那天，肆月亲手给他戴上的。

他摸了一下，乌黑的睫毛在眼睑上遮出浅浅的暗影。

总有人问他值不值，可他从小到大，跌跌撞撞地走到今天，重要的从来不是值不值得，只有愿不愿意。

他一直把所有的精力放到深蓝科技上，两年多以前，突然在实验室摔倒，被江宴送来华仁医院，才知道，他唯一对肆月有用的头里面，长出了一个不该有的东西。

以前他听人说，患脑瘤的人，都是忧思郁结，无法纾解。

江离告诉他，不算严重，只是肿瘤的位置很不好，但幸亏没有大到不可控，他马上接受手术，再安心休养半年，让家人好好照顾，就基本可以痊愈。

可那时深蓝科技在最关键的阶段，夭折陨落，或是走上神坛，都决定在这最重要的半年里。

他如果接受手术，付出的一切都将不复存在。他不怕失败，不怕从头再来，他怕的是，肆月等不起。

肆月在英国病情加重，对国内许家的情况一无所知。明城流言四起，都在对曾经风光的许家大小姐明嘲暗讽。

他明白，许丞根本无法东山再起了，钱会让一个人极度扭曲，女儿也迟早变成他的工具和筹码。等到肆月回国的那天，她会彻底从天上坠入地狱。

如果没有人接住，他的小月亮会粉身碎骨。他不能停下。

何况他无亲无故，孤身一人，没人照顾他。

他笑着对江离说：“抱歉，我没有时间，吃点拖延的药就行了。”

这么长时间里，他发作过很多次，从忍着就能扛过去，到剧痛、昏迷，被送进医院。昏迷时、清醒时，他总在想肆月的脸。

十岁梳着小辫子，把他从地狱边缘拽回来的她。

十五岁翻墙逃课，失足掉进他怀里的她。

十八岁穿着白裙子走到他的面前，甜笑着说对他一见钟情的她。

恋爱时红着脸靠在他的肩上，在他的亲吻下会闭上眼睛的她。

他也就一次次熬了过来，不觉得很苦。

江离不愿意放弃，得空了就逮住他，把他往医院带，硬是拉着他去病房，跟类似的患者聊天，让他听别人说说活着有多好。

于是他总问：

“为什么要活着？”

有人跟他说：“为了父母。”

他笑笑，他没有父母。

也有人说：“为了孩子。”

他更没有。

事业心强的人告诉他：“为了公司，为了赚钱，还有很多目标没实现。再说了，这世界多好啊，还没看够。”

他的心里很静。

那时候，他还没有婚戒，只有一个肆月在夜市上随便买的银指环儿。她本想戴在拇指上装饰，但玩儿了两天就不喜欢了，顺手丢掉。

他默默地捡回来，藏着。她走后，他就戴在自己的中指上，像是还有女朋友的样子。

那个事业心强的人回答时，他就低头摸着它。

他的事业，是为了肆月搭起的巢。他也从来不喜欢这个世界，太黑太冷了。他永远等不到想要的容身之所。

到后来，有人和他讲：“我努力活着，是为了恋人。”

他终于笑出来，回头跟江离说：“我也有恋人，但我是不是活着，对她一点也不重要。”

办公室里的钟在缓慢地嘀嗒作响。顾雪沉抬起头，看了一眼面前已经比当初沉稳很多的江离，说：“我会按时吃药，尽量把时间延长。如果没有别的事，我先走了，还有很多工作。”

江离解开衬衫领口上的扣子透气，低声问：“雪沉，你就不疼吗？”

顾雪沉回眸，朝他弯弯唇，说：“习惯了。”

他没带司机，自己开车从医院出来，出发之前，把药依次拆开，换进了提前准备好的维生素瓶子里。

刚换好，手机一振，跳出来一条微信语音。

无敌小月亮说：“我是妖怪吗？我是狐狸精吗？老公躲我躲到连家

都不回了？”

顾雪沉漆黑的眼里亮起一层柔光，他给她回：“你这个月还钱的日期马上到了。等你把钱准备好，我再考虑。”

许肆月不吭声了，隔了半晌给他发来一个满地打滚的小熊猫动态图。

他用手指贴了贴小熊猫的头，心里涌上了很多可爱的词，嘴上却冷硬地说：“别撒娇，驳回。”

许肆月第一次漫画投稿的稿费顺利到账，补齐了买皮料和其他工具、配件的漏洞，东拼西凑，刚好够还这个月的钱。

她叮叮当当忙了三四天，针线、小锤子用得出神入化，成功按图纸做出来一个手包样品。

许肆月捧着手包仰天长叹，果然她的手艺不减当年，就这包挂到商场专柜，少说也得一万元起价。如果放在她的男主角的手里，那就是极品高定，十万元还得一比二配货的那种。

她动笔勾勒了一下那个画面，但看来看去，总是不如真人拿着手包刺激眼球。

这个包，要顾雪沉拿着，才是真正的契合。

许肆月翻翻日历，刚好也到了还钱的日子。狗男人在外面浪了一周，面都见不着，要不是为了还钱大业，她早去深蓝科技招惹他了。

许肆月诚恳地面对自己的欲望。她的确对那天亲了他的脸的滋味儿念念不忘，手臂中间也空空的，好像缺个男人。

今天她赌上小月亮的尊严，必须把他搞回来，绝对不能轻易放过。

许肆月化了一个我见犹怜的极品妆，眼尾扫上点细闪粉，连锁骨上都加了高光粉底。她在衣柜里扫了一圈儿，挑出一件过膝的连衣裙。

虽说长度不短，但上半身是薄纱吊带儿，肩带儿极轻软，很容易发生滑落“事故”。

她试了几次“不经意”地让肩带儿滑落，还是觉得略显刻意，最后灵光一闪，在两根肩带儿后背的位置，分别系上了透明飘带。

看起来不起眼，像个装饰，实际上是撩人的机关，飘带够长，可以拽到方便的位置做预备，需要的时候手轻轻一拉，肩带儿自然就滑下去了，毫无故意的痕迹。

许肆月准备妥当，给顾雪沉发微信消息。

无敌小月亮：“限你半小时之内回家，过期就不还钱了。”

大魔王：“几岁了？不会用微信转账？”

无敌小月亮：“这叫仙女的仪式感。”

大魔王：“仪式感是你的事，我没空。”

许肆月咬牙切齿，桃花眼闪了闪，继续给他发：“还钱是次要的，主要是我做了一个手工包，说不定能卖个好价钱，现在需要一位优质的男模特拍照，提高它的身价。”

“所以？”

“所以我需要你。”

“大魔王”的文字自带冷笑：“找我做男模特？你付不起那个价钱。”

许肆月也不急，回复他：“说的也是，我这么穷，那只好雇别人了。”

她立即点开微信朋友圈，飞快地输入文字，然后在相册里挑出一张露肩、露锁骨的自拍，选好只对顾雪沉一人可见，点击发送。

顾雪沉以为她终于安分了，刚想再听一遍她的语音，就见朋友圈多了一个特殊提醒的小标识。他有种不太好的预感，眉心微拧，点进去，目光猛一跳。

“急招极品男模特，身高 185 厘米以上，脸帅，身材好。我给的报酬不高，但我长得美。”

下面配着她的性感自拍照。

顾雪沉闭了闭眼，手背上的血管隆起，把手机攥出轻微的异响。

许肆月发完朋友圈，在自己的房间里坐立不安。为了稳定军心，她特意给自己倒了一点红酒，犹犹豫豫抿完最后一口的时候，外面终于有车声由远及近。

阿十蹭到二楼栏杆旁，扒着缝隙告诉她：“主人主人，‘大魔王’逼近。”

这早在许肆月的意料之中，她淡定地“嗯”了一声，又吩咐道：“你回去。成年人的世界，小孩子不要偷窥。”

阿十委屈地垂下耳朵，扭动圆滚滚的身体回避了。偌大的房子里只剩下许肆月略显紧张的呼吸声。

她就知道，那种朋友圈，是个男人看了都忍不下去。

许肆月站起来，最后一次拉动背后的飘带演练，确定万无一失，才走去门前。

顾雪沉开门进来，视线在她的身上落了一刻，眸光恍惚黯了几分。他将目光转开，自顾自地脱西装外套，不肯和她说话。

许肆月扬起秀气的眉，贴心地抓住他的衣袖，帮他慢慢脱下西装外套。

衣料摩擦着手臂，带起异样的苏麻，顾雪沉尽力忽略，冷冷地看她，问："招男模特？"

许肆月不答，转到他的面前，作势要帮他解领带。双臂抬动间，她不着痕迹地去抽拉提前搭在腰侧的飘带。她只要拉动一根，肩带儿一滑，露出一侧的肩膀，绝对撩人效果炸裂，再看情况要不要拉第二根。

许肆月打好小算盘，手也移过去，拽住了飘带的一角。

顾雪沉锐利的眼睛恰好盯向她，视线像要把她穿透。

许肆月也不知道自己怎么回事，以前放肆张扬、无往不利，现在站到顾雪沉的面前，总是慌慌张张。他这一眼不要紧，让她手上的力气不由自主地加大，慌乱中，一起扯动了两根飘带。

飘带连着裙子细细的吊带儿，在两侧同时发力。许肆月的脑中"轰"的一声，只觉得双肩和胸口突然一凉，暴露在空气里。

顾雪沉的黑瞳在这一瞬掀起狂风暴雨。

许肆月感到口干舌燥，不敢相信地摸了摸自己，吊带儿裙失去可怜的支撑，已经整体脱落下滑了至少十厘米，她清纯可爱的少女款白色蕾丝内衣，在顾雪沉的面前，就这么露出了明晃晃的轮廓，波澜壮阔，起伏连绵，娇弱颤抖。

许肆月在这一刻完全确定了，她有毒，她有罪，她肯定在菩萨佛祖那里上了黑名单！她要是再敢耍心机撩老公，她的下场就是死，死得奇惨无比！

顾雪沉死死地盯着她，动作有些粗暴地把衣服裹在她的身上，喉咙里刮着锋利的沙石，恨不得把她碾碎吞下，他问："你到底在等谁？面对别人，你也敢来这一套？"

许肆月绝望了，幽幽地叹了一口气。

好，她不挣扎了，她必须真诚地对待顾雪沉，才能挽回她残缺破碎的人品。

许肆月出其不意地托起顾雪沉的手，握着，把裹着的那件衣服扯掉，然后上前一步，依恋地搂住他。

她的下巴压在他的肩上，淡淡的酒气带着暖香，她转向他的颈侧，说："我那条朋友圈是只对顾雪沉单独可见的，所以我等的，从始至终，也只有顾雪沉一个人。"

顾雪沉不知道站了多久没动，除了许肆月的呼吸，他听见的唯有自己一下一下要撞破胸腔的心跳。

他上身只穿着一件衬衫，很薄，能轻而易举地感觉到她贴上来的柔软的皮肤、蕾丝的纹路，以及她露出的一片绵润隆起。他胸中那些肆虐的阴郁感和占有欲本来漫无边际地燃烧着，全在她温柔的一句话里平息下去，凝成酸楚又甜涩的箭，扎着极度敏感的心口。

他在她的面前，真的永远无法长进。他再难过，再嫉妒，扭曲的戾气随时要爆发出来，她三言两语就能轻易安抚。他的喜怒哀乐被她操控着，根本没有挣脱的可能。

时隔快一周，许肆月终于又靠在他的身上，心满意足地叹了一口气，呼出的热气不知不觉地刺激着他。她解释说："我是为了气你才发的那种朋友圈，你还当真了吗？我要是不用点小计策，你能这么快回来吗？"

他的身姿挺拔，肌理又匀称，抱起来极舒适，许肆月忍不住蹭了蹭。她弹性十足的胸虽然被白色蕾丝内衣包裹着，但显然固定性有限，也在随之轻轻颤动。

顾雪沉的体温在上升，许肆月能感觉到。她脸色泛红，抿着唇偷笑。

过去张扬骄矜的时候，她无论如何也想不到，有朝一日自己居然能这么坦然甚至享受地撩拨一个男人，为他产生的那些反应而愉悦，害臊也是有的，但远没有成就感多。想突破顾雪沉这种极品大冰山的心，就得先诱惑他，让他把持不住，反正是合法老公，她也没什么可扭捏的。

许肆月抬起头，脸颊贴上去，磨蹭了一下他的耳朵。她慢悠悠地问："怎么样，家里比深蓝科技有意思多了吧？"

顾雪沉像身处火海，下颌绷出一条锋利的线。虽然尽力控制着本能，但以她这么不知分寸地折腾下去，他怕是活不到江离预测的那个时间了。

许肆月乘胜追击，炙热的唇轻触着他的耳垂，稍一碰就分开，再重复浅吻，然后趁着绝佳的机会，准备一举攻陷他的唇。她这么挑逗，他还能冰冷无欲吗？

红唇近在咫尺，顾雪沉定定地看着，终于找回少许理智。他别开头，动作生硬地把她滑落的吊带儿提起来，粗暴地挂回肩上，遮住春光，一眼也没朝那片起伏的雪白看。很多伤她的话就在喉咙里，但他舍不得对她说。

"把裙子穿好。"他走到她的背后，把那两根傻兮兮的飘带拽下来丢到一边，"这种低龄儿童的手段以后免了，我没时间哄孩子。"

许肆月敏锐地抓到重点，笑盈盈地说："老公，你这次没凶我，讽刺的话也不是很难听，有进步。"

顾雪沉僵了一瞬，迅速收拾起被识破的心虚，说："手机给我。"

许肆月猜到他要干什么，乖乖上交。

顾雪沉蹙眉，点开她的微信，看到那条朋友圈确实是仅他一个人可见，某些强压着的酸意总算消散。他微动手指，把照片删除，再点开相册，把所有暴露的自拍照都粉碎，一张不留。

处理完这些，他才扯开紧扣的领口，低声问："找我回来到底什么事？"

许肆月瞄了一眼他的嘴唇，有点遗憾又错过了。她很快重整旗鼓，拉着他去沙发上，面对面把攒好的钱分两笔转给他，硬气地说："第一笔是这个月还你的钱，第二笔是极品男模特的佣金。"

顾雪沉盯着屏幕，感到疑惑，极品男模特的佣金，五百块？

许肆月皱着眉说："你别嫌少啊，我这都是画画赚来的钱。你好好配合，等我重拾设计师的身份，到时候多给你分点。"

她把做好的手包塞给顾雪沉，帮他调整到最佳姿势。在他身旁忙碌的时候，她一直充分发挥优势，站在他的面前，弯着腰，把低胸的领口大大方方地露给他看。

顾雪沉忍到头疼。

许肆月见好就收，撩够了，往后退开，把手机摄像头对准沙发上的男人。

他修长的双腿恰到好处地敞开，腰线瘦窄，肩膀平直，质地极佳的衬衫松开了几枚扣子，脖颈线条优美，锁骨若隐若现。他半侧着头，一脸沉郁冷冽的神情，那只手包就随意地握在五指间，枪黑色的皮料和皓白的皮肤反差鲜明，勾得人移不开眼。

许肆月拍了两张模特的全身照，就扛不住美色，把镜头调近，对着他的脸拍。

五百块真的太少了，她家的极品男模特，出场费完全可以按一分钟五万算。

“许肆月，”顾雪沉压着嗓音说，“我的耐心有限。”

许肆月微笑着说：“还差最后一步。”

她把手机调成自拍，直接走过去，也不跟顾雪沉商量，轻盈地坐在他的腿上，一只手搭在他的肩上，另一只手拿着手机举远，甜甜地说：“来，看镜头，设计师想跟男模合影留念，纪念伟大的第一次。”

顾雪沉来不及推她，他的手有本能，自然而然地想要抱住心爱的人，但只能停在离她的腰两寸的地方，硬扛着不肯落下。

肆月……够了，真的够了。

许肆月见他不配合，将纤细的手指伸过去，轻轻地掐住他的下巴，强迫他面对镜头。在他的黑瞳看向手机镜头的一瞬，她争分夺秒地按下自拍键，接着神速改变姿势，跟他贴脸、依偎、亲额角，什么姿势都摆拍了，个个留下照片罪证。在他动怒之前，她很有自知之明地站起来跑远，免得挨打。

许肆月退到安全范围，才得意地翻阅照片，把一批亲密合照都给顾雪沉用微信发过去，让他慢慢欣赏。

顾雪沉懒得看她，转身上楼。回到卧室，他用脊背抵着门板，弯下身重重喘息，放任身体里燎原的热度烧在脸上。

他缓慢地弯起双腿，滑坐到地板上，手指不受控制地解锁手机，点开许肆月发来的合照，一张张痴迷地看过去。他挑选了一张她的正脸照，放大再放大，直到屏幕上没有他，只剩下肆月一个人。

她明丽的五官触手可得，嘴唇弯着，饱满欲滴。

顾雪沉的眼眶微微泛起猩红，他捧起手机，低下头，合起双眼，把唇迷恋地贴上去。

当晚顾雪沉没有出门，把自己关在房间里，试图用工作转移注意力。临近九点时，乔御打来电话，兢兢业业地汇报："顾总，流云社那边的进展都很平稳。太太那部漫画下面的评论内容，一直在我们的严格把控内，社里配合得也不错。"

顾雪沉"嗯"了一声。

乔御说："其实您不用这么费心。太太的画确实很受欢迎，夸她的评价占大多数，骂声很少。她的设计受到肯定也是事实，她可以突破自己的。"

顾雪沉一直清楚他的小月亮有多出色，但心总是为她悬着，即便明知道适当的骂声、打击和弯路对她更好，却没办法真让刚刚好转的她孤身去冒险。

他逼她赚钱，正好启发她找到自己的长处，大尺度漫画不是长久之计，于是尽早让她离开，给她更好的正规平台流云社。

她在流云社里很受欢迎，但有光就有影，有赞誉就免不了被攻击。她好不容易拾起自信，他不愿太多质疑的骂声污了她的耳朵，尽量帮她屏蔽在外，再引导着舆论帮她找到真正适合的路。

小月亮是设计师，她喜欢也擅长这一行，足可以站在专业的高处，值得她付出一生的热情。等她走上热爱的路，病情自然会好转，情感和兴趣也会转移。她有更大的世界，不用困在这套房子里，到时候，有他或是没有他，就不再重要了。

顾雪沉沉默，乔御半晌没敢说话。坚持到气氛没那么压抑了，他才问："顾总，这个月的日程计划里还有江家老爷子的寿宴，周末就到了，地点在邻市，您打算去吗？"

乔御也拿不准顾雪沉的想法。江家老爷子不是外人，就是江离、江宴两兄弟的亲爷爷。江家是医药世家，这一代江离继承衣钵，江宴倒另辟蹊径，搞起了人工智能，总跟着顾雪沉打转。

深蓝科技在医疗机器人方面也是行内翘楚，经顾雪沉的手推向医院的三代医疗机器人都表现优异。深蓝科技跟江家的合作也非常密切，无论出于哪个理由，顾雪沉都应该到场。但今年，他的病更严重了。

顾雪沉刚想开口，手机响起提示音，江宴的电话插播进来，没有挂断的意思，他不得不接起来。江宴明朗的声音开门见山："沉哥，老爷子周末生日你没忘吧？他可特意叫我通知你，让你必须带着媳妇儿一起去。"

三秒没听到回答，江宴就稳不住了，问道："不是吧？！你该不会不来吧？！关于你的事我哥是不是又瞒着我？！"

顾雪沉按了按眉心，平稳地说："没事瞒你，我会过去的。"

"别忘了带着肆月嫂子，也让她亲眼看看，到底有多少女的明里暗里惦记着你，也好让她珍惜着点！"

顾雪沉淡笑了一下。他倒不想让肆月知道那些，但把她一个人放在明城，他确实不放心。

许肆月正在床上辗转反侧，琢磨着要不要去老公那边胡闹，手机就"嗡"地一振，她一看发信人，顿时精神百倍。

"大魔王"："周末跟我去邻市，江爷爷寿宴。"

许肆月知道江家，恍惚了几秒，分分钟想象出寿宴上一出出的"宫心计""修罗场"。闲钱花不完的女人们凑在一块儿，拼的是高定限量，比的是手表珠宝。而她，堂堂顾家的新婚太太，兜里的钱只够请五百块的男模特，所有家当都是前两年的款式，穿到那种地方会成为笑话。

许肆月睡不着了，从床上坐起来，不死心地打开衣柜仔细翻找了几圈儿，最后丧气地瘫倒。她就算拼命地更新五十章漫画，也赚不来一条裙子的钱。

许肆月将眼泪流进肚子里，拾起小锤子，熬夜把剩余的皮料重新剪裁，又东拼西凑了一些钱，上网买了一批新的配件。然后她按照漫画里粉丝呼声最高的一款小挎包，着手动工。

她想：真是卑微的仙女，好歹弄个不会和别人一样的包去唬人吧。

周五下午，许肆月剪断了自制小包的最后一根线，给顾雪沉拍照发过去。

无敌小月亮："美不美？！你就说美不美？！背这个包出门，就算全身没一件大牌，姑奶奶也是仙女！"

隔了几分钟，顾雪沉直接打来电话。

“干什么？”许肆月闷声闷气地说，“居然主动给我打电话，你是嫌丑吗？”

顾雪沉冷冷地说：“带着它，现在下楼。”

许肆月愣了愣，下意识地走到窗边往下看。庭院里，黑色的宾利停在阳光下，男人正好放下手机，似有所感地抬头望过来，一张脸清秀俊美，瞳仁漆黑，吸进万千光芒。

她莫名地心脏一跳，跟他对视了几十秒，才如惊到般仓皇地转开脸，匆匆换了一身衣服下楼。

顾雪沉已经坐在副驾驶座上，她只好选后排，刚一进去，目光就被占据了大半座椅的一堆大小盒子吸引，摆在最上方的，是一个丝绒小盒。

“什么东西？给我的吗？”

顾雪沉没回答，示意司机开车。

许肆月的好奇心被勾得难熬，她也憋着不问，直到宾利开进熟悉的区域，才渐渐紧张起来。这是当初她带他逛过的商场。她试图用里面商品高昂的价格让他自惭形秽，也是在这里，她跟他撞见一场求婚。他曾掏着心问，用“鸽子蛋”向她求婚，她会不会嫁？

“你带我来这儿是什么意思？……”许肆月有点心虚，不自在地攥着手，不敢瞎撩了。

车停稳，就在当年那场求婚的小广场附近。

顾雪沉侧过头，对她说：“看看盒子里面。”

许肆月抿着唇拿起最上面的小盒子，掀开，毫无准备地当即愣住，琉璃色的眼睛被一枚流光溢彩的“鸽子蛋”晃到。她怔了许久，又去打开下面的盒子，是同系列的耳环、项链、手镯，再往下，还有她曾经最爱品牌的高跟鞋。尖头，细跟，缎面儿，是她青睐的款，尺码也一分不差。

顾雪沉平静地说：“戴上，下车。裙子刚送来，上去试试。”

许肆月被钻石晃花了眼，本能地听话，把这些已经离她很遥远的天价饰物戴在身上。

这家商场的定位太高，工作日的人流很少。偶尔有几个太太在闲逛，远远地就把目光投到顾雪沉和许肆月的身上。

许肆月低头看着无名指上的“鸽子蛋”，心里百般不是滋味儿，甜涩酸苦混合在一起。她下意识地伸出这只手，轻轻地牵住顾雪沉垂在身侧的指尖。顾雪沉顿了顿，没有抽回手，任她这么牵着，走进三楼她最钟情的高奢品牌店。

四年里，柜姐们早换了不知几批，没有人认识从前挥金如土的许家大小姐，都弯着腰甜甜地喊她顾太太。

店长殷勤地捧来裙子，说：“太太您试试。顾总提前几天就订了，今天刚到。”

许肆月接过裙子往试衣间走，几个柜姐热情地陪着她。她回眸，说：“老公，你跟我去。”

顾雪沉没有当众驳她的面子，随她到试衣间外。她停下，桃花眼里水波粼粼，问：“你什么意思啊？”

他是还喜欢她吗？他是一直以来，都对这个商场，对当年他不能达到的消费水平，对那场求婚耿耿于怀吗？许肆月盯着他，想从他那深不见底的眼睛里看出端倪，找到一点以前那种炙热的情感。如果发现一丝，哪怕只有一丝，她就去回应。

顾雪沉垂眸看着她。那枚他日夜抚摸的戒指，终于戴在了她的无名指上，却不是在隆重的求婚现场，只是这么一个微不足道的普通场合。他用最平淡的方式，把他所有的一切，一件一件地给他刻入骨髓的人。

顾雪沉转过许肆月的肩膀，把她推进试衣间里，他的声音很低，捶着她的心：“你又在想象什么？我只不过是不会让我的新婚太太，在别人面前抬不起头。”

许肆月站在狭小的空间里，用手掌给自己扇了扇风，压下莫名涌上来的泪意。

在有些比阶层、比身价的场合，人们的眼光和议论声就是那么残酷现实。她之所以努力制作那个包，因为那是她唯一能撑起的面子。所以无论顾雪沉说什么，他都在最为难的时候，给她用珠光宝气撑起了一个坚固的屏障。

许肆月吸了吸气，抹掉眼角上的一点潮湿，换上裙子，对着镜子扬眉一笑，镜中映出的人明艳张扬，眼里尽是笃定的势在必得。

顾雪沉这个口是心非的狗男人，她越来越想弄到手。

许肆月转身看看自己的后背，拉链没拉，脊背瘦白，弧度无可挑剔。她把长发全拨到后面，暂时挡住后背的风光，然后拉开试衣间的门。

顾雪沉果然还站在外面。他从来不倚靠墙壁，也不懒散地坐着，就那么孤寂挺拔地站在自己的小世界里。

许肆月一笑，朝他勾手指，说："老公，帮我一个忙。"

顾雪沉一时被她盛装打扮的样子迷惑，仿佛受了控制，配合地走到她的面前。

她懒洋洋地转过身，把后背对着他，软声说："头发……好像夹在拉链里了，你看看。"

顾雪沉皱着眉，怕弄疼她，为了看清楚，不由自主地略低下身，拨动她的发梢。

他离她很近，连他的呼吸都能感觉到，许肆月身上有些发软。在他靠得最近的那一刻，她忽然伸手把长发全部揽到胸前，将如玉的美背完全展露给他。他的呼吸更明显，撩蹭着她的皮肤。

许肆月恰到好处地向后一靠，顾雪沉也根本来不及直起身，他淡色紧抿的唇，就这样印在了她光滑的后颈上。

被他亲到的刹那，许肆月心如擂鼓，她的唇角翘起，笑着偏过头，语调柔媚："老公，甜吗？要不要再尝一口？"

这个吻是许肆月骗来的，抓的就是顾雪沉意想不到的瞬间。她默默地紧张数秒，数到"三"的时候，男人冰软的唇猛地抬起来，随即被他的手取代。

顾雪沉按着他刚刚亲过的纤秀后颈，力气有些控制不住，几乎算是在掐着她。

他的动作看似凶戾，但许肆月没感觉到疼，反而觉得他的掌心烫得厉害，烘得人血液发热，她的心里很痒，忍不住想看看他现在的表情。

顾雪沉不由分说地扣住她，不准她动，另一只手找到拉链的尾端，一拉到顶，把那片故意展示给他的美背挡得严严实实。

许肆月没反抗，而是伸出脚，用鞋尖踢开了半关的更衣室门。正对面就是占据整面墙的大镜子，完完整整地照着她，还有她身后那个芝兰玉树的男人。

许肆月的目光定住。她穿着高跟鞋，顾雪沉仍然比她高出不少。他此刻的姿势像在抱着她，那副套在他身上的冰霜外壳，隐约出现了裂缝，露出一抹将要失控的侵略性。她以前怎么就没发现，他有这么可口？

许肆月刚涌上来一些就快识破他的成就感，顾雪沉的黑瞳就直直地看向镜子里的她，眼神锋利。她态度不禁一软，说："又凶我……"

顾雪沉放开她，向后退了一步，转眼回到冰冷寡情的伪装里，说："许肆月，你越来越没有底线了。"

许肆月挑挑眉，理直气壮地说："跟自己老公要什么底线？"

她像什么坏事都没做过一样，在原地转了一圈儿，把裙子全方位地展示给他看，唇一勾，笑得明艳逼人，说："怎么样，你老婆好看吧？"

顾雪沉忍着喉咙里的干涩，不想和她说话，转身朝外走。

许肆月不紧不慢地跟上去，在一众柜姐的注视下，淡定地挽住顾雪沉的臂弯。

她身上的这条裙子确实合适，就像量身定制的，跟鞋子、全套珠宝，甚至跟她做好的那只小挎包都无比契合。说起来也是奇怪，顾雪沉什么都准备了，唯独没准备包，像是在专门留机会给她这次的手工成果。

回到车上，许肆月不禁问："雪沉，你选的这些东西，该不会是为了搭配我这只小包吧？我又没提前给你看，你怎么猜到我会做这款？"

如果不是事先知情，他不可能搭配得这么完美。

顾雪沉从上车就开始审阅文件，摆出一副懒得搭理她的冷漠神色。心不在焉地翻了几页，他才侧头扫了她一眼，吝啬地不肯多看一眼："需要猜吗？你那些漫画里，只有这个包出现了两次。以你喜新厌旧的本性，已经算是厚爱了。"

许肆月听出他的嘲讽，桃花眼一弯，歪着头问："那我追过你一次，现在追你第二次，是不是算得上对你情根深种、至死不渝了？"

两个重逾千金的词被她轻飘飘地说出来，刺得顾雪沉心底一涩。她大概永远不会懂，她说出的这八个字是什么意思。她不懂也好，不懂才不会疼。

顾雪沉将声音放低，缓缓地说："你对我，只有胜负欲而已。"

邻市距离明城不远，顾雪沉的时间又不能完全配合飞机航班，于是他们还是选择开车出行。

许肆月从前玩得疯，跟狐朋狗友到处跑的日子也不少，对邻市并不陌生。但随着临近这个城市，心脏渐渐收紧，她趁着抵达目的地之前偷偷吃了两片药。

她没法不想起拍卖会那天的惨状。今天的这场寿宴，场面不小，熟面孔肯定很多，不乏上次冷嘲热讽过她的人。

许肆月捏了捏自己精致的浅藕色指甲，倾身趴到前排的椅背上，用指尖撩了一下顾雪沉的头发，说："等一下进去，我肯定要牵着你的手，你不许挣开我，否则我会被人笑死的。"

顾雪沉躲开她的指尖，半晌才低低地应了一声。

她又去戳他的耳垂，拖着尾音要求道："我叫你老公，你得答应。你不能当没听见。"

"嗯。"他继续躲，拉开一个她碰不到他的距离。

"还有，"许肆月委屈地说，"你别老对我冷着脸，那么多人呢。你记得有事没事就朝我笑一下，不然别人肯定以为我在家里受虐。"

"你不就是在受虐吗？"

许肆月拍拍头，说："那也得回家再受虐，不能让别人看出来啊！否则顾太太沦为笑柄，对顾总又有什么好处？！你这段时间维持的假象不都白费劲儿了吗？！"

她又伸长手臂去扯他的衣领，带着撒娇的语气说："行不行吗？"

顾雪沉知道她是面对人多的场合心里没底。她内心忐忑却又嘴硬。骄傲的小月亮还在努力地往夜空中爬，需要他的双手托着。

他从后视镜的边缘处看着她，语气冷淡，毫无感情地说："你别作，我会给你面子。"

江家有套临湖的私人庄园，按老爷子的喜好，庄园是仿古建筑，寿宴自然也在这里。车从飞檐翘角的门廊开进去，里面亭台楼阁，小桥流水。垂柳拂过车窗，一路摩擦出悦耳的沙沙声。快到正厅前的停车坪时，顾雪沉忽然让司机选个僻静的地方停车，从副驾驶座上下来，坐到后排的车座上。

许肆月起初还没反应过来，直到宾利开入众人的视野，车门被人恭敬地从外侧打开时，才恍然意识到，如果顾雪沉不换位置，夫妇两个人不坐在一起，在别人眼中就是两个人感情不和了。

她感到心里一热，牵住顾雪沉的手，随着他下车，嘴角忍不住扬起，精神也好了不少。机不可失，时不再来。

许肆月不满足于普通牵手，动了动手指，跟他十指相扣，掌心紧紧地贴合。

顾雪沉偏头看她。她仰脸一笑，两个字咬得清甜无辜："老公。"

许肆月担心的惨状完全没发生。他们以完美夫妇的姿态进入主厅，落在她身上的艳羡的目光就快把她烧出洞来。她终于放下心理包袱，但在不经意间，又恍惚捕捉到一缕异样的灼热目光。对方的目光穿过人群朝她盯过来，或者说，盯的不是她，是她的男人。

许肆月敏感地回望过去，但偌大的厅堂里人影交错，看不出什么明显的问题。她环视一圈儿，当是哪个暗恋顾雪沉的千金小姐在过眼瘾。她手上用力，把顾雪沉握得更牢一点。

跟老爷子和江家其他人见过面之后，顾雪沉就被一群人围着，他们想借机谈公事。许肆月这边也有一群太太来攀谈，就算为了老公，她也没必要跟谁摆脸色，都不卑不亢地应着，脸上始终挂着浅笑，任她们对自己身上的衣裙珠宝评头论足。

倒是有一个生面孔专注地望着她手中的小包。对方柔声地说了一句："肆月的包很漂亮。"

一众人的目光顿时受了影响，都集中在包上。许肆月也不扭捏，把包略微抬起来，弯了弯红唇，说："拿出自己做的小东西来玩儿。"

现场的太太小姐们都在明里暗里地关注着许肆月，听她说这话，纷纷目露惊异之色。

她们说这包漂亮并不是奉承的话，刚才就有人在暗中议论这包是不是国外哪个独立设计师的作品，想去找同款包，现在听许肆月一说，有些不能接受事实。

那个生面孔却眼睛一亮。对方问她："是用别人的设计图做的手工吗？"

许肆月坦荡地说："原创设计，图是我画的，包也是我一个人做的。"

对方仅用几秒去判断她是否说了大话，然后利落地伸出手，含笑说："正式自我介绍一下，我叫韩桃，除了是我爱人的太太，还是乘风视频《裁剪人生》的总策划和出品人。就你手上的这个包，我想和你深入地聊一聊。"

韩桃谈吐专业，几句话就勾起了许肆月的兴趣。身边的人越来越多，她不自觉地松开了一直跟顾雪沉紧握的左手。

顾雪沉始终在她的旁边，同样被人簇拥着。手被放开的一瞬间，他愣了愣，看见许肆月背对着他，完全沉浸在她们的话题里。

"雪沉？"有人唤了他一声。

顾雪沉回神，手指在半空中蜷了蜷，手垂落在身侧，原本暖人的热度也在迅速消失。

寿宴快要开席时，许肆月才忽然觉得缺了点什么，看看自己拿着包和酒杯的手，心跳蓦地慢了一拍，扭头去找人，正撞上顾雪沉深沉的目光。

他在不远处的人群里静静地望着她，明明与她相隔几步而已，却让许肆月觉得说不出来地难过。她怎么就把他放开了？

许肆月跟韩桃暂时道别，快步走到顾雪沉的身边，搂住他的手臂，朝围在他四周的人浅笑，说："不好意思，该把老公还给我了。"

一群公子哥儿就爱起哄，说沉哥跟嫂子的感情真好。顾雪沉的眸中却没有笑意。直到入席，许肆月都觉得他的心情很不好。她暗中自责，可又觉得以他的性格，他不太可能因为这么小的事受影响，但不管怎么说，哄老公都是她的责任。

江家一直把顾雪沉当上宾，给夫妇俩安排的座位也是主桌，他们跟老爷子之间就隔着几个长辈。这种场面，许肆月不好直接跟他说什么悄悄话，于是点开了微信对话框，一本正经地输入了一行让人肉麻的文字，将文字发出去的瞬间，身边顾雪沉的手机振动。

许肆月转头，装作手机振动和她无关。

顾雪沉解锁屏幕，微信消息里赫然写着——

无敌小月亮："看到你皱眉，我的心就像沉入马里亚纳大海沟，被冰冷的海水泡了几万年。鲨鱼啃咬我的身体，让我每一秒都觉得是世界末日。"

隔了几秒，许肆月紧盯的对话框里跳出回复。

"大魔王"："鲨鱼懒得啃咬，直接将你吞了。"

许肆月憋着笑，偷瞄了一下顾雪沉，看他的侧脸还是冷冰冰的，于是锲而不舍地发更离谱的文字。

“你是电，你是光，你是唯一的神话。”

“过时了。”

“我求了千万年，只为今生目睹你的绝世容颜。”

“恶心。”

许肆月憋笑憋得脸颊发酸，清了清嗓子，尽量让自己保持得体的表情，为了省时间，悄悄地打开百度搜索粉丝溢美之词合集，手速飞快地复制粘贴文字。

“每天都想在哥哥的睫毛上滑滑梯！早上醒来，哥哥和晨光都在，就是我最好的未来。哥哥的腿不是腿，是保加利亚的玫瑰。哥哥的嘴不是嘴，是我口中不忍下咽的糖水。”

许肆月表面上端庄美艳，实际上幼稚的情话说起来却没底线。她再一次扭头，看了一眼顾雪沉，不由得一怔。

男人总是冰冷的唇角在他垂眸看向屏幕时，居然有一丝很浅的弧度。

许肆月的心口一片火辣之感，狗男人犯规了，他笑起来这么好看……她这才发觉，重逢到现在，自己竟没看他真正地笑过。

许肆月受到鼓舞，继续复制粘贴文字，也没太看清内容就将它们匆忙地给顾雪沉发了过去。然而消息显示在他屏幕上的那一刻，她清楚地看到，他嘴角的那抹弧度瞬间消失，他的睫毛也落下来遮住了目光。

她察觉到不对，立刻低下头，心一沉，刚刚的内容是：你是见一个爱一个的我见过的所有男人里，我最爱的一个。

她说错话了……许肆月恨得想撞墙。她一投机取巧，马上就遭报应。这句话太狠了，正好戳中她给顾雪沉的那道伤疤。

她急忙补救，不敢再发这些乱七八糟的文字，想用正经的事业话题拉回来一点好感度，于是挨近他，轻声说：“老公，我刚才随便复制粘贴的文字，你就当没看见……我有件事想跟你说。之前在大厅里，我跟韩桃聊得不错。乘风视频近期有一档设计师相关的综艺节目，叫《裁剪人生》。”

顾雪沉沉默地盯着杯子里的酒。

“她们计划找五六个专业的设计师，已经联络好了，目前还缺一个新人。她觉得我的条件很适合，想让我去试试。模式也不错。设计师和明星合作，每期根据主题进行设计和搭配，再排名。

“大概半个月录一期，每期出去三四天，时间不算长。我挺有兴趣的，如果真发展起来，也可以多还钱给你。”

顾雪沉的心脏像被长满尖刺的藤蔓缠住，藤蔓越缠越紧。他知道她很快就会走出去。她会有自己的世界。但这一天真来临时，他还是被压得难以呼吸。毕竟，他没有很多时间能见到她了。

“老公？你应该不反对吧？”

不等顾雪沉开口，江家老爷子那边刚巧几个小辈敬完了酒，转而就把注意力放到顾雪沉小夫妻身上。

“雪沉过来，”老爷子笑眯眯地招手，“小两口儿到爷爷的身边来，陪爷爷喝杯酒。雪沉以前是能喝一点酒的，别想跑啊。”

顾雪沉抬眸，端起杯子离席，向老爷子走去，许肆月乖巧地跟上他。

老爷子跟顾雪沉碰杯，豪气地仰头将酒一饮而尽，示意顾雪沉也将酒喝尽。坐在另一边的江离立即起身，说：“爷爷，别让他喝了。雪沉酒量不好，用茶代酒吧。”

江宴没心没肺地拽他哥，说：“你怎么扫爷爷的兴呢？沉哥喝一点酒没事，今晚又不用赶着回去。”

老爷子也故意板起脸，瞪了一眼江离，转头问顾雪沉：“雪沉，不应该啊，是不是身体哪里不舒服？”

全桌人的目光，包括许肆月的目光都看向他。顾雪沉弯弯唇，低声说：“没有不舒服。”

然后他略仰头，把杯里的酒喝尽。

老爷子眉开眼笑地说：“来来来，你倒上，再喝一小杯，爷爷今天就放过你。”

顾雪沉没有异议，在江离冲过来之前把第二杯酒也喝了下去。许肆月莫名觉得有些心神不宁，赶快攥住他的手腕。

老爷子不爱喝洋酒、红酒，喝窖藏多年的白酒。虽说杯子很小，量不大，但人很容易醉。

江离率先离桌，试图扶顾雪沉一下。顾雪沉抬手挡住江离，冷静地说："没事，这点酒不算什么。"

江离不能说出真相，又不能冲不知情的爷爷抱怨什么，只能狠狠地瞪了瞎搅和的江宴一眼。

许肆月把全部的注意力都放在顾雪沉的反应上，没关注到其他人。她用力地攥住顾雪沉的手，小声问："难受吗？走，我去给你倒柠檬水。"

主桌被前来敬酒的人围住，喧嚣热闹，很快没人再分心多关注小夫妻俩。顾雪沉坐了片刻，就起身走向后面人少的长廊。离席前，他淡淡地看向许肆月，说："你还没吃什么，先坐着，不用管我。"

许肆月不听他的话，坚持跟他一起走。

江离见顾雪沉要走，立即上前按按他的肩膀。

顾雪沉凝视着江离，眸光冰冷锐利，含着严肃的警告意味——不允许江离在肆月的面前说出和他病情相关的话。他缓缓地说："我确定我没事，只是有点醉了，想休息。"

江离咬牙退开。等顾雪沉和许肆月的背影消失在长廊里，江宴才后知后觉地凑上来。江宴的脸色微微变了，他把江离拽到没人的酒水间，皱着眉说："哥，你这反应太不对劲儿了！沉哥到底怎么样？你能不能跟我说句实话？！自从我把他送进华仁医院，你们俩就一直对病情闭口不言。究竟为什么你们非要瞒着我？！"

江离烦死了，推开他要出去。

江宴也喝了点酒，固执劲儿上来，这次非要问出结果，硬是扯住江离，说："跟我说句实话这么难吗？！他不就是普通的偏头痛吗？！你们这么讳莫如深，难不成是病情更严重了？！你要是再这么藏着掖着，我就去告诉许肆月，让她亲口去问沉哥！"

江宴说着就要走。江离一把拽住了他，压低声音，嘶哑地说："他病了，病得特别重，最乐观地估计还剩下不到一年的时间。你这次能闭嘴了吗？！"

酒水间的门并未被关严，有一道缝隙。偷偷地随他们过来的人靠在外墙上，捂住嘴，脸色惨白。

片刻后，她脱力地扶着墙，踉跄地往前走，狼狈又不甘地望向顾雪沉夫妻俩离开的方向，直到有人停下来问："梁嫣，你什么时候过来的？我怎么一直没看到你？你没事吧？你在哭吗？"

梁嫣眨了眨刺痛的眼睛，勉强地回答：“没……我爸在国外来不了。我替他来送寿礼，这就准备走了。”

她是真的来送寿礼的，也是真的想再远远地看一眼顾雪沉，没打算做什么，只想知道他有没有过得幸福一点。

她不敢直接跟着顾雪沉，怕被发现，只敢听听江家兄弟在说什么和顾雪沉有关的话，听到后却犹如晴天霹雳。顾雪沉病到没有太多时间了，还在无休止地保护许肆月。他对回国后的许肆月那么冷淡苛刻，也许从来就不是怨恨她或不爱她，而是如履薄冰地不忍她伤心和保护她。

许肆月牵着顾雪沉的手从长廊走到户外的时候，天色已经黑透。江家庄园的客房足够，江家也提前安排好了休息的地方，侍者热情地过来指引，车也备好了。

顾雪沉沉稳地说：“不必了。”

他不想留在江家，不想留在他随时有可能被江离关心，会对肆月暴露自己的病情的环境里。他没事，病得再重，也不会短时间就发作。他只想找个没人的小空间，把自己关起来。

老爷子没错，谁都没错。他以前是能喝点酒的，但自从病了，对酒精的耐受力就在减弱，没想到这次只喝了两小杯酒，就有些不能忍受了。

乔御很快把自家的车开过来。许肆月上车就说：“今晚不回明城了，找个酒店。”

顾雪沉闭上眼，靠在椅背上，贴近另一边的车门，避免许肆月碰触他。他低声吩咐道：“两个房间。”

许肆月要被顾雪沉气死，他都这样了还不忘躲着她！

她怒视乔御，竖起食指对他比了个“1”的手势，然后横手成刀状，凶巴巴地划在纤细的脖颈上，仿佛在警告他，他不听太太的话，太太就要他的小命。

乔御缩了缩脖子，犹豫了几秒，下定决心后对许肆月点头。他觉得顾总需要太太照顾，而且……太太真敢教训他。顾总那么喜欢她，却硬扛着一个字也不说，他天天跟在顾总的旁边要急死了。

宾利在十分钟后驶入最近的一家五星级酒店的地下车库。许肆月选了酒店顶层最安静的套房，扶住顾雪沉的手臂。他挣脱开她，不要她碰，眼眶有醉后的微红。

许肆月也不气馁，见他还能走，就趁着地毯柔软无声，默默地在他的身后跟着。

乔御刷开房门，让顾雪沉先进。许肆月脱了高跟鞋，将高跟鞋拎在手里，朝乔御比了一个噤声的手势，小心翼翼地蹭进来，示意他离开。

门在他们的身后轻轻地关闭，发出微小的响声。

许肆月没有马上开灯，房间里就这么暗着，只有落地窗外透进的灯火。

顾雪沉慢慢地走到沙发边，仿佛所有的力气都耗尽了，颓然地倒下去。许肆月吓了一跳，刚要过去抱他，就见他缓慢地蜷缩起来，在暗淡的夜里，他的一团影子显得孤单无助。

许肆月下意识地屏住呼吸，一瞬间鼻子发酸。她说不清自己为什么想哭，但看他一个人躺在那里，恍惚见到了四年前两个人分别后无数个他这样熬过的夜晚。

许肆月微弱地跳动的心仿佛被柠檬水浸泡，酸得发苦。寂静的房间里，她挪动脚步，一点点地靠近顾雪沉，走到沙发边时，他忽然艰难地睁开眼。他对着虚空，声音暗哑地叫了两个字："月月。"

许肆月整个人僵住，迟疑地在他的面前蹲下，望着他泛红的眼睛，吃力地把声音挤出来："你……说什么？"

她突然出声，让顾雪沉颤抖了一下。两个人隔着这么近的距离，他就那样定定地盯着她，眼睛里满是纠缠的血丝、悲苦的情绪和因为见到她的脸而瞬间涌上来的炽烈的痴恋之意和思念之情。

他将干涩的唇张开，生怕吓走她一般，用极轻、极弱的声音又低唤了一声："月月。"

许肆月的胸腔像是要炸开。她知道顾雪沉是真醉了。他醉到无法维持冰冷的模样，那些被筑起的壁垒因为酒精崩塌，露出冰山下最隐秘的岩浆。

许肆月去碰他的手，说："雪沉。"

顾雪沉犹如被烫到，蜷起手指，凝视着她，泪从泛着血色的眼眶里流出来。

"你不是她，她早就……不要我了。"

第七章　真正的心意

许肆月有好一会儿没眨眼，专注地看着顾雪沉，脑中的一切像被这句话硬生生地挖空。她想说几个字回应他，喉咙却堵得厉害，手像有了意识般伸过去，抹掉他的泪。泪明明是凉的，但在她的皮肤上，灼得她发抖。

落地窗外的城市在深夜里依然喧嚣。房里光影交织，显出他的身上日日月月堆积起来的孤苦感。

许肆月每一天都在想尽办法撬开他的嘴，挖出他的秘密，但真等到触摸他内心的这一刻，没有任何想象中的胜利感，只觉得心脏被狠狠地揪住，越来越难以呼吸。

“雪沉，你仔细地看看我。”她怔怔地轻轻呢喃，“我就是月月，月月已经回来了。”

顾雪沉眼前的水雾擦不干净，他无论如何也看不清她，就和这么多年做过的每一场梦一样。梦里她也是很温柔，没有冷漠和不耐烦，会摸他的脸，跟他细心地说话，可他急切地扑过去，只会摔在冰冷的地上醒过来。

他向后躲，拒绝她靠近，把自己困进沙发的角落，黑色的眼睛犹如被血浸透，呢喃着：“她在外面有男朋友……她喜欢别人了……她走得干脆，换了电话，不和我联系，一句话也……没有给我留。”

顾雪沉每说一个字，许肆月就仿佛被刀刃刺一下。她不知所措地抹了抹眼睛，然而不自觉地溢出更多的泪。

他陷入了自己的囚笼里，声音嘶哑地喃喃着："她喜欢……喜欢很多人，只是……不喜欢我，从来……从来也没有喜欢过我。"

许肆月的神经都在乱跳，她想大哭出来。她一直知道她做错了，当初的事对顾雪沉的伤害很大，但从未想过，自己不负责任地走后，留给他的是这么多的痛苦和这么深的阴影。她还骗他，说她换了七八个男朋友，任何一个人都比他好百倍千倍。

顾雪沉咳嗽起来，苍白的手紧紧地攥住沙发边儿，上次为了保护她他手上被划开的口子依旧触目惊心。他断断续续地咬字，哽咽道："她就算回来，也不可能……来找我。她根本……不愿意见到我。"

"你……要是认识她，"他隐忍地哀求道，"跟她说，顾雪沉……很想……月月。"

他很想月月。

许肆月的心仿佛被敲碎，她再也抵抗不住汹涌的情绪，咬着手背，崩溃地哭出声音。她十恶不赦。她怎么能坏到……戏弄和伤害这样的人？

他是将这些心事埋得多深，才能在与她重逢这么久以来，一边维护她，一边装作不在意。这么忍耐着，他自己不苦吗？

许肆月犹如被烈火烤着，想找个最冷的地方求生。她倾身上前，也挤上那张并不宽敞的沙发，抱住顾雪沉的腰，把头埋进他冰冷的颈窝里。

她抬起他的手，将他的手放在自己的脸上，哭着说："你以前不是很喜欢摸月月的脸吗？月月的五官什么样子，你肯定记得很清楚。你摸啊，自己摸摸看。我到底是不是月月？"

许肆月按着他的手，强迫他抚摸自己的脸。他的心跳很剧烈，一下一下地刺激着她。

她又半坐起来，弯腰去亲他的眼睛，唇碰在他潮湿的睫毛上，耐心地将睫毛上的泪水蹭干，近距离地跟他对视，问他："你摸完了，再认真地看看，我是月月吗？"

顾雪沉目不转睛地看着她，许肆月甚至感觉不到他的呼吸。

她的眼泪不停地流，她扶着他坐直一些，让他靠着沙发背，然后面对面地跨上去，坐在他的腿上，倾身搂住他的脖颈，顺便让他的手臂环上自己的腰。

两个人紧密相贴，这是时隔四年第一个正式的拥抱。

许肆月轻声问："你确定了吗？"

顾雪沉不禁收拢双臂，用力地抱住她，恨不能勒进骨头。许久之后，他才慢慢地点了一下头。

他的头发蹭着她，她在他的耳边说："除了你，我没有别的男朋友，也没喜欢过别人。我不是不愿意见你。我是害怕，不敢面对。现在那些事都过去了，我已经嫁给你，是你名正言顺的妻子了。"

顾雪沉老实地坐着，没了那层冰山外表之后，什么都听她的，任她摆布。

许肆月吸了吸气，有些不安地抠了抠他的衣服，小声问："你呢，月月对你那么坏，你恨她吗？"

他摇头。

"你记她的仇吗？是真的……想报复她、虐她吗？"

他还是摇头。

心里酸酸的，许肆月又问："那你……现在还喜欢月月吗？"

顾雪沉顿了顿，继续摇头。

许肆月一僵，忽然弹起来推开他，心中涌出说不上来的委屈和失望。

顾雪沉接受不了两个人的身体骤然分开，把她拉回来，拼命地箍紧她，一口咬住她的耳垂，嗓子仿佛被沙石滚过，重重地说："爱。"

许肆月聚起的力气没了，她跌回他的怀里，抿紧唇，眼睛发亮。

就算是在两个人恋爱的那几个月里，他也没跟她说过这个字。

周围一片寂静。她在自己喧嚣的心跳声里，听到他低沉缓慢地说："'我是天上的圆月，你是地上的阿十。就算你碰触不到我，我也会……一直照亮你。'你对我说这句话的时候，我就在……爱你了。"

顾雪沉总是咳嗽，声音断断续续的，说长句子时就含混不清。

许肆月恍惚听见了"圆月"和"照亮你"，别的就不清楚了，脑子里只剩一个他亲口承认的"爱"字。她也不知道哪里来的雀跃感，含着泪笑出来，手捏住他的脸颊，对着他的眉心奖励了一个吻。

顾雪沉没反抗，眼直勾勾地盯着她，也不乱动，怕一动她就会消失。

许肆月又吻他的眼睛、鼻梁、脸颊，到了唇边时，停下了，喉咙吞咽着口水，忍住了。两个人接吻的话……不能是现在，他可能明早什么都忘了。她要等到他清醒时，再明明白白地吻他。

许肆月尽情地在他的脸上轻揉，皱着鼻子质问："你既然对我的感情这么深，那你为什么不说？！你还总是凶我！我快要脱光撩你了，你也不为所动。要不是我坚持自己的想法，真以为你恨我恨到骨子里呢！"

顾雪沉声音沙哑地说："因为你不爱我。"

许肆月怔住，手不禁一松，想辩驳什么，话到了嘴边又咽了下去。

她怎么样才算爱他呢？她撩过很多人，漫不经心地欠了不少桃花债，但只为了撩顾雪沉，跟他恋爱、牵手、拥抱、亲吻过。

她确实没有像顾雪沉刻骨铭心地爱她一样爱他。可走到今天，她对他绝对不只是愧疚。她急切地想回应他，想用自己去补偿他，想一辈子待在他的身边，想安安分分地当他真正的妻子。她还不知道怎么定义心里那些热烈、沸腾却找不到出口的情感。

顾雪沉难熬地皱了皱眉，用指尖小心地碰触她的头发，眼底一片死灰，无望地呢喃："还有……头疼。"

"头疼？"许肆月回过神儿，忙帮他按着太阳穴，"没事啊，你喝酒了，酒醒后就好了。我帮你揉揉。"

顾雪沉倚靠在沙发上。许肆月抿着唇，专心致志地给他按摩太阳穴。他恍惚记得，自己已经疼了好久了，但疼的时候，从来没有一次像现在这样，宁愿痛苦至死，也不想结束。

许肆月也喝醉过，知道这种难受的滋味儿，舍不得再让顾雪沉久坐，拉着他站起来，半扶半抱地把他送到床上。

顾雪沉吃力地低喘，声息在昏暗里刺激着许肆月的神经。她觉得脸上发热，想回身去给他倒水，刚起身少许，他就蓦地伸出手。他把她拽到怀里，翻身将她压到松软的床上。

他脆弱地说出的每个字，字字如刀。他抵在许肆月的耳边，声音磋磨她的神经："不爱我也没关系，不用爱我，只要别再把我扔下，让我有一个……有一个家，行吗？我求你，行吗？”他带着狠意和悲伤哽咽着说完，用尽力气，也低入尘埃。

顾雪沉身上专有的清冽味道混着淡淡的酒气。许肆月被他铺天盖地的味道淹没，她一点也没想挣扎，反而把他抱紧，摸了摸他的头发。他平常表现得那么冷硬，头发却很软，像他藏起来的心一样。

许肆月原本止住眼泪了，听见他撕心裂肺地低声哀求她，又湿了眼眶。至少她在去英国之前，过着家庭和睦、父母疼爱的优渥生活，可他好像什么都没有，连人人标配的家对他来说也像是无法拥有的奢侈品。

许肆月想起来了，结婚到现在这么久了，她从没见过顾雪沉的家人。婚礼上他也说过，他父母双亡，一个能够为他的婚姻送上祝福的亲人都不存在。她算不清他到底孤独了多久。他把干干净净的初恋和炽热的爱全交付给她，结果到头来，只换来了她的辜负和抛弃。

许肆月亲了一下他的额角，要是早知道这样，当初宁可一头撞死也不去招惹顾雪沉。可如果没去招惹他，她跟他就是彻底的陌生人，这一辈子顾雪沉都不会走进她的生命。想到这里，她竟然……不后悔招惹他。

硬要选择的话，她会从最开始就认真地对待他，哪怕他本性偏执，两个人交往了就可能要纠缠一辈子，那也甘愿去尝试。

“你不回答……”顾雪沉覆在她的身上，眼里的红色浓重。他用力地掐住她的下巴：“是连这个要求都不行吗？你还要走，是不是？”

许肆月连忙摇头，说：“不是，我都嫁给你了，还往哪儿走？”

“我给你一个家。”她不厌其烦地顺着他绷紧的背，“以后我每天给你打电话，催你早点回家。就算你还是冷淡，还是不理我，我也不怕了。”

她安抚着男人僵硬的身体，让他在自己的怀里渐渐放松。他颤抖地喘息着。

他撕心裂肺地低声说：“月月别离开我。”

许肆月觉得五脏六腑要被他撕碎了，抽着气答应：“不离开，我想改邪归正，学着真正对你好。”

顾雪沉听清了，忍不住勒着她，往床里压，像是要把她咬碎了吃下去。等唇真的落下来时，他又只是小心地亲亲她的鼻尖，红着眼低声哄她："月月不哭，我不……欺负你。"

许肆月恨不得当场扒了他的衣服。她不怕被他欺负好吗？！

顾雪沉慢慢地垂下头，靠在她的颈边，说："我不欺负你。我变得更好一点，多……赚钱，月月可能……就再也不会看别人了。我也不用嫉妒别人了。"

许肆月回过神儿的时候，顾雪沉已经没了意识。他的眉心拧得很紧，她反复抚了几次都抚不平。

她撑起身子，扶着他，让他躺好。他呼吸得吃力，她就把他衬衫的扣子一枚枚地解开，露出舒展流畅的肌肉线条。因为醉酒，顾雪沉的皮肤有一层淡淡的红色。

许肆月看得发愣，没忍住摸了两把，手从他的胸口滑到腰部，又去解他的腰带。

她默念几遍清心咒，一本正经地脱了他的鞋和长裤，然后飞快地扯过被子将他盖上，生怕再耽误一会儿，自己今晚就要冲动地把他"收拾"了。

"我也就是看你醉了头疼，不忍心动你，"她小声地念叨，"不然非趁机把夫妻关系坐实了不可，省得你天天装高冷。"

顾雪沉行事向来谨慎，出发前虽然没计划在外过夜，但也带了备用的行李箱以防万一。乔御临走前就将行李箱摆在门口了。

许肆月把顾雪沉那个黑漆漆的箱子放倒，想给他拿睡衣，却被密码锁拦住。她冷静地输入自己的生日，密码锁秒开。

许肆月：呵，男人，你的心我终于摸透了。

许肆月拿起衣服的时候，意外地翻到了几个药瓶。她觉得奇怪，打开壁灯仔细地看了看，原来是几种进口的维生素。她顺手拧开一个药瓶的瓶盖儿，药瓶里装着很普通的白色药片。她笑了笑。顾雪沉工作这么忙，还记得保养身体，连出门一天都要带着保健品，倒是很让她放心。

许肆月把几个药瓶按原位摆回去，自己卸了妆，只穿一件特别单薄的小吊带儿裙，爬上床。她没打算给顾雪沉穿上衣服，帮他准备的睡衣只是放在枕边，不过是防止他明早醒来受刺激太大精神承受不了，他能快点穿上睡衣。

顾雪沉睡得并不安稳，眉心的沟壑还在，像有伤人的刀子割着他。

许肆月凑过去亲亲他，他才略微舒展眉头。她拉开他的手臂，紧贴着他躺下，枕在他的肩上，一只手放肆地横在他的胸前，一条腿抬起，压在他的腿上。

她心里清楚，这样亲密的时间很可能只有短短的几个小时。明天天亮以后，顾雪沉醒了，也许根本不记得今晚发生了什么，还会以为她在趁机乱撩，会继续保持之前的冷漠态度拒绝她，甚至变本加厉。她可以拆穿他，当面撕开他的面具，却不忍心。

无论顾雪沉因为什么觉得她不爱他，是碍于过去的伤害太深，还想冷落她一段时间，或者别的情况，只要他不亲口承认对她的感情，她就不会硬来。

顾雪沉不是物品。他流了那么多血，需要她将血一点点擦干。她做错了事，心甘情愿地偿还，想逐步暖化他的坚冰，等他自愿卸下伪装。

许肆月往他的身上蹭了蹭，弯着唇，闭上眼睛，说："放心，以后老婆疼你。"

顾雪沉不记得多久没有好好地睡过一晚了。他做了很长时间的梦，梦见童年、少年，还有大学最幸福的六个月和随之最折磨他的四年。梦里不美好，都是肆月冷漠决绝的背影。但这一晚他睡得格外平稳，经常疼痛的那些神经也像被柔软的手安抚了，有温暖的人不停地往他的怀里钻。

顾雪沉按着太阳穴，缓缓地睁开眼睛，略显茫然地看着厚重的窗帘。驼色的窗帘，不是在家里。

他大脑空白了几秒，猛地反应过来，右手刚想抬起，就感觉到不正常的重量，熟悉的声音带着浓浓的困意在他的耳边轻轻地哼了一声。

顾雪沉全身的血液仿佛骤然凝固，喉结动了动，他侧过头，正看到许肆月泛红的脸颊。她还没醒，亲昵地钩着他的腰、腿……只差一点就碰到他最敏感的部位了。皮肤相贴的触感格外明显，身体的温热交缠，随时会把他点燃。

他……几乎没穿什么衣服。肆月也只穿着一件极短的小裙子，露在被子外面的裙子已经被揉得皱起。

顾雪沉的记忆回到昨夜。他喝醉了，进入酒店的房间之后，无力地倒在沙发上，再往后就什么也不记得了。他手指要冷成冰了，迟缓地掀开被子，想看看肆月的身体上有没有……痕迹。

野火仿佛在胸腔里燃烧，他不敢眨眼，攥着被子的手几乎麻木，马上要看到她的身体时，许肆月忽然睁开眼。她黏人地把他抱得更紧，懒散又妩媚地说："看什么，做完了不想认账吗？"

顾雪沉看向她，嘴唇一点血色也没了。他无法接受，一把扯开被子。许肆月的身体完整地露出来。虽然她的小裙只到大腿根儿，床单也不算平整，但她的身体上并没有欢愉后的痕迹。

许肆月吓他一下也就够了，见谎话被拆穿，只好坦白道："好啦，骗你啦。你喝醉了，头疼，我就帮你脱了衣服。这里又没有第二张床，我只能跟你躺在一起了。何况就算你真做了又怎么样，睡自己的老婆有那么恐怖吗？"

顾雪沉从高空跌到崖底，又被扯回山峰上。他想碰她，发了疯地想碰她，但如果真的喝醉了碰了她，才是无可救药，千刀万剐也不够。

顾雪沉拉开她，拽过枕边的睡衣，将睡衣披在身上，背对着她，说："许肆月……我说过开两间房。我也不需要你照顾我。你一定要这样吗？"

许肆月的心里难免有些苦涩落寞感。唉，果然和她猜的一样，他忘了自己说过的话，又成了这副凛然不可侵犯的样子。她找不到昨晚抱着她掉眼泪的那个"顾小甜甜"了。没关系，她陪他装。

许肆月撑起身，软绵绵地往顾雪沉的背上一贴，笑着说："对，就是要这样，从今天开始，我还会对你更过分。你既然娶了我，就得忍受我没底线、爱撩人的缺点。你要是受不了，那给我一纸休书好啦。"

顾雪沉觉得自己浑身滚烫，她稍一碰他就能让他燃烧。他忍无可忍地站起身，把自己关进浴室，打开花洒，水量调到最大，用水声隔绝一切可能泄露的秘密。

他松开睡衣站在水下，极力回想昨夜是否说过不该说的话，但一句也想不起来，只有身体记住了许肆月的触感。她好像抱了他，亲吻他的额角和眼睛，帮他脱衣服，搂他睡觉。

不能自控的火灼烧着顾雪沉的理智，他忍到极限，明知肆月就在外面，也控制不了那些汹涌的渴求感。他紧咬着牙，眼尾逐渐显出潮红，把手慢慢地垂下去，紧抿的薄唇沾满水珠，反复默念她的名字。

吃过早饭，顾雪沉和许肆月到江家的湖滨庄园跟老爷子告别。然后乔御开车载一行人返回明城。

许肆月仍旧坐在后排的座位上，眼睛盯着副驾驶座上的顾雪沉。好极了，某人估计是认为自己昨晚失控了，在极力地用他冷淡和不近人情的态度来遮掩自己，一点好脸色也不肯给她。回到明城后，他大概要以工作当借口不理她，彻底成为冰山了。

但她想到他撕心裂肺的疼痛，就觉得这都不算什么。老公想冷淡，可以，她不会强行改变他。她自然有她的办法重新拉近他们的关系，让他自己妥协。

许肆月含了两颗柚子糖，清清嗓子，说："雪沉，早上韩桃又联系我了。她极力希望我去《裁剪人生》。先导片录制的地点不算远，就在海城，乘飞机两个小时而已，我已经答应她了。这是好事，我早点赚钱，早点还你钱，咱俩好两清。"

顾雪沉机械地翻动手中的文件，眼神黯淡，想让她把"两清"这两个字咽回去。他问："什么时候去？要去多长时间？"

许肆月看着他紧绷的下颌，故意满不在乎地说："后天就去，大概一周，我走了，正好让你清净。"

顾雪沉把文件握出皱痕。一周……他不知道自己还剩下几个"一周"了。

"你没意见吧？"许肆月问，"这么半天没回答，你不会是舍不得我吧？你要是挽留我的话，我也可以考虑不去。"

顾雪沉冷冷地说："你别想象了。我让乔御给你订机票，走的时候不用通知我。"

许肆月桃花眼弯弯，想气他又气不起来。昨晚那个满口情话、随便她亲的"小甜甜"是真实地存在过吗？她再想见到"顾小甜甜"，是不是只能灌醉他了？

随后几天，许肆月绷着，没表现出异常，照样黏他、撩他，照样对他冷漠的态度视而不见。等到出发的时候，她也够决绝，顾雪沉说不让她通知他，那就绝不通知他。

她没用乔御订的机票，而是提前一天，赶在顾雪沉回家前走。

顾雪沉以往要等许肆月睡了才回家，但知道她第二天出门，实在忍不住了，提早推了工作，一路直奔瑾园。快到庭院时，他远远地就看到楼上的窗户黑着，心在不安地下沉。等不及车开进车库，他直接在门口下车，推门进去。家里没有声音，只有一盏应急灯亮着，管家机器人和阿十都被关掉了。

"许肆月。"

强烈的被抛弃的感觉再次袭来，重重地把他穿透。

"肆月！"

顾雪沉眼前有些发黑，快步向楼上走去，经过沙发时，余光看到茶几上暖色的小灯围起的一个圈儿，圈儿里有一张被写了密密麻麻的字的字条。

他将字条抓起来，是许肆月的笔迹。字条上写着："既然你不让我通知你，那我就不打扰你啦。节目组安排有变，我要提前一天走。你看到这张字条的时候我已经走了，而且录制的时间延长，大概十天才能回家。你专心地工作吧，勿念。"

顾雪沉站了许久，才陷进沙发里，把字条揉成一团。片刻后又将字条舒展开，他用略微潮湿的手指抚过上面的字迹。没有不辞而别，她至少告诉了他她会回家。

许肆月带着自己常用的工具到了海城。韩桃来接她，打扮职业，见面就和她拥抱，说："还好在最后关头遇到你了，不然真找不到合适的人。"

《裁剪人生》的专业度已经有了，设计师圈子里的重量级大牌来了三位，能撑起场面。目前节目最缺的是有话题度的新人。既然不需要过强的专业能力，那么这个新人就需要有足够的美貌、背景、天赋和能引人关注的热度。

韩桃带着许肆月上车，关上车门，近距离地看她，对她的外形越发满意，柔声说："我还真担心顾总不放人。他那么看重你，寿宴时一直牵着你的手，都舍不得松手。"

许肆月笑笑，瞄了一眼手机，没有新消息。她低眉，叹了一口气。

她倒要看看，他能坚持几天不找她。

韩桃先送许肆月到酒店休息。两个人约好第二天下午开始拍摄宣传照。

许肆月好奇地问："我的搭档是谁？我先做功课，了解一下对方，免得两个人见面尴尬。"

韩桃一脸神秘地说："还没确定，明天再告诉你。"

第二天中午，韩桃亲自来接许肆月，上了车后就再也掩饰不住激动的神色，拉着她问："肆月，你跟沈明野很熟吗？本来我们请不到他。后来我无意间提了你的名字，他居然痛快地答应了。他一天内就签约走完合同流程，还要求跟你同组。"

许肆月一怔，说："沈明野？"

韩桃体贴地解释："前几年你在国外，可能不太了解国内的娱乐圈。沈明野三年前参演了一部电影，意外大火，演技确实可圈可点，人年轻又帅，马上就成了热门小生，连拍了几部大制作。"

"去年年底的电影节，他才二十一岁就拿了两次最佳男主角奖。"韩桃目露敬佩之意，"火得不行，但很少愿意上综艺节目，这次真是意外的惊喜了。"

许肆月捏了捏眉心。她确实认识一个名叫沈明野的人。当年沈家跟许家算是世交。沈家就这么一个儿子，被宠爱着养大。他对别人态度冷淡，偏偏就爱黏着她喊姐姐，总追着她跑，从小到大都是那副乖巧黏人的样子。

出国以后，她要面子，不想跟以前的朋友多联系，把他的联系方式也删掉了，曾经听梁嫣说过，沈明野多次试图找她。他总被拒绝，后来也就放弃了。

当年的那个小屁孩儿现在竟然成著名演员了！

韩桃拍拍她，说："我看沈明野的反应，他应该是很希望跟你合作。你们两个人正好在一组，颜值和气质都很搭，你的设计风格也很适合他。而且他是演员，不是偶像，不用太在乎'女友粉'。你们配合，应该会爆火。"

许肆月不太自在地微笑，说："去了聊聊再说吧，至于我的设计……"

她挑了挑眉，继续说："其实我是给我老公量身打造的。我的设计适不适合别人，还要他试了才知道。"

车到达目的地后，直接开进了摄影棚里。许肆月刚要下车，就有工作人员急匆匆地跑出来。工作人员说："韩桃姐，沈明野的团队刚才已经到了。他还不肯化妆，说是在等……"

许肆月话才听了一半儿，一道清澈的声音突然响起。声音的主人不加掩饰地撒娇，委屈地说："姐姐。"

全场人的目光顿时集中在他的身上。高挑的男生英气逼人，穿一身黑色的服装，短发被抓向额后，露出一张精致白皙的脸。他丝毫不在意别人诧异的目光，只眼巴巴地盯着许肆月，问："姐姐，你是不是把我忘了？"

许肆月有点窒息，世界竟然真的这么小。

宣传照下午六点才拍摄完毕。许肆月不光拍了单人照，还全妆配合搭档沈明野，拍了一组双人照。

摄影师指导得很专业。沈明野却偏爱特立独行，总找机会把手搭到许肆月的肩上，但次次被她嫌弃地躲开。许肆月威胁他道："你能不能老实点？再闹就别拍了！"

沈明野的一双眼睛湿漉漉的。他委屈地说："我们四年不见了，姐，你还这么凶。"

现场有很多工作人员围观。这一对儿颜值极高，几组图就看得人心潮澎湃。不少人在用手机拍照，有几张照片就那么悄无声息地被发到了乔御的手机上。

乔御正在深蓝科技的基地大楼里，兢兢业业地陪着顾总连轴转地工作。太太擅自飞走后，顾总气压低到让人喘不上气来。他这会儿忙着小心地应对工作，不合时宜地收到了这些照片。手机差点掉在地上，他急忙地稳住自己，一眼没敢多看照片，赶紧装作没事发生。

自从太太提过《裁剪人生》后，顾总就在暗中安排了，帮她疏通好了门路，提前解决了所有的问题，但是太太和男明星搭档这种事在今天之前无人提过。

乔御刚想把微信退出，正在调整实验机器人颈部零件的顾雪沉忽然抬起头，冷冷地朝他看过来，问："什么事？"

乔御要哭了，他说没事行吗？

顾雪沉站起身，摘掉实验眼镜，伸出手，说：“手机给我。”

乔御知道自己的小动作瞒不过他，只得颤巍巍地将手机递过去，说：“是《裁剪人生》的现场工作照，太太跟搭档的合影，很正常的。”

顾雪沉点开图片，照片占满整个屏幕，滑动到最后一张照片，乔御的眼睛不禁瞪大。他们怎么还搭着肩膀，快要搂上了？！两个人刚认识，也过于亲密了吧！

空气里仿佛有锋利的冰朝人的肺里狠狠地戳着。

乔御忙劝道：“顾总，娱乐圈的人都这样，不拘小节。合作的时候不分男女，只要是搭档就难免亲近些，您千万别……”

顾雪沉就那么低着头，定定地看着照片。肆月坐在高脚椅上，妆容精致明艳，是天生的世界中心。旁边的年轻男人嘴角含笑，手臂搭在她的肩上，在镜头前丝毫不掩亲昵感，几乎歪倒在她的身上，眼角眉梢尽是外溢的喜悦之情。

顾雪沉面无表情地攥着手机，手机牢牢地卡在他的手里，皮肤发白，之后又泛出瘀血似的红。他认识这个人，从初中到大学，无数次看见这个沈明野追在肆月的身后。他以弟弟的名义缠着她，与她亲密无间。

高中的时候，曾经有个夏天的傍晚，沈明野硬拽着肆月去校外买奶茶。两个人从他的教室门前经过，他扔下笔控制不住地跟上去。

校门口的奶茶店外，知了一直在叫，风吹着树叶也很吵，可他依然无比清楚地听见，笑着的肆月耐心又宠溺地对沈明野说：“你的口味，抹茶红豆牛奶加冰，半糖，对吧？”

沈明野揽着她的肩膀，亲昵地撒娇，挽住她的手臂，拉着她去点单。

顾雪沉站在树下，那个陌生的奶茶口味要求很多，却如刀一般一下一下地刺进他的脑中。原来她能把一个人的喜好记得这么清楚，却不记得他的喜好。

那个冰冷的夏夜，等肆月离开后，他走过去，学着她说话的语速，也点了一杯同样口味的奶茶。那是他第一次喝奶茶，却在微凉的夜风里觉得奶茶苦到难以下咽。

顾雪沉把几张照片删掉，将手机扔给乔御，一句话也没说，继续俯下身，按着机器人的头和肩膀调整颈部角度的数据。

乔御起初真以为他没事，刚松一口气，紧接着目光落在了顾雪沉的手上，看见他手上道道隆起的青筋，就知道要完了。

他正绞尽脑汁地想转移话题，就目睹了机器人的脑袋和身体眨眼间分离，机器人正在被调整的脆弱颈部被生生地折断。机器人的头部灰突突的，没了光芒，变成一团废料，“咚”的一声闷响后滚到地上。

顾雪沉安静地垂着头，冰冷白皙的手上还捏着一点机械碎片。他毫不怜惜地扔开碎片，像残酷狠戾的摧毁者。

乔御觉得心惊肉跳。深蓝科技的所有员工，甚至包括机器人在内，都叫顾总“大魔王”，从来就不是因为开玩笑。顾总平常沉静内敛，很少露出个人的情绪，但每次流露情绪时都让人胆寒，直接毁在他手里的不合格的样品更是不计其数。

顾雪沉低声说：“订最快去海城的机票。”

乔御一惊，现在六点多了，飞过去怎么也要九点以后。他本能地提醒：“顾总，要不还是明早过去。今天太晚了，我担心您的身体吃不消。航班也可能没……”

“没有航班？”顾雪沉转过头，眼睛黑到慑人，“好，我开车过去。”

乔御听他这么说，哪里还敢耽搁时间，急忙订了机票。

许肆月还在摄影棚里，又配合团队忙了一阵子后续的工作。等到拍摄全部结束，已经晚上七点多了。她很少长时间地受这种约束，腰酸背疼，皱着眉，想念顾雪沉的怀抱。跟众人分开后，她终于拿到手机，迫不及待地按亮屏幕，发现顾雪沉居然破天荒地给她打了两个电话。

许肆月这两天紧巴巴的心终于尝到一丝甜头，某人想起她了吧！她走了一天一夜，让他连面都见不着，他总算着急找她了吧！她也不忍心用这种方式欺负他，但实在拿顾雪沉没办法。自从那天早上两个人离开酒店以后，她就没能近他的身。

以前他也躲着她，冷言冷语地抗拒她、嘲讽她，她都可以接受。但这次两个人相拥而眠的一晚，不仅没拉近一点距离，他反而把自己困进更硬的坚冰里。她好像碰到了他的底线。她刚摸到他的心，亲身热烈地温存过，转眼就掉进了冰窟。她自己难受不说，更怕顾雪沉默默地钻牛角尖儿。

她就算要疼他，也总得碰到他、陪着他，才能疼他吧，不然只能“柏拉图”。她也是被“顾小别扭”逼得实在无奈了，才明知他会着急难过，也狠狠心直接来了海城，吓他一次。她的目标很简单。她就是想让顾雪沉明白，两个人怎么吵架都可以，但他不许冷落她。否则两个人这么僵持下去，他心中的伤什么时候才能好？她要等几年才能拥有真正的“顾小甜甜”？

许肆月给顾雪沉回电话，结果对方已关机。她看看时间，又拨了044的内线，也无人接听。她想再打乔御的电话时，手腕忽然被人一握，与人皮肤接触的不适感瞬间爬满全身。

许肆月条件反射性地挣开对方，扭头看到沈明野的脸。他手中拿着一个长方体的盒子，殷勤地将盒子递向她，说：“姐，我花了好长的时间给你挑的重逢礼物。你不能不收。你要是不收，我就每天送，送到你点头为止。”

他的无赖模样渐渐与小时候软萌娇气的模样重叠，让人多了一丝熟悉感。许肆月怕麻烦，也就没跟他客气，冷笑着接过礼物来，用盒子在他的头上一敲，说：“我事先说好，没回礼。你也别惹我，姐姐的心情不好。”

沈明野摸摸被她打过的地方，弯眉一笑，说：“姐姐打我我也开心。”

他趁她不防备，从背后缠上来，仗着身高优势，把下巴压在她的头顶上磨蹭她的头发，又招呼助理，说：“你快给我和姐姐拍一张照片，她还拿着我送的礼物。”

助理是个人精，早有准备，“咔嚓”几下拍完照片，还笑盈盈地朝许肆月鞠了一个躬，感谢她的配合，让许肆月想发脾气都不好开口。

许肆月忍无可忍地扯过沈明野，把他推远，说：“你多大了，还像小时候似的胡闹呢？！谁让你对姐姐动手动脚的？！”

沈明野被撵走后，许肆月低头看了看礼盒。她将礼物随手放到一边，心被触动变得更柔软了，回想起来，自己还没正经地送过顾雪沉礼物。

以前两个人在一起的时候，他过得清贫节省，却总会买各种东西送给她，在他的能力范围内给她最好的东西。她很少还礼。这次她把顾雪沉留在明城，他肯定受了不少委屈。她想买一件礼物，说不定哪天他就忍不住过来找她了，也好哄他高兴。

韩桃交代完后续的工作，热情地朝她招手，说："肆月，今晚你没其他的安排的话，我请你吃饭，顺便带你逛逛海城。"

许肆月一笑，说："正好想麻烦你告诉我，海城最贵的商场在哪儿？"

她虽然穷，但还有当初想买画却没用上的小金库，始终舍不得动这笔钱。不过要给顾雪沉花钱的话，她愿意奢侈一次。

晚上的时间宝贵，韩桃先安排了一顿日料，吃完就陪许肆月去了海城顶奢的 KEI（商场的名字）。进了商场，韩桃见她对珠宝、小裙子视而不见，她的注意力都在男装上。韩桃好奇地问："是送顾总礼物，还是送沈明野回礼？拍摄结束的时候，我见他给你礼盒了。"

许肆月扫了一圈手表，被价格刺得眼快瞎了，表面上还十分淡定，说："当然是送老公礼物。沈明野就是个不懂事的弟弟。我收下他的东西，只是防止他不依不饶地一定要送礼物，等他不折腾了，就将礼物还给他。"

韩桃欲言又止。她瞧着事情倒没那么简单。沈明野出道三年，是圈子里有名的难搞的人。他本身条件好，背景深厚，对谁都吊儿郎当，这还是第一次公开地向一个人示好。显然他对许肆月感情不浅，不过肆月这边……

韩桃不禁浅笑，说："放心。我会以节目组负责人的身份适当地提醒沈明野，让他在录制过程中收敛一点，尽量避免和你产生肢体接触。"

许肆月略意外地看了她一眼。韩桃体贴地轻声说："我那会儿看见了，他抓了你的手腕一下，你马上就甩开了，反应很大。但寿宴那天顾总一直牵着你，你都乐在其中。女人的感情其实很难藏，你喜欢谁、不喜欢谁，身体会替你回答。我既然请你来录节目，当然不会让你觉得不自在。"

几句话让许肆月的心头一跳，她垂眸看看自己的手。的确，她过去撩过那么多小男生，碰都不会碰那些男生一下，唯独面对顾雪沉，就像身体不受控制一样，下意识地去牵他、抱他，如果他允许，还指不定要怎么动手动脚。

这就是喜欢吗？许肆月咬了咬唇。她心疼他、在意他，垂涎他的美色，期待和他亲密地接触，被他冷落会难过，与他分别后会想他，甚至为了哄他，动用自己所剩不多的钱来买高价的礼物。如果这样是喜欢的话，那她现在当然喜欢顾雪沉。

许肆月的耳朵微红，她让自己先别细想，掂量着卡里的余额，放弃自己负担不起的手表，把目光转向腰带。

韩桃点头，说道："腰带合适，寓意也好。"

许肆月倒没想到寓意，眼前跳出在酒店的那晚，一点点地抽出顾雪沉的腰带，拉开他长裤拉链的画面，如果能亲手帮他换上新腰带，那太好了。她掩饰自己的想法，咳了两声，选了一条简洁的黑色银扣的腰带，在柜姐包装腰带之前，又写了一张卡片，将卡片放进盒子里。

晚上九点，飞机在海城机场落地，深蓝科技海城分部的人备好了车来接顾雪沉。顾雪沉不需要司机，沉默地坐在驾驶座上，双手紧握方向盘。

跟乔御发照片的那个《裁剪人生》的工作人员，在不知情的情况下，微信联系对象已经成了顾雪沉。此时此刻，顾雪沉被扔在一旁的手机屏幕亮着，对话框里仍在持续地往外跳着照片。

肆月拿着沈明野送的礼物，沈明野下巴压在她的头上，两个人像在拥抱。现场那么多人，他喊人拍照，恨不得让所有人都知道他跟肆月的感情有多好。

顾雪沉一动不动地盯着照片上的许肆月。重逢那天，她亲口对他说，她刚交了一个男朋友，是一个肤白貌美的年轻弟弟，感情火热，不舍得与男朋友分开。这么长时间，他把她的话藏进心底，稍一想起就如火炙。现在她却又提醒了他，她真的会亲近别人。她抱他、吻他又怎么样？她不过是一时兴起，从前是，现在也是。

对话框里又跳出一行文字："乔助理，我听到太太好像说了回礼，然后韩桃姐就陪她去商场了，海城最贵的 KEI。"

许肆月在 KEI 里逛到九点半。中途韩桃被节目组紧急叫走，留了车给她。她回酒店也无聊，干脆在商场里多磨蹭了一会儿，出商场的时候，又给顾雪沉打了一次电话。

这次顾雪沉终于不关机了，但听筒里的铃声刚响了两声，一辆银色的跑车就朝她直冲过来。车准确地停在她的身边，车窗平稳地降下。

这个时间段，KEI 外面的人不多，所以车窗后面的那张脸没被遮挡太多，那人格外嚣张地说："姐姐，你逛街怎么不叫我陪着你？"

许肆月一见他，好起来的心情瞬间不好了，问他："你没工作吗？著名演员的日常就这么闲吗？"

沈明野拉下墨镜，朝她无辜地甜笑，说："当然不是，别人重金请不起我，但只要你在的地方，我可以随时到。"

他抬头凝视她，收了一些玩笑的意味，眼中渐渐地流出伤感的情绪，说道："对不起，你走之后，我就不怎么跟家里联系了。我也不知道许家的情况。连你回国的消息都是我从山里拍戏出来后才听说，不然我早来找你了。"

许肆月并不想听这些话，但被他打断，一时忘记了手机上她刚拨给顾雪沉的那通电话，电话已经在半分钟前接通了。

沈明野从窗口朝她伸出手，说："姐，先上车吧，我送你回去。"

他试图拉许肆月时，忽然看到她手中提着的袋子，眼睛一亮，问："这是什么？！你还说不会回礼，其实晚上出来是专门给我买礼物的吧！"

沈明野笑得灿烂，略微倾身探出车窗，手去握她的小臂，想把袋子拿过来细看。

许肆月被自恋的他气到说不出话，抬手要躲开他，后方却骤然响起车轮重重地碾过地面的刺耳声音，紧接着车停下，车门被推开，下一秒"砰"的一声，车门被关上。沉闷的声音在空荡的长街上回响，许肆月莫名觉得这声音震耳欲聋。

她整个人不由自主地僵住，陌生的城市，偌大的广场，仿佛无限延伸的街道，但有什么让这些东西仿佛消失了，顷刻间把她拽入火海。心跳陡然变得剧烈，她不敢相信地转过头，根本来不及看清男人的脸，手腕就被他用力地箍住，整个人随之被他拽到身后。

沈明野脸色有些变了，摘下眼镜看着意外出现的顾雪沉。他知道这是谁，眯了眯眼，笑道："我知道你。你们结婚了又怎么样，你就能在街上限制她的自由吗？！我跟肆月青梅竹马，十几年的感情。她不过是给弟弟买个礼物，你有必要这么大张旗鼓地干涉我们吗？！”

带着寒气的夜风吹过，沈明野坐在窗口大开的车里浑身发冷，尾音不自觉地一飘。他下意识地安静下来，看向男人的脸，虽然以前见过顾雪沉，但没有正面与顾雪沉交锋过。想不到这么近的距离，顾雪沉的目光压下来，他竟然觉得如坐针毡。

沈明野跟顾雪沉视线相撞的那一刻，脑中莫名空白，有种荒唐的念头迅速上涌——眼前这位看似内敛雅致的男人绝对敢伸手扭断他的喉咙，不管他有多大的背景，平常被惯得气焰有多高，顾雪沉都敢把他挫骨扬灰。

顾雪沉低声说：“滚。”

前后不过十秒的时间，许肆月从震惊的情绪里醒过神儿，火气一瞬间飙高。她一伸手臂，随便给沈明野指了方向，说：“现在消失，行吗？！你也知道我已婚，我老公都来了。你还在这儿，是要干涉我们夫妻间的私事？！”

沈明野眯了眯眼，很快做出选择，委屈地抿起唇，眼泪就要溢出眼眶，小声地说了句“姐，对不起”，低下头，把车开走了。

许肆月见他这样，有些自责，觉得自己的话说得太重了，但扭头对上顾雪沉的眼睛，心一抽，再也顾不上别人了。

顾雪沉像几天没睡过，眼里充满血丝，睫毛极力地挡住眼睛深处的痛苦和酸涩，尽可能地装作是动怒，实际上却因为她对沈明野的一丝丝愧意，就嫉妒得溃不成军。

许肆月一时不知道怎么解释，急得先把礼物袋拎起来，说：“雪沉，这个是……”

顾雪沉不说话，把袋子抢过来，回身走到路边的垃圾箱旁，直接将东西扔了进去。他脚步不停，没有目的地机械地往前走。

许肆月怔怔地看着他的背影，稍一设想他现在的心情，胸口就疼得难忍。他在家里很想她吧。他想她了，又忍着不来。结果是谁告诉了他沈明野的存在？他得吃醋到什么程度，才会连夜赶过来，却又撞见沈明野要拽她上车，沈明野还拿她的礼物。

许肆月不禁眼圈发红，吸了吸鼻子，迎着风朝顾雪沉跑过去，抓住他的衣摆，从身后搂住他的腰。

“你能不能听人把话说完啊？”她抱着他，不让他动，哽咽道，“是不是谁跟你打小报告了？说我跟沈明野亲近对吗？我今天之前根本都不记得他是谁，见面后也没打算多跟他接触。拍照时的那些动作都是他强行做的，下次我肯定更注意！还有礼物，你搞清楚，根本不是要给沈明野的，是我专门给你买的，很贵呢！”

怀抱里的男人紧绷到让人心疼。许肆月赶忙转到他的前面，抬起手揉了揉他冷透的脸，问道：“雪沉，你来海城找我，是吃醋了吗？”

许久后，顾雪沉扯开她的手，声音沙哑地说：“碰巧撞见你们而已，我过来有公事。”

许肆月不信他的话，但也没拆穿他，笑盈盈地看他，手指抹了一下他眼角隐约的泪水。

顾雪沉像被发现了秘密，立刻蹙眉掩饰自己，抓住她的肩膀往回走到了车边，把她推进车，语气冷硬地说：“住哪儿？我把你送到住处，还有正事要办。”

许肆月一路上喋喋不休，在副驾驶座上吵闹。

“这么晚能有什么正事？！对方是男的还是女的？！是不是对你居心不良？！

“顾雪沉，你是已婚男人，我希望你时刻记住自己的身份。

“我告诉你，你要是敢在外面乱来，我可……”

顾雪沉声音喑哑地说：“到了，下车。”

许肆月扭头看了一眼近在咫尺的酒店，没再纠缠他，特别配合地下了车，却没有上楼，等顾雪沉的车开出半条街之后，马上拦了一辆出租车跟上他的车。

司机紧张地问：“姑娘，咱们这是要去哪儿？”

许肆月苦涩地说：“KEI。”

她跟他刚离开那个地方。

顾雪沉一路加速，前往 KEI 门口的广场。晚上十点多了，商场早已关闭。路上彻底没了行人，只有孤独的路灯亮着。那个垃圾箱还在那里，但不远处已经有收垃圾的大车在缓缓地逼近。

他把车停下，匆忙地赶到那个垃圾箱边。盖子上有奶茶的污渍，他不在乎，直接掀开垃圾箱的盖子，白且修长的双手和干净的袖口都蹭上了污水。礼物还躺在里面，他紧抿的唇角终于露出一点笑意。他把它珍重地拿出来，用手心抹掉上面的污渍。

城市的夜空里没有月光，周围只有路灯寂寞地亮着。顾雪沉站在一盏暖黄的路灯下，脱掉西装，小心翼翼地把手擦干净，才缓慢地抽出里面的盒子。他屏住呼吸，万般不舍地掀开盒盖儿，被卷放整齐的腰带露了出来。

顾雪沉黑色的眼睛里亮着细碎的光，在看到卡片时，他又不禁僵住。万一肆月骗他，卡片上写了别人的名字，万一这根本不是属于他的礼物……

他盯着卡片很久，还是忍不住心底的渴求，做好了坠入谷底的准备，缓慢地打开卡片。灯光很柔，清楚地照亮上面的字："雪沉，如果腰带真能绑住一个人，那我想把你绑在身边一辈子。"

空旷的城市，夜晚无人的长街上，总是清冷自持的男人手捧着盒子，面对着一行爱人亲笔所写的字，唇角弯起，暗暗地红了眼眶。

许肆月站在距离顾雪沉七八米远的一块巨大的广告牌后面，广告牌上有几片镂空的地方。她刚好能通过镂空处看见顾雪沉的反应，又不会轻易地暴露自己。她下车的位置其实并不隐蔽，但顾雪沉的注意力都在腰带上，一时没察觉，才让她有机会躲起来。

出租车早就走了，附近也几乎没人经过，偌大的广场上，只有许肆月跟顾雪沉两个人。她本来有点小窃喜，自己的猜测被验证了不说，还看见顾雪沉卸下伪装后为她疯狂的样子，但目睹他去翻垃圾箱，看到他望着卡片露出那种得到了全世界的表情，心酸得她流出了眼泪。烦死了，她之前病到最严重的时候，也没像最近这么爱哭。

许肆月咬了咬手指，感觉到疼了，才压下想马上跑到他身边的冲动。她不能直接过去，顾雪沉的心还没打开，他今天这么吃醋了都不肯说实话。她要是现在不管不顾地出现在他的面前，恐怕会起到反作用。

许肆月深吸一口气，鼻尖通红，翻出手机，将手机调成静音，然后开始打字，一边打字一边苦涩地想：原来"喜欢"这件事这么废眼泪吗？她以前还天真地以为喜欢一个人应该是甜的，为什么轮到她时喜欢一个人这么酸？果然还是她作孽太多了。

顾雪沉的手指正摩挲着腰带的金属扣，手机“嗡”地一振。他不想理会，但手机振动个不停，除了许肆月，没人敢这么没完没了地骚扰他。眼睫颤了颤，他立即解锁屏幕，盯着屏幕看了一会儿，唇边的那道弧度不由自主地加深了一些。

无敌小月亮发来一长串的消息。

“忙完了吗？你还没回答我到底是谁这么晚约你。对方是男的还是女的？要是有人对你居心叵测，你给我打电话，我马上过去。

“保护我老公是小月亮的天职。谁敢觊觎你，美少女战士分分钟出现。

“再说了，你还是我的高人气男主角。我靠你赚钱呢，黄花鱼老师罩你。”

许肆月觉得自己就像一个偷窥狂，穿着奢侈的小裙子和高跟鞋，在深夜的街头扒着一个广告牌紧紧地盯着老公的表情。他笑了，她欣慰地也跟着笑。狗男人天天端着，要累死了，这样笑多好看啊。

片刻后，许肆月的手机一亮，她美滋滋地去看，以为能有个暖心的回复，结果差点当场气绝。

“大魔王”回复：“女的。”

好，他在报复她。许肆月咬牙切齿，入戏地狠狠地戳着屏幕：“顾雪沉，你还有没有身为人夫的操守了？！大半夜跟女的见面合适吗？！把顾太太置于何地？！等着全世界看我的笑话是吧？！”

许肆月回复完，把妆容精致的脸蛋儿贴在广告牌上，目不转睛地死盯着他。

顾雪沉那点珍贵的笑没有了。他低下头，把腰带包装盒当宝物似的搂着，指尖苍白，很慢地打字：“你明白道理就好，别再想象我吃醋的戏码了。我为你吃醋，不值。”

他发完消息，手垂下去，任由夜里的冷风吹着身体。他的身材挺拔修长，却也清瘦到让人心疼。

许肆月抿了抿唇，不忍心继续看他了。他的笑容好短暂。他只肯给自己一点逼仄的空间，才笑了一下，就要裹上冰冷的外壳说谎话，生怕泄露什么。她回过身，顺着广告牌蹲下去，闷着头打字：“好，你生气，是担心顾太太乱来让你没面子，但我不像你，我会在乎你要见的客户是男是女是因为我喜欢你。"

过了很久，她的腿都麻了，顾雪沉终于发来一行字："这句话，四年前你说过很多次了。"

她说了那么多次的"我喜欢你"，都是假的，这一次，他又怎么可能将她的话当真？许肆月缩成一团，握着手机发愣。也许对顾雪沉来说，喜欢是远远不够的，这个词虽然她刚刚想明白，却早在她挥霍他的感情时给了他太多的伤痛。他想要爱，喝醉时流着泪说她不爱他。但她确实还不清楚究竟怎样的感情才是爱。

顾雪沉现在拥有一切，暗恋他的女人估计要绕明城一圈儿。他又为什么因为当初短短半年的初恋，就甘愿把整颗心都交付出去，被折磨得痛苦万分也不回头呢？

许肆月双腿麻木地站起来时，垃圾箱那儿已经没了人。她叹了一口气，叫了出租车回酒店。

《裁剪人生》节目组的大部队驻扎在这里，有几个小组刚结束工作。不少人进进出出，虽然很晚了，这里仍然热闹。许肆月自然地和他们打招呼，这些人对她的态度倒有些小心翼翼。她以为是韩桃叮嘱了他们要特别照顾她，没当回事，直接去等电梯。

门开了，她刚要迈入电梯，隔壁的电梯也恰好停在一楼，一群人鱼贯而出。她随意地扫了他们一眼，忽然怔住，有道纤瘦的身影混在里面，就算没看到对方的正脸，也可以断定对方是谁。

许肆月转过身，桃花眼微微眯起，不轻不重地叫了一声："梁嫣。"

梁嫣在人群里猛地站住，顿了几秒才扭头看她，眼睛通红。一瞬间，许肆月甚至觉得梁嫣的情绪已经要崩溃了。

许肆月朝她迈了一步，说："你怎么在这儿？别告诉我是巧合。"

梁嫣这时摆不出什么虚情假意的表情，冷笑着问："巧合？我说我是专程来找你的，你相信吗？不过许大小姐哪里有空关注这些小事？你不是忙着跟所谓的弟弟拍亲密照、逛街、送礼物吗？！"

许肆月眸光一冷，说："梁嫣，你还真是一点悔改之意也没有，混进节目组就为了打探这种不着边际的八卦？！"

"论不知悔改我哪里能比得过你？！你还敢说我八卦？！"梁嫣把她拽到一个没人的转角，举起手机给她看，"拍摄的第一天你们就上了热搜，著名演员亲自认证的绝世好姐姐。你跟他亲热的时候，还记不记得你是顾雪沉的妻子？！你到底要怎么伤他才够？！”

许肆月瞥到屏幕上的偷拍照，心一沉，伸手抢过手机。她从来不用微博，根本不知道他们在商场外对峙的那几分钟里，就有娱乐记者发了一连串的偷拍照。先是摄影棚里她跟沈明野合照，记者专门挑了让他们看起来暧昧的角度偷拍，后来他们在商场外，沈明野降下车窗要伸手拉她，镜头刚好捕捉到了沈明野清晰的侧脸。

营销号们冲上去加热度，她几分钟之内就成了全网皆知的沈明野的绯闻女友。而后沈明野本人上线，没有撇清关系，反而发了一条微博，配的是他的下巴压在她头顶上的那张照片。

“这是我的姐姐，也是我的搭档设计师。她在我的眼里是最漂亮的仙女。我跟她久别重逢，忍不住像小时候那样黏她。恳请大家不要给她造成困扰，如果害她对我的好感减分就糟了。”

许肆月觉得浑身的血液逆流，直头晕。怪不得刚才那些工作人员对她的态度微妙，原来是因为这个！她刚来第一天就闹成这样，大家肯定以为她上赶着炒作。

许肆月要给韩桃打电话。梁嫣往后退开，失望至极地笑了两声，说：“许肆月，听说你在海城录节目，我特意避开雪沉过来找你，其实不是为了跟你说这些话。”

“我本来想着，就这么算了吧，我放手，反正他放不下你。只要你真能改变，不闹了，那我祝福你们。”她死死地瞪着许肆月，表情微微扭曲，说，“但是你太过分了，你就是这种轻浮的人！永远不会变好！在国外交七八个男朋友还不够，回国结了婚，你还本性难改！你永远学不会珍惜他！”

许肆月气得太阳穴疼，哪里有空听梁嫣说这些话？许肆月迎上她的目光，冷冷地反击道：“上微博看个绯闻就以为自己了不起了吗？！你从哪儿来回哪儿去。我跟顾雪沉好着呢，用不着你操心！”

梁嫣的眸子里露出极端的不忿和不甘之情，她失声低笑，说：“你果然还是这个态度，我有病，居然过来想告诉你……现在看来我太蠢了。许肆月，你尽管玩儿，随便折腾。你绝对想不到你要失去什么了！”

在梁嫣的眼里，许肆月不配成为顾雪沉的妻子。就算以后许肆月去他的墓上送束花，身上背着乱七八糟的男女关系，也是在玷污顾雪沉干净的身骨。所以，就算许肆月现在知道了真相又怎样？也许她还会用病情去刺激他！

许肆月急着去澄清事实，把梁嫣扔到一边，蹙眉想，梁嫣故弄玄虚的本事还真是见长。梁嫣能告诉她什么？顾雪沉并不恨她，一直在爱她。不好意思，她已经知道了，没时间再听梁嫣阴阳怪气地说话。

许肆月快速走进电梯，直接去了韩桃的房间。韩桃正要打她的电话，见她来了也松了一口气，紧急通过节目组官方微博澄清了许肆月跟沈明野的关系。两个人是单纯的世家姐弟。

要是别人，也许有人会趁机炒热度，让节目未播先火，但事关深蓝科技和顾雪沉，韩桃不敢乱来。她只想息事宁人。

“热搜突然被撤了，韩桃姐！”小助理时刻关注着此事，急促地说，“应该是有其他人介入了，热度降得很快。舆论也在被往好的方向带，负面的内容几乎没有了。”

许肆月捏捏眉心，轻声问道：“我不懂微博，这些会是我老公做的吗？”

韩桃客观地说：“也有可能是沈明野，毕竟他是主角之一。”

许肆月摇摇头。她知道，就是顾雪沉，只有顾雪沉会第一时间插手此事，只有他会连番地被这件事刺伤，也只有他会当机立断给她解决麻烦。

一小时后，风波基本平息。许肆月回到自己的房间里，没有马上联系顾雪沉。她打开带来的电脑，熬夜画了一幅画。

她不知道顾雪沉当初为什么没有跟她拍婚纱照。但没关系，她有笔。

画上是西装革履的顾雪沉和身披白纱的许肆月，许肆月还用了一个不知羞耻的亲密姿势挂在他的身上。她在自己的无名指上精心地画了婚戒，在自己的眼睛里画满爱意的星光，然后在角落里写字：“顾太太只喜欢顾先生。”

凌晨，许肆月把这幅画给顾雪沉发过去。

漆黑的房间里，顾雪沉靠在床头，整个人几乎和夜色融为一体，手机的屏幕突然一亮，跳出一张精美的手绘婚纱照，以及一条声音温柔甜蜜的语音。

许肆月对着话筒，乖乖地对他说："你知道，那些传闻都是假的，别生气了，小月亮哄你。"

这次录制的是《裁剪人生》前期宣传和先导片的内容，算是预热，录制所需的时间并不长。之前许肆月告诉顾雪沉的七天、十天，不过是为了让他舍不得她。

如今又出了绯闻事件，韩桃很懂她地加快了许肆月跟沈明野这一组的拍摄进度，好放许肆月早点回明城去陪伴老公。深蓝科技可是节目的大赞助商，她若真把顾总得罪了，节目就算再好也难得"善终"。韩桃从来不怀疑顾雪沉的能力。他能走到今天，绝不是表面上这样无波无澜，真要用上手段，节目录好了都不一定能播。

先导片里每组搭档的戏份不多，嘉宾都集中起来，工作人员用一天的时间也就拍完了。其间沈明野一直垂着漂亮的眼尾，哀求许肆月，逮到机会就跟她解释。

"姐，我真不知道被偷拍了。你别生气了，理理我，看我一眼。

"我保证不乱来了，好不好？你别误会我啊，我真要难受死了。我多在乎你啊，你是知道的。

"那天跟顾总当面说硬话，我也是担心他欺负你。你赶我走时，我觉得好委屈，你就别冷落我了。"

许肆月吝啬地抬了抬眼，说："你别叫顾总，那是你的姐夫。"

沈明野顿了几秒，眸光幽幽地黯淡下去，抿了一下嘴，委屈地说："对不起，我叫错了。姐，你原谅我吧。现在你不理我也行。我接下来就要回明城拍广告，到时候请你吃饭行吗？那可是咱俩一起长大的地方。"

"谁跟你一起长大？谁跟你青梅竹马？"许肆月想想就生气，对他没什么好脸色，"吃饭免了吧。你只要别惹我，我就谢天谢地了。"

许肆月又要录节目，又要抽时间赶漫画连载，还惦念着顾雪沉，空闲的时间很少，没有心思管沈明野。等拍摄一完成，她没耽误一点时间，立马坐飞机回家。

临走前，韩桃把节目组提早准备好的礼物给她，说：“你来海城之前我就选好了，礼物很适合你。”

许肆月迟疑了一瞬，莫名觉得这盒子的形状有些眼熟。她要赶飞机，也来不及细想，打开盒子一看，是一条性感的锁骨链儿。

许肆月笑笑，锁骨链儿确实是她喜欢的款式，韩桃用心了。她跟韩桃轻轻地拥抱，说：“下次见。”

飞机在明城落地以后，许肆月迫不及待地回家洗了澡、换了衣服。她先给乔御打了一个电话，问了顾雪沉今天的行程，确定老公中午会在公司里，又叮嘱乔御她回来的事情必须保密，然后摩拳擦掌地进了厨房。

阿姨见了她都害怕，说：“肆月乖啊，你想吃什么阿姨做，可别上手了。”

许肆月不服气地说：“我上次炖的黄花鸡多香啊！”

阿姨不好意思地暗示：“那你自己尝了吗？”

“我……”许肆月刚想说话，恍然想起当时的情景，彻底明白过来。顾雪沉给她单独点了餐，一口汤都没让她喝，原来是黄花鸡难吃到不舍得让她吃吗？

许肆月的眼眶一热。她到底是个多粗心还手残的绝世小笨蛋？

她谦卑地低下头，娇气又诚恳地扯扯阿姨的袖子，说：“那你教我炒两个简单的菜。”

只要是她做的菜，“顾小别扭”应该都会爱吃。

中午十二点，许肆月准备好她的爱心便当，又上楼化了妆，力求与顾雪沉一见面就迷住他。出门前，她想起韩桃送的那条项链，很配她今天的妆容。于是她戴好项链，给自己打了一百二十分，出发去深蓝科技胡闹。

顾雪沉一上午见了两个合作商，尽力在处理公事时不想许肆月的脸，然而一有空，她就像长在他的骨子里，肆意地搅乱他的情绪。

他忍着，刻意不问她的归期，不听她的语音，泄露的情绪越来越多了，渴望和嫉妒堆积起来，不知道什么时候就会崩溃。他甚至不敢给她发微信，唯一能做的就是把那张手绘的婚纱照拿出来多看几眼，也许克制着自己的情绪，再把自己逼得紧一点，就能不发疯。

乔御敲门，进屋，问："顾总，该吃午饭了，今天有什么想吃的吗？"

顾雪沉没有抬头，吃什么都行，不死就行。

乔御暗暗地叹气，无奈地说："那我还是像往常一样订餐。"

十分钟后，办公室的门再次被敲响，乔御在外面说午餐到了，随即有人进来。脚步声很轻，来人不疾不徐地靠近他的工作台。

顾雪沉把自己塞进茫茫的数据里，余光也没给来人，直到一只柔软香暖的手伸过来。那只手盖住他的眼睛。他连厌恶的情绪都来不及生出来，就僵在椅子上。熟悉的触感和味道全刻在了他的脑子里，手贴上来的那个瞬间他就知道，不是别人，是他的小月亮回来了。

他的眼前是黑的，别的感官就格外敏感。许肆月靠过来，贴在他的耳边，呼出的热气很灼人，说："我是来给顾总送外卖的，正好中午也没吃饭，可以申请跟顾总一起吃吗？"

顾雪沉手指攥着座椅扶手，把冷硬的金属握到滚烫，低声说："不可以。"

许肆月猜到他会这么说，笑着把手移开，特别自然地摸摸他的脸，说："驳回。你不同意，我就绝食。我让你老婆活活饿死。到时候全明城的人都会知道，顾总虐待老婆。"

她直接把保温盒打开，摆出色泽有那么点发黑的三菜一汤，理直气壮地说："这是我特意新学的菜，真不是黑暗料理，你赶紧忘了上次的黄花鸡。"

顾雪沉垂着眼，喉咙干涩得发疼，镇定地说："卖相太差。"

许肆月夹起一块虾仁，将虾仁送到他紧闭的嘴边，说："尝尝嘛，就一口。"

顾雪沉终于压住了泛滥的情绪，抬眸看她，两个人又有两天没见了，仿佛熬了几年。肆月跟他对视，眼睛很亮，不像之前那么黯淡。他看不够她。他爱盯着她，无论多少次都会一样沉迷。

他动了动手指，躲开她亲昵的举动，说："筷子，我自己吃。"

许肆月把自己手中的筷子交给顾雪沉。那块虾仁还被筷子夹着，她的手非常自然地包住他的手。她低下头，红唇微张，就着他的手把虾仁送入了自己的口中。强迫他喂完自己，她才心满意足地坐回去，朝脸色冰冷的男人挑眉一笑。对待“小别扭”，她就得不要脸。

饭后，许肆月在顾雪沉的办公室里赖着不走，知道办公室里有个能休息的隔间，也不管他同不同意，大大方方地进去，简单地脱了衣服就滚到床上，说：“我赶飞机回来，太累了，还没来得及休息。你先忙，吃晚饭时叫我。”

“你要是撵我走，”她揪着被子，做作地装要哭，说，“我真会哭。”

顾雪沉忍无可忍，“砰”的一声关上了门。

许肆月松了一口气，尽情地享受顾雪沉睡过的床，在床上磨蹭了半天，留下自己的香味，才翻出手机，千挑万选后订了一个小众的餐厅，为了哄他，决定晚上和顾雪沉出去吃饭。

他们婚后的第一次约会，小月亮必须拿下他。

第八章　嫉　妒

天色微暗，坐上车的那一刻，顾雪沉对自己很失望，明知这是许肆月的套路，明知可怜委屈的样子都是她装出来的，他还是抗拒不了跟她一起出去吃饭的诱惑，被她拽上了车。

他真是……太想和她在一起了。她不在家的时候，他完全失去了拥有她的真实感，就像两个人重逢后的一切都是他死前的一场大梦。被不安、思念和疯狂的嫉妒噬咬的心脏受不了她这么热情地撩拨他。他只是去吃饭……等吃完这顿饭，就捆住自己。

许肆月订的餐厅很私密。为了不被人打扰，她费尽了心思——不想坐在封闭的包间里，顾雪沉肯定会防备她，但要选到餐桌之间距离远、装修又符合她审美的大堂也很不容易。

刚一落座，许肆月就兴致勃勃地让顾雪沉点菜。她将目光不经意地转向旁边，正考虑怎么利用机会，随即目光猛然定住，血压飙升。

这家餐厅是不错，够私密也有格调，但直接导致它在某些演员的选择范围里。许肆月眼里仿佛烧起了火，瞪着跟她相隔两桌的沈明野，原地掀桌的心都有了。

沈明野不是来拍广告的吗？！他怎么有空出来吃饭，还跟她选了同一家？！偏偏沈明野也看见了她，脸上顿时露出甜笑，完全不避讳地站起来朝她挥手。

许肆月怒视他一眼，紧张之下，伸手按住顾雪沉手中的菜单，说：

"老公，我们换一家吃，这家的环境不好。"

好不容易把顾雪沉约出来，她很怕他再因为别人受一点伤害。但她的这个理由毫无可信度，顾雪沉看了她一眼，慢慢地转过头，望向她的余光在瞄的那个方向。

沈明野站在灯光底下，掀起帽檐，露出英俊的脸，直勾勾地看着许肆月，唇角甚至有意地上挑了一下。

许肆月被这场面弄得头皮发麻，顾不上看沈明野，一双眼只注视着顾雪沉的反应，隔着桌子拽住他的手，说："咱们换个地方，这儿太吵了。"

顾雪沉凝视着她，眼里漆黑，把手抽出来，修短的指甲在无人看得见的阴影里按进掌心里，冷冷地说："为什么走？跟我吃饭，这么怕被他看见？"

许肆月睁大眼睛，说："我怕他看见？！"

她喘了两口气，愤怒又心疼地看着对面冰山一样的男人，天知道这副冷面孔下，他把自己蜷成了什么苦涩的样子。

许肆月知道走是不可能了，心一横，直接跟他杠上，点头说："好，那就不走了，我让你感受一下我到底有多怕被沈明野看见。"

她按铃叫来服务员，自顾自地点了一桌子菜，等菜陆续上来后，亲手切了一块儿牛排，笑着将牛排递到了顾雪沉的嘴边。

顾雪沉乌黑的睫毛压低，他没拒绝她，微微地张开嘴。

许肆月没想到事情这么顺利，愣了愣，随即反应过来，不禁血液沸腾起来，甚至忍不住百忙中略微感激地看了沈明野一眼。针对"顾小别扭"的绝杀原来是这个，也一直是这个。她干脆起身，换到了顾雪沉身边的座位上，近距离地换着花样喂他，公然秀恩爱。

顾雪沉的心被反复煎熬着，他沉溺于从不曾得到的温柔，也厌憎自己贪婪和阴暗的内心，每吃一口东西，都在警告自己这是最后一次了。

最后一次了，他该醒了，不能贪心。

顾雪沉含住许肆月喂他的一小块儿牛肉，眼睫挑起，目光冰冷，看向脸色难看的沈明野。

他稍微偏头，许肆月没料到，叉子不小心一歪，蹭到了他的嘴角，意外将奶汁蹭到了他的嘴角上。奶汁在他这张凛然不可侵犯的脸上，显得很诱人。

许肆月知道自己对顾雪沉早起了色心，但从来没有哪一刻像现在这样，脑中轰然作响。喜欢、亲近欲，还有更多她说不清的东西同时涌上来，纠缠在一起催促着她，要她快点抓住机会对他做些什么。

许肆月放下叉子，扬眉笑了起来。她趁着顾雪沉不防备，忽然倾身靠上去，唇贴上他湿润的嘴角。她轻轻地伸出舌尖，替他把那抹甜奶细致地一点点舔掉。

许肆月觉得自己不太好了，头晕、心悸、呼吸灼热。她的唇还贴在顾雪沉的嘴边，甜味儿早就没了，但他的触感冰冷又软，气息清爽，她贪心地多流连了几秒。她打心底里不舍得退开，这一退，再想亲他就不知道要等多久了。

许肆月抓紧他的手臂，抵不住澎湃的心潮，想把嘴往中间挪一挪，正经地亲在他的唇上才好，但贼心一起，顾雪沉就仿佛识破她的诡计，向后避了避。

距离一拉开，许肆月清晰地看到他白玉似的耳郭已经红得过分，他的唇抿着，长睫上有一层潮气，黑色的眼睛里燃着滚烫的火。

她亲他一下，他就这么大的反应。他还要强撑着不回应，装作没感觉，但她确定，顾雪沉喜欢她。

许肆月被鼓励，更加不想轻易地放过他。她不管旁边的沈明野是不是在看他们，只想乘胜追击，把跟顾雪沉接吻这件大事做成。她轻软地说了声"你别躲"，再次向他靠近。彼此的鼻息将要纠缠的一刻，她的红唇间突然被放了一块牛肉。

许肆月怔住，含着肉一脸委屈，不满地瞪着罪魁祸首顾雪沉。

顾雪沉紧抓着座椅的手已经被硌出凹痕。他压抑着声音的颤抖，低声说："你咽下去，我再喂你。"

如果她再吻过来，他不知道自己会做出什么事，但他更不想在别人的面前亲手把心爱的人推开。他给肆月一点别的乐趣，也许……也许她的注意力会转移。她会不再执着于亲吻，他就能熬过"火海"。

许肆月自认为不是一个太敏感的人，但也意识到了顾雪沉像是处在失控的临界点上。她要是继续"猛攻"，也许真能让他失控，可她居然舍不得过分逼他。

这种感受对她来说实在太新鲜，她不只是想得到他，不只是心疼他，还有无尽的耐心，想将自己那点好的、甜的东西全部打包了塞给他，让他能多笑笑就好。

行吧，许肆月乖了，老实地把肉咽下去，歪着头朝他笑，说："我还要吃蘑菇。"

顾雪沉挑了一块儿卖相最好的蘑菇喂过去。她优雅地咬住蘑菇，风情万种地抬起眼，故意把酱汁蹭到红润的唇边，无辜地问："我的嘴角也被弄脏了，怎么办？你要不要学学我刚才的方法？"

顾雪沉额角的青筋直跳，他忍着，抽出餐巾纸，生硬地给她擦唇边的酱汁。许肆月瞥到沈明野在往这边走，于是主动仰着脸让老公服务，接着往他的手臂上一靠，气定神闲地看向那个不省心的弟弟。

说实话，她当初能跟沈明野当那么多年的异姓姐弟，肯定是不讨厌他的，还多少有点宠他，和别人相比，更亲近他。但今时不同往日，过去的几年，什么都改变了，她是嫁了人的良家媳妇儿，无心跟顾雪沉之外的任何人谈感情。沈明野明摆着不安分。她不想跟他有什么牵扯，让顾雪沉吃醋、难过是她的禁区。

沈明野径直地走到他们的桌边，声音沙哑，说："姐……我跟你招了半天手，你怎么都不理我？是姐夫介意吗？"

顾雪沉一眼也没看他，目光仍在许肆月的脸上，旁若无人地给她擦拭嘴角。

许肆月笑了笑，客气地说："我这不是忙着跟你姐夫过二人世界嘛，没留意。你姐夫更没心思管这些，应付我都来不及。"

"怎么，你吃完了吗？"她笑容可掬地说，"那快去忙吧，我们还要多坐一会儿。"

沈明野像是因为这两句话受了伤，白皙的鼻尖渐渐地变红，仿佛在忍着泪，故作轻松地说："姐，重逢之后你一直对我这样。你是不是怪我在那四年里没坚持去找你？是我的错，你应该生气。但是你也没必要故意跟姐夫亲热来打击我，我走就是了。"

许肆月顿了一下，猛然反应过来这话的味道不对，什么叫她故意跟顾雪沉亲热？！

捏着餐巾纸的那只手果然停了。

许肆月直起身，皱着眉说："沈明野，你……"

"你别催我，我明白。我这就走。"沈明野勉强地笑了一下，目光在她的颈间滑过，轻声说，"姐姐，你戴这条项链真好看。"

话音落下，沈明野团队里的七八个人也跟了过来。当着这么多双眼睛，许肆月没法儿多说什么，郁闷地挥挥手，说："好走不送。"

顾雪沉的神色无波无澜，他平静地看向沈明野，淡淡地说："顺便通知你和你的工作室，下个月到期的华凌全系列代言，对方不会跟你续约。"

"你……"沈明野脸色变了，这下是真的有了大反应，"手是不是伸得太远了？"

华凌手机全系列的代言人都是沈明野，虽然他的家里不差钱，他也不缺好资源，但失去国民好感度极高的手机品牌代言，百害而无一利。

顾雪沉问："你在接代言的时候，不知道华凌是深蓝科技在背后控股吗？"

沈明野精致的脸绷得发白，他紧盯着许肆月，眸光明明黯黯，最后也没等来她的反应。他退开两步，眼眶潮红，嗫嚅了两声"姐姐"，然后抿住唇，扣上帽子，颓丧地离开了。

顾雪沉略微别过头，在许肆月看不到的角度，用力地闭上眼。以前他从不理会这些问题，但自从沈明野重新出现在肆月的身边，他就被肆虐的占有欲完全操控了。

许肆月一点也不同情沈明野，反而感觉有些爽，谁让他没事瞎挑衅，还敢把顾雪沉当软柿子捏？她试探地叫他："雪沉。"

顾雪沉站起身，面无表情地说："既然你是我的妻子，就处理好与其他人的关系，别浪费我的时间。我今晚没胃口了，回去。"

顾雪沉把许肆月送回瑾园，自己却没有下车。许肆月赖在副驾驶座上，质问道："你又要去公司吗？就忙到每天都不能回家吗？"

他"嗯"了一声，不忍让她担心，于是解释道："这个月底之前，新的机器人必须完成，下个月正式面向大众。"

"这么急？"许肆月略不解地说，"我对深蓝科技也不是完全不了解。深蓝科技上半年不是刚上过新型的机器人吗？医疗和家用的机器人各一款，市场反馈都特别好。智能语音助手和相关的技术也没人能跟你比，你根本不需要赶得这么急。”

“还是说，”她撇了撇嘴，“你单纯不想在家里看见我啊？”

顾雪沉眉心拧着，目光落在空中。他说：“想多了，你下车吧，不是还要准备节目用的设计稿吗？”

她的设计稿原本都是做给漫画主角的，那个主角是他。但以后，她花心血勾勒出的东西却要用到另一个人的身上。

顾雪沉怕自己再失态下去，绷了绷下颌，又一次催促她。

许肆月借着月光凝视他的侧脸，果断地往前一凑，在他的脸颊上重重地亲了一下，再用手指潇洒地抹了一下唇角，开门下车。黑色的宾利在她关好门的瞬间就冲了出去，引擎声低沉，车轮简直要把地面磨出火花。

许肆月无奈地笑，小心思被这一吻勾得蠢蠢欲动，既然“顾小别扭”都被折磨成这样了，她不如就再温和地加把火吧。反正他晚上这顿饭也没吃好，去公司加班肯定会饿，让乔御订外卖还不如顾太太亲自过去送夜宵。她要是搞得好，说不定能一举把老公骗上办公室休息间的那张大床。

许肆月精神抖擞地走进家门，刚想喊阿十下来帮她提供菜谱，手机就一振。

沈明野发来消息，说：“姐，救我！求你！”

许肆月皱皱眉，没理他，把手机放到一边，视线正要转开，对话框里紧跟着又跳出一张照片，照片里是一条血淋淋的腿，触目惊心。

她吓了一跳。沈明野直接打电话过来，起初她没接他的电话，但他不间断地给她打电话，莫名让人焦躁。

许肆月又看了两眼照片，犹豫了一下，还是将电话接通了。听筒里立即传来沈明野带着哭腔的声音：“姐，你现在在哪儿，能帮帮我吗？我从餐厅出来，去摄影棚的路上出车祸了，团队的人受了重伤。这次行程是保密的，不能让其他人知道。我也不敢找家里人，怕他们担心，朋友更不行，怕泄露行程，工作室的其他人在海城，暂时指望不上，想来想去只有你能救我。”

“姐，我要吓死了。”他压低声音，哽咽着求救，“之前我要是哪里做错了让你和姐夫生气，我道歉。你就念在咱们姐弟以前的感情的分上，来医院看看我行吗？我保证不会耽误你太长的时间。”

从刚才的那张照片上看，他确实伤势严重，许肆月按了按额角，烦得来回踱步。

“我去有什么用？”她语气凶巴巴地说，“你们的人就算来不了，肯定也不缺钱。何况我穷着呢，帮不上你。”

沈明野央求她道：“不是为了钱，我真的要吓死了，差点就没命了。”

“姐姐，”他声音沙哑地抽泣着，“我求求你。你就来看我一眼吧，全当可怜我了。而且我还没吃饱，也不敢叫外卖。”

许肆月看了一眼钟表，时间还算早，今晚要是不去医院，估计不得安宁。正好，在下次录制节目前，她也有些话要跟沈明野说清楚，免得他以后没轻没重地再去招惹顾雪沉。

她问了医院的地址，就从家里出发了，中途随便买了一份外卖，八点刚过就赶到了医院。这儿是高端的私立医院，主要面向有隐私要求的特殊患者，所以人也不多。沈明野住的这层只有几个医护人员走动，患者和家属都很少。

许肆月为了避免麻烦，全副武装地戴了帽子和口罩，敲响病房门之后，确认听到了沈明野本人的声音，才推开门进去。屋里只亮着一盏壁灯，沈明野虚弱地躺在病床上，见她来了，无助地伸手来够她，说：“姐，给我带吃的了……”

许肆月心烦地把餐盒放在他床头的桌上，打量了一下他受伤的腿，被子盖着，倒是看不出伤得到底怎么样。她感到荒唐，两个人年少的时候，确实感情不错，但如今再面对他，即使他这么虚弱，她的内心竟然没有任何波澜。

“你还惦记着吃，应该伤得不重。行了，我看也看过了，饭也给你带了，不至于还让我喂你吧。”去深蓝科技的计划被影响了，她再怎么忍着，情绪也好不起来，“你可以消停了吗？这么大的人了，能不能成熟点？以后别找我。”

沈明野盯着她，灯光有些暗，掩住了他的神色。片刻后，他在那片暗影里忽然弯唇笑了笑，点点头，说：“姐，那你过来一下，我还有话想跟你……”

“嗯？”许肆月没听清，不由自主地走近床边，“什么？你声音大点，行不行？”

沈明野的目光牢牢地盯着她，见她终于走到自己能够触及的范围里，他猛地撑起身，直接伸手去搂她的腰。

顾雪沉没有叫乔御一起加班，偌大的深蓝科技基地大楼里，除了夜间的安保人员和必要的技术工程师，就是他了。他从来也不是什么养尊处优的上位者，觉得自己的双手和头脑能做的事非常多。

没时间了，他必须要尽力挤出时间，把手中的陪伴机器人尽快推入市场，给肆月制造出能够完全适合她、陪伴她、治愈她的新“阿十”。他还要把公司的价值累积得更多，让她以后生活无忧，让她有足够坚定的后盾。

顾雪沉拿出工作台抽屉里的几个维生素药瓶，按时吃了药。胃有些痉挛，他蹙眉缓了片刻，撑着桌子起身，想去楼下的实验场，但才迈出几步，眼前就像骤然蒙上一层黑纱，能看见的范围毫无征兆地收缩，熟悉的声音在耳朵深处响起，声音大得要震碎他的灵魂。

顾雪沉的脸色一瞬间惨白，唇上浅淡的红迅速褪去。他不想狼狈地跪下去，撑着所剩不多的力气，艰难地倒向沙发，也在这一刻明白了他的病又严重了。

不能去医院，每去被抢救一次，他就会变得更脆弱。他还没到最后的时间，每天也在按时吃药，何况这次发作距离上次的时间短，情况不会那么严重，只要他能扛过这次的痛苦，就绝不会像上次那样后果严重。

顾雪沉艰难地辨别着方向，死死地压住呕吐的欲望，踉跄几步，撞向休息室的门。

他一个人熬不了。他想要月月。她睡过这张床，床上有她的味道。

顾雪沉额前的头发被汗水浸湿，衬衫半湿地贴在身上，脑中犹如被利器切割，神经被一寸寸地生生扯断。他跌在床尾处，无力地抓住一点被角，颤抖着蜷缩起身体，把自己埋进她留下的味道里，极力去想晚上她吻过来时的神情。他的嘴角还有她的舌尖触碰时的温热。

顾雪沉无声地笑，然后无意识地咬着唇，满口血腥气。他的身子清瘦，弯成弓的背脊在这个无人知晓的黑夜里几乎被折断。

等事情彻底结束的时候……他想攒一点肆月的头发，将头发放进贴身的口袋里，哪怕他的身体最终被烧成灰，也能有她的痕迹在里面。至死，谁都不能将两人分开，谁也不能抢走她。

顾雪沉整个人被冷汗浸透的时候，许肆月正站在沈明野的病床前。在他伸手要搂她的那一刻，她条件反射性地抬起她心爱的爱马仕包包，照着沈明野的脑袋就砸下去，及时躲开了他的手。

“你疯了吧？！”

许肆月睁大眼睛，从来只在心里说说的脏话脱口而出。她生怕被沈明野碰到，甩起包，自己躲开两三米，声音完全变了调，问道：“沈明野，你到底要干什么？！”

沈明野突袭失败，低喘着，后仰，靠在床头上，脸上那些虚弱和无辜的表情渐渐收起来。他不再掩饰真正的目的，朝她扬了扬嘴角，说：“姐，我从小就喜欢你，你怎么可能不知道？！有必要这么震惊吗？！”

许肆月感到一阵窒息，难以接受地抿紧双唇。她向来原则分明，对于撩着玩玩的人，始终保持适当的距离，绝不会过度地亲昵。她之所以对沈明野特别对待，是因为实实在在地把他当弟弟。如果她把他当成一个男人，沈明野连她身边三米之内都别想靠近。

许肆月几秒钟内心思千回百转。她冷笑着说：“我终于懂了，为什么会那么巧，海城的摄影棚里几对拍双人照的搭档，微博上就只有你我的照片。记者既然在商场的外面蹲点，却不拍雪沉，只拍你跟我两个人的照片。其实一切都是你安排的，对吗？”

“你是演员，不怕粉丝闹，所以就想炒绯闻，坐实我跟你不清不楚的关系。”她严厉地注视着沈明野，眸中仿佛生出寒冰，“你故意让雪沉误会，反正我以前劣迹斑斑。你随便弄出点桃色消息来，他就会坚信不疑。只要我们吵了架，你就有机可乘了，是吗？

“甚至今天在餐厅里，你还专门说些暧昧不清的话，包括现在你受伤也是假的，对吗？！明知我跟雪沉吃完饭应该在一起，你还硬是把我叫出来，就是为了让他误会！”

沈明野的眼睛漆黑，眼里仿佛燃着灼热的火，眼神偏又表现出哀切无辜的情绪。他一动不动地望着她，说："姐姐，我做错什么了？我都是为了你好，顾雪沉本来就不适合你。你看看今天在餐厅里，全是你主动，你在讨好他！凭什么？！你不是应该高高在上地接受别人的示好吗？你为什么那么低声下气的？！我只不过是比他晚来了一步，被他抢先了而已！"

他隐隐有些偏激，继续说："如果换成是我，我一定宠你。无论许家怎么对你，你现在是不是落魄，是不是嫁过人，我都可以不在乎。你想要的东西，我全能拿给你！"

许肆月干脆拿起隔壁床上的枕头，将枕头摔到他的脸上，气愤地说："你的喜欢可真值钱。你用破坏我的婚姻为代价！你听好，我想要的东西，除了顾雪沉，谁也给不了！"

她气急之后反而平静了，凝视着病床上的人，斩钉截铁地说："主动怎么了？低声下气怎么了？那是我的老公，我愿意那么对他。你求着我多看你一眼我也不想看，但顾雪沉随便一个眼神，我就心甘情愿地扑上去。沈明野，别学某些女人，让我觉得特别恶心。"

沈明野听她多说一句，眼里就多一层狠厉的神色。他无法接受她的态度，把枕头、被子全推到地上，直呼她的名字："许肆月！你以前明明不把他当回事！"

这么一闹，他只是擦破一点皮儿的腿也露出来了，那张血淋淋的照片果然不是他的。许肆月彻底失去耐心，把买来的外卖丢进垃圾桶，擦了擦手，说："如果可以，我也想回到以前，从那时候开始就好好地当他的女朋友。"

她转身走出病房，不管沈明野在里面弄出的响声，戴好口罩、眼镜，快步离开医院。

许肆月站在夜风里，窒息感阵阵袭来，想到沈明野的一举一动都带着目的性，他的一言一行都在无形中刺激着顾雪沉。也许很多她不曾上心的细节都是顾雪沉的痛点。

许肆月捂着胸口舒了一口气，抬头望了望深蓝科技的方向，想着自己一身消毒水的味道，又刚经历了这么糟心的事，实在不适合现在过去找顾雪沉。他那么敏感，一定会看出她的异常，要是知道沈明野骗她出去，又会生气了。

许肆月在街边站了一会儿，选择坐车回家，想着就让雪沉再吃一顿外卖吧，等明天她再给他送饭去。

回瑾园以后，许肆月总是心神不宁，忍不住给顾雪沉发微信消息，也没什么太正经的话，就是发很短的语音，一遍一遍地喊他老公，说些恶作剧的闲话。

深夜的休息室里，一丝光都透不进来，空气仿佛凝固。顾雪沉闭着眼，睫毛湿成几缕，汗珠顺着鼻梁滚到唇边后掉进被子里。他熬过来了，不再痛到想死，口袋里的手机在持续地振动，屏幕一下一下地亮着。

顾雪沉动了动手指，吃力地拿出手机，在一片漆黑里将手机按亮，很多语音消息跳出来。他手腕发抖，点开最上面的语音，许肆月很乖地叫他："老公。"

他蜷在床上，把手机压进怀里，含糊地喃喃了一声："月月，我好疼。"

许肆月睡不着，赶完新的漫画连载之后，就开始研究她的设计图。她不想跟沈明野继续搭档了，反正节目还没正式开录。如果韩桃不同意她换搭档，她还不如趁早退出，免得以后惹得一身腥。

她一晚上也没收到顾雪沉的回复，第二天一早打电话过去，还是无人接听，半晌才收到他发来的一个字："忙。"

许肆月没办法，给乔御打电话过去。乔御战战兢兢地说："太太，顾总今天不在公司里，要晚上六七点才能回来。"

"他昨晚加班的时候吃夜宵了吗？"

"昨晚？"乔御茫然地说，"顾总没通知我，我不知道他加班。"

许肆月愣了愣，心被揉成一团。他干什么啊？他加班连助理都不带，一个人也不嫌累，真不是为了躲她吗？她喊阿十过来，说："阿十，'大魔王'到底在想什么？我都这么乖了，他还是冷冰冰的，一点也不为我所动。"

顾雪沉这次没靠救护车，也没吐得到处都是，而是自己干干净净地走进医院。他没有惊动江离，找其他的医生做了相关的检查，等确定了这次真熬过来了，各方面又停在了一个高于过去的平稳值，才露出一点笑容。

医生看着他的结果，好几次欲言又止，最后也没说什么，怜悯地望着他，让他好好休息、多享受生活。

顾雪沉点点头，道了谢，走出诊室。原来只有江离会对他说，手术还有百分之二十的成功率，其他的医生已经直接放弃他了。

顾雪沉走到诊室的门口时，随身带的终端振动了一下。他看到肆月问阿十的问题，低下头，用沙哑的声音说：“‘大魔王’在想你。”

许肆月听到阿十敷衍的回答，委委屈屈地望着天。她也想他……居然一晚上没见就想他了，自己真是一点出息也没有。

许肆月想起乔御说的晚上六七点顾雪沉才回公司，那个时间段，顾雪沉肯定没吃晚饭。她又花时间准备了几道新菜，锲而不舍地要给他送饭去。临走前她照样化了精致的妆，但总觉得昨晚没睡好，眼下有一点点遮瑕膏也挡不住的黯淡之色，于是找出一副透明的大框眼镜当配饰。

眼看着要来不及了，她没空琢磨别的搭配，干脆还像昨天一样打扮自己，急匆匆地出了门。

来接她的司机早就到了，许肆月上车就问：“顾总回来了吗？”

司机吞吞吐吐地说：“我刚才跟乔助理沟通过。顾总回是回来了，但好像在地下车库被什么人给缠住了，还没上楼。”

许肆月觉得奇怪，问：“谁有本事缠住他？”

司机如实回答：“好像……是个很红的明星，男的，姓沈。”

许肆月怔了一下，脑袋里顿时“嗡”的一声。

司机在太太变了调的声音的要求下，全力冲向深蓝科技大楼，比平时提前了将近十分钟到达。大楼的地下车库分三个通道，一个是“大魔王”专用，一个是深蓝科技员工通道，还有一个是访客通道。但车库内部是互相连通的，不管人从哪个入口进来，只要想，靠步行总能走到一起。

许肆月的心悬着，一路上就没落下来过，她给顾雪沉打了几个电话都无人接听。司机把车开到离“大魔王”专属停车区域最近的地方。她立即推门下车，大步地往里面赶，没走多远，就隐隐约约听见那道刺耳的声音。

“顾总，我说了我不是来麻烦你的。我是来找我姐的。”那道懒散的男声说，“你们住哪儿我又不知道，所以只能来你的公司蹲点，真不会影响你的工作。

“昨晚我受了点小伤，她特紧张地跑去医院陪我。你应该知情吧？”他语速放得很慢，“她还给我带了饭，我想着总得来当面谢她才行。昨天也是碰巧，护士以为她是明星，偷拍了一张照片给我，你要看看吗？”

许肆月感觉头要炸了，高跟鞋铿锵有力地踩在地上，直奔声音的来源。她刚想出声制止他，沈明野不明不白的暧昧言语就猛地让她的话都卡在了嗓子里。

她快走几步转过拐角，被眼前的画面震惊得神经暴跳。

顾雪沉穿着一身洁净雅致的西装，一只手还平静地放在长裤的口袋里，另一只手已经扼住了沈明野的喉咙，只是指尖向内一按，就让沈明野脸色通红。下一刻顾雪沉的手朝旁边一甩，沈明野毫无还手之力。他“砰”的一声摔在车门上，剧烈地咳嗽起来。

许肆月愣在原地，但鞋跟踩地的声音太响，顾雪沉已经看到她了。视线相接的那一刻，她挺直的脊背一阵战栗。顾雪沉却很平静，静得像一潭沉重的死水，底下却翻滚着能烧毁一切的岩浆。他的目光从她的脸上往下滑，定格在她的颈间。

许肆月本能地去摸自己的颈间。她今天没来得及换项链，还戴着韩桃送她的那条锁骨链儿。

沈明野坐在地上，背靠着车门无力地起身，捂着脖子朝许肆月笑出来，说：“姐姐，你真是好喜欢我送你的这条项链，连着戴了两天都没摘，昨晚是戴着它睡觉的吧？”

许肆月一蒙，厉声道：“闭嘴！什么是你送的？这是韩桃……”

沈明野唯恐天下不乱地举起手机，屏幕上赫然显示一张照片。他说：“嘴硬什么？你那么怕顾雪沉知道吗？你自己看啊。我送给你项链之前，特意拍了一张照片留念。照片上的项链是不是你戴的这一条？！”

照片是沈明野端着盒子的自拍照，盒子里的项链跟此刻她脖颈上的项链一模一样！

许肆月深深地吸气。她完全明白了，怪不得那天收到韩桃的礼物，莫名觉得盒子很眼熟。因为沈明野送她的那个礼物被包装纸包了起来，她没有看到品牌标识，才没有第一眼认出它来。

韩桃给嘉宾的礼物是早就准备好的，沈明野想知道礼物是什么并不难。他专门买了一样的礼物给许肆月，是猜到了她会戴这条项链，就能毫不费力地扭曲事实，制造误会。

他厉害，许肆月真是低估了这个弟弟！大少爷是演技派，有两张面孔。在娱乐圈里混了三年多的著名演员能是什么单纯无知的角色？昨天他被顾雪沉弄掉了代言，又被她明确地拒绝，今天就用这些东西反击，给她制造问题。

沈明野会喜欢她？恐怕四年里他都忘了她是谁，一见到她回来，才想起以前没得到她的不甘心，激起了胜负欲，想证明自己如今的魅力和手腕吧！

许肆月轻声冷笑。他要她？他想让顾雪沉误会，是吧？

她站直身体，扬声喊道："乔御！"

乔御从僻静的角落里跑出来，说："太太，我在这儿。"

"叫保安，有多少叫多少。"她果断地说，"最好再把公司里爱追星的女孩子们都喊来，给这位著名演员多拍几张照片发到网上。他光丢一个华凌的代言算什么？让全网知道他蓄意破坏别人的家庭，看他还会不会丢更多的东西？！"

乔御精神一振，立马打电话。那头司机机灵，要去喊人了。

沈明野听见她这话，短暂地失神，随即意识到她竟然是来真的。这根本不是他以前认识的那个许肆月！他再也维持不住之前的镇定模样，下意识地捂住脖子。他不用看，光凭火辣辣的痛感也知道，恐怕是多了一圈儿被勒出来的血痕，要是真被拍到，事情宣扬出去，绝对不好收场。

沈明野摇晃着站起来。许肆月任何愧对他的心思都没有。她急促地哑声喊道："把他撵出去！马上！"

乔御带着司机还有一群紧急跑下来的保安，扯住沈明野。沈明野的脸色更难看了，他仓促地挥手，深深地凝视了许肆月一眼，用帽子遮住脸，匆忙地挤进自己的车里。他踩住油门，横冲直撞地驶出车库。

乔御很有眼力见儿，也没派车去追他，马上清场，带着闲杂人等离开，去处理后续可能存在的麻烦。专用车位这一区域一片沉寂。

许肆月的胸口还在剧烈地起伏，她盯着顾雪沉过分苍白的脸，不由自主地向他走近，刚想说话，顾雪沉就上前一步。他用力地攥住她的小臂，把她推进宾利车里。

身体接触的一瞬间，许肆月看见他眼底的赤红，心头酸疼，跌到座椅上。她抬起身，顾雪沉也随之进来，车门在他的身后被重重地关上。狭小封闭的空间里，只有近在咫尺的两个人，沉重的呼吸声纠缠，仿佛有点点火星。

许肆月攥紧手，瞪着他，说："顾雪沉，你信他说的话？！你看见照片，就真觉得我专程去看他、照顾他，还戴了他送的项链吗？！这项链……"

"项链"两个字像是最锐利的兵器，毫不留情地捅着这人的血肉。

他在黑暗里蜷缩着，渴求她的一点气味的时候，她在别人的病房里，给别人送饭，明知道肆月没有做错什么，但这一刻的妒忌之情还是让他绝望到要崩溃。

顾雪沉泛红的眼盯着那条细细的项链。承受不住满心的疼痛，他蓦地伸手扯住项链，用力拽断它。链子不堪一击。项坠的边划过许肆月的颈窝，在她的脖颈上留下一道纤细的血痕。

许肆月感觉不到疼，凝视着顾雪沉，耳中很多噪声在乱响。她的血液仿佛沸腾了，冲击着什么无形的屏障。

顾雪沉握着项链的手微微发抖，他死盯着那道伤痕，眼尾的血色浓重。

许肆月再也忍不住了，颤声说："项链是韩桃送的，我不知道沈明野存心买了一样的项链。他在故意气你，我跟他没有任何暧昧的关系！"

她语速越来越快，拼命地解释："我昨晚本来想做了菜去给你送夜宵，是他说谎。他骗我去医院，乘机表白。我用包打了他就出来了，除了拒绝他和骂他，我没说其他的话！"

顾雪沉的胸口剧烈地起伏，脖颈上的筋络绷得让人心悸。

许肆月并不疼，也不觉得委屈，看到他这个样子，眼泪就不知不觉地流下来。她提高音量，说："听见了吗？顾雪沉你听清楚了吗？我以前是有劣迹，撩过不少人，你对我没信心是应该的。但我告诉你，自从跟你在一起以后，我就是你的妻子，和别人没关系！”

顾雪沉喉咙像是被扼住，张口说不出话来。

许肆月起身，半跪在座椅上，扶着他的肩膀，一字一顿地咬牙问：“你听不清是吧？那这样呢？”

她直接凑上去，捧起他的脸，对着他的唇闭眼吻住。他冰冷，她滚烫，嘴唇贴在一起，温柔又炽热。

顾雪沉的心被彻底撕开，堆积了太久的情感堵在那里，让他的理智成灰。许肆月亲了片刻，就禁不住慌张地退开。她隔着眼镜，看到他湿润的唇，觉得他性感到无人可比。两个人只隔着很近的距离，吐息要烧成烈火，炙烤着皮肤，点燃空气。

顾雪沉感觉自己在深渊里越坠越深，踩入无底的沼泽，带着所有的苦痛酸涩一起下沉。他略仰起头，声音嘶哑地问：“许肆月，你喜欢我吗？”

许肆月马上回答：“喜欢。”

顾雪沉却因为这个回答无法再进一步。她喜欢他吗？她如果喜欢他，他再亲近她的话，等到他走的那天，她一个人该怎么办？他做这一切都是为了让她无牵无挂、好好地生活。他希望她能愉快地接受他的财产，对他没有情，不牵挂他，不为他流眼泪，这样才能不影响她未来的生活。

顾雪沉看着她，艰难地退开，手去碰车门。

许肆月愣了，定定地注视着他。他拒绝了她，她的脑中一凉，犹如被冰水灌满，幡然醒悟。

她的猜想不对……不对！顾雪沉还有别的理由！他一定有什么……不能让她喜欢、故意冷落她、惹她讨厌、让她伤心的特殊理由！他从来不是不想接近她，也不怨她、怪她。他是不敢接近她！他承受不了她的感情！她不能承认自己喜欢他，不能表白，因为她的感情竟然在把他越推越远！

在顾雪沉要打开车门出去的瞬间，许肆月捏紧拳头，逼着自己笑出来，继续刚才的话题：“我喜欢你，你信吗？”

顾雪沉一顿。

许肆月的心跳如擂鼓，凭借自己的猜测，她试探着说出完全违心的话："事实是，我现在又没别人可选。沈明野那样的我根本看不上。再说我都嫁给你了，总要有道德底线，不能出轨。我承认，我撩你，招惹你，对你好，跟你亲热，只是胜负欲在作祟而已。我想试探出你跟我结婚的真相，想再一次收服你，这你不是都知道吗？你该不会真被我的套路洗脑了吧？"

她流着泪，指甲深陷进掌心，努力表现出她最渣时候的那种漫不经心的样子来。

"既然你问我，我也不装了。我对你的喜欢，只是因为我有需求。我是个正常的成年人，你总晾着我算什么？不让我找别人，不让我丢你的面子，可以，但你总得给我一点甜头吧。

"你看你这张脸挺好看的，唇形也很标致，我还算满意。我有需求，喜欢你的身体，想跟你接吻。至于感情……以前没有，现在当然也不可能有。这个答案你听懂了吗？"

昏暗的车厢里，许肆月心脏收缩，脸上挂着最散漫的笑容，颤抖地等待他的回应。

顾雪沉缓缓放下开车门的手，胸中那些几乎要吞没他的汹涌爱意终于找到了唯一合适的借口，爱意挣脱般涌出闸门。

肆月不喜欢他，真好。她不会对他动情，那就不会为他伤心。她喜欢他的嘴唇，她的身体需要拥抱和亲吻，这些他都能给。她把他当作物品，当作任何东西都好，只要他不是她真心喜欢的人。

顾雪沉的侧脸被窗外透进来的灯光照着，仿佛罩上一层金纱。他紧盯着许肆月，漆黑的眼中露出明亮的光。

许肆月被他的目光压迫着，止不住地口干舌燥。

他开口说："把眼镜摘了。"

许肆月失去判断力了，完全按照他说的去做，把眼镜扔到一边，将整张脸露在男人的面前。她动了动嘴唇，想说些什么，但一个音都尚未出口，后颈就猛地被顾雪沉的手扣住。

她惊呼出声。顾雪沉揽过她，掐着她的下巴狠狠地吻上去，不可自抑地低喘，用舌头撬开她的牙关，掠夺她口中所有的甜和暖。

他亲上来的瞬间，许肆月本能地闭上眼睛，她的感觉被他铺天盖地的味道侵占。

这个吻很深，他发泄一般，很强势，她却温暖不了他冰冷的唇和舌。

许肆月的意识混乱，她不自觉地迎合着顾雪沉，双臂钩住他的脖颈，把他拉得更近，渐渐尝到了血腥味。不是顾雪沉咬破了她，是在两个人接吻之前的那段煎熬的时间里，他咬了自己。

顾雪沉吮着她，控制不住自己，把她压向座椅的靠背。两个人互相碾磨的唇像是通了电，战栗感侵入血液，血液急涌向四肢百骸。他早就想这样，跟她相处的每一时每一刻，都在阴郁地渴望着能重新占有她，禁锢着他的囚笼在深深的吻里破碎。他压抑至极，情感却沸腾到几乎冲出囚笼，想让她知道他所有的情感。他太想她了，想得即使两个人时常见面，也觉得像随时要失去她那样惶恐。

许肆月被他亲得有些疼，但又在这种疼痛里沉溺。她坐不稳，倒向座椅，半躺着。顾雪沉箍着她，不与她分开，也随她俯下身，继续激烈地吻她。他的呼吸声重到她不忍听。他的唇厮磨她的嘴角，然后移至她的耳垂处，落在那道被项链刮出的血痕上。他反复地亲吻着血痕，希望换自己受伤，像是要用唇把它治好。

许肆月忍不住发抖，抬起手，反复地轻抚他僵硬的脊背，让他不要这么伤心。她侧过头，有些酸麻的嘴唇贴着他的额角浅吻，一下一下，不厌其烦地抚慰他。

她的想法得到证实。顾雪沉对她的冷漠抗拒，真的还有其他的原因，比"她不爱他""惩罚她薄情"都要严重得多，严重到他一直在违背本能，封住自己所有真实的爱意和欲求，只有在确定她无情无义、不会对他动心的情况下，才敢来吻她。

吻在持续地点火，顾雪沉怕自己会更失控，勒令自己停下来。他把头埋入她的颈窝中，掩饰着表情，低声问："够了吗？"

许肆月摇头，在他的耳边说："不够，还想。"

她嗓子也哑了，分外娇媚地说话，无异于火上浇油。

顾雪沉身上的肌肉绷到一定的限度。许肆月抬起他的脸，两双眼睛在昏暗中对视，目光无声地交缠，冲动的情绪激得骨骼发疼，却也让人热血沸腾。

以往清冷、淡漠、严谨、无欲的男人，此刻嘴唇湿润，眼睛微红，衣领被她弄得凌乱，满身尽是勾人心魄的“色气”，真要命。她想让不染凡尘的神明彻底堕落，想亲手拽开他的衣服，想看他失态，想让他为她流下的汗滚过锁骨和胸膛，任他索取。

许肆月疯狂地想象，主动贴上去，咬住顾雪沉被磨红的唇，换来他片刻的停顿以及后面更加疯狂的亲吻。他想欺负她，想听她亲口说后悔离开他、只要他一个。他想让她哭，让她流着泪跟他示弱求饶。

许肆月险些跌到座椅的下面，被顾雪沉钩着腰一把揽回来。

她的感觉仿佛失去大半，只剩下嘴唇和耳朵，任顾雪沉折磨，听他急促的呼吸声和心跳声，还有两个人深吻的间隙里，他嘴里自虐似的破碎字句：“许肆月，我不会喜欢你。”

许肆月体贴地抱住他，抚摸他的头发，说谎话安慰道：“没事，我也不喜欢你。咱俩多配啊。”

等两个人平息下来，已经不知道几点了。许肆月眼睛蒙眬地看着顾雪沉，在他试图再伪装自己的时候，软绵绵地把他钩回来，认真地扮演好薄情的女人。她说：“之前说好的，不动感情，各取所需，对吧？而且本来就是我主动要求的，你不用后悔。你也不必有任何负担。”

“怎么样，你四年没亲我了，我的口感还不错吧？下一步我们是不是可以上床了？”她故作轻松地眨着眼睛，不让他陷入负面的情绪里，“走肾不走心的夫妻现在多着呢，这不是新鲜事。我开心，你也不亏。就算你真想虐我，这也是一种方式，不要排斥这种方式。”

顾雪沉拧眉，盯着她，她没心、没感情。他盼望她这样，但真的听她说出这样的话，依然觉得字字诛心，可这总比……不能碰她、不能亲近她要好上太多太多了。他垂下眼眸，把她拉起来。

许肆月看着他的侧脸，知道这些话有多伤他，却也无可奈何，直接问他问题，他是不可能坦白的。她需要时间和机会，自己去找到真相。在此之前，她只能这么哄他，至少不能让他再躲着她。有什么情绪，他都可以名正言顺地朝她发泄出来。

她表现得不甚在意，对他说：“我有身体的需求，你肯定也有。咱俩是合法的夫妻关系，颜值对等，都不用出去找别人，多方便。”

说完这些，她还不忘给自己铺路：“今天话虽然挑明了，但是我以后还会照样追你、黏你、招惹你。胜负欲嘛，你懂的。在分出胜负、再一次真正地追到你之前，我不会放弃的，反正我就是这么没良心。你也不用有压力，这是我的兴趣所在，无关感情，你受着就好。”

接吻的余温还在，顾雪沉却只想把她拎上楼，用铁链将她锁起来。

许肆月特自然地搂住他的手臂，称呼也更亲密，说：“沉沉，你放心，底线我是有的。往后我会躲着沈明野这个人走。如果他继续在《裁剪人生》里跟我搭档，那我就宣布退出，我够乖吧？是不是很让你这个老公省心？那作为交换，你能不能多回几次家，别让你年轻貌美的老婆天天守活寡？”

顾雪沉抿唇，一时说不出拒绝的话。许肆月乘机下车，换到驾驶座上，说：“你不是忙完了吗？那就别去办公室了，直接回家吧，晚饭还没吃。”

许肆月暗中打着小算盘，想抓住顾雪沉今晚意志薄弱的机会，一鼓作气把他弄上床，等真有了夫妻之实，他应该就不会这么压抑了。也许他背后藏着的事情也能快一点浮出来。

许肆月有几年没开车了，难免生疏，一脚油门儿不小心踩重了，差点对着墙冲过去。顾雪沉条件反射性地倾身向前，护住她的身体，捏着眉心说：“我开，你去副驾驶座。”

一路上许肆月摩拳擦掌，想好了回家以后要换哪条睡裙、用什么香水。两个人回到瑾园，阿姨做好饭菜后就悄悄地离开了。许肆月陪着顾雪沉吃完饭，立马上楼把自己的枕头抱进他的卧室。

顾雪沉仍然坐在餐厅里，听着楼上她忙忙碌碌的响声。

他可以和她接吻，上床……不行，那是他的底线。但当二楼传来许肆月的痛呼声时，他还是第一时间站起身，大步地上楼，推开卧室的门。

许肆月坐在他的床尾处，穿一条丝绸的墨蓝色的低胸吊带儿裙，露出瓷白的肩臂和细长的双腿，胸部起伏，捂着左脚踝，泪汪汪地抬起脸，妩媚的桃花眼里尽是水光，说：“沉沉，我的脚扭了，可能需要去看急诊。”

顾雪沉赶到床边，低头，拉开她的手，去检查她的脚踝。指尖刚刚贴上她的脚踝，他就听到许肆月得逞地轻笑一声，绵软的身体熟练地钻入他的怀里。她在他的喉结上浅浅地亲了一下，说：“顾医生，我不用去医院，你亲自给我看吧。”

她的身体温热甜香，紧紧地贴着他。

顾雪沉扭过她的脸，喉结滚动着，把她推开，说：“许肆月，你还真是不知足。”

许肆月扬眉，说道：“我又没对别人这样，只对自己的老公这样，请问是违犯了哪条法律？”

顾雪沉扯过被子把她裹住，把枕头塞到她的怀里，对她说：“回自己的房间。”

许肆月张口要反驳他，准备要赖到底，然而刚一动，脸色就忽然一变，咬住唇，缓慢地从床上起来，低头去看床单。一抹指甲大小的血迹在他浅灰色的整洁的床单上，很显眼。

许肆月的眼前一黑，完了，她太久没接吻过，还吻得那么激烈，可能刺激过大，还没到日子的“大姨妈”被催来了……她窘迫地下床，捂住酸胀的小腹，简直要泪洒现场。她这还怎么吃了顾雪沉？！她吃不成，还把床单弄成这样了！

许肆月不甘心地低下头，扯了扯被角把血迹挡住，说：“我不是故意的。你别管床单了。我等下就过来帮你换床单。”

她飞快地跑回自己的卧室，把问题处理好，又挪回到顾雪沉的房门口，探头一看，见他竟然已经把床单换掉了，沾了血的床单堆在一边。

许肆月丧气地走过去，抱起床单来就想走。

顾雪沉伸手夺过床单，把那抹干了的血藏在掌心里，问：“干什么？”

“洗……洗不干净就扔掉。”

顾雪沉冷冷地说：“我说了，你回你自己的房间，我的东西我会处理。”

许肆月皱着鼻子。刚亲完她，他就又是这种态度。他能不能多火热一会儿啊？他小气死了。她肚子疼，也没力气缠着他，只能可怜巴巴地回去窝着。阿十殷勤地给她送热水，她翻身背对着它，一口水也不肯喝。

许久后，虚掩的房门轻声一动。

许肆月根本没睡，紧张地往被子里藏了藏。男人的脚步声接近，他没有开灯，俯下身来，微凉的手摸了摸她的额头。过了几秒，他的手重新落下，伸入被子，放在她的小腹上。

一瞬间的热意让许肆月舒服得险些哼出声。刚才还很冷的掌心突然这么热，多半是他把手贴在了倒满开水的杯子上，再来温暖她……她不敢醒，装作睡得迷迷糊糊。她抱着顾雪沉的手，往下拉他的手，成功地让他半跌在床上。

他一定受不了诱惑的……

许肆月努力地放慢呼吸，心跳如擂鼓地等了片刻，顾雪沉终于放轻了动作，在她的身边躺下来。她雀跃地翘起嘴角，熬到时机成熟时，转过身抱住他的腰，拼命地装睡。

黑暗掩护着他。寂静的夜里，顾雪沉小心翼翼地抚摸她的脸，忍耐不住了，低头亲亲她的鼻尖，流连她的味道，又吻上她的唇。

许肆月完全睡不着了，拿出十二万分的耐心，总算坚持到顾雪沉不动了。他挨着她睡过去了。

她试探着睁开眼，见顾雪沉眉心收拢。他睡得极不安稳，低声地嗫嚅道："月月……疼……"

许肆月凑过去细听他的话。

"月月，"他嗓音沙哑，隐忍地哀求道，"我好疼……你抱抱……我。"

顾雪沉不自觉地翻身，用力地把头往枕头上压。许肆月不知道他是做了噩梦还是真的哪里疼，急忙把他的头轻柔地揽过来。她能感觉到他的精神状态不好。不然冷静自持的他虽然过来看她，却不太容易这么轻易地入睡。他必然是累极了，难受极了，无法坚持了，才会到爱人的身边索求一点温暖。

许肆月抱住他，听着他的心跳声，呢喃："雪沉，你怎么把自己逼成这样？到底有什么事瞒着我？"

如许肆月所想，凌晨时顾雪沉就惊醒了。他发现自己睡在她的床上，急忙抽身，帮她把被子盖严，无声地退了出去。

许肆月叹了一口气。老公的心是海底的针。

她睡到快中午才起床，身体好受了不少。顾雪沉早就去了公司。她先给韩桃打电话，确定后续的拍摄安排。

"总之，"许肆月在电话里心平气和地强调，"我再跟沈明野搭档下去，婚姻就要出现危机了。"

韩桃对这种横刀夺爱的事情叹为观止，说："搞得我都想匿名去网上爆料沈明野了。堂堂著名演员，小心思原来这么多。他不当演员，回去经商，继承家业，也能是个人物。"

许肆月冷哼了一声，说："小孩子道德品质有问题，做哪行都容易有问题。”

韩桃斟酌片刻，说：“那我马上跟沈明野的团队沟通，把你跟其他组的设计师换一下，不管怎么改，你来录节目这件事是肯定的。所以肆月，你该认真地准备了。我以朋友的身份告诉你，你可以通过这档节目正式进入这个行业。”

“不只是在家里画画图，自己做做样品这么简单，”韩桃语气郑重地说，“凭你目前提供给节目组的设计稿，你有能力支撑起一个独立设计师的品牌，以后可以进商场设专柜，进时装周，上各大主流女刊，成为明星、网红的新宠。只要你肯去做，把团队拉起来，这些都不是梦。”

许肆月的目光微动，转到一旁的电脑屏幕上，那上面是她新画的男款手包。她专门给顾雪沉设计的手包。她多年浸润在大小奢侈品牌中，自认为这款手包不比那些走红款差。

韩桃微笑着继续畅想：“到时候你不管出现在什么场合，就不是简单的顾太太了，是许肆月小姐本身。”

许肆月挂电话后很长时间都没有动。如果是过去，她肯定毫不犹豫地选择“许肆月小姐”，但现在，顾太太却是她的心之所向。

这两件事并不矛盾，她可以继续骄傲张扬，找回丢失的那些棱角和锋芒，然而并不全是为了自己。她长这么大，第一次想成为一个值得人心动和迷恋的好人，对得起顾雪沉四年的深情。

许肆月笑了笑，不甘心永远当一个没用的“小垃圾”，想更优秀一点，成为能跟顾先生并肩的顾太太。但无论是“搞”顾雪沉还是搞事业，有一件事她都需要先去确认。

许肆月找出一张名片，输入号码，打电话过去。对方主动说：“顾太太对吗？我一直在等您联系我。”

“嗯……我想今天过去。”

“好，”中年女人的声音很温柔，“随时都可以。”

许肆月慢慢地呼了一口气。自从那次她跟顾雪沉坦白了自己的心理问题，顾雪沉就给了她这张名片。这个人是明城治疗抑郁症方面非常权威的医生。只是她总拖着，没去找医生，好像只要不面对，自己就没有病。

最近她状态不错，每天忙忙碌碌，病很久没有发作了，都不需要额外加药了，有了去找医生诊断的勇气，想知道病情是否真的好转，想知道以后能不能成为一个健康的人。

许肆月怕结果不好，事先没有告诉顾雪沉这件事，直接按名片上的地址去了诊所。

诊所位于一个很火的商圈，周围很繁华，旁边就是高端商场，商场一楼偌大的爱马仕标识简直要亮瞎人的眼。许肆月看着那个 logo（标识），觉得自己可能是没病了，不然不会马上就要见医生了，居然还想去专柜逛逛。她想着看诊和看包这两件事选哪个，没注意到街对面不远处的那辆她熟悉的黑色宾利。

半个小时后，顾雪沉在车里睁开眼，接到了心理医生打来的电话。

“顾总，”医生温和地说，“太太的相关诊断已经做完了，结果让人很惊喜。当初她回国之前，您对我提出这种类似‘刺激’的疗法，在绝境里适当地逼迫她，给她压力，我本来不太赞同，担心加重她的病情。没想到您是对的，果然还是您了解太太的性格。现在她的情况不错，情绪稳定。她对未来有斗志、有希望，言谈、心态都不消极，再坚持吃药一段时间，应该就能彻底好了。”

顾雪沉安静地听着，黑色的眼睛里有了一抹柔光，唇角不自觉地翘起。

“但要判断她是不是已经完全走出了阴影，真正地朝健康人的方向发展，”医生停顿片刻后说，“大概要等她经历完下一次影响情绪的重大事件之后。要是她撑得住，就代表我们确实不用担心了。当然，我不希望这样的事情发生。如果可以，她还是平稳地恢复最好。”

顾雪沉还没来得及说话，手机就响起提示音，有新的电话打进来。对方明知他在通话中，不但不挂断，还打个不停。他不用看也知道对方是谁。他简单地回应完医生，看着屏幕上许肆月娇俏的头像，笑意不由自主地深了几分，接通电话时，才勉强将笑意压了下去。

“沉沉！”许肆月在下楼，鞋跟有节奏地响着，声音清亮，“我刚去过你告诉我的那家诊所，病情好转了不少。医生说了，我全靠多跟老公亲密接触才能好得这么快，尤其拥抱啊，接吻啊这些事情，多多益善。要是我们能更激烈地接触，效果加倍。”

她严肃地问：“你懂我的意思吧？”

顾雪沉转过头，隔着街道，看到许肆月的影子。他靠在车窗上，贪恋地目不转睛地看着她，轻轻地哂笑一声道："所以我不只要满足你的身体需求，还要成为帮你治病的工具人？你什么时候付我医药费？"

"你三句不离钱，我又不是不给你钱。节目我还能继续录，有钱赚。而且我打算自己做一个品牌，从零开始，所以到时候……能不能跟顾总借点钱？本金我会还，利息嘛，"她语气娇俏、声音甜腻地说着，笑声轻了一些，"用身体抵行不行？"

街对面，许肆月站在阳光下，长发像是被撒上了金屑，这世界上所有明亮的光与斑斓的色彩都在她的身边。而他坐在不为人知的阴影里，尽力地隐藏自己，只敢透过遮挡着他的玻璃贪婪地凝视她。

顾雪沉笑了笑，手指碰了一下吻过她的唇，无情地拒绝道："不行。"

许肆月刚好走到爱马仕的巨大玻璃墙外，忍不住朝里面看了看，回想起以前随便买东西的日子，有那么一点心酸。

顾雪沉盯了一会儿她可怜兮兮的背影，在车里转过头，目光扫过中控屏上的"六月一日儿童节"几个字，而后目光落在副驾驶座上橘黄色的盒子上。

肆月不知道瑾园别墅的衣帽间里有一个隐蔽的、上了锁的小房间，房间几乎被填满了这两年里他暗中为她买的包和首饰。她喜欢限量款的包，喜欢珠宝，应该尽情地戴这些闪亮灿烂的东西。

自从知道自己病重，他每次想她想到熬不住，就去买一些东西放进那个房间。那些包和首饰堆积起来，仿佛他日积月累的思念之情。

肆月现在最心爱的那个包，前天用来打沈明野，被弄脏了。他想毁掉旧包，新包已经选好了，就在盒子里，还多了一条细细的锁骨链儿。锁骨链儿上坠着一颗小月亮。这些是他想给她的儿童节礼物。

许肆月站在爱马仕门店外，原本看几眼就打算走，但余光不经意地瞥过去，店里一道影子意外地闯入她的视野。那人也正好看过来，目光跟她的目光碰撞到一起。

许肆月的脸色沉了沉，她果断地回身拦车。

那人将高跟鞋踩得震天响，火急火燎地追出来，急迫又胆怯地抓住她的手腕，叫她："姐！"

许肆月皱着眉挣脱开，说："许樱，我说过几次了，我不是你姐。"

两个人有段时间没见。许樱似乎长开了那么一点，许肆月觉得她顺眼了一些。她的脸上没什么像许丞的特征，也不像她的妈妈，少了些让人厌恶的地方。

许樱喘得很急，直接把手里匆忙之中装得乱七八糟的盒子塞给许肆月，说："姐，我在给你挑儿童节的礼物。原本以为没机会见到你，谁知道我们会在这儿碰上？！"

许肆月怔了片刻，这才想起今天是儿童节。从前她骄纵任性，也有人愿意宠她，哪怕成年了，儿童节也一直当圣诞节在过，昂贵的礼物收到手软。今年她自动忘记了这件事情，反正没人把她当小朋友了。她只能长大。

许肆月匪夷所思地打量了一下许樱，再次抬头确认爱马仕的logo，嘴角露出一丝嘲讽，说："怎么，许丞卖我得到的钱帮他发财了？让你有闲钱来这儿买礼物？还有，我比你大，用不着你给我过儿童节。"

许樱赶紧摇头，解释说："自从你上次走后，我再也没回过那个家，自己住在外面，钱也是我自己赚的！姐，这个包真是给你的，可惜我太穷了，只买得起普皮小包里最便宜的。你收下它好不好？"

许肆月扫了许樱一眼。许樱的脸颊多了一些软嫩的肉，显得她娇憨不少，裙子不过千，包是最普通的快消品牌。她进店估计都不会被柜姐正眼瞧，手里却捧着一个爱马仕的包，口口声声说要将包送给姐姐。谁知道她有什么目的？

许樱的一双眼睛又圆又亮，她殷勤地说："我还在网上看到你要去参加设计师节目了。姐，你这么优秀，如果自己做品牌，肯定能红。我就是想问问……你还需要助理吗？我什么都能干，保证不捣乱！而且我现在就在皮料相关的行业里，如果你看得上我……"

"看不上。"许肆月缓步地跟她拉开距离，认真地说，"许樱，我不迁怒你，已经是最大的宽容了。你再想与我有别的关系，不可能。"

"如果包真是你送我的，我谢谢你。你把包拿回去自己用吧，如果有其他的目的，就趁早醒醒，"她面无表情地说，"别把我当成你用一个包就能骗到的傻子。"

许樱急得要哭出来，固执地把盒子给她。许肆月甩手，躲过她。下午的风声和晃眼的光线里，一辆黑色的车缓缓地在对面启动。车平稳地掉头，不疾不徐地停在许肆月的前方一米处，车轮碾过地面的声音打断许樱对许肆月的纠缠。

许肆月被忽然出现的宾利惊住，下意识地低头一看，手机上她跟顾雪沉的通话居然还在继续。而副驾驶座的车窗已经徐徐降下，男人冷冰冰的侧脸逐渐露出来。他看过来，冷冷地问："走不走？"

许肆月被突如其来的惊喜砸中，桃花眼要弯成桥了，哪里还顾得上跟许樱争执？她笑眯眯地拉开车门，一眼就看见了座椅上大号的爱马仕包装盒。

许樱也看见了，下意识地抱紧自己的小盒子，委屈的眼泪往肚子里咽。她买的包好小，好寒酸！她的礼物跟姐夫的礼物比起来，简直是幼儿园级别的！怪不得姐姐看不上她的礼物。

许肆月敏感的小心脏要炸开花，她看了一眼盒子，马上盯住顾雪沉。

顾雪沉暗暗攥紧方向盘，终于找到了送她礼物的合理借口。

许肆月不太敢相信地问道："老公，这是什么意思？"

顾雪沉抬眸，内勾外翘的幽黑双眼和她对视。他挑出她刚刚戗许樱的那句话，低声说："我比你大，可以给你过儿童节。你拿好礼物，上车。"

许肆月的心被重重地捏了一下，酸涩与甜蜜的感觉混合在一起。

她也在这一刻意识到，她来诊所的行程并没有瞒过顾雪沉。他大概早就来了，把自己藏在哪个她看不见的角落里，悄悄地等她这边的结果，见到许樱纠缠她，才总算能名正言顺地过来接她。

许肆月抱起大盒子，娇气地坐在副驾驶座上，在车驶入主路、顾雪沉要开口说话前，主动举起纤白的手，甜声地交代：

"我明白，你是接到我的电话才知道我来看诊，然后恰巧经过附近，顺便看见我而已。

"包呢，多半是合作商送给顾太太的，你不好推辞于是拿来给我。

"至于会说给我过儿童节的话，也是因为不想让顾太太在许家人面前输了气势。"

她歪着头，贴心地看着他，问："对吧？"

她可真是越来越没出息了，连让顾雪沉费心编借口都舍不得。

顾雪沉指节绷着，半晌后才缓缓地"嗯"了一声。

"所以，"趁着等红灯，许肆月笑着说，"我都替你讲完了，让你省了说话的力气，你是不是应该把体力用在别的地方？比如和我接个吻当奖励。”

红灯倒数十秒，顾雪沉直视前方，冷淡地拒绝她：“不想。”

下一个红灯，许肆月锲而不舍，继续说：“我今天用了桃子味的香水，很甜很清新。你凑过来闻闻味道嘛，顺便再让我亲一下。”

顾雪沉不为所动，依旧拒绝她。

许肆月不放弃，等车停在到瑾园之前的最后一个红灯时，竖起盒子，横过手臂搭在盒子上，把侧脸移向顾雪沉，头懒洋洋地歪靠在手臂上，任长发散落在雪白的皮肤上。

她放软语气，悠悠地拖着尾音描述道：“我出门前吃了柚子糖，现在嘴里还有甜味儿。嘴唇上的口红很棒，不沾杯，我们接吻口红也不会掉，只可惜还没试过……不过我想啊，如果我们亲得很激烈，像那天傍晚在车里一样……”

他没等她说完，车猛然提速，一路风驰电掣，驶入瑾园的庭院，然后停下。

许肆月一晃，在放过他和扑过去强吻他两个选择中犹豫不决。她抬头，瞄了一眼顾雪沉。男人此刻格外冷漠严厉，黑色的眼睛半合，唇紧抿，侧脸冷得能杀人，衬衫一尘不染，扣子被系到领口，滚动的喉结被束缚着，禁欲到极点。

许肆月决心以退为进，抱着盒子准备下车。她刚要打开车门，身后突然传来顾雪沉的声音：“许肆月。”

许肆月惊得手一抖，回过头，阳光温柔地照进车里，勾勒出他鲜明的轮廓。他的神情隐藏起来。他呼吸略微加重，低声道：“过来。”

两个字犹如蛊惑人的陷阱，许肆月是有准备的，但仍然控制不住自己，心跳加速，听话地凑近他，问：“干什……”

顾雪沉抬起手，不轻不重地掐住她的下颌，蓦地俯身过来，跟她的红唇轻轻地相碰，封住她未说完的话。

第九章　相互伪装

蜻蜓点水的一吻让许肆月失去理智。她愣愣地看着他，赶紧挪了挪位置，把自己的下巴乖乖地放在他的掌心里，更方便他做些什么。

顾雪沉停了片刻，伸手盖住她美丽的眼睛，在她眼前黑下来的瞬间，再次含住她的唇，狠狠地深入地吻她。水声交缠，她喘得很急，睫毛一直在颤，脸颊通红。

他知道她看不见，眼里的迷恋之色放肆地上涌，抵着她湿润的唇，笑着问："儿童节的成人礼物而已，肆月，你害羞什么？"

许肆月觉得自己的战斗力实在是太弱了。接个吻就面红耳赤，心跳快到恨不能撞出胸腔，尤其那种唇舌旖旎的水声，让她的体温不由自主地飙高，手心滚烫。大学里跟顾雪沉恋爱时，他们接吻的次数也不少，但她都没像现在这么敏感，搞得她又被装淡定的"顾小别扭"给嘲讽上了。

许肆月努力平复呼吸，装作不在乎地蹭蹭唇角，说："我哪有害羞，就是普通的生理反应。"

她不自在地挪了一下身体，马上稳住自己，默默地扭过头，握拳，生理期这么经不住刺激，刚亲了一会儿就流这么多血，连腿都不敢迈了。

车里的气氛凝住，空气稀薄到令人心慌。顾雪沉闭闭眼，压住汹涌的情绪，片刻后，问："礼物收完了，还不下车？"

许肆月动动就流血，难受又窘迫，干脆心一横，委屈地抱怨道：“我肚子疼，站不起来，没法走了，又不是故意赖着的。”

顾雪沉看了她一眼。她脸色微白，手捂住小腹，弱弱地俯着身。他攥了攥手，到底不忍心，说不出更多伤她、讽刺她的话了，推门下车，拉开副驾驶座的车门，拧眉，催促道：“手给我。”

许肆月泫然欲泣地抬眸，问：“干什么？”

“扶你上去。”

许肆月不满足，紧靠着座椅不肯动弹，放软了语气，哀求道：“我一步都不能走，你扶着我也不行，必须要老公抱抱才可以起来。”

顾雪沉的额角微跳，嗓音低沉，他说：“趁我对你还算客气……”

“不客气又能怎样？”她仰着精致的脸，说道，“总不能刚亲完我，就把我扔下不管吧。”

她张开纤细的手臂，桃花眼里隐隐地现出水光，继续求他：“沉沉，我好疼。你抱我进去嘛，就一次。”

两个人僵持了不过几秒，顾雪沉就无声地妥协了。他俯身，揽住许肆月的肩膀，把人从座位上抱起来。这么亲手一抱起她，他才觉得她太轻了。她在他的怀里软绵绵的，好像没什么重量。她煎熬了几年，病痛好不容易好转。他的心默默地酸涩地柔软成泥。他尽力地绷着表情，把她往臂弯里收了收，不自觉地搂紧她。

许肆月贪恋这一刻温柔的他，温顺地靠着他的肩膀，直到被放在床上。

她手疾眼快，敏捷地钩住他的后颈，拽着他一起倒了下来。顾雪沉没有防备，在最后一刻将手撑在她的枕边，才没有把她完全压在身下。

许肆月捧着他的脸，在他的下颌角上亲了亲，问：“老婆的床上香吗？”

顾雪沉忍无可忍，把她按回床上，眉目冷肃，寒冰般的目光扫过她的小腹，说：“自身难保，就别乱撩了。”

他直起身，下楼取回装包的盒子，将盒子放在她的床边，又塞给她一个暖宝宝，一言不发，准备离开。许肆月轻声说：“沉沉，我刚收到韩桃发来的微信，节目组那边协调好了，我跟一位女演员搭档，明天要去海城重拍宣传片，早上就出发。”

顾雪沉停了停脚步，目光凝在地板上，很低地“嗯”了一声。

许肆月问：“我不在家里，你会想我吗？”

他说：“不会。”

不是不在家会想，是她在家、在深蓝科技、在明城、在他身边的任何一个地方，他仍然会想，每时每刻都不得安宁。

许肆月这次没说谎，确实是第二天一早就上了飞机，抵达海城时，看到接机口外人潮汹涌，以及举着各种灯牌手幅的粉丝，才知道沈明野也在差不多的时间抵达。

《裁剪人生》里一共有六组嘉宾，她和沈明野刚好跟另外一组的嘉宾对调搭档，四个人比较辛苦，都需要赶过来，重新拍摄宣传片的相关部分。

除了沈明野，另一组被波及的两个人，深蓝科技暗中提供了补偿，韩桃代为处理此事。所以这两个人态度很积极，相当配合。至于调换嘉宾的原因，节目组也出了官方声明，简单地解释为嘉宾的设计风格不适合之前的演员。

许肆月知道，她老公是绝对想把沈明野赶尽杀绝的，但他又怕彻底换掉沈明野，粉丝的不满情绪会波及她。他怕她无辜被影响，所以强行忍了。

顾雪沉总是暗地里为她考虑太多。

许肆月戴上口罩走出机场，直奔节目录制地。跟她同组的女演员航班延误了。她边等对方边化妆的时候，意外地收到了漫画网站编辑的信息：“老师，你昨晚上传的新漫画中有一句台词多了一个符号，略微影响观感，你尽快改一下好不好？”

台词吗？许肆月打开漫画 APP，用作者号登录后台，果然看到了问题。她低头聚精会神地编辑图片，在重新上传漫画的那一刻，肩膀忽然被人轻碰了一下，回头，正对上沈明野略显憔悴的脸。

厌弃感和防备感一起涌上来，许肆月的表情不算友善，她避开他的碰触，说：“韩桃给我们安排了不同的摄影棚。你不避嫌，还过来干什么？”

沈明野轻声说：“只是想看看你。”

“不必了。”许肆月拧眉，“看在姐弟一场的分上，上次的事我才留了情面，你别不知好歹。”

沈明野一双琉璃般的眼睛在她手机的屏幕上凝视着，他低声笑了一下，说：“姐，你还是不肯相信我，我不是存心破坏你的婚姻。我是真的暗恋你很久了，知道你不走心、感情上随意，本来已经打算好了，只要你答应我，你怎么欺负我都行。我不会像顾雪沉那么麻烦。可你突然对他，对一个你抛弃过的人定下了心，让我怎么接受？”

许肆月嗤笑一声，说：“别说我的心定了，就算没定也轮不到你，弟弟永远只是弟弟。”

她心烦地绕过他，没再多说话，直接去找韩桃问拍摄流程的问题，打算速战速决，尽早回家。

沈明野站在原地没有动，盯着许肆月的背影，眼色转深，慢慢地拿起手机，搜索后才亲眼看到那部漫画。

《攻略对象暗恋我》，人气很高，粉丝众多，男主角的脸和身材跟顾雪沉极其相似。沈明野一点一点地翻看漫画，目光在女主角的一款小挎包上停留。他记得，上次录节目，许肆月就是背的这一款挎包。

他浅红的唇翘起少许。

沈明野：姐，四年而已，你怎么变了这么多？你陌生得让人不敢认，对我绝情心狠，又没把我干脆地踩到底。你怎么偏偏一点也不小心，非要再给我机会呢？

沈明野走到摄影棚外，进入自己专属的休息室，换了一部手机发微信消息，语气极其无助地说：“梁嫣姐，你今天也来海城了吗？我有话想跟你说，上次在节目现场遇到你，被你劈头盖脸地骂，我本来就委屈，但为了肆月都忍了，没想到她……”

对方秒回消息：“没想到什么？”

沈明野慵懒地向后靠，挑起眉，继续说：“没想到她刚跟我暧昧完，让我觉得有希望，转头就为了顾太太的身份，对顾雪沉表忠心，把我贬低得一文不值。更让我难过的是，她表面上听顾雪沉的话换了搭档，今天来到节目组，却还是单独跟我见了面。”

梁嫣回复得非常快，显然被戳中了痛点，情绪激烈：“她一直都这样！死不悔改！她对谁都没有真感情！”

"以前我不信，可现在必须要面对现实了。"沈明野手指如飞，漂亮的眼瞳里光芒四射，"我刚才还发现她一个秘密。她在网上匿名画漫画，居然拿顾雪沉当原型赚钱，很多刺激的画面，还把漫画人物的包做成实物来上节目。"

他伤心欲绝一般，继续说："我真不知道该怎么办了。梁嫣姐，即便肆月这样，我还是喜欢她。你有没有办法逼她离开她根本不爱的顾雪沉？这对每个人都好，以后我会对她负责的，保证不让她再靠近顾雪沉。如果你需要什么帮助，我随时可以提供。这样我和你就算在帮助他们早日清醒，对吗？"

打完最后两个字，沈明野满意地舒展身体，联系自己的助理，把梁嫣的电话号码给他。

他好歹是养尊处优的沈家公子，在圈儿里三年被众星捧月般对待，从没受过委屈，想要的东西都是手到擒来。倾慕了多年的姐姐，好不容易重逢，她还是和过去一样明丽惹眼，自然也应该是他的囊中之物。结果他被姐姐拒绝、轻视、威胁，还被顾雪沉拿掉代言，甚至还挨了打。

他怎么可能咽下这口气？他相信接下来发生的事，顾雪沉也会和他一样咽不下气。肆月姐姐一个人应付不了这种局面，他只能帮忙了。

自从上次在酒店里意外撞见来找许肆月的梁嫣，他就知道，这个惦念顾雪沉许久的肆月的小跟班儿可以替他做很多事。

许肆月跟新搭档合作很顺利，对方的外形也非常符合她的设计风格，于是两个人一气呵成，中间没有休息，一直拍到全部结束。收工之后，助理给女演员送上手机，小声地说道："累了吧？你的强心剂来了！"

两个人相处大半天，许肆月已经知道这个女演员爱追星，凡是长得好看的人她都喜欢。强心剂肯定是新款的帅哥，能让一个混娱乐圈的助理都这么激动，帅哥绝对档次不低。

女演员接过手机看了几眼，捂住嘴，说："这是什么极品神仙？圈儿里的人吗？！"

助理压低声音，说："不是，一个小时前爆出来的宴会私照，网上已经转疯了，如果消息没错，这位可是实打实的大佬。深蓝科技你知道吗？”

许肆月本来要走开，“深蓝科技”四个字猛然钻入耳朵。她一顿，迟疑了几秒，不敢相信地扭过头，看向女演员的手机。女演员点开了一张大图，图片铺满整个手机屏幕。图上，一身黑色正装的顾雪沉被一群人簇拥着，矜雅淡漠，手中漫不经心地捏着酒杯。

江家寿宴那天的场面！许肆月的呼吸不由得一紧，她顾不上礼貌不礼貌，低声说：“能让我看看吗？我不乱动，就只看微博这页。”

女演员把她当成同道中人，大方地将手机递给她看图片，说：“帅吧？！我好久没见过这种水准的男人了！”

女演员的小号关注的都是些营销号和追星号，现在首页铺满了顾雪沉这几张偷拍图。无论是他的外形还是气质，都远胜影视剧里那种刻意模仿总裁的。一群人在疯狂地转发微博，大喊着小说男主角有脸了，原来现实世界的科技大佬能帅到这种程度。

深蓝科技本身关注度就不低，语音助手那些分支产品更是广泛应用于各种电子设备行业和应用程序行业，何况以前顾雪沉被偷拍的模糊照片就被热议过，如今高清的照片出来，迅速成了热门。

顾雪沉在学校里的光辉履历和深蓝科技的商业神话被人拎出来，配上这张天人共妒的脸，已经有无数人在狂喊“老公”了，虎狼之词更是层出不穷。

许肆月看得气血上涌。女明星不知道她的底细，还激动地拍拍她，说：“我宣布这个人就是我的新老公了！明天就去深蓝科技的旗舰店搬个最贵的管家机器人！”

许肆月气得去找自己的手机，迅速地注册微博账号，随便关注了几个人，也刷到了顾雪沉的照片。没办法，好看还有能力的人就是可以一秒火出圈儿。

她想给顾雪沉打电话，让他赶紧将事情压下去，不然再看一群人抢她的老公，真要吐血了，还没拨号码，韩桃就跑了过来。韩桃急切地招手，喊她：“肆月！”

许肆月疑惑地走过去，隐隐有种不安的预感，问：“怎么了？”

“你上次过来带的包，”韩桃咬咬牙说，“我绝对相信它是你的原创作品，当时被拍到，和其他的宣传照一起被发到网上了。现在有人爆料，说你的那个包照搬了一部漫画里的设计！对方发了截图出来，包确实一模一样。”

许肆月倒不慌，问：“漫画是《攻略对象暗恋我》吗？作者是‘一条黄花鱼’？”

韩桃一怔，说：“对，你知道？”

许肆月点头，淡定地说：“知道，因为我就是‘一条黄花鱼’。”

韩桃一贯优雅，此刻也惊得略显失态，随即笑道：“怪不得！快快快，注册个微博！我这边尽快给你认证，然后联系漫画网站，澄清身份，大家联合宣传。”

许肆月搜了一下关键字，果然看到有人大张旗鼓地在《裁剪人生》节目的话题下，把女主角那只包的细节截图出来对比。她说：“我已经注册好了，现在就找编辑沟通。”

漫画网站那边对这种好事求之不得，一部漫画能攀上主流综艺节目的热度，而且画手还是设计师本人，当然迅速地决定配合。韩桃这边也很快让许肆月的账号通过微博官方认证。

时间紧迫，为了不让“抄袭”这种词条上升热度，许肆月第一时间发出澄清的微博，承认自己就是《攻略对象暗恋我》的作者“一条黄花鱼”，包是百分百原创的。

“总算解决了，”韩桃见微博发完，舒了一口气，有心情逗弄许肆月了，“怎么样？跟老公同一天上热门话题，感觉挺新鲜的吧！”

许肆月想起这个就生气，想跟韩桃吐槽几句，然而有个念头骤然出现。她怔住了。她承认了自己是漫画的作者，而那部漫画中的男主角正是顾雪沉本人，虽然是正规的网站，但漫画里有很多特写“福利”画面，甚至有的画面里人物衣衫半解。

她的脸色逐渐泛白。以前她只是单纯地画漫画给读者看，没人知道漫画里的人物是谁，意义完全不同，可现在……顾雪沉本人的高清照片铺满整个网络，无数人关注他。漫画男主角的脸和身形，众人只要看一眼，就能知道漫画男主角的原型是顾雪沉。

画手不可能凭想象画了他，只能是顾雪沉身边最亲近的人。如果爆料者从最开始就是有意为之，那么马上，众人就会知道她的身份，她会变成一个私自出卖老公色相的不良妻子，顾雪沉和深蓝科技的形象会被抹黑。私底下，她可以把画当成情趣和精神寄托，反正顾雪沉知情也不反对。可一旦这件事到了公众的面前，就将完全变质，这是下作、伤人、龌龊的行为。

许肆月抬起头想说什么，韩桃的表情已经变了。特殊时期，节目组有团队专门关注网络舆论，此刻工作人员纷纷聚过来，气氛凝重。

“肆月……”韩桃的眉心死死地拧着，她一目十行地看完最新的爆料，看着许肆月说，“爆料者的账号又发出了江家寿宴当天你跟顾总的合照，他们确定了你们的夫妻关系。他们还放了几张老照片为证，说你大学的时候滥情。你蓄意追到顾总后又甩掉他，潇洒地出国，让他重病几个月，如今回国，为了钱嫁给他，却在婚内跟沈明野暧昧。”

许肆月眼都没有眨，盯着韩桃手机屏幕上的那张自己跟顾雪沉学生时代的合照。

她那时张扬骄纵，顾雪沉是永不染尘埃的少年。傍晚，他干干净净地站在青大的校门外，紧紧地牵着她的手，爱意深沉。而另一张照片上，她穿着同样的裙子，钩着沈明野的肩膀，别人根本分辨不出两个人是情侣还是姐弟。

许肆月隐约猜到了是谁在一步一步地爆料。对方先让顾雪沉的真容曝光，惹得全网仰望爱慕他，再用“抄袭”事件引她亲自澄清身份，接着证实两个人的夫妻关系，再告诉公众，这么让人可望而不可即的顾雪沉，从四年前到今天一直被许肆月这个花心的人伤害着，婚后她还利用他的色相画漫画赚黑心钱。

证据确凿，除了现在她跟沈明野暧昧是无稽之谈，连那张照片上表现出的她和沈明野的亲近关系她都无法否认。

许肆月的胃里抽痛，涌上一阵恶心感。她把手机抓得滚烫，却不知道要怎么对顾雪沉说。她和沈明野暧昧的事是假的，雪沉早就知道了，她不需要多言。但其他她伤害他的事情是真的，她抵赖不了。

那么多人因为一张脸就将他奉为神仙的顾雪沉，的确被她践踏、伤害、不在乎、当成赌约，甚至随便地抛弃过。他的伤口被以最残忍和最耻辱的方式撕开，血淋淋的。

“韩桃，”许肆月的声音隐隐发抖，她极力地清清嗓子，“舆论的问题你比我有经验。我怎么做才对雪沉最有利？”

韩桃见她的脸色不对，忙扶着她坐下，安慰道："说实话，这事不好办。对方是有预谋的，逻辑清晰，提供的料多，又让我们措手不及。你的名声肯定受损，顾总的话……任何男人被爆出这种事都会很难接受，尤其他这样的身份。你现在说什么都是错。"

许肆月低头看着自己的微博，打了很多字又删掉。她必须清醒，想好到底怎么做，才能把对雪沉的伤害降到最低。

她的心在下坠，情绪有转坏的征兆。

许肆月咬紧牙关，别发作……别添更多乱。这不算什么，她必须面对，不能软弱。如果雪沉已经看到了这些东西，那么他承受的比她沉重无数倍。

许肆月艰难地咽了咽唾沫，站起身，挺直脊背说："拍摄结束了，我连夜回明城，可以吗？"

她原本就订了晚上的机票，想早点回去陪他。

韩桃犹豫地点头，说："可以是可以，但你要有心理准备。这件事涉及沈明野，虽然他不是偶像，不用太在意女友粉，但毕竟正当红，是非多，上次的'姐弟'事件就让粉丝们很生气了。粉丝们的确拿他没办法，可是情绪无处发泄，肯定把矛头对准你，还有各种记者，粉丝们可能会去机场堵你。"

"海城这边你放心，我帮你走贵宾通道，但明城那边我伸不上手。我现在买机票也不可能和你同一航班。"韩桃忧虑地说，"要么我们开车回明城，要么你跟顾总说一下。"

许肆月摇摇头。她说不出口。她不能给顾雪沉打电话，想到他现在的状况，她的心已经皱成一团。她怎么还能张口，让他给自己提供方便的条件？

许肆月攥着手腕。她就这么没用吗？自己连机场也走不了吗？她又不是明星，再多人围堵她又能怎样？开车要多花两三倍的时间，她现在只想尽快回去，见到顾雪沉。

许肆月收拾东西，以最快的速度离开拍摄现场。外面已经有沈明野的粉丝蹲守，还有拿着相机的记者在等着拍照。她在韩桃的护送下，坐车直接离开，赶到海城机场，走贵宾通道登机。

手机关机前，她给顾雪沉发了一条微信消息："对不起，你等我回去。”

飞机上的分分秒秒都很漫长，落地时天已黑透。许肆月拽着行李箱，一步步地走向出口。她的手机忽然响起，联系她的人不是顾雪沉，是沈明野。

许肆月冷静地吸了一口气，垂眸，接通电话。

沈明野在轻喘，焦急地说：“姐，抱歉，我一直在拍摄，刚知道今天发生的事！别的事情我插不了手，但是咱们之间的那些暧昧传言，我可以马上出面澄清，安抚粉丝，让他们别闹。”

许肆月抬了抬下巴，红唇勾起，轻笑着问：“是吗？”

“当然，我不想让你受伤！”沈明野笃定地说，带着无害的语气，“但是这次我乖乖地帮忙，姐姐也退一步。你不要再拒绝我，说那些伤人的话了，像以前一样疼我，好不好？我保证不会让姐夫知道这件事情。”

许肆月理了理长发，平静地回答他：“滚。”

她挂断电话，翻了一遍手机的通知列表。顾雪沉并没有打电话来，也没有回信息。他受伤了，不管她了。她眼眶泛酸，用力地眨了几下眼，挺直脊背走出最后的拐角，底下的玻璃门外，已经隐约能看见攒动的人头。

韩桃打电话来，着急地说：“肆月，你的航班号被人知道了。现场应该有不少人蹲守，粉丝们认定是你带坏了沈明野。你注意安全！我带着几个助理坐下一趟航班，马上登机。你最好等等我，先别出去！”

许肆月乘着扶梯向下，淡声说：“你不用过来了，我能应付。我又不是明星，而且全副武装，他们不会认识我。”

实际上她只是在安慰韩桃，并没有戴什么遮挡面容的东西。她做不到不承认自己的劣迹，但至少她可以当面对所有人说，她跟沈明野没有任何暧昧的关系。她确实伤害过顾雪沉，但从开始到现在，往后余生，她只有他一个。

许肆月的长相太过显眼，她还未真正地走出玻璃门，外面的记者和愤慨的粉丝就要拥上来。闪光灯一直在亮，很多陌生的人扯着嗓子在问她跟沈明野到底是什么关系，问她是不是真的滥情，问她是不是为了钱才嫁给深蓝科技的顾总。

许肆月的声音被人们的喧闹声淹没。她太瘦了，没人维护她。即便机场的安保人员出动，她也被撞得摇摇晃晃。心底的阴郁感在不断地往上涌，随时会织成遮天的巨网，捆住她，将她丢入深渊。

许肆月极力地想站稳，但是被人推得摇摇晃晃。她踉跄时，前方的人潮突然不安地涌动，两人宽的通道被强行挤出来。

二十几个男人跑进来，有些人还穿着深蓝科技高级工程师的制服，担当起合格的安保人员。他们强势地挤进人群，挤出的空间直通出口。

许肆月的眼前骤然有了亮度，然后，眼前又一片昏黑，只能隐约地看见有道挺拔的身影逼近她。他几步走到她的面前，一把攥住她的手臂，稳住她的身体。

熟悉的温度贴上皮肤，刺入骨血，让许肆月的鼻尖一瞬间通红，她咬牙忍住，站直身体，不在人前丢掉气势。闪光灯照得人眼花，但终于安静多了，她可以说出她对不起顾雪沉，尽可能地抚慰他现在鲜血淋漓的伤口。

然而在她开口前，男人的手从她的小臂上移到了肩上。他把她牢牢地搂入怀中。她听过无数次的那道磁性的声音响起，他掷地有声地说：

“关于沈明野方面的真相，我方已经公布，请各位自行查看。

“我太太给我的任何伤害，我心甘情愿接受。

“我太太把我当人体模特，我也心甘情愿。

“请问，我心甘情愿的事情和别人有什么关系？”

顾雪沉问完，偌大的包围圈儿瞬间陷入死寂。

围堵的记者和沈明野的粉丝被顾雪沉简单的几句话震慑住了。这些人平常见多了当红明星，也领教过不少所谓的强大气场。但这一次，他们在一个清俊儒雅的男人面前完全不能出声。

他没有多余的表情，目光淡淡的，扫视过四周后就微垂下头，只关注怀里的许肆月。整个事件里，他才是受害者，是最让旁观者可惜和于心不忍的那个人。无论为了自己还是为了深蓝科技，他都有理由选择沉默。

很多人在暗暗地期待他跟着网友一起揭露他妻子的恶行，他要是直接离婚那就更爽了。很多女人蠢蠢欲动，恨不得马上取代许肆月。可顾雪沉却出现在这个混乱的场合里，说了维护许肆月的话，不惜在感情里把自己放得低入尘埃。

顾雪沉没看镜头，搂紧许肆月，手指压得她微疼，禁止她说任何于她自己不利的言语。

许肆月的指甲把掌心按出一片凹痕，她匆忙地摸出包里的墨镜戴上，遮住通红的眼眶。她的喉咙像被锋利的沙石堵住，沙石一直滚落到胸中，疼痛酸楚，还有些残忍的甜蜜，搅在一起的情绪让她要崩溃了。

顾雪沉怎么能这样？她的心里只有小小的愿望，想着他要是能给她回个电话、发个信息就好了。她不想让他那么难过。结果他宁可伤害自己，也要把她从孤立无援的绝境里捞出来，在众目睽睽之下抱住她。

她到底哪里值得他这么做？一直以来她给顾雪沉的东西除了痛苦就是麻烦。但此刻在镜头前，她已经什么都不能解释了。她是顾雪沉的妻子，这时候再当众争辩，除了丢他的脸，加深他的伤之外毫无用处。她必须也只能认同他刚才的一切说法。

顾雪沉不再耽误时间，在周围的人群醒过神儿、再次亢奋之前，抬手放在许肆月的头上，护着她走出机场。

深蓝科技的工程师们素质过硬，比起专业的安保丝毫不差，把闲杂人等挡得严严实实。乔御在外面提前打开车门，让顾总和太太上车。

记者们飞奔出来，不肯放过热度这么高的大事件，相机要伸到车窗上。即便玻璃遮光性很好，顾雪沉仍挡住许肆月，低声地吩咐："开车。"

乔御一脚油门，车开出去，车后面七八辆载着工程师的车随行，隔绝一切可能的尾随者。等车驶出混乱的人群后，随行的车才渐渐分散开。

车上了高架桥，嘈杂声彻底消失。许肆月下意识地把手腕掐得酸麻，被顾雪沉抓住手肘，松开手，露出皮肤上的红痕。

许肆月摘下眼镜，露出微肿的桃花眼，带着鼻音问："雪沉，你能不能把车里的隔断降下来？"

唯一的"灯泡"乔御立马屏息凝神。片刻后，一声轻响，前后座的空间缓缓地被隔开。

今天乔御开来的是空间较大的商务车，后排是四个两两相对的单人座椅。许肆月踢掉鞋子，从里侧的座位上起来，越过扶手，趴到顾雪沉的腿上，俯身抱住他的腰，脸埋到他的脖颈边，用无声的泪把他的衣领浸湿。

顾雪沉的双手发凉，将她按在肩膀上。

许肆月唯恐被推开，不管不顾地往他的身上紧紧地贴，用力地环着他的背，说：“别推……你别推开我。”

许肆月感觉到他停顿下来，眼泪流得更凶。他的心那么软。每次他要拒绝什么，只要她开口示弱撒娇，他就会沉默地接受，满足她所有的要求。

许肆月的手抚在他的脊背上，又一点一点地触摸他的肋骨，肌肉匀称紧绷。他仿佛蓄着力量，可也很瘦。他怎么这么瘦，是不是吃了好多苦？

许肆月感觉到自己要崩溃了。她心疼眼前的这个人，心疼得不知所措，又好喜欢他，喜欢到“喜欢”这个词已经无法来形容她的情感。

“对不起，”她窝在他的脖颈旁，感受着他心脏跳动，抽泣着说，“对不起，我没想到会这样，让你被当成谈资，让你受我连累。”

顾雪沉的手缓缓抬高，穿过她的长发，扣在她沁着汗的后颈上，他说：“我不需要你觉得对不起我。”

许肆月湿透的睫毛蹭着他。她沉溺于他身上的气息，柔柔地说：“我还想说谢谢。我本来以为今天你不会管我了。”

顾雪沉闭上眼，无法自控地用了些力，把她按向自己。他淡淡地说：“我更不需要谢谢。我来，只是为了顾太太的脸面。”

许肆月忍不住张开嘴，在他的颈侧小小地咬了一口，惩罚他的固执和嘴硬。

“对不起”和“谢谢”之后，她那差点脱口而出的“爱你”也被理智堵了回去。

许肆月窝在他的怀抱里，心脏跳得飞快，对自己本能反应出的这两个字感到震惊且无措，又有些隐秘的、难以言明的激动情绪与甜蜜感、酸涩感从心底汩汩地淌出来，一时忘了要哭。爱是……这样的感觉吗？

顾雪沉垂着眸，看不到她的表情，但看到她这么亲密地依赖他，猜想她是病情发作了，想到之前心理医生的话，眼中又有戾气。肆月要痊愈了，却偏有不长眼的人敢招惹她。让她情绪波动、陷入危险境地的人，他无论怎么教训都觉得不够。

顾雪沉脸色冰冷，动作反而温柔，修长的五指慢慢地梳理许肆月微乱的头发，隐忍地安慰着她。许肆月的皮肤被他的指尖轻轻地碰着，他每次接触她，她就像通了电一样身上泛起细微的酥麻感。她的耳朵红成一片，身体止不住地发软。

顾雪沉低声问："车上有水，你吃药吗？"

许肆月愣了一下，才反应过来他说的是抗抑郁的药。在机场里的时候她以为自己肯定完了，但现在除了在哭，并没有抑郁症发作的征兆，而且她的眼泪还不是她为自己流的，是为了顾雪沉。不知不觉间，她竟从悬崖边回到了安全港。

许肆月深吸气，在他的脸颊上重重地亲了一口，说："我吃完药了，你就是我的药。"

顾雪沉捂住她的嘴让她老实。许肆月呜呜叫着反抗，被他毫不留情地强势镇压。确定她是真的没事后，顾雪沉才控制住自己的贪恋，克制着情感，把她丢到对面的单人座位上。

几乎同时，顾雪沉的电话响起。他看到号码，直接开了外放，对方肃然地说："顾总，按您的交代，我已经将沈明野那边的证据全部放出去，接下来他有苦头吃了。"

顾雪沉将目光凝在许肆月的脸上，不放过她任何一瞬的神情。毕竟整个事件从表面上看，沈明野根本没参与，他无辜被牵连了。如果肆月对沈明野有一丝不忍心或是舍不得的感情，让他住手，他都……

顾雪沉的睫毛颤了一下，脊背越发僵硬冰冷。他能怎样呢？肆月只是他名义上的妻子，对他没感情，一切亲昵的举动不过是她因为无助而依靠他和她一时的兴起。她对沈明野无感，也迟早会喜欢别人。

有一个人会被她真正地爱上。他从来不敢去想的事实猛然闯入他的大脑。顾雪沉眼眶泛上一层难以遮掩的红。他扭头去看窗外，不想被许肆月发现。

许肆月正在快速地刷新微博页面，眼睛越睁越大。

深蓝科技官方初次发布了和公事无关的置顶微博，简单粗暴地把许肆月和沈明野第一次拍摄节目宣传片当天，沈明野在现场主动亲近许肆月、主动搭肩膀、主动送礼物、搞暧昧的全程视频公布，并截取了重点片段做成动图。除了这些，还有那个傍晚在地下车库里，沈明野堵住顾雪沉，亲口说那些挑衅之言的视频也被选取关键的部分，实打实地被放出来。

许肆月亢奋地问："雪沉，监控拍到了？我看那天沈明野大摇大摆的模样，还以为他专门躲开了摄像头。"

顾雪沉盯着外面不看她，听到"沈明野"的名字从她的口中说出来就不禁戾气横生，说："他以为躲开了，但外摄像头只是摆设，深蓝科技基地大楼里实际的监控是全覆盖的隐形摄像头。"

"怪不得，他活该，也不看看什么地方就敢撒野，"许肆月一时没注意到顾雪沉的情绪，继续往下看，在一群营销号里发现了更劲爆的料，惊得把手机拿近，"不是吧？！他交过这么多……女朋友？！"

许肆月顿了一下，是为了斟酌一个不太露骨的词。其实那些人哪里是他的女朋友，沈明野简直是花心男人中的战斗机，不管是女星、工作人员还是粉丝，凡是他染指的都是妖娆的大美人。

沈公子小小年纪，真是精力充沛，一边当著名演员，一边在娱乐圈里收美人，实打实被爆出来照片的美人虽然就两三个，但足够了，其余的美人众人自然也会选择相信她们和沈明野的关系。

许肆月的滥情跟他这种真刀实枪的滥情比起来，顿时显得小巫见大巫了。之前那些说她婚内出轨、蓄意勾引、带坏纯良演员的言论也消失了。他三年多在影视圈儿里维持的高冷、干净的形象，一夕之间毁了。

大家都能猜到这是深蓝科技在态度决绝地还击，但深蓝科技没用官方账号爆料，谁都不能妄议。沈明野的粉丝恸哭，最后骂不过路人，只能转头去沈明野的微博底下质问他为什么不能安分守己，非要去招惹顾雪沉的老婆。

许肆月扣过手机，好奇地问："雪沉，你什么时候查他的？是不是从我跟他重逢就开始了？"

这么多的实证，他不可能一朝一夕就搜集完。

顾雪沉的眉目间隐隐蓄着阴郁感。他问："不忍心了？"

许肆月听他的语气，恍然意识到老公的心情不太好，乖巧地往前探了探，出其不意地俯下身，把头埋在他的膝盖上，伸手搂住他的腿，由衷地赞叹："老公你太厉害了吧！"

顾雪沉一怔，缓缓地低头。

许肆月的黑发铺了他满腿。她像小动物一样贴着他，不安分地蹭来蹭去，声调上扬，说："搞死他就对了！小兔崽子敢欺负到姑奶奶的头上！他以为自己没露面，就能躲起来装无辜吗？还想继续套路我？我坏，但是不傻，好吗？！"

她又仰起脸，双眼里像有云霞，朝顾雪沉展颜一笑，说："就算我真的又坏又傻，我老公也会护着我。你会帮我摆平一切，是吗？"

顾雪沉听到自己血液沸腾的声音，心脏在剧烈地跳动。这是他还活着，此时此刻还拥有她的证明。他盯着她，略失控地捏捏她秀气的下巴，说："还算懂事，要奖励吗？"

许肆月心潮汹涌地轻笑，说："我喜欢主动领你的奖励。"

说完，她抬起身，压下顾雪沉的肩膀，对准他淡色美好的唇温柔地咬上去。

动情时，许肆月眼尾流了几滴泪。她又坏又傻，自信过度又麻烦不断，但这么糟糕的许肆月，只希望雪沉能被她抚慰，不要他在她看不到的地方默默地舔舐流血的伤口。

回到瑾园，顾雪沉加强了家附近的安保，防止许肆月被打扰。她现在的状态稳定，不代表她可以去面对那些污言秽语。

许肆月也用自己的认证账号郑重地发了一条微博："从始至终，我与沈明野绝无暧昧之事。我曾经幼稚、不懂事，对我的爱人造成了伤害。我不否认此事，但嫁给顾雪沉是出于我本心的意愿，往后余生，我的眼里只有他一个人。"

在此之前，顾雪沉在机场里的视频已经火遍全网。那个芝兰玉树的男人当着所有的镜头亲口说，无论许肆月对他做什么，他都心甘情愿。这简直是给了女人可以肆无忌惮做任何事的诺言，于是舆论就完全变了方向。

没有人相信许肆月的这番表白。网友们认定了这是她为了继续当顾太太刻意说的，甚至刷起了话题——"跟顾太太学习怎么吃定男人""求许小姐出一本撩男神大全""许肆月如果写她拿下顾总的全过程，出书后我绝对买它三百本"……

许肆月终于明白了，这才是顾雪沉真正的目的。

网上的爆料多少涉及了她，她不可能全身而退。不管沈明野有多少不好的往事，她的事也是事实。她再上节目，再出现在公众面前，会被继续戳脊梁骨。但顾雪沉站出来说完那些话，她的薄情就变成了令人艳羡的魅力。她伤害他而被他恨，那是该唾弃；她伤害他还被他无条件地深爱，则是有资本。

许肆月无视手机里爆满的消息，打电话给已经去了公司的顾雪沉，问道："我发在微博里的内容，你信吗？"

他说："前半段内容我可以信。"

许肆月笑了笑，已经为他沦陷了。只钟情他一人，除了她自己，谁都不信。

许肆月把小抽屉里珍藏的盒子拿出来，里面装着儿童节时顾雪沉送她的小月亮锁骨链儿，之前没舍得戴它。

她在各大品牌官网上搜到眼花，总算找到一枚精致的小雪花吊坠儿。

许肆月干脆打了这个品牌明城门店的电话，得知小雪花吊坠儿有货，立马付钱。不久后，同城快递送到了门口。她把小雪花吊坠儿穿在链子上，小雪花跟小月亮在一起，将项链小心地戴到脖子上。

左右照了照，许肆月给自己竖起大拇指，真是美爆了，然后果断露出"雪月"项链自拍，将性感的照片发给顾雪沉，将正经的照片发微博。

没人信她，无所谓，她自己信就行了。没心肝的许肆月喜欢顾雪沉，生平第一次轰轰烈烈地动心，爱上了他。

当天她屏蔽了网上那些打扰她的言论，专心地坐下来，开始画她自主品牌的第一个主打系列的基础元素——雪片和月亮。

她刚画完雪片的边缘，手机上就收到一条陌生号的信息："姐，姐夫这么对我，你就一点也不在乎吗？你应该告诉他，他有时候太狠了也不好。他会遭反噬的。"

许肆月笑了，回复他："第一，我没有弟弟。第二，我跟我老公说过了，他做得真棒。"

三天后，网上关于许肆月的舆论基本平息，就算还有与她相关的言论，也是网友羡慕、求学拜师的奇特要求。而沈明野的桃色新闻不断发酵，还牵扯到一些女明星。他正在拍的电影被迫暂停，几个代言的商家与他解除了合作关系。他撤不掉热搜，词条里全是网友要他退出娱乐圈的言论。

许肆月撒娇耍赖、好说歹说，顾雪沉好不容易答应撤掉家附近的“保护圈儿”，准许她出门。她开心到拍床，说：“韩桃带着节目的团队来明城了，晚上我跟她出去！”

顾雪沉盯着她锁骨间的两颗小项坠，沉默地别过头。他今晚不忙，想和她一起在家里，果然还是贪心了。

许肆月花了不少时间打扮，带上她“雪月”系列箱包的资料，不惜花重金订了摘星苑的包间儿，晚上请客。以前她是许肆月，可以省钱，但现在她是尽人皆知的顾太太，得给老公长脸。

韩桃带着团队的七八个人到了明城，除了有工作任务，还为了安慰许肆月。大家和她一起录过几天节目，很熟了，在摘星苑里见到许肆月都不拘束，纷纷打趣她。

“顾太太藏得够深啊！老公是一位科技高手，是画中仙，还对你死心塌地的。现在你才是全网女人眼里的人生赢家。”

“我的天！我都不敢想，顾雪沉要是我的老公的话，我每天得供着他。”

许肆月唇角微翘，说：“他是我的，你不许想。”

对方哈哈大笑，说：“我懂我懂，就算你对他没感情，他也是你的私人所有物。你不乐意别人垂涎他，对吧？”

许肆月笑意淡了些，摸了摸颈间的吊坠儿，没有过多地解释。她说什么？她说自己不是为了钱，不是为了稳固顾太太的地位，更不是为了证明自己的本事才甩了他又嫁给他，自己不肯放手仅仅是心系他。

韩桃及时打断，张罗开席。许肆月挨着她，把“雪月”系列的设计稿给她看。韩桃捧着平板电脑聚精会神地看，翻完草图后，眼中难掩激动之色，捏捏她的手臂，说：“肆月你可以的！这个手包，还有这个小挎包，样品出了你先给我！”

许肆月心里有了底儿，情绪放松大半。菜很快上齐，一群女人又叫了酒，不再矜持，痛快地享用食物和美酒。

正式吃饭前，韩桃想起了什么，要了一杯温水，含笑跟许肆月解释："维生素要饭前吃，差点忘了。"

韩桃说着从随身的提包里拿出两个药瓶，倒出药粒。

许肆月不经意地看过去，目光凝住。这个维生素是国外的牌子，应该不多见，但她恰好就见过一次，在江家寿宴的那晚，顾雪沉的行李箱里。他的睡衣下压着几个药瓶，其中一个药瓶跟韩桃手中的药瓶一模一样。许肆月当时还拧开了药瓶，里面是很普通的白色药片，然而……她皱眉，韩桃打开同样的瓶子，倒出来的竟是橘黄色的椭圆药粒。

许肆月不禁问："这个药……是橘黄色的？"

包间里太吵，韩桃没听清。许肆月以为她是有什么隐情，不好继续再问，心里却暗暗觉得异样。

这种小众的进口维生素，她想在当地的药店里买到基本不可能。许肆月打开购物软件，按名字搜索，也没有几家代购在卖。她选了一家店主在线的店，问这种药到底是什么样子，店主说从没拆开过，不清楚。她想了想，下单买了一瓶，不买回来亲眼看看，总是有种奇怪的不安感。

店主说："亲，药不是现货哦，需要等一小段时间。我保证全网代购数我最快，你换别家也买不到的。"

许肆月只能应着对方，还没太意识到这究竟意味着什么，只是有点不放心，想买回药来确认一下。

包间里大家酒喝了一半，吵闹得正欢，都是年轻的女人，又是在娱乐圈儿里混的，不知不觉地话题开始不正经。韩桃也不再优雅端庄，跟她们一起笑闹。

旁边的女编导微醺了，遗憾地拍桌，说："肆月太小气了，自从顾总的真容被曝光，她就把漫画里男主角所有的'露肉'画面都改了！简直残忍！我看不到真人，看看漫画里的男主角也不行！"

许肆月慢悠悠地喝了两口酒，托着下巴，挑眉，说："就是这么小气。"

"肆月自己看得着顾总也吃得着顾总，一点渣都不分给我们。"有个特别开放的女人闹她，在酒精的作用下更没什么顾忌，"我看出来了，顾总和顾太太的某种生活很和谐。"

别人起哄道："什么生活？直说啊！"

大家偷笑，有两道声音很轻地咬出那个字。

许肆月当没听见，自顾自地跟韩桃喝酒，耳根儿却悄悄地热得仿佛被烤着。她倒是想过那种生活，可老公不配合。

许肆月委屈，酒量又一般，喝了一点酒就趴在桌上，鼓捣着手机给顾雪沉发微信消息。

宾利停在摘星苑的楼下，顾雪沉坐在车里翻文件，不时看时间。

放在身边的手机蓦地一振，顾雪沉立即拿起手机，点开"无敌小月亮"发来的微信语音，乱糟糟的说笑声里，她娇柔地叫他："老公，我要回家。"

他合眼，冷静了片刻，失败了，简单地整理座位，把副驾驶座收拾干净，推门下车，直接去了三楼的包间儿。

侍者恭敬地推开门，做了一个"请"的手势，说："顾总，太太在里面。"

顾雪沉缓步走进去，灯光照亮他的脸。包间里立刻有人发现了他，愣得筷子"啪"的一声掉到桌上。其他人也望过去，然后停住动作，目不转睛地看着不似真人的绝色冰山顾雪沉。

顾雪沉客气地点了一下头，目光落在许肆月软绵绵地趴着的身影上。他径直朝她走过去。一旁的韩桃连忙起身，说："抱歉顾总，我不知道肆月喝了多少酒。"

顾雪沉摇了一下头，手指蹭过许肆月微热的脸颊，低声说："肆月，回家了。"

许肆月不动，小声地哼哼唧唧。

顾雪沉揽起她的上身，把椅子向后拉，随即钩着她的膝弯，把她稳稳地抱起，简单地交代："她喝醉了，我先带她走。你们随意，账记到我这里。"

顾雪沉抱着许肆月离开包间儿后，包间儿里才响起一片沸沸扬扬的议论声。

顾雪沉的脚步很慢。他没乘电梯，一步一步缓缓地走着楼梯。暖黄的壁灯映照下，许肆月随着顾雪沉的走动微微晃动，睁开水光荡漾的眼睛，怔怔地注视他的睫毛、鼻尖、微抿的唇、利落的下巴和喉结，忽然悲从中来。

顾雪沉听见了“小妖精”弱弱的哽咽声，不得不停下脚步，低头看她。她可怜巴巴地垂着眼尾，如求助般望着他。

顾雪沉的喉结略微滚动，他低声问：“喝醉了不舒服吗？”

许肆月像小动物一样，轻呜、摇头。

“那是怎么了？”

许肆月抬起手，紧紧地搂住他的脖颈，受了天大的委屈般凑到他的耳边，说：“她们在饭桌上聊限制级话题，说了好多少儿不宜的事，我听着难受死了。”

顾雪沉拧眉，自动认为她是不爱听那些话，刚想说些什么，就感觉到许肆月的唇蹭到他的耳边。她轻吻他，声音缠绵婉转，又带着磨人的哭腔。

“我好羡慕，呜呜呜……

“我到底什么时候才能跟老公有夫妻生活？！”

许肆月确实喝醉了，但还没到神志不清、胡言乱语的程度。她清楚自己在说些什么，一半是借酒壮胆，有一个说得通的理由来放纵，另一半是真的有些压抑不住心情。之前她还能忍住，慢慢地哄顾雪沉，等他想通，等真相浮出来，现在却控制不了自己的感情了，已经对他越陷越深，尤其最近几天，像是在单方面暗恋。

许肆月满腔热忱，想黏着、赖着这个男人。可他明明深爱她，却口不对心，不肯为她妥协。她想，那她就用最亲密的方式与他接触好了。等到她真的完全属于他，他是不是就可以解开心结，不这么冷淡地对她了？她好想寿宴那天晚上的那个爱意炽烈的顾雪沉。

台阶上，两个人的呼吸声都不够平稳。

许肆月紧张地期待了半天，等来顾雪沉一句冷淡的答复：“你需要醒酒了。”

这真是直白的打击，许肆月被他激得酒劲儿都要翻倍，如泣如诉地念叨：“婚都结了这么久了，我们抱也抱了，亲也亲了。你干吗还是不碰我啊？我没变丑，身材也比四年前更好了。那时候我还没长开，你对我都着迷成那样。你怎么现在就……”

“再说一个字，”顾雪沉睨着她，“我就松手。”

许肆月马上把后面的话咽回去，紧紧地抱住顾雪沉，让淡淡的酒气扑到他的唇边，尽可能地增加自己的存在感。她就不信了，他真能对她无动于衷。反正今天晚上难为情的话她都说出来了，要是一点突破也没有，她这些年真是白白恃美行凶了。

许肆月被斗志激得迷迷糊糊，脑中满是以前程熙给她发过的各种小作文。她尽力地安分了一小会儿。到了车上，在封闭的小空间里，她重新活了过来，像一只软骨头的猫一样拽着顾雪沉的手。

顾雪沉眉心的沟壑很深。他直接把许肆月换到后排，用安全带束缚住她，甚至有一瞬间在考虑要不要给她装一个儿童座椅，省得她折腾。

许肆月委屈巴巴地被绑着，一路都在可怜地呜咽。

顾雪沉猜她是装的，忍着不去看她，手将方向盘攥得烫人，指腹的皮肤被磨得发疼。他控制着自己的心神，在到达瑾园之前压住了心底翻起的火，准备上楼就把她丢进卧室，让阿十照顾她。他就去书房工作，一点也别多碰她，否则她这个样子……

顾雪沉到底还是朝后视镜扫了一眼。

许肆月慵懒地斜靠在椅背上，桃花眼半睁，眼里闪烁着光芒，鼻尖、脸颊上都染了胭脂色，唇上覆了一层水光，跟他对视。

“被我抓到了，你在看我。”她伸出一条雪白纤细的腿，用细瓷般白皙的足尖点了点他的手臂，嗓音蛊惑人，“我发微信说想回家，你那么快就来接我了。你是不是本来就在附近等我呀？”

顾雪沉绷紧了下颌，收回目光没理她，停好车，打开车门，俯身要把许肆月拉出来。她先他一步手脚并用地攀上他的身体，双手搂着他的肩，细腿绕在他的腰上，他不抱她她就不下来。

两个人太近了，她的身上很热。

顾雪沉顺着这个姿势强硬地把她从车里拖出来，不敢露出丝毫怜惜之意。

许肆月也不在乎他是不是粗暴，就心甘情愿地当个小树懒，趴在他的肩上轻哼着，半醉半醒地说话：“老公身上的味道好好闻，我一直都喜欢……喜欢你的味道，干净又很诱人。四年前就让我……让我总想抱着……”

许肆月的脸色酡红，眼睛泛着诱人的水光，她聚精会神地看他，说："沉沉，你亲亲我好不好？你帮我……帮我脱衣服好不好？"

顾雪沉一言不发，坚硬的肌肉硌着她的手。

许肆月抬起指尖，扯开他的领带，将领带扔到地上，又抿着唇，努力地去解他衬衫领口的扣子，软嫩的皮肤在他的喉结上来来回回细细地滑。

顾雪沉指骨的关节凸起。他直接抱着她上二楼，进了许肆月的卧室，在她成功地解开他第二颗扣子时，把她放到浴室的洗手台上，拧开水龙头，用偏凉的水浸湿了毛巾，将毛巾拧到半干后按在她的额头上。

许肆月惊叫了一声，顾雪沉问她："清醒了吗？"

许肆月停顿了一秒，紧接着抢过毛巾，换成更冰的水重新把毛巾泡透了，再次揉向自己的脸，然后将毛巾扔到一边，手指钩住顾雪沉敞开的领口，把他拉近自己。

"我换了比刚才更凉的水，现在头发和脸都湿了。"她带着湿漉漉的水汽，紧盯着他近在咫尺的黑色眼睛，想看到他内心的最深处，"但是很可惜，没用，还是想对你做坏事。"

冷水没让许肆月放弃。她喜欢他，甚至爱上他。他到底有什么不能言说的秘密，重要到让他忍得这么辛苦，就是不愿意接纳她？无论如何，他能不能先坦诚心意，让她光明正大地对他好？他们过起甜甜蜜蜜、没羞没臊的小日子，别的事再说，不行吗？

醉意被冰水激得厉害，理智仿佛被点燃了，迸发出火星子。

许肆月的眼角不知不觉地红了。带着水汽，她仰头吻上顾雪沉的唇，主动探出又软又热的舌尖，双手轻轻地颤抖，但格外坚定、固执地去扯他衬衫上未开的扣子。纯白的丝绵被水打湿，他衣衫下流畅的肌肉线条若隐若现。

顾雪沉被她毫无章法地吮着，双手在洗手台边死死地握紧，皮肤由苍白到微红，骨头几乎顶开皮肉，艰难地抬起身体，掐着她的下颌将她推开。

他不能继续，肆月是一时兴起，是猎物没有完全到手的征服欲。接吻和上床的意义完全不同。他可以在亲吻里沉迷，但不能明知她没有爱，明知自己时日无多，连是否能陪她走完今年都不知道，还自私地占有她的身体。

他怕肆月后悔，更怕自己突破了最后一道防线后会完全失控，坚守不住秘密。太多太重的感情会压垮他，让他在生命最后的一小段时光里维持不住这张冷漠的面具。他会把她锁在身边，肆意地掠夺、霸占她。

肆月不懂他。他对她，无论四年前还是四年后，都远不是表面上这般平静。他阴暗地想把她困住、藏起来，想把她据为己有，想把她嵌进自己的骨血中，不许任何人觊觎。那些沉重阴郁的念头总在冲撞他的伪装，如果她连身体都属于他，那现在的锁链会再也困不住他疯魔的贪欲。

顾雪沉深深地看了许肆月一眼，向后退开，转身朝浴室的门口走去，手抓到门框时，听到身后传来声音。

“你还觉得我是醉后胡乱地缠着你开玩笑，是吗？”

许肆月轻声地问完，从洗手台上跳下来，脚踝发软，险些摔倒。

顾雪沉猛然回过头。

她站在灯光下一笑，跌跌撞撞地走到淋浴区，干脆地打开花洒，任由水流冲刷。她站在如瀑的水下，扭过头，撩开湿透的长发，直勾勾地凝视着顾雪沉，说：“毛巾不够，那这样呢？这样的我够清醒吗？”

顾雪沉勉力地维持冷静。他离花洒并不远，水猛烈地流下，没有丝毫热气，她开了冷水。他的理智在水流中被冲走，他大步地走过去拽她，狠狠地把开关拨回去。

许肆月站了几秒，薄薄的衣裙已经湿透，紧裹住身体，美好的弧线被勾勒出来。她轻微地发着抖，倒在顾雪沉的怀中，贪恋两个人厮磨的感觉，冰冷纤细的手压在他的胸口上，感受他混乱的心跳声，而后手缓缓地向下越过金属的皮带扣。

“雪沉，”她轻叹了一声，声音甜美婉转，仿佛诱人的罂粟，“你不要我，可它……已经忍不住了。”

空气在急速升温，犹如无数枯枝燃起，炸出的火星灼得人发疼。

心跳声让许肆月头晕，湿润的手停在那里。她开始微微胆怯，而后不再矜持，轻轻地去触碰它，用指尖描摹它，用手覆盖住它。头顶上的呼吸声猛然加重，沉重得让她微微窒息。

许肆月口干舌燥，提醒自己不要认输，又不是第一次这么动他了，比起四年前，总该有些长进吧。

上次在教室里她出于好奇，逼得他红了眼眶，却没什么解决问题的办法，但这次不一样。今天她是把自己“烧着”了，捧出十二万分的真心，必须要和他有进展。

许肆月本能地张开唇，汲取微薄的氧气，手略显笨拙地轻揉了他一下，以为只是试探和引诱，却不知道顾雪沉早已经悬在岌岌可危的那条线上。她任何一点动作都能轻而易举地把他点燃。

她不需要过多地触碰他，仅仅是一下，拦着顾雪沉的线就会被扯断。他一把攥住她的手腕，然后拉开她，力道失控。

“许肆月，”顾雪沉说，几个字低沉到让人不忍听，“放开！”

许肆月不肯，硬是挣开他的钳制，重新将手放回去，得寸进尺地去拽皮带，金属扣很顺利地被解开，她不用看皮带也可以轻松地扯掉它。他的温度能把人烫伤。

许肆月觉得她也疯了，狂热地想继续，想把顾雪沉严肃冷漠的面具亲手摘掉，将他的面具踩碎，让他崩溃，让他发泄情绪。

她揽着他的腰，让他压向自己，身体却意外地一晃。顾雪沉像被逼到退无可退的绝境，忽然推着她上前一步，手一钩，再次打开花洒，热水“哗”的一声从上方洒下来，把两个人的身影全罩在里面。

室温顿时飙高，消除了许肆月身上残存的凉意。水流声也盖住了其他的声音。眨眼间，许肆月完全陷入被动的状态。顾雪沉低头吻住她，狠得要把她拆吞入腹。他第二次捉住她的手腕，却不再甩开她，而是在理智坍塌前的一瞬间，抓紧她的手，朝自己按了回去。

许肆月的脑中“轰”的一声，眼前本来白花花的，而后出现斑斓的光团，如烟花一般。

自己胡乱折腾是一回事，被他亲手引导着是完全不同的另外一回事。

许肆月的嘴唇酸痛，可她也心潮澎湃地想哭出来，一边回吻他，一边迷迷糊糊地想起小时候外婆给她讲过的某个小故事。

许久后，许肆月靠在顾雪沉的肩上费力地呼吸，全身一丝力气也不剩，分不清是因为醉酒，还是因为她湿润的手。她的嗓子哑了，发不出声，想说的很多话也说不出来。

头顶上花洒的水停了，许肆月隐约听见布料的摩擦声，以及金属扣轻碰的声响。她想低头看看，却被顾雪沉箍着走出淋浴区。

许肆月被他拉到洗手池旁。他挤出几乎半个掌心的洗手液涂在她的手上，拧着眉，仔细地替她揉搓着手。她察觉出一丝哀戚至极的无望和苦涩感，不由得眼睛一酸，把手往回收。

“我不要，”她小声说，“你不用这样。”

她喜欢他，那些情感已经在她没有察觉的时候，恣意地变成了喜欢他的一切。

顾雪沉固执地攥着许肆月，硬是给她反复地洗手，又把她湿了的裙子脱下来。她露出大片雪白的皮肤，他垂眸没有细看她，拿过一块大浴巾将她裹住，丝毫不温柔地给她擦干头发，随即把她抱起来，将她送出浴室，放到床上，用被子盖严了她。

“雪沉，”许肆月借着床头微弱的灯光看他，沙哑的嗓音里有散不去的媚意，“你今晚不想继续，那我不逼你了。你留下过夜，别走了，好不好？”

不管怎么说，虽然两个人没到最后一步，她跟他总归是有大突破了，何况她总是感觉，顾雪沉被渴望和痛苦两种情绪拉扯，他要被扯疯了。他站在床边，一个侧影也孤冷美丽，让她心疼又心动。

顾雪沉的身上还是湿的，他没说话，转身去冲了半杯感冒冲剂，半强迫地喂许肆月喝了，然后终于开口，说：“睡吧。”

许肆月的心口紧缩，她拽着他不放手，发现他的掌心热得厉害，忙找借口说：“一包感冒冲剂的药量不够，我着凉了，需要一次喝两包药才可以！”

顾雪沉没有精力去分辨她的话是真是假，沉默地又去冲了一包感冒冲剂，将药递给许肆月。

许肆月望着他乌黑黯淡的眼睛，不明白亲密的接触怎么会让他这么难过。她心急如焚，又怕在他敏感的时候伤到他，不敢瞎问。谈恋爱真是太难了啊。

许肆月来不及多想了，他的身体要紧。她先把药含了一大口，然后在顾雪沉失神时，把他搂过来，嘴对嘴把药喂给他。

顾雪沉僵了片刻，苦涩的药因为她而变甜，颤抖的睫毛还是缓缓地落下去，第一次有些明显地纵容了她。他偏了偏头，用阴影遮住脸，低声说："发泄而已，和别的感情无关。"

许肆月放下药，抱住他的手臂，忍着鼻酸，一边轻抚他冷硬清瘦的脊背，一边顺着他回答，说："嗯，当然了，只是发泄。不然还能是什么？所以啊，你不用憋着，下回考虑一下我们来真的。我对你这方面很满意，你也帮我发泄一下。"

顾雪沉双手握紧了又松开，把她压回被子里裹好，走出卧室。他的房间并不远，但他每一步都踩出水印儿，走得吃力。

关上门，顾雪沉在黑暗里脱下冰凉的衣服，赤脚站在地板上，放纵了粗重的喘息声。他想要她，想对她做一切疯狂的事，把欲求一点一点地施加在她的身上，挡住所有光源，让一切暗无天日，让她只有他，让她只能接纳他，让她从早到晚为他哭为他叫。

顾雪沉闭上眼，许久后给乔御打了电话，安排道："后天在东京的那场签约仪式，取消原来的行程，我自己去。"

他再不从她的身边抽离，就会万劫不复。

第十章　刻　骨

许肆月睁着眼睛熬到半夜，完全没有睡意。阿十兢兢业业地在她的床边蹲着，随时准备照顾她。她满腔热忱无法宣泄，也羞于跟阿十说。

虽然阿十是个机器人，但声音是男声啊！她怎么能跟阿十倾诉闺房秘事呢？

许肆月躲进被窝，贼似的把右手张开，回忆那时候的触感，脸热到要爆炸。她又滚成一团，把洁白的手指凑到鼻尖闻了闻，全是洗手液留下的清香气味。什么痕迹都没有，顾雪沉真是小气死了！

她后半夜才睡着，梦里全是不可描述的画面。

许肆月再睁眼已经是第二天上午，没等彻底清醒，就看到手机凌晨时收到的一条微信消息。

“大魔王”：“我出差去东京。你有事联系乔御，不用找我。”

许肆月把手机往床上一拍，他又躲了……她这么娇气可爱，还能吃了他不成？！

许肆月转念一想，也没错，自己还真是想吃了他。她深吸一口气，心思百转千回，斟酌着到底怎么样才能让顾雪沉放心不下她，早点回来。最后她选出一个最正经的理由，给顾雪沉回复：“好，正好我也要出门，咱俩都不在家。”

许肆月耐心地等待着，五分钟后，“大魔王”果然来电了。

“去哪儿？”他开门见山地问，冷漠无情。昨晚那个在她的颈边忘情地吮着她的男人仿佛被夺了舍。

许肆月说出考虑好的答案："珑江镇，离明城挺远的，坐飞机再坐车，得五六个小时吧。"

并不是临时起意，她之前定下"雪月"系列时就考虑好了，只是还没来得及跟他说。

顾雪沉站在机场的候机厅里，看着显示屏上飞机半小时后起飞的航班信息，牙关紧了紧，问："和谁去？"

她总有办法，一两句话就能毁掉他淡定的面具。

"当然要找个伴啦，一个人多孤单寂寞。"许肆月拖长了音，停了一小会儿才笑盈盈地说，"想跟顾总借程熙。"

她在"程熙"的名字上加重了音，好让顾雪沉把心放下，又说："我自创品牌的主打系列里有刺绣元素，珑江镇又以刺绣闻名，我想去那儿找个技艺超群的绣娘。除了这次去珑江镇，我还想让程熙以后都跟着我混。她当初和我同一个专业，现在在深蓝科技里设计产品，不如跟我做包。顾总你看，我昨晚伺候得那么尽心，你行个方便吧？"

顾雪沉垂眸，眼睛深且黯淡。

她为什么不叫他老公了？连雪沉这样的称呼也不用了。他不喜欢她一板一眼地叫他顾总。

许肆月因为他躲去国外的事感到失落，存心叫了几声"顾总"气他，等气够了，自己也心疼了，又柔声说："老公，沉沉，好不好？"

顾雪沉这才眼睫一动，掩住眸中那些被她操纵的情绪，敛起唇角，说："随你。"

去东京的飞机上，顾雪沉一直在看珑江镇的资料，熟悉到几乎能将资料背下来才暂时将它放下，又拿出贴身的钱夹握在手里。这钱夹是肆月亲手做的，她说这钱夹是独版，只给他一个人。他收到钱夹后一直没舍得用，今天才特意带上它。

顾雪沉用指腹摩挲着钱夹，像对待易碎品般小心地掀开它，而后目光凝住。他左手边的透明卡片套里，有一张肆月的手绘图，图里他们两个人在拥吻。他右手按住的皮料上有被镂刻的小雪片和小月亮。月亮不是弯月，是圆月，雪片……嵌在圆月里面，而且是深处的位置，这……她暗示得太明显了。

顾雪沉的额角跳了跳，他合起钱包，将它放在贴着心口的内侧口袋里。他这次必须忍住，在东京多留几天。只要肆月每天给他打一个电话，让他听听她的声音，他就能控制住自己不去找她。

但问题是，顾雪沉抵达东京后，为即将推向市场的陪伴机器人一直忙个不停，跟合作商碰面，出席晚宴和签约仪式，所有流程走完，他又撑过了几个漫长的电话视频会议，整整两天过去，许肆月只给他发过两条简短的报平安的信息，一个电话都没有打给他。甚至他忍无可忍地给她发语音过去，她慢吞吞地回过来的内容也仅仅是几个没营养的字而已。

她故意这么做，这都是圈套。她想像以前一样引他上钩，逼他想她，让他受不了，让他离不开她。她只想攻略他而已。

顾雪沉比任何人都明白，但撑到第三天的下午，还是坐上了回国的飞机。到达明城后，他没有休息，直接转机飞往离珑江镇最近的机场。

下飞机后到珑江镇还有很远的路，顾雪沉在车上，撑着疼痛的太阳穴，低眸发微信给"无敌小月亮"，质问道："你到底打算什么时候回家？"

车快驶到珑江镇时，许肆月的回复姗姗来迟："家里没人想我，我急着回去干什么？"

顾雪沉骨节分明的手指落在屏幕上，他打字："阿姨想你，阿十也想你。"

"你呢？"她偏要问他，"你想不想我？"

顾雪沉的眼睑下有两抹孤寂的阴影。山路不平，微微摇晃的车上，他静静地坐着，很清瘦，像落满霜雪的雕像。

他当然想她，这个世界上，没有人能比顾雪沉更想小月亮。

珑江镇不大，风景算不上极好，比起山明水秀的地方，这里更偏向于质朴。周边的几个镇子，早些年因为地震频繁耽误了发展，后来纷纷开发旅游业，效果极好，还成了网红打卡地。珑江镇也想效仿周边的镇子时，已经抢不到多少游客了。于是珑江镇干脆安分守己，专心地发展历史悠久的手工业——刺绣。

珑江镇多雨且潮湿，跟明城的气候大不相同。许肆月问顾雪沉想不想她的时候，外面正在下雨。雨水细密地拍打着屋檐，沙沙作响。她坐在客栈楼下的小茶馆里，穿一条吊带儿长裙，长发披肩，妆容干净，偏偏她的长相过分艳丽，不化浓妆也美得放肆。她不用做什么，就能让来来往往的男人频频地打量她，又不敢靠近她。

程熙坐在许肆月的对面，眼睛瞄着她的手机屏幕，实在按捺不住好奇心，纠结地问："是……'大魔王'？"

许肆月托着下巴，抬眼一笑，问："怎么，你终于敢主动和我搭话了？"

程熙捂着脑袋哀叹，自打知道肆月捡起设计老本行、准备搞独立设计品牌，她就心痒痒，想跟肆月一起拼一次。但最近这段时间肆月太忙，"富贵姐妹"小群里很久没热闹过了。她担心姐妹的关系疏远了，也不好意思直接去求肆月，没想到肆月与她"情比金坚"，肆月主动跟"大魔王"点名要她。她兴奋得一宿没睡着，然而等真的跟肆月携手出门，才意识到，这女人选她除了因为信任她还有不可告人的目的。

肆月想要打探顾雪沉的过去。她在英国的那四年，顾雪沉的身上发生的所有事情，她都恨不得全扒出来，再拿笔一条条地记好。

"咱们跳过这个话题吧，好不好？我能说的都说了。"程熙把脸埋在臂弯里，"月总你放过我吧。我就是承蒙'大魔王'不嫌弃，有幸进深蓝科技成了一个很不起眼儿的产品设计师，再说我的心里有愧，一见到他就心虚，再多的事我真不知道了！"

程熙从肆月的口中得知顾总已经酒后吐真言，而且肆月确实对顾总有了真感情。她觉得既感慨又欣慰，把很多一直不敢说的事说了，唯独一件事情没有说……顾总会出手帮她，是要感谢她当初提了让肆月追他的赌约。这句话顾总只说过一次，也只为了给她一个理由，而且他下了死令，任何时候都不许让肆月知道这件事情。

几年来程熙一直在想，是不是有些东西肆月从最开始就想错了。顾雪沉对她的爱也许根本就不是从赌约开始的，而是更早……早到她不能想象。程熙自我拉扯得想撞墙，忍不住要告诉肆月，又怕自己会好心办错事，再给顾雪沉添麻烦。

许肆月摩挲着手机屏幕上与顾雪沉的对话页面，刨根问底道："真没了？关于他的任何事情我都想知道。你再回忆回忆，那四年我对他……了解得太少了。"

程熙啧啧两声，说：“听听你这语气，还敢说对顾雪沉只是喜欢？这还不是爱吗？！你的心快长到他的身上了好吗？！你们分开这几天，他想不想你我不敢说，你想他倒是想得很。而且你的情绪全在脸上了好吗？！为了不让人家躲你，你还要辛苦地忍着，不联系他。”

许肆月垂眸。这三天是很辛苦，她每时每刻都想给顾雪沉打电话，如果可以，一天发上几百条微信语音也不嫌烦。她还见到不少新奇的玩意儿，拍了好多张照片，都想给顾雪沉看看。但是她一想到他为了避开她，人都去了国外，如果她这么乖，让他总能知道她的消息，搞不好他半个月都不会回来。

“我又没爱过别人。我怎么清楚？”许肆月嘀咕道，“咱们圈子里的那些情侣，哪对不是今天好明天分，看脸、看钱、看家世，那算爱吗？我对爱最直观的了解，就是那天晚上喝醉的顾雪沉所说的话、所做的一切。”

她用细细的指尖摸着脖颈上的“雪月”项坠儿，不解地说：“我也不明白。我追他三个月，和他恋爱三个月，半年而已，他怎么会这么在乎我？他的感情深得让我心疼，搞得我有时候会觉得害怕。”

程熙有口难言，“恐怕不是半年”这几个字卡在她的喉咙口，吐不出也咽不下，只能干涩地反问：“你怕什么？”

许肆月晃了晃杯子里的茶，桃花眼里水波荡漾，失神地望着窗外，没回答。

她以前无法无天、嚣张跋扈，从来没有怕过什么，后来去英国，虽然因为心理问题病得很严重，一个人孤独又觉得时间难熬，死她都不怕。可现在她怕好多，怕顾雪沉不为所动，怕他真的不想她，又怕他难过、默默受苦，怕他一直这么冷淡，怕他永远不肯对她温柔……她更害怕，半年的感情基础过于脆弱，还布满伤痕，有一天他万一想通了、放手了，他不再爱她，她就会彻底失去他。

失去父亲、失去朋友、失去原来的世界，她已经看淡了。但她一想到失去顾雪沉，骨子里都在冒寒气，恨不得蜷成一团，哭到没命。她这样患得患失……是他想要的爱吗？

许肆月神魂不定时，程熙突然一拍桌子，举起手机给她看，激动地说：“你家‘大魔王’又上热门了。有人在从东京直抵明城的头等舱里偷拍到了他的侧脸！张张照片他都美到逆天！照片分分钟刷屏，网上那帮女的又开始哭天抢地说这么极品的神仙被你这个没心肝的人糟蹋了。”

许肆月醒过神儿来，一把抢过手机，把几张图翻来覆去地看了一遍，照片里的人真是顾雪沉。他靠窗坐着，五官的线条锋利。他们才分开三天，像分开了三年。她快分裂了，一边欢喜他真的已经回了明城，一边又想亲身上阵去撕那些觊觎她老公的女人。她想跟他好好地谈一场有合法夫妻生活的恋爱，真是好难！

顾雪沉的几张偷拍照在微博上刷屏，一时超过了某明星的路人生图的热度。

男人的一只手从泳池里抬起来，他漫不经心地滑了滑手机页面，目光停在了其中一条评论上：“顾雪沉是吃什么长大的？！他完全就是养尊处优、优雅清冷的贵公子本人，坐在那儿就贵得离谱，瞄我一眼我都想给深蓝科技打钱！”

一条信息恰好跳出来：“沈总，您想知道的事情有眉目了，目前的进展已经发到您的手机上，后续的内容最迟明天到。我会将全部的资料交给您。”

被称为“沈总”的沈明野从泳池里起身，随便披上一条浴巾，点开对方发来的附件，翻得很慢，不久后资料就到了底儿。资料不算多，但内容让他英俊的脸上露出了满意且复杂的笑容，唇边的弧度越来越大，直到他低低地笑出声音。

顾雪沉养尊处优，是优雅清冷的贵公子？事情真相未免太讽刺了些。这种身世的人难道不应该跌落到尘埃里，从小就在阴暗的角落里被踩成泥，然后一生不能翻身吗？

顾雪沉怎么能毫无倚仗，一步一步地走到了今天，撑起那么大的深蓝科技，抢走他沈明野喜欢的女人，还把他从巅峰打落到谷底，毁掉他的事业，让他堂堂一个著名演员在娱乐圈儿里举步维艰，不得不灰溜溜地转头投奔家里？

沈明野把资料又翻回到第一页，上面清楚地记录着顾雪沉童年时有很长一段时间在明水镇里生活，但目前所有明面上与顾雪沉相关的资料里都没有提到过这个地方。

明水镇……许肆月的外婆和母亲从前都喜欢去的地方。她们带着许肆月，每年夏天在那里避暑、养病。许家在明水镇里有几套宅子。顾雪沉和许肆月的婚礼没有选任何热门的地点，偏偏在明水镇里举行。

沈明野琉璃色的眼睛黯淡下来，他早就觉得不对了，从多年前见到顾雪沉的第一眼开始，那种沉重且压抑的敌意就让他记忆深刻。他那时不过是个纯良乖巧的弟弟而已，顾雪沉却阴冷得恨不能要他的命一样。

顾雪沉对许肆月的感情恐怕远不止当初那几个月，如果事情真追溯到明水镇，再加上顾雪沉的身世，那可比现在刺激多了。

沈明野仰靠到躺椅上，找出一个号码打过去。

“梁嫣姐……”

梁嫣直接挂了电话。

沈明野勾着唇低笑，又打了第二次，电话响了很久之后，梁嫣还是接了起来。她冷声问：“沈明野，你还有脸找我？你的那些事被爆出来，你还嫌不够难堪？！上次你把我当工具，是我太蠢，轻易上钩。结果你不但没把许肆月怎么样，还逼雪沉公开维护她，害他那么卑微！”

“是啊，我也很难过，觉得顾雪沉好可怜。”沈明野叹气，声音变得沙哑，听起来人畜无害，“他爱得那么深，没做错任何事。可现在全网都知道了，肆月只是为了成为顾太太，为了他的钱。肆月那个人你是知道的。她哪儿有什么真感情？而且我今天听到了一个跟顾雪沉有关的故事。听完以后，我更加后悔，那天确实过于冲动了……”

梁嫣忍了片刻。在沈明野以为电话要再一次被挂断时，她终于硬声问：“什么故事？”

沈明野弯唇，眸中水光闪动，缓缓地说：“也算不上多么特别，就是看到了一则很多年前的报道。它只上了当地的小报纸，不是什么大新闻。”

“一个女人，应该是很漂亮的女人，宁可跟家里断绝关系，也要远嫁异地的男友，没想到男友一家子全是奇葩。男友一结婚就变脸，没过多久就怀疑她在外面有情人。后来她怀孕了，她的老公又疑神疑鬼，总觉得孩子不是自己的。

“然后这个男人家暴她。家暴她也就算了，明明已经确认孩子是自己的，可等孩子生下来后长大一点，孩子知道保护妈妈了，男人就连孩子一起打。更糟的事情是，女人被打出了精神问题，有时候失去理智，也会用孩子泄愤。

“后来矛盾被激化，女人某天彻底崩溃了，拿起菜刀亲手把老公杀了，就当着孩子的面。后来她自首坐牢，没几年也死了。那孩子就成了一根无依无靠的野草，还成了周围人集体排斥的对象。大家说他是家暴犯的儿子、杀人犯的儿子、精神病的儿子。”

梁嫣觉得心惊肉跳，烦躁地打断他的话：“你给我讲这些干什么？！这些事情跟顾雪沉有什么关系？！”

沈明野慢慢地笑了一声，一字一顿地说：“因为顾雪沉就是那个孩子。”

由于下雨，山路变得湿滑，车速减慢了不少，顾雪沉到达珑江镇时，天已经黑透。镇上游客不多，倒显得清静。

他一个人，谁也没带。

顾雪沉知道肆月住在哪儿，特意选了一家跟她住的地方有段距离的客栈，客栈还是她住的那家客栈的分店。即便不能跟她住在一起，这于他而言也是一种慰藉。

顾雪沉撑着伞站在陌生的街边，衣服被夜风鼓动，勾勒着越发清瘦的腰线。他目光沉寂，越过雨帘朝着那个看不清的地方望去。他甚至不知道自己究竟来珑江镇做什么，明明不能随便亲近她，连自己的思念也不能坦诚，也许只为了不出声地看她几眼，看一眼，就少一眼了。

许肆月正在两条街外的客栈房间里清点这几天的收获成果，把看中的绣娘分别列出来，准备明天赶紧选定一个，尽早回明城。雪沉已经回家了，她迫不及待地想见他。

她对“雪月”系列的几款包这么上心，不仅仅是因为要拼事业，也是要给老公礼物。她想把镌刻着“雪月”特征的包做好、卖好，在行业里闯出名堂。即便所有人都认定她没心肝、不爱顾雪沉，她也想用这种方式让她的爱人笑一笑。

许肆月点开微信，纠结着要不要发个语音勾搭一下老公，程熙的声音就从电话里钻出来：“姐妹，快下楼！我在街对面的小巷子里发现了一家奶茶店，太好喝了！”

“太晚了，不喝了，我怕胖。”

“胖？！”程熙抗议道，“月总，别怪我没提醒你，你再瘦下去胸都要小了！你勾引‘大魔王’的资本又少了一个！”

许肆月在心里说了一句脏话，又忍不住在胸前摸了一把，惊魂未定地说：“我现在下去行了吧？！”

她随便裹了一条披肩，穿着拖鞋懒洋洋地下了楼。晚上九点多，街上还有些行人，程熙在对面跳着朝她招手。

夜风很凉，许肆月紧了紧披肩，刚要穿过街道，蓦地感觉到一丝异样。她一时怔住，不由得停下脚步，低头看了看地面，又不敢相信地朝程熙看过去，在程熙的脸上看到相同的表情。

短暂的几秒钟之后，许肆月恍惚间听见不知从哪里传来一阵沉重的闷响声，脚下踩着的地面犹如被庞大的机械撼动，强烈的震颤感让人惊恐不已。

许肆月提起的心轰然下坠，周围的人已经陆续反应过来，喧闹的尖叫声此起彼伏。街灯在摇晃，悬挂的仿古灯盏发出让人恐怖的刺耳的撞击声，接着掉落，有一盏径直朝着许肆月的头砸过来。

有人从客栈里大吼着狂奔出来，撞到了许肆月的手臂。她站不稳，打了一个趔趄，那盏灯只砸到了她的肩膀，但锋利的边割破了她的耳朵。

尖锐的刺痛感让许肆月一下子清醒过来，天摇地动间，她用尽力气跑向程熙，刚跟着几个行动快的人冲到路中央的空旷处，就因为更加骇人的震动摔倒在地。

许肆月摔在地上的那一刻，身后不远处传来震耳欲聋的房屋倒塌声，客栈被摧毁，漫天的烟尘腾空而起，震感仿佛能将全世界颠覆。碎石带着雨水的腥气，铺天盖地般砸到许肆月的身上。

前一刻安宁的小镇转眼间地动山摇，无数人在大叫，远处还有不绝于耳的巨大噪声。许肆月觉得耳中“嗡”的一声，连程熙说的话都听不清楚。她狼狈地被人拥挤着，什么都顾不上，完全出于本能地掏出手机，颤抖地拂开上面的尘土，战栗着给顾雪沉打电话。

手机的信号很弱，许肆月脑中只剩下一个念头，给雪沉打电话。这里发生了地震，一定很快会上新闻。如果雪沉看到新闻认为她出事了，会疯的。她艰难地拨打电话，却听到无法接通的提示音。她害怕下一秒信号就会消失，马上将电话打给乔御，让乔御告诉雪沉也好，只要雪沉知道她没事就好！

许肆月“度秒如年”地等待了几秒，乔御终于接听了：“我在！太太，是不是有事？”

许肆月的嗓子像被掐住，她艰难地发出声音，大喊道：“他在哪儿？！如果你在他的身边，快点告诉他……”

乔御听不清许肆月的话，但听出了“他在哪儿”几个字，忙说：“顾总不在明城。他从东京回来后一个人去了珑江镇，晚上已经到了，住在玫珑客栈分店。他没和您见面吗？！”

整条街都经受着席卷而来的灾难，人在大自然的面前如同蝼蚁，血肉之躯被轻易地毁灭。许肆月愣愣地听着，像被最尖锐的冰锥捅入胸口。她大口地呼吸，迟缓地扭过头，望向烟尘滚滚的前方，手机“砰”的一声掉在地上，屏幕被摔得四分五裂。

漆黑的天幕被层层的云挤压，雨势变大，跟烟尘混在一起，泥水弄脏了许肆月的裙子。她下楼时拿的伞早就被丢了，拖鞋因为地面湿滑歪着套在脚上，雪白的双脚上满是污渍。

大地持续地晃动，震感越来越强。许肆月因为雨水眼前模糊。她挣扎着站起来。又一次强烈的摇晃感袭来。她没站稳，跪到碎了的手机屏上，血随之流出来，伤口被雨水浇得剧痛。但她的身上再疼，也比不过她心里的恐惧感。

“雪沉……”许肆月回身去拽程熙，力气大得把她的手臂掐出了白痕，试图说出一句完整的话，“雪沉他……”

后面的话被卡在喉咙口，她痛到说不出来。

许肆月到了珑江镇后，为了体验当地的特色，没住星级酒店，选择住在客栈里。玫珑客栈是老牌子的客栈，整体由三层旧式的老宅改造而成，清幽雅致，但抗震能力就成了硬伤。

她这两天走访了不少绣娘，对附近的地形还算了解，知道玫珑客栈是连锁店，分店也是同样的建筑风格，就在两条街外。她望向那个方向，吵闹混乱的人群和狼藉的街道，地上一条黑漆漆的可怕的裂缝就横在她去分店的必经之路上。

许肆月想叫出来，但用尽力气也发不出声。

玫珑客栈主店塌了，两条街以外的分店怎么可能安然无恙？

她们后方已经成为废墟的客栈里，不时传出痛苦至极的喊叫声。这对许肆月来说，是致命的杀人刀。雪沉是来找她的。他从东京赶回来那么辛苦，要多想她，才会直接奔来珑江镇？他忍着，不来看她，是不是怕自己又受她蛊惑？所以他只想偷偷地看她一眼？可现在他在哪儿？！她打不通他的电话，眼睛瞪到要往外渗血。她不敢想象，那么洁净无瑕的一个人也许就被压在两条街外的残垣断壁下！

“彻底没信号了！完了，不知道今天晚上会有多少人失去生命，”在路中间避难的人里，有人惊魂未定地感慨，“幸亏我跑得快，还有好多在二楼的客人根本来不及下来，估计他们全被压在底下了！”

“这一带经常发生地震，前些年周边震得频繁，近几年好多了。没想到珑江镇今天地震了。我听家里人说过，上次隔壁的镇子发生地震，老客栈塌了不少。客栈的废墟下都是尸首！”

“被埋在下面的人我看多半……”

雨水哗哗地冲刷着一切，利刃般扎在许肆月的身上。

她一定要去找他。许肆月放开程熙，趁着震动平息，再一次站起来向前跑。那道横亘着的裂缝太宽了，她迈不过去，只好借着微弱的光线，不停地沿着裂缝飞奔，直到找到裂口较窄的地方。

她向来讨厌脏的东西，讨厌黑暗，很娇气，胆子也不大。但在这个雨夜，在堪比巨型怪物大嘴的裂缝边上，随时可能有危险的余震，她果断地脱下碍事的拖鞋，赤着脚跳过去，裙摆被撕裂，披肩也掉了，纤细的四肢上全是泥水。

程熙在疯狂地喊她。她听不到程熙的声音，胡乱地穿上鞋子，在雨里辨明方向，一步不停地朝玫珑客栈分店跑去。到处都很混乱，人们惊慌地躲避，互相碰撞。她越往前，倒塌的老房子越多，场面触目惊心。

塌的、毁的、残破不全的建筑仿佛被雨浇成灰暗濒死的怪物。到处都是哭喊声和惊呼声，那么多亮起的手机屏幕，大家却联系不上最亲近的人。许肆月的感觉像是封闭了，她没哭，只是一心朝目的地赶，中间又经历了两次余震。她摔了就爬起来，完全没有注意到一个比她更加失控的人。他狼狈地消耗着剩余的生命，不顾一切地冲向跟她相反的方向。

玫珑客栈分店塌了。许肆月呆呆地站在几米外，死死地盯着那片废墟。她抹掉眼前的雨水，朝左右看，觉得自己肯定找错了地方。顾雪沉在的地方怎么可能塌了？！

许肆月压住嗓子里要爆发出来的哭喊声，颤抖地拽住旁边的一个女人，小心翼翼地问：“这是……这是玫珑……分店吗？”

女人大哭，说道：“我才接手这个店两个月，出去接孩子，转眼间就什么都没了！客人都到了休息的时间，没几个人跑出来！”

许肆月磕磕巴巴地说：“我老公……他今晚好像……好像住在这里。他……他很高，特别帅，爱穿白衬衫，眼尾有颗泪痣。今天下雨了，他可能还会撑一把黑色的伞。你见过他吗？”

她想摸出手机找照片给人看，才想起来手机已经被摔碎了。

“我见到他了。”不远处有个惊魂未定的女孩，抱着肩膀瑟瑟发抖地说，“跟你描述的一样，他太帅了，我没法儿不注意他。我下楼时正好碰见过他……”

她看着许肆月，忽然崩溃地大哭，边哭边说：“我一直在大堂里坐着等人，地震之前，没有看到他出来！”

“没出来，”另一个人也哭着说，“除了在大堂里的几个人，谁也没出来！”

不远处有数盏车灯在雨幕里亮起，很多人喊着“救援队赶过来了”。穿制服的人陆续跳下车，疏散幸存者。许肆月的手臂也被抓住，她要被带去更空旷、更安全的地方。

许肆月的目光始终停在那片高大的废墟上，她轻轻地叫了一声“顾雪沉”。

“这里很危险，请退到安全地带。”

许肆月猛然抬臂，挣脱那人的手，扑向那片死气沉沉的灰影之中。

“危险！别靠近！”

“顾雪沉！”她对警告置若罔闻，大喊着他的名字，声音在雨声里被扯碎，“你在哪儿？！我知道你没事，你还好好地活着！你回应我一下，出一点点声音我就能听见！你叫我啊！叫我一声！”

“我是肆月，你出声！”她贴到湿冷的断墙上，用细软的手指去掰那些碎的砖块，歇斯底里地哭出声来，“你别吓我！我错了，再也不故意让你着急了，以后每天给你打电话。你想听的话我都说！”

程熙追过来，看见了许肆月的样子，眼泪也忍不住流下来。她清晰地记得，从前的天之骄女许肆月盛气凌人。她娇贵得一点尘土也不能沾染，哪怕为了赌约去追顾雪沉，也从来没有为他放低过姿态。但是现在，那些曾被许肆月看得无比重要的东西，在顾雪沉的安危面前，全都变成了尘埃。

“肆月！”程熙过去拉她，“别这样，可能还会发生余震，这里有危险！救援队已经来了，我们等他们去救人！”

许肆月一把推开程熙，脸颊上全是泪水，猩红的眼被绝望填满，说：“被压在下面的人是顾雪沉，顾雪沉！我现在连他是生是死都不知道，怕什么危险？！他要是不在了……”

许肆月没有想过，如果顾雪沉不在了自己会怎么样。从她原有的世界毁灭的那天起，顾雪沉就稳稳地站在她的身边。他很安静，冷得像冰，可也温柔得让她沦陷。她拽着顾雪沉的衣角，跟着他的脚步，从过去那个漆黑的牢笼里走了出来。她气他、怨他，为他笑、为他哭。她那颗总是空着的心被他填满。她想把自己的一切给他。凡是他要的东西，她都巴不得将它捧到他的面前。

她喜欢他吗？她对他的感情早就不是喜欢了。她不知道顾雪沉定义的爱到底是什么样子，但现在，她孤身一人趴在冰冷刺骨的废墟上，全世界仿佛空无一人。她无比确定自己想用双手把面前的阻碍全部扒开，手指烂了没关系，骨头断了也没关系。他在下面，她就要找到他。

顾雪沉在的时候，许肆月不听话，整天娇滴滴的，要人疼。顾雪沉不在的时候，许肆月一无所有，只想去他的怀里。这种感情除了是爱还能是什么？

“我爱你啊！”许肆月眨着被雨水刺痛的眼睛，双手不停地抓着锋利的碎块儿，“顾雪沉，你赢了。”

从前的许肆月没有心，后来，顾雪沉慢慢地成了她的心。

程熙心急如焚，往常娇气的许肆月这会儿执拗到疯狂，自己丝毫拽不动她。救援队人手有限，又在下雨，救援难度很大，也顾不上她们，只能选取相对安全的位置开始挖掘。

眼看着许肆月的双手流出血来，程熙手忙脚乱地翻出手机，调出之前保存的深蓝科技的相关资料，把顾雪沉的证件照放大，举着手机向周围的人求助："有没有人见过他？！一点线索也行！"

角落里的一个男人凑上来，揉了揉眼睛，说："好像是他。地震时我在客栈的后院里，他当时站在二楼房间的窗口处。我隐约看见他了，他好像直接从窗口跳下来了，楼上掉下的板子正好砸到他的背。他流了不少血，但没停下，快速地往外面跑了。"

许肆月突然回头，一双眼睛让男人一顿，他忙补充道："真……真的！往那边！"

男人用手指了一个方向，玫珑客栈总店就在那个方向。

程熙的脑袋一热，她哭着拉住许肆月，说："是他！绝对是他！除了他，谁会在生死攸关的时候往那里去？！你在来的路上说不定遇见他了，他现在肯定就在总店里找你！"

许肆月神色仓皇地站起来，慢慢地往回走，走出几步，就不受控制地飞奔起来。她来的时候觉得时间漫长，回去的时候更加觉得"度秒如年"。路上满地的障碍物，她艰难地跑，那道裂缝的上面已经被救援队搭上了临时桥。她冲过去，在即将看到总店的那一刻，余震突发。她不受控制地向前踉跄了一下，有所感应似的抬起头。

原本聚集的人都被疏散了，脏乱的街上空荡荡的。这里的救援人员更少，只有两三个人在忙碌，所以那道身影格外显眼，刺得许肆月瞬间泪崩。

他的白衬衫脏了，不仅仅有雨水，大片的血沾着清瘦的脊背，总是笔直挺拔的身体弯成弓，他就在那片废墟上，一双手满是鲜红色，皮肉被各种棱角割破划伤。他跪在一片废墟里，嗓子里的声音已经听不出来了，悲痛的话语在风声里进了许肆月的耳中。没有别的话，他在一声一声、反复地叫着"月月"。

许肆月从没听过这么绝望的呼喊声，最简单的两个字像要把她的灵魂也击碎。她觉得双脚像灌了铅，掐着喉咙让自己出声，声音喑哑地喊了一声"雪沉"，声音却消失在风里。

顾雪沉突然不顾废墟里裸露出的锋利的金属，用手疯狂地拨开眼前的障碍物。许肆月亲眼看到他的手心被戳出血洞，急忙深一脚浅一脚地朝他走过去。

他看到了一片黑色的衣角，还在动，人还有微弱的呻吟声。嗓子里挤出战栗的气音，他把自己的肉身当成工具去挖人，露出来的人却不是他的爱人。

距离他最近的救援人员赶过来救人了。顾雪沉跪在尖锐的砖石上，艰难地去挖其他的地方。当鲜血淋漓的手要抬起一块断梁时，他的腰间猛地一紧。他慢慢地低下头，血红的眼盯着那双手。那双手戴着和他一样的婚戒，涂着精致的指甲油，却脏污而且满是伤痕。

“雪沉，”许肆月终于说出了话，死死地抱着他哭成一个泪人，“雪沉，我在！我没事！我去找你了，以为……”

顾雪沉在她的怀抱里转过身。

许肆月呆住，心仿佛被刀戳中。眼前的人已经不像从前高冷的顾雪沉了，他的脸色惨白，唇上裂着破口，衣服上落满灰尘，一身血腥气，仿佛随时要毁灭。

许肆月的双眼肿成桃子，她慌乱地去摸他的脸，大哭着说：“我在呢！我……”

顾雪沉喘着粗气，带着血的手指插进她凌乱湿黏的长发里。他低下头，虔诚惶恐地用唇轻碰了一下她脏兮兮的额头，又抬起头，愣愣地看着她，眼中尽是血丝，泪水顺着赤红的眼眶滴落在她的脸上。

凌晨，珑江镇，下了一整天的雨终于停了，频繁的小小的余震也逐渐平息，剩下满地狼藉。

镇内的一切损毁严重，大多数居民和游客被安置到镇子外几个面积较大的空旷处暂时避难。救援人员来了五六拨儿，但山路难行，很多必经的道路被障碍物阻断，基本的生活用品和医疗物资供应不足。

被送往营地的路上，许肆月始终抱着顾雪沉。他的后背被砸过，不知道伤成什么样子，双手还蜷起来，被许肆月强硬地展开。她托着他的手背，不敢看他掌心的惨状。

她大哭大喊了几个小时，一滴水也没喝，嗓子干得说话困难，但还是艰难地发声：“医院里还有医生吗？我老公受伤了，伤口必须处理。”

司机叹气，说：“两个医院，一个医院被毁了，另一个医院医护人员有限。现在那里面全是不知道能不能保住命的重伤员，你们去了也没人顾得上你们。你们还是先去营地吧，看看能不能弄点药，先忍忍，等天亮医疗物资到了就好办了。”

许肆月咬住唇，不知道怎么办才好，只能无措地搂紧顾雪沉，让他靠着自己休息。

顾雪沉任由她摆弄，一直没怎么说话，有时候直勾勾地看她，眼里尽是她读不懂的悲伤之意。看久了他又会移开目光，盯着半空低喘，他的精神似乎被困在那种生离死别的绝望里，无法抽离出来。

凌晨的营地里仍然吵闹，几个大的帐篷早已被人挤满，旁边剩下两个小的帐篷还空着。但雨夜里天气潮湿寒冷，小帐篷的保暖性非常差。许肆月很冷，身上也摔出不少的伤口，膝盖更是疼得快动不了了。她忍着疼痛不露出异样。下车前，顾雪沉把她搂进怀里，护住她裸露的肩膀。他直接带着她往大帐篷的方向走。那里虽然人多，但是很温暖。

许肆月不肯去大帐篷，浑身生理性地颤抖着，拽着顾雪沉去没人的小帐篷。她不想去人群里，只想跟他在一起。

负责现场救援的人员过来，遗憾地说：“目前物资太少了，你们来得晚，这里的轻伤员又多，被子发完了，药品也没了。你们要等到天亮，如果实在需要物资，只能去跟别人借他们用不上的东西。”

他说完，看到顾雪沉身上凝固的血迹和双手的状况，又觉得于心不忍。

许肆月并没有从极端的情绪里恢复。她又怕又痛，强忍着才能不发抖。她一刻也不愿意跟顾雪沉分开，但还是把他往帐篷里推，说：“你快去休息，我去借东西。”

顾雪沉的手臂却像钢铁一般，死死地把她扣着，他垂眸，拿出钱夹，把里面的现金全部交给面前的救援人员，说：“没有人愿意借东西，麻烦你，帮我去买东西吧。我妻子这里离不开人。”

许肆月看到她亲手做的钱夹，被顾雪沉这么贴身地藏着，好不容易恢复的情绪又激动起来。

帐篷里很简陋，只有两个薄薄的小垫子。顾雪沉把它们叠到一起，压着许肆月的肩膀让她坐下。不久后，救援人员跑过来，拿了一条双人毯子和一个袋子，袋子里有半包一次性的药棉、碘伏、几片消炎药、两瓶水和纸杯。

灯光很暗，暗到他们几乎看不清彼此的表情。顾雪沉把毯子披到许肆月的身上，在她的面前蹲着，但他的腿有伤，支撑不住，于是双膝跪下去，把水倒出来半杯，将杯子放在手心里暖着。然而他太冷了，无论如何都焐不热这半杯冰冷的水，纸杯也被他伤口流出的血弄脏。

许肆月定定地看着他，再也忍不住了，眼泪无声地往下掉。她把水抢过来，将水含在口中，等温度略微上升，凑过去吻他干裂的唇，喂他喝水。

顾雪沉始终话很少，嘴唇却在颤，接吻的那一刻，许肆月听到他喉咙深处的低闷的哽咽声，这声音让人觉得心痛到喘不过气。她第一次知道，原来爱一个人的感受是这样。她想把自己揉碎了让他取暖，只要他别这么伤心，自己做什么都可以。

吻只持续了片刻，顾雪沉就偏开头，牙关咬到颊边的肌肉都微微地绷紧。他已经暴露太多了，再亲下去，更无法清醒。他要怎么告诉她背后的那个真相?

“别动。”

顾雪沉摆正许肆月，掀起被子，露出她身上的伤。

许肆月意识到他要做什么，抢他手里的药棉。他伤得比她严重多了，手心里快没有一块好皮肤了，还把自己当个没事人儿似的照顾她。

顾雪沉不放手，攥住她的手腕将她按回去，用药棉蘸了水，给她擦拭伤口边的污迹。

许肆月怕再挣扎会让他更难受，只好忍住不动了。她安静地抿唇，眼泪往下掉，扭头不忍心看他。

顾雪沉拧着眉，低声说：“疼，忍着。”

他用受伤的手把她露在外面的伤都擦好，撩起被撕坏的裙摆，露出她膝盖上最严重的伤口。模糊的血肉中，还有手机屏的小碎片在她细嫩的皮肉里。他娇滴滴的宝贝一直带着这些伤在大雨里跑来跑去地找他，没有喊过一声疼。

顾雪沉不明白，她为什么……他剩下的日子不多了。他就算不死在地震里，用不了多久也会死在某个病房里。她宁可自己受伤，也要知道他的死活……为什么?他不敢问，甚至不敢去猜，但满腔疯狂的渴望之情，想紧紧地抱着她，想不顾一切地吻她，把她咬出血腥气，舔舐她的味道去镇压心底翻腾的贪欲。

他差点失去她，差点在死之前保护不了他的宝贝。他想用极致的亲密接触去确认她安好，还想卑微地乞求她对他有一丝丝的真情。

顾雪沉低着头，不让她发现自己的神色，但这已经超出了他的忍耐限度。他怕弄疼许肆月，痛到麻木的手尽量稳一些。擦完她的膝盖，他想再换一处地方待着，许肆月突然动了。她把自己坐热的小垫子拽到旁边，扯着他坐过来，把暖好的毯子分一半到他的身上，接着抢下剩余的药棉，学着他的样子蘸了清水，把他的双手翻过来，俯下身，一点一点地给他擦拭污迹。

顾雪沉想躲，被许肆月不由分说地拉回来。她呜咽："我才不会说让你忍着这种话，你疼的话就咬我啊。"她俯下身子，擦好一处伤口，就凑过去吹吹，再小心地亲一下。她的嘴唇又软又凉，贴在伤口上让人觉得仿佛过了电，刺激着顾雪沉的感官。他忍不住微微仰头，喉结艰难地滚动。

许肆月细细地吻遍他的手掌，又起身想去脱他的上衣，看看他后背的情况，没想到一抬眸，目光撞上他充血严重的眼睛。

许肆月的心忽地一抽，她明白过来，雪沉忍得很辛苦。他吓坏了，肯定和她一样，想放肆地和爱人亲密，但因为那个她不知道的理由，还在苦苦地为难自己。今天他的表现几乎泄露了他的真实感情，他的泪掉在她的脸上的那一刻，相当于他承认他爱她、在乎她。可他就是不肯说。没事，她现在不逼他，舍不得。只要他好好地活在她的世界里，没有被弄丢就好。不管怎么样，她想先让他发泄。

许肆月不知道自己是冷还是激动，根本止不住发抖。她换了干净的药棉，浸了浸水，抬起手给顾雪沉擦脸。擦到他的唇边时，她实在忍不住了，钻进他的怀里，用力地箍住他的腰，小声地哭着说："你别这么冷淡了，好不好？！我不追问你到底对我动没动过感情，但知道你是认真地把我当妻子的！雪沉，我害怕。我真的要吓死了，你哄哄我吧……"

她愿意求他。

许肆月在他的胸前抬起头，泪眼蒙眬，吻他的下巴，说："你抱抱我、亲亲我，用就像在废墟上时那么大的力气，我不怕疼。我一个人在雨里跑的时候，摔了好多次，你心疼心疼我。你就对我再亲近一点行吗？”

她愿意引导他。

许肆月又找回了当时撕心裂肺的感觉。她双手向上，缠住他的脖颈，整个人几乎贴到他的身上，说：“我的要求不多。今晚，就今晚，你不管别的事情，只当我的老公，只把我当成你的妻子，随心所欲，怎么对我都行。”

说完她马上后悔了，委屈地哭了两声，又改口：“不对，我重新说……一个晚上太少了。我受这些惊吓至少……至少……三天……三天才能好转！你就当可怜我受了这么多伤，装样子也行，好好地当我三天的老公，不躲我、不虐我，给我一点安慰，行吗？！”

许肆月迎上顾雪沉几近崩溃的眼神，亲了亲他的嘴角，眼尾有清亮的泪水滑下，哀伤地说：“求你。”

她愿意给他一个尽情发泄的理由。

许肆月的尾音落下，顾雪沉终于被他的小月亮亲手推下悬崖。

昏暗简陋的帐篷里，四面透着湿冷的夜风，天还黑着，外面人影绰绰，有人在哭泣，有人在咒骂命运的不公，但在顾雪沉拽起毯子把自己和许肆月紧紧地裹在一起时，一切都好像不存在了。

许肆月听到他的唇间挤出一个“好”字，然后腮边滚落的泪水被他满是伤的指腹抹掉，下一秒，她的脸被捧起，男人的唇凶狠地覆上来。他撬开她微启的牙关，肆意地吮掉她的理智。

许肆月颤抖得更厉害，双手凭着本能摸到他的衣襟，胡乱地解开他衬衫的纽扣，身体不留缝隙地贴到他的胸膛上。她安全了，瑾园不是她的家，顾雪沉的怀里才是她的家。可她又在哄骗他了。小月亮特别贪心，不但要他抱她、要他吻她，这三天，还要顾雪沉成为她真正的爱人。

顾雪沉的皮肤发烫，许肆月第一次和他抱得这么紧。她觉得心脏跳得剧烈，一边仰头承受着他沉重的吻，一边忍不住手乱动。还差一点……还没有零距离。她冲动到什么都顾不上，只想跟他毫无障碍地相拥，于是腾出手来，扯自己的裙子的肩带儿和领口，想将领口拽低点，露出皮肤来，和他紧密地贴在一起。

顾雪沉攥住她不安分的手，唇微微移开，哑声说："这是帐篷。"

许肆月愣了一下，湿漉漉的桃花眼跟他对视，茶色的眼睛里映着他的身影，像无形的钩子一样把他穿透。

顾雪沉大起大落的心脆弱得不堪一击，他今晚没有多少自制力，抵挡不了诱惑。他低下头又亲她，齿间咬出几个字："别过界。"

许肆月委屈地往他的臂弯里钻了钻，喃喃地道："我只是想取暖……"

她又突然懂了顾雪沉的意思，唇角扬起，说："我手脏，不好好洗干净，不敢侵犯你。"

外面的世界冰冷，许肆月藏在毯子里，迷乱地和顾雪沉拥吻。她把手伸进他的衬衫里，揽住他的腰，忍不住向上摸，却忽然停在某一处地方。她不是不想继续，是没法继续。衬衫的布料被干涸的血牢牢地粘在他清瘦的肩胛上，她不经意地扯动，就听到他低沉的闷哼声。

许肆月慌忙地退开，惊慌地盯着他，飞快地爬到他的身后，一把掀开毯子，清楚地看到顾雪沉白衬衫的左肩部分已经被割坏，血把它浸透，触目惊心的伤口隐约地露出来。她张了张口，像吞了一捧刀片进去，乖乖地从背后抱住他，流着泪小声说："我这样抱你，你靠着我歇歇就不会那么疼了。"

顾雪沉把她抓回来，将她扯到腿上，重新用毯子把她包住。他在往更深的崖谷里坠落，无法停止。他控制不了自己，再次俯身吻她，说："抱没有用，你不是说了吗？我疼就咬你。"

凌晨五点，天色微微亮起。经过救援队连夜抢修，珑江镇的通信恢复。在通信恢复的第一时间，顾雪沉的手机就接连地响起，信息不断地跳出来，未接电话的数字飞快地上涨，他立刻将手机调至静音。乔御的一通电话恰好打进来。

顾雪沉接通电话，低声问："你在哪儿？"

他搂着怀里睡着的许肆月，把手盖在她的耳朵上，忍不住轻缓地摩挲她的耳朵。

乔御激动得发出哭腔，连喘了几口气才说出话来："顾总，你没事太好了，我要被吓死了。以后不管你去哪儿我都跟着你！我现在带着车队往珑江镇赶，用不了多久就到了！路不好走，救援队限制车辆进入灾区，但咱们带足了医疗物资，不会被拦，你跟太太放心地等着我们！”

不用顾雪沉多说，乔御也知道太太安全，否则顾总不可能用这么平稳的语气说话，天可能都得塌了。

“你们？”

乔御忙说：“自从太太给我打过电话后，你们一起失联了，我就知道肯定出大事了。后来传出珑江镇大地震的消息，整个深蓝科技几乎没人睡觉，大家都是自动集结起来的。我跟几个特助选了一些身体素质好的员工。我们一起赶来了。”

许肆月听到声音，迷迷糊糊地醒过来，在顾雪沉的胸前蹭了蹭，无意识地喃喃地道：“冷……”

顾雪沉收紧手臂，趁她不清醒，接连啄吻她的头发和额角，轻声说：“月月乖，就快好了。”

这一夜，全网无数人失眠，各大媒体在报道珑江镇大地震的消息。随着信号恢复，越来越多的描述现场的文字和照片在网上传播，满屏的惨状让人更悲恸。陆续有各行各业的知名企业向珑江镇捐款、捐赠物资，其中有一条消息格外显眼，一经报道就掀起波澜。

深蓝科技的十几辆物资车连夜赶赴珑江镇，甚至早于很多官方援救车，天刚亮就抵达灾区。随后顾雪沉以深蓝科技的名义低调地拿出七位数的捐款，被知情人爆料出来。

起初还有不少人疑惑为什么这次深蓝科技反应如此迅速。不久后，一位地震幸存者发布了一张无意中拍下的照片。漆黑的夜幕里，雨水冲刷着万物，男人一身血污，站在客栈废墟上，死死地抱住怀里的女人。照片被拍得仓促，光线也不好，两人的五官甚至不清楚，但顾雪沉的脸最近频频出现在网上，他的身形又那么优越、有辨识度，基本不可能被错认。

随后有人晒出另一张偷拍的照片，两天前，地震前的珑江镇里，许肆月就穿着第一张照片里的这条黑色的吊带儿裙出现在客栈门口处。顾雪沉抱的女人是谁，已经不需要网友争辩。时间线一串起来，全网都震惊了。

“一张图就让我哭崩了！顾雪沉是什么绝世傻男人？！许肆月两天前就去了珑江镇。顾雪沉昨天被人拍到从东京回明城，就马不停蹄地直接去找她了！他不累吗？！”

“顾总的状况，他是以为许肆月出事了吧？！图这么糊，还能看出他的手上、身上都是血。呜呜呜呜呜，我疯了。他肯定自己受了伤还跑去救她，许肆月上辈子是拯救了银河系吗？！”

“虽然你们都佩服许肆月搞男人的手段，但我真的想说，她到底什么时候能放过顾雪沉啊？！她一次、两次地伤害他，又给他添堵、添危险，气死我了啊！”

“顾雪沉是作了什么孽才遇见她？！一下子捐这么多钱不会是为了给她积福吧？！我真是越想越气！”

明城机场外，梁嫣行色匆匆地提着行李，小跑着往机场大厅赶。快进门时，她被提前等在门口的两个男人拦住，其中的一个人直接把接通的电话放在她的耳边，年轻男人磁性悦耳的声音传出：“梁嫣姐，你是急着去灾区吗？去了有什么用？深蓝科技的人已经赶到了，我猜顾雪沉已经带着肆月离开了。你见不到他的人，他受了多少伤你也管不了。”

梁嫣的胸口起伏，她说：“跟你没关系！你也别再给我讲故事，我不想听！”

沈明野叹气，说：“我懂你的心情，可是你也看到了，只要肆月跟他在一起，他就会为她奋不顾身。他总是为她奔忙，甚至要为她死，结果肆月呢，她还不是反复地伤害他？你真的忍心看他这样下去？”

“死”字戳到梁嫣的痛点上，她狠狠地咬牙，说：“我忍心不忍心是我的事，你又想怎么样？！你别以为那个故事能对雪沉造成什么影响，他的身世不好怎么了？就算你把他的童年经历曝光也无所谓，别人只会同情他的遭遇！”

沈明野低声说：“你把我想成什么人了？我告诉你那个故事，只是想表达顾雪沉很可怜而已，当然不会去曝光他的身世。我只是觉得，顾雪沉真是命苦。他已经受过那么多的罪了，怎么偏偏小时候就遇见了许肆月？他死心塌地地爱慕她，结果被她抛弃、忘记，这简直是长达十几年的灾难。”

梁嫣蓦地怔住，问：“你说什么？”

沈明野很淡地笑了一声，说：“想知道？你跟他们过来，我在车里等你。”

梁嫣被带到车门边的时候，沈明野戴着一副造型夸张的大墨镜，还在翻阅手机上那份清晨收到的补充资料，真相果然如他所料。

沈明野派去调查的人在明水镇找到了当年了解顾雪沉情况的老住户。老住户说，顾雪沉那时十岁左右，父母相继去世后没人要他，他被已经与他母亲断绝关系的外婆领到了明水镇生活。

顾雪沉的外婆脾气很差，多年来一直不满自己女儿的婚姻，对顾雪沉这个流着家暴者血液的孩子厌恶至极。她虽然和他一起过日子，但没给过他什么好脸色，很多时候他吃不饱饭。

那些流言蜚语很快传到明水镇来。地方不大，消息传得飞快，没过多久，人人皆知这个男孩子的身世。与他差不多年纪的小孩子都被父母耳提面命："绝对不许跟那个精神病杀人犯的儿子玩儿！父母那样子，他又能是什么好东西？他流着变态的血。"

于是顾雪沉被孤立、排斥、无视，最后被小孩儿们无休止地欺负。

知情人毕竟只是旁观者，知道的事情不多，只记得顾雪沉从来不说话，他小小年纪阴沉冷酷得像是没有感情，人人见了他都要躲避、唾弃。

后来某一天，来明水镇过暑假的小姑娘出现了。

沈明野盯着资料笑起来。

顾雪沉大约是不喜欢自己的名字。于是小姑娘为了逗他，很俏皮地叫他"阿十"，也给自己取了相应的名字，叫"圆月"。小姑娘活泼开朗，在明水镇的大街小巷里耀武扬威地跑，在那些排斥、孤立顾雪沉的大人和小孩子的面前，明目张胆地喊他"阿十"，大大方方地拉他的手。她从不避人。人人都听得见她对他的称呼，看得到两个人在一起。

小姑娘住了三个月，几乎天天跟顾雪沉在一起，走的时候，顾雪沉一个人在车后面追着跑。他没有离车很近，像是怕被看到，就那么远远地、固执地跟着。后来他拼命地学习，考到了明城一中。

沈明野扭过头，看了一眼旁边座位上脸色极度难看的梁嫣，说："明城一中，肆月上的初中，你也在吧？就算那时候肆月跟你不亲近，你也应该知道，她的世界里从来没有过顾雪沉。"

梁嫣失神地喃喃地道："许肆月把他忘了……"

她又自动想象，说道："或者，许肆月不过是觉得假期无聊，如同施舍一样随手帮了一个小孩儿。顾雪沉或者别的人对她来说没差别，她从来就没把顾雪沉放在心里过！”

沈明野满意地看着她的反应，说：“从小到大，肆月辜负他多少次了？她恐怕以后还会继续辜负他无数次。梁嫣姐，我虽然喜欢肆月，可也心疼顾雪沉。要是不早点止损，顾雪沉怕是到死都陷在她的陷阱里，被她没完没了地伤害。”

梁嫣被“死”字刺激到，红着眼低吼：“我还能怎么办？！许肆月就是赖着他不放！”

“不放？”沈明野眸中浮着光，“据我了解，她赖着他不放是因为认定了顾雪沉喜欢她。所以她想像大学时一样重新把他搞到手，让他为她发疯发狂，那么如果……”

他平静地问：“如果她知道顾雪沉从来没喜欢过她，会怎么样？”

梁嫣皱眉，满脸不可思议的表情看他。

沈明野缓缓地说：“梁嫣姐，顾雪沉所有的爱都源于‘圆月’，但肆月忘得一干二净。她根本不知道‘圆月’就是她自己。你猜……如果肆月得知她从始至终只是‘圆月’的替代品，从来没得到过顾雪沉真正的爱，那么她会不会离开他？”

梁嫣愣住，下意识地捂住嘴。她明白了，也许沈明野还不能确定这个计划是否可以成功，毕竟于他而言，还存在着顾雪沉对许肆月坦白了童年一切的可能。

梁嫣知道，顾雪沉的生命快消耗完了。他一直对许肆月冷漠，就是因为不想让自己的死影响到她。那么顾雪沉就绝对不会对许肆月坦诚谁是“圆月”，更不会承认自己十三年的深情。

梁嫣低下头，双手扣在一起，眼底隐隐出现扭曲的情绪。

梁嫣：雪沉，我是为你好。我真的不甘心看你被她折磨一辈子。就算你的生命所剩无几，我也希望你干净地走，而不是作为许肆月这种人的丈夫。她从没爱过你，却要在你死后继承你的财产，带着其他男人玷污你的名声，让你永远成为别人讥笑的对象。

深蓝科技的车队抵达珑江镇后，乔御马上去露天营地里找人，看见顾雪沉和许肆月的状况，当场流泪。

顾雪沉问他："出去的路能通行吗？"

"能！"乔御忙说，"或许别的车不行，但咱们是大批量运送物资的车队，往返畅通无阻。如果我们直接回明城，开车的时间会有点久，坐飞机的话……"

许肆月攥紧顾雪沉的手，轻声打断乔御的话："去凉城。"

凉城是距离珑江镇最近的城市，从明城过来的飞机在凉城降落，那边没有受到地震太大的波及，一切照常。而且，她必须用最快的速度陪雪沉去正规的医院处理伤口，确定他的安全。

顾雪沉没反驳，护着她上车。乔御贴心地准备好了必需品和干净的衣物。许肆月直接在裙子的外面套上一件长衣，简单地把脸擦干净，展开另一件外套，小心翼翼地将外套披到顾雪沉的肩上。

"疼吗？"她咬唇问，"我轻一点。"

顾雪沉摇头。许肆月凑过去，给他仔细地擦拭脸颊上的污迹，一直到脖颈和锁骨，又擦拭他的双手，把指尖也一一照顾到。

"我还不太会照顾人。"她小声地说，"我会学。"

许肆月想亲亲他，被他习惯性地避开。她忍着眼里的泪，对准他的唇用力地吻下去，说："别忘了，你答应我三天，现在一天还不到。"

程熙昨晚被送到了其他的营地，现在联系上乔御，乔御把她安排上了别的车。许肆月跟顾雪沉靠在一起，出珑江镇的路上，不止一次看到救援队从废墟中抬出面目全非的遇难者。一个年轻的男人扑到一具残破的女尸上，撕心裂肺地痛哭，紧抱着她不放。

许肆月艰难地忍住的泪顿时如泉涌。她抿住嘴唇，不让自己出声。那时候她以为雪沉出事了，用手去扒废墟，无论他是死是活，自己都要找到他的剧痛感又残忍地袭来。她忍不住歪头，将脸埋进顾雪沉的颈窝里。两个人紧密相贴的那一刻，她才意识到，他比她颤抖得更厉害，他全身冷得像冰一样。

路况太差，车从珑江镇驶出到达凉城用了将近三个小时。乔御开车直奔市内人少的高端私立医院。到了诊室，顾雪沉想让医生先看许肆月的伤口。许肆月硬是把顾雪沉压着，声音带出一丝哭腔："医生，他肩膀处的衣服已经粘在身上了，拜托你揭的时候慢一点，我怕他太疼。"

医生看了伤情，连连摇头，说："这怎么能忍住？！"

顾雪沉把许肆月往外推，让她在帘子外面等。

“我不出去。”她不听话，把他的手牢牢地抓着，“我陪你。”

许肆月说得勇敢，却根本不敢去看他的伤口。医生没什么更好的办法，必须撕下那一大片布料来才能处理伤口。她扭头不看，感觉到顾雪沉沁出的冷汗，听到那些让人心碎的剥离声，眼泪汹涌地往下流。

“还好，不幸中的万幸，肩膀和双手的骨头都没什么事。”半晌后，医生看着结果说，“伤口看着可怕，但大多是皮外伤。好好上药，注意别碰水。”

许肆月身上的伤也是一样。她的伤比他的伤少多了，也轻多了。她膝盖上的伤昨晚顾雪沉处理好了，现在已经结痂。

两个人从医院出来时，一楼大屏幕上正在播放珑江镇的新闻，屏幕上闪过玫珑客栈的废墟以及一具具盖着白布的遇难者尸体的画面。乔御试探地问：“顾总，咱们回明城吗？”

许肆月没说话，但浑身颤抖，瑟缩成一团，可怜得让人心疼。顾雪沉紧紧地搂住她。

“你找个酒店。”他哑声说，“她需要休息。”